Czerwona Gorączka

fabryka słów
WYDAWNICTWO

A. PILIPIUK

CZERWONA GORĄCZKA

Ilustracje
Grzegorz i Krzysztof
Domaradzcy

fabryka słów

Lublin 2013

Światy Pilipiuka

1. 2586 kroków
2. Czerwona gorączka
3. Rzeźnik drzew
4. Aparatus
5. Szewc z Lichtenrade

CZERWONA GORĄCZKA

Czerwona gorączka

Doktor Paweł Skórzewski minął stos granitowych głazów i stanął na plaży. Wzdłuż niej piętrzył się wysoki wał kry wyrzuconej przez fale. Lekarz spojrzał przed siebie. W sinosrebrzystym blasku księżyca za wąskim pasem czarnej wody widział rozległą, sięgającą horyzontu połać lodu. Koło brzegu tafla popękała, ale dalej wydawała się nienaruszona. Tylko jak się tam dostać? Ruszył na południe, wypatrując miejsca dogodnego do przeprawy.

Przydałaby się porzucona łódka albo coś podobnego, pomyślał. Albo chociaż siekiera, zrobiłbym tratwę...

Nieoczekiwanie za cyplem zobaczył stary, rozchwierutany pomost wybiegający w morze. Z wahaniem wszedł na ciemne, popękane deski. Konstrukcja zakołysała się w rytm jego kroków, ale wytrzymała. Ostatnie pale tkwiły sztywno wrośnięte w pole lodowe.

Z kieszeni wydobył dwie pary prymitywnych raków, wyklepanych z zardzewiałej blachy. Przyłożył je do zdartych zelówek butów i starannie przymotał grubym konopnym sznurkiem.

Wiatr zawył i sypnął w twarz śniegiem. Skórzewski spojrzał na leżące za jego plecami miasto. Ciemne, ponure, przypominało cmentarz... Nawet niebo nad nim, dawniej rozświetlone łuną latarni, było teraz prawie czarne.

Nie wróci tu nigdy. Ostrożnie zszedł z pomostu. Z kieszeni wyjął kompas zawieszony na łańcuszku i ustaliwszy kierunek, ruszył ku horyzontowi. Maszerując, raz jeszcze przebył w myślach drogę, która doprowadziła go tutaj – na pokryty lodem przestwór Zatoki Fińskiej.

Kilka dni wcześniej

Towarzysz Żeliaznikow wracał z wiecu bardzo zadowolony. Idea żywej cerkwi, jak się okazało, padła na podatny grunt. I świetnie, to osłabi normalne prawosławie. A za parę lat w ogóle się te zabobony zlikwiduje. Silnik potężnego forda mruczał kojąco. Auto zaledwie przed tygodniem wyciągnięto z carskich jeszcze garaży. Agitator uśmiechnął się pod nosem. Co samochód, to samochód. Niżsi rangą towarzysze musieli chodzić pieszo. A i bezpieczniej w aucie. Ludzie gadali, że ostatnimi czasy w mieście zrobiło się nieprzyjemnie. Jakiś wariat ponoć obcina głowy komunistom.

Coś cicho chrupnęło. Tylna szyba pojazdu rozleciała się z trzaskiem. Na rozłożone na kolanach sprawozdania chlapnęła krew zmieszana z czymś szarym. Kula przeszła przez przednią szybę i czoło siedzącego za kierownicą towarzysza, zostawiając tylko niewielkie otworki. Za to, opuszczając czaszkę, wyrwała całą potylicę...

Żeliaznikow poczyniłby niewątpliwie jeszcze niejedną obserwację, ale w tym momencie pojazd uderzył w ścianę budynku. Silnik zgasł. Agitator szarpnął drzwi i wyskoczył na ulicę. Spodziewał się, że za chwilę kolejny pocisk wystrzelony gdzieś z ciemności ugodzi i jego, ale nic takiego nie nastąpiło. Przyczaił się za samochodem i dłuższą chwilę zbierał w sobie. Wyciągnął mauzera, przeładował. Wreszcie ostrożnie wyjrzał. Brudny zaułek, prószący z nieba śnieg. Nigdzie żywego ducha. W jednym tylko oknie nikły poblask świecy...

Poderwał się do biegu, pośliznął na trotuarze, złapał równowagę. Skoczył w bramę. Wszędzie nadal panowała głucha, martwa cisza. Obejrzał się. Rozbity samochód z martwym kierowcą powoli pokrywał się białym puchem. Kto strzelał, dlaczego się nie pojawiał, czemu nie spróbował wykończyć i jego?

– No, pokaż się – szepnął, wodząc lufą po pogrążonej w mroku uliczce.

Na kamiennym bruku bramy skrzypnęła skórzana podeszwa buta. Żeliaznikow rozpaczliwym szarpnięciem spróbował się odwrócić, ale już było za późno. Nieznajomy działał z ogromną wprawą. Jedną ręką złapał agitatora za włosy i trzema pociągnięciami klewanga odciął mu głowę od tułowia.

Doktor Skórzewski zawinął się szczelniej w wyświechtaną jesionkę. Latarnie nie świeciły, co kilka kroków musiał omijać dziury z nawierzchni ulicy, bo powyrywano drewnianą kostkę. Od strony Zatoki Fińskiej wiał lodowaty wiatr. Gdzieś daleko huknął pojedynczy strzał. Czerwoni strzelali do kogoś, a może to nieuchwytny Szlapikow wykonywał wyrok na którymś z „towarzyszy"? Lekarz odruchowo przyspieszył kroku i po chwili z ulgą wszedł w znajomą bramę. Marmurowe schody były zachlapane błotem, zniknął czerwony chodnik. Na klatce schodowej panowała ciemność, tylko przez okna wpadało nieco blasku z zewnątrz.

Lekarz wspiął się na trzecie piętro i zastukał do drzwi. Profesor Wozniesieński otworzył niemal natychmiast. Skórzewski wszedł do przedpokoju i dłuższą chwilę, szczękając zębami, chłonął panujące w mieszkaniu ciepło. Powiesił przemoczoną jesionkę na wieszaku.

– Mam taki drobny podarunek. Prezent, można powiedzieć, na miarę naszych czasów i parszywej sytuacji, w jakiej się znaleźliśmy... – Wyjął z teczki kilkanaście klepek podłogowych związanych starannie kawałkiem sznurka. – I to, co zamawiałeś. – Postawił niedużą, ciężką paczkę na podłodze.

– Bukowe! – ucieszony gospodarz natychmiast rozpoznał drewno. – Dzięki, przyjacielu!

Zaprosił gościa do kuchni. Piecyk-koza, wyklepany niedbale z blachy dachowej, trochę dymił, ale przyjemnie grzał. W żeliwnym saganie dochodziły ziemniaki w mundurkach, a na patelni rumieniły się dwa cienkie plastry boczku.

– A gdzie Iwan? – zainteresował się lekarz.

Twarz profesora stężała.

– Iwan... Tak... Iwan – westchnął orientalista. – Poszedł na zebranie.

– Do nich? – zdziwił się doktor.

– Tak...

– Oszalał?

– Na to wygląda. Poszedł z ciekawości jakieś dwa tygodnie temu. No i się zaczęło. Zaczął latać codziennie. Zbierają się, gadają przez kilka godzin, piją, śpiewają swoje pieśni... A po powrocie gada takie bzdury, że uszy więdną od słuchania. I palić zaczął, w dodatku najobrzydliwszą tanią machorkę. Zresztą – wzruszył ramionami – już ze trzy dni się nie pokazuje. Widać wstydzi się ojca naukowca...

– Syn doktora Czernobajewa tak samo – uzupełnił ponuro Skórzewski. – Pije tanią wódkę, pali ordynarny tytoń i opowiada o tym przyszłym szczęściu ludzkości, jakby się szaleju najadł.

– Wspaniały! – Orientalista w czasie rozmowy odpakował mikroskop.

– Tak jak prosiłeś, najmocniejszy, jaki miałem. – Lekarz spojrzał na przyjaciela badawczo. – Na razie nie jest mi potrzebny, więc używaj sobie spokojnie. Co planujesz oglądać?

– Mam pewną hipotezę. – Profesor uśmiechnął się dziwnie. – Może to szaleństwo, ale muszę coś sprawdzić. Za tydzień powinienem już wiedzieć. A na razie... Znasz tę pozycję?

Wyciągnął z półki opasłe tomiszcze.

– „Historia epidemii chorób zakaźnych" – przesylabizował niemiecki tytuł jego gość. – Nie znam.

– Wydana w Lipsku ponad sześćdziesiąt lat temu, bardzo dokładna, oparta na dokumentach archiwalnych i kronikach miejskich.

– Chętnie bym sobie przestudiował. – Skórzewski kartkował wolumin, z zaskoczeniem oglądając kolejne mapy przedstawiające zasięg historycznych epidemii.

– Jest twoja. Ja już przeczytałem, a tobie się przyda. I jak dobrze pójdzie, za parę dni będzie temat do rozmowy.

Doktor podziękował i starannie ukrył książkę w teczce. Gdzieś z daleka przez mury i szyby wentylacyjne kamienicy dobiegł gwar głosów.

– Komitet domowy obraduje – wyjaśnił orientalista. – Chcą mi dokwaterować lokatorów. Mam za duży metraż. W zeszłym tygodniu postawili ścianę, odcinając dwa pokoje, ale teraz wyliczyli, że kuchnia jest o półtora arszyna za długa.

– Mnie przebili drugie drzwi do łazienki, żeby nowi sąsiedzi mogli korzystać. A mieszkanie Gorypinów pocięli na trzy mniejsze...

– Ech, te zawodzenia działają mi na nerwy. – Profesor kawałem szmaty spróbował zatkać kratkę wentylacyjną. – Tak niemożebnie fałszują, aż mnie samemu chce się wyć.

– Ja przywykłem. Jeden ważny bolszewik mieszka pode mną. Całą noc słychać odgłosy pijatyki, a potem na kacu w przypływie rewolucyjnych wyrzutów sumienia śpiewają „Międzynarodówkę". On i jego obstawa.

– A dużo ma tej obstawy?

– Czterech rosłych byczków. A i tak portkami trzęsie, zazwyczaj dzwoni i czeka w mieszkaniu, aż pod bramę samochód podstawią. Ponoć ktoś się zawziął na komunistów, głowy im ucina.

– Słyszałem plotki na targu. Podobno już kilkuset załatwił. Jeśli jednak oddzielimy ziarno prawdy od plotek, coś może być na rzeczy.

– Pomyśl, ilu pacjentów wypuścili z zakładu dla umysłowo chorych. A przecież siedzieli tam różni wariaci – zauważył Skórzewski.

– Tak, wariaci. – Orientalista zamyślił się.

– Do tego ten Szlapikow...

– Dzierżyński ogłosił, że Szlapikowa udało się zastrzelić.

– Tia, jak się nazywa ta ich gazeta? „Prawda"? Wstydu nie mają!

Minęła ósma wieczorem, Skórzewski zaczął się zbierać i po chwili poszedł. Gdy tylko za gościem zamknęły się drzwi, orientalista zatarł dłonie. Podreptał do kuchni i wziął mikroskop. W kącie za kredensem drzemały pokryte kurzem niskie drewniane drzwiczki. Pchnął je i wkroczył do swojego królestwa.

Doktor maszerował przez pogrążone w mroku miasto. Paliły się tylko niektóre latarnie, a i one świeciły najwyżej połową mocy. Widać zapasy gazu już się kończyły. Lampy łukowe na głównych ulicach w ogóle zgasły, prąd otrzymywały tylko najważniejsze instytucje. To znaczy – najważniejsze dla nowej władzy. Lekarz szedł cicho, starając się trzymać głębokiego cienia rzucanego przez kamienice. Pamiętał Petersburg sprzed wojny.

Bogate, spokojne miasto. Teraz czuł się jak mysz zabłąkana pomiędzy wyschnięte żebra kościotrupa. Wiele kamienic straszyło wyrwanymi framugami, ponieważ drzwi ukradły *szpany* „opałowców". Tu i ówdzie z okien sterczały pogięte metalowe rury – to ludzie dogrzewali mieszkania piecykami. Pod ścianami kamienic i na poboczach ulic piętrzyły się zaspy śniegu.

Z daleka dobiegł odgłos kroków kilku par nóg. Skórzewski zaklął pod nosem, skoczył w najbliższą bramę i przyczaił się w najgłębszym cieniu. Przeczucie go nie myliło. Trotuarem przeszło czterech okutanych w kożuchy mężczyzn. Na rękawach nosili czerwone opaski, ale doktor nie miał pojęcia, czy są to czerwonogwardziści, czy może milicja... Wlekli się noga za nogą, klnąc najbardziej rynsztokowymi słowami.

Doktor na wszelki wypadek postanowił chwilowo nie opuszczać kryjówki. Instynkt go nie zawiódł. W ślad za nimi pojawił się jeszcze jeden człowiek. Księżyc na chwilę wyjrzał zza chmur i w jego świetle lekarz zobaczył twarz przechodnia.

Odrażająca morda, mięsista, nalana, o chorobliwym odcieniu skóry, poznaczona plamami wątrobowymi, pokryta kilkudniową szczeciną... Twarz zawodowego kryminalisty, którego rewolucja wyzwoliła z kajdan katorżnika i powołała, by niósł śmierć między zwykłych ludzi.

Bolszewik miał na sobie rozchełstany wojskowy szynel, zszargany do nieprzyzwoitości; karakułowa papacha, ewidentnie za mała, pewnie ukradziona jakiejś dziewczynie, przekrzywiona była na bakier. Przez ramię przerzucił karabin, lufa prawie dotykała ziemi. Na jednym udzie zwisała na potarganych sznurkach drewniana kabura mauzera. Na nogach nieznajomy miał podkute buciory, też brudne. Niedbały krok, wygasły papieros zwisający z kącika ust, ubiór, wszystko to sprawiało wrażenie absolutnej arogancji i jednocześnie jakiegoś wręcz chorobliwego rozmamłania.

Oto przedstawiciel nowego porządku społecznego, pomyślał lekarz z pogardą.

I naraz zmartwiał. Czerwonogwardzista zatrzymał się, wolno odwrócił głowę. Patrzył prosto na niego. Miał dziwnie blade tęczówki, które przywodziły na myśl oczy śniętej ryby. Na usta wypełzł mu krzywy, ironiczny uśmiech. Widzi mnie, zrozumiał natychmiast Skórzewski.

Od komunisty zionęło ostrą wonią prosektorium. Wygrzebał ten strój na cmentarzu czy ki diabeł?

Obcy z pogardą splunął w stronę Skórzewskiego i poczłapał dalej. Doktor odetchnął z ulgą, a potem odczekał dłuższą chwilę, nim wyszedł z bramy. Skręcił w zaułek. Znad końskiego truchła poderwały się trzy czy cztery odziane w łachmany sylwetki i wsiąkły w mrok. Odprowadził je spojrzeniem. Małpy, które uciekły z menażerii? Ludzie? Dzieci? A może i inne istoty? Przypomniał sobie stare legendy. Pożeracze trupów? Upiory? Wojna, rewolucja, nieustanny przelew krwi, mróz, ciemność – czy to wszystko mogło obudzić do życia stwory z legend? A tamten w szynelu? Był człowiekiem czy widmem?

– Co ja robię w tym mieście? – szepnął.

Ale przecież wiedział, co go tu ciągnęło. Mieszkanie. Duże i przestronne, w ładnej kamienicy, umeblowane angielskimi sprzętami, dwa tysiące książek, parkiet na podłogach. Jedyny dorobek całego długiego życia. Dlatego tu wrócił. Idiota... Trzy czwarte powierzchni zabrał mu komitet domowy, szukający miejsca na zakwaterowanie robotników w centrum. Z mebli i parkietów wiele już nie zostało, poszły kolejno do pieca. Na książki też niebawem przyjdzie pora.

– Po co, po co, po co... – mruczał, drepcząc po śliskim, pokrytym lodem trotuarze. – Plunę na to wszystko, czas jechać do Polski, zacząć od nowa, pięćdziesiąt cztery lata to jeszcze żaden wiek. Dobry lekarz wszędzie znajdzie pracę. A jak nie, to pojadę w tropiki.

Zaczął padać gęsty śnieg. Wizja palm kołyszących się na ciepłym wietrze była tak silna, że aż łzy stanęły doktorowi w oczach.

– Będę leczył tubylców na Hawajach, słyszałem przecież, że opracowano nowe leki, dają nadzieję opanowania trądu. Tym się powinienem zajmować, a nie zdychać w tym grobie...

Lodowaty wiatr zachichotał złośliwie, porywając spadające z nieba białe płatki. Tylko jak opuścić miasto otoczone kordonem czerwonogwardzistów, jak przebyć setki kilometrów terytorium kontrolowanego przez bolszewików? Jak wreszcie bez dokumentów przekroczyć polską granicę? Iść jako lekarz wojskowy do czerwonych, a w odpowiednim momencie zdezerterować? Jeżeli złapią – kula w łeb. Jeśli wpadnie w ręce białych – podobnie...

Jakby na potwierdzenie jego myśli gdzieś daleko znowu huknął strzał. No i nareszcie drzwi jego kamienicy... Zanurzył się w bezpieczny mrok i w tym momencie poczuł ciężar na plecach i sznur zaciskający się wokół szyi.

Na oślep pociągnął ukrytym między palcami lancetem. Chwyt osłabł. Lekarz odwrócił się, zadając jednocześnie kolejny cios.

Pierwsze cięcie trafiło napastnika w brzuch. Drugie, pod obojczyk, rozpłatało aortę. Przeciwnik osunął się po ścianie. Rękami niezdarnie usiłował zatamować tryskającą krew. Doktor zapalił cenną zapałkę i oświetlił nią twarz konającego.

Jakiś obcy. Wyglądał na zwykłego bandziora... Skórzewski odetchnął z ulgą, a potem, złapawszy dogorywającego za kołnierz, wywlókł go na ulicę.

W zamarzniętym kanale ziała rozległa przerębla, zasnuta już cienką warstwą lodu. Tu po ostatecznej awarii wodociągu mieszkańcy kilku kamienic wylewali nieczystości. Doktor z wysiłkiem przerzucił ciało przez barierkę. Zeskoczył obok i wdusiwszy je butem w wodę, wepchnął pod grubą taflę. Rozejrzał się. Zadymka chyba skutecznie zamaskowała jego poczynania. Wrócił do sieni i poświęcając jeszcze jedną zapałkę, oświetlił miejsce walki. Kałuże krwi, rozbryzgi na ścianach... Ale na szczęście nigdzie nie wdepnął, nigdzie nie odbił śladu swoich butów. Ktoś mógł go zobaczyć z okna? Wolne żarty, szyby od dawna pokryte były kwiatami lodu.

Oczywiście za dnia ktoś zauważy ślady tej rzeźni, ale cóż – takie rzeczy często się ostatnio zdarzają w mieście. Wszedł na piętro i pokonując opór stężałych w zamku smarów, przekręcił klucz. Mieszkanie powitało go ciężkim, zastałym zimnem.

W sumie jak niewiele trzeba, kilkanaście stopni mrozu, trochę wiatru i nieczynne ogrzewanie, rozmyślał, luzując klepki parkietu w dawnym gabinecie. I wystarczy, by zamienić człowieka w zwierzę szukające ciepła za wszelką cenę.

Przeszedł do kuchni, zajrzał do piecyka. Żar jeszcze się lekko tlił. Doktor ostrożnie go rozdmuchał, odpalił od płomyka kawałek papieru, przeniósł ogieniek na knot lampy naftowej. Klepki porąbał tasakiem, dołożył do paleniska. Z szafki wyjął kawałek zeschniętego chleba i butelkę podłej trzydziestoprocentowej wódki. Nalał sobie pół szklanki, a następnie, patrząc w iskry spadające do popielnika, pociągnął kilka łyków. Smród bimbru zakręcił w nosie. Zagryzł pieczywem. Alkohol sprawiał, że krew szybciej krążyła w skostniałym ciele, wyrywał z otępienia.

Kuchnia nagrzewała się powolutku. Skórzewski mógł rozpiąć, a potem zdjąć jesionkę. Usiadł na przyciągniętym tu z sypialni łóżku, narzucił na ramiona pikowaną kołdrę. Przykręcił lampę, by zużywać jak najmniej bezcennej nafty i otworzywszy otrzymany od profesora opasły tom „Historii epidemii chorób zakaźnych", zagłębił się w lekturze.

Dopiero tuż przed snem przypomniał sobie, że przecież kilka godzin temu zaszlachtował w bramie człowieka. Zadumał się nad tym problemem, a potem wzruszył ramionami. Zabił – trudno. Czasem tak bywa, że trzeba kogoś zarżnąć jak wieprza w rzeźni... A może tylko mu się to śniło?

Ze snu wyrwał go łomot do drzwi. Żar w palenisku już wygasł i kuchnia znowu się wyziębiła. Skórzewski z niechęcią wygrzebał się spod warstwy koców, zarzucił tużurek na ramiona i poszedł otworzyć.

– Kto tam? – wymamrotał, kładąc dłoń na klamce.

– Nadzwyczajna komisja! – huknęło. – Otwierać!

Czekiści! Doktor przez ułamek sekundy rozważał, czy nie spróbować oporu. W pokoju, za pianinem, miał schowany rewolwer. Myśl pojawiła się w głowie i zgasła. Chłód i depresja odbierały wolę walki.

Przekręcił klucz w zamku. Było ich dwóch – jeden ogolony, z mauzerem, widać ktoś ważny. Drugi o kompletnie zwierzęcej mordzie, pewnie były katorżnik, kryminalista na żołdzie nowej władzy.

– Z nami – powiedział krótko oficer.

– Muszę się ubrać.

– Ranny potrzebuje natychmiastowej pomocy. Zaraz tu wrócicie.

– W takim razie wezmę torbę.

Stała na szczęście w zasięgu ręki. Zeszli pospiesznie po ciemnych schodach. Przed drzwiami mieszkania piętro niżej stali trzej ludzie, kilku innych kręciło się wewnątrz. Doktor przekroczył próg i nieoczekiwanie zatrzymał się w pół kroku. W nozdrza uderzył go ostry metaliczny zapach. W mdłym świetle niewielu lamp naftowych rozbryzgi na ścianach i na podłodze wydawały się prawie czarne, ale od razu zrozumiał, że to krew. Całe litry krwi. Przez ułamek sekundy czuł lód w żołądku, wydawało mu się, że dorwali go, że teraz odpowie za zarżnięcie tamtego bandziorka, lecz to przecież wydarzyło się gdzie indziej... Parę pięter niżej.

Z półotwartych drzwi kuchni sterczały nogi w znoszonych buciorach. Drugie ciało leżało w przejściu do salonu. Trzecie, czwarte... Ponaglony przez oficera wszedł do sypialni. Od razu rozpoznał nowego właściciela lokum. Leżał na sofie, cały zagłówek pokrywała warstwa zakrzepłej już krwi. Z kikuta szyi ciągle jeszcze odrywały się pojedyncze krople.

Doktor z trudem pohamował torsje. Ranny, do którego go wezwano, leżał pod ścianą. Dwaj czekiści zdjęli mu bluzę i próbowali prowizorycznie zatamować krwotok. Jeden rzut oka wystarczył.

– Tu nic się już nie da zrobić – ocenił Skórzewski. – Trzy strzały w brzuch, w tym co najmniej dwa przeszły przez wątrobę, a ten trzeci poszarpał jelita...

– Czym to grozi? – oficer zdawał się nie rozumieć.

– Umrze w ciągu najbliższych dziesięciu minut.

– Do szpitala?

Oczy rannego błysnęły bielą, źrenice dawno już uciekły pod górne powieki. Przez ciało przebiegały drgawki, pierś unosiła się jeszcze w oddechu.

– To agonia – poinformował spokojnie lekarz. – W czym jeszcze mogę pomóc?

– Jesteście aresztowani. Za... – czekista zamyślił się na chwilę – odmowę udzielenia pomocy naszemu funkcjonariuszowi.

Feliks Dzierżyński długo w milczeniu studiował raport: cztery wymięte kartki zapisane straszliwymi kulfonami półanalfabety, upstrzone kleksami. Podniósł ciężki wzrok na autora.

– Co to za stek pierdół?! – Trzasnął ze złością papierami o biurko.

– Tak jest... – wykrztusił jego podkomendny.

Szef WCzK wstał z fotela i jakby zapominając o obecności podwładnego, spacerował po gabinecie. Nagle odwrócił się i wbił w agenta ponure spojrzenie stalowobłękitnych oczu. Bezzębne wargi wykrzywił w parodii uśmiechu.

– Opowiedz własnymi słowami – polecił.

– Trupy znajdowane są od dwu tygodni. Za każdym razem takie same... No, znaczy się upitolona głowa.

Krwawy Feliks gestem nakazał mu milczenie.

– Dziesięć ciał – mówił powoli. – Za każdym razem ta sama przyczyna śmierci. Za każdym razem ginął bolszewik...

– No tak. I jeszcze tamci – powiedział agent.

– Jacy tamci? – Dzierżyński sięgnął po raport, ale koślawe litery były niemal zupełnie nieczytelne.

– We wszystkich siedmiu przypadkach nasi mieli obstawę.

Szef otarł pot z czoła, potem wyjął mauzera z kabury, podszedł kocim krokiem do swojego rozmówcy i boleśnie wbił mu lufę pod brodę.

– Coś ty powiedział, sukinsynu? Siedem przypadków, dziesięć ciał i jeszcze jacyś inni? Albo zaczniesz myśleć i te myśli zrozumiale formułować, albo ja się postaram, żebyś już nic nie myślał. – Trzasnął odciągany bezpiecznik.

Strach zmusił agenta do wspięcia się na nigdy wcześniej nieosiągnięte wyżyny intelektu.

– Ofiary to siedmiu bolszewików. Trzech etatowych członków partii, wszyscy wysokiego szczebla, i czterech agitatorów. Ponieważ nie poruszają się po mieście bez obstawy, zabójca wykończył też osiemnastu czerwonogwardzistów, którzy ich ochraniali. Trzem też obciął głowy. A tej nocy, czego jeszcze nie zdążyłem opisać, wdarł się do mieszkania towarzysza Pietrowa. Zabił czterech ochroniarzy i też uciął... Aresztowaliśmy wszystkich mieszkańców kamienicy, ale nikt nic nie słyszał ani nie widział. Głowy towarzysza nie znaleźliśmy.

Feliks puścił agenta.

– A znaleźliście pozostałe?

– Niewykluczone.

– To znaczy?

– Wyłowiliśmy z Newy jedną, na śmietniku znaleźliśmy drugą. Ale tamte trupy już zakopane, więc nie wiemy, czy dałoby się dopasować. Obie miały ciekawą cechę wspólną: ktoś je rozpiłował i wyciągnął ze środka mózgi.

– Mózgów nie było?

– Nie.

Dzierżyński przespacerował się znowu. Trzy kroki, obrót na pięcie, trzy kroki... Minęło już sporo czasu, jednak nawyk z okresu, gdy siedział w ciasnej, pojedynczej celi, pozostał.

– Co mówi o tym ulica? Bo chyba ktoś to zauważył?

– Ludzie w mieście już o tym gadają. Mówią, że Kuba Rozpruwacz wrócił.

– Kuba Rozpruwacz grasował w Londynie, i to trzydzieści lat temu! – parsknął. – Skąd niby miałby wziąć się tutaj? Poza tym on wypruwał wnętrzności prostytutkom, a ten ucina głowy mężczyznom...

Wciąż chodził po gabinecie, skubiąc capią bródkę.
– Podstawcie mój samochód – zażądał nieoczekiwanie. – Muszę osobiście obejrzeć miejsce ostatniej zbrodni.

Otępienie wywołane mrozem, głodem i snem powoli mijało. Doktor rozejrzał się po wnętrzu policyjnego furgonu. Aresztowano chyba wszystkich mieszkańców kamienicy. Kulili się przerażeni na drewnianych ławkach ustawionych pod brezentowymi ścianami budy. Dwaj konwojenci siedzieli na końcu z pistoletami w dłoniach. Silnik zakaszlał, ale zapalił, ciężarówką szarpnęło i pojazd ruszył po zasypanej śniegiem ulicy.

Gdyby tak rzucić się na strażników, myślał doktor. Zepchnąć ich na trotuar, gdy wszyscy aresztowani zaczną uciekać, może połowie uda się zbiec... Nie, nie uda się.

Za ciężarówką jechał jeszcze drugi samochód z czekistami. Jak na złość, śnieg przestał prószyć. Żadnych szans. Trzeba było jednak bronić się tam, w mieszkaniu. Paru by zastrzelił, może zdołałby się przedrzeć na zewnątrz. A tak zrobią rewizję, znajdą broń. Za to kara śmierci. Za to, że nie uratował tamtej mendy – drugi, identyczny wyrok. Zresztą dla tych pijanych krwią ścierw jest burżujem, elementem wrogiej klasy przeznaczonym na odstrzał. Znajdą na niego odpowiedni paragraf, nie ma obaw...

Skórzewski uspokoił się. No cóż, przeżył pięćdziesiąt cztery lata i widać wystarczy. Jechali do twierdzy. Normalnie więźniów przeprawiano łódką, lecz teraz – ku jego zdumieniu – ciężarówka wjechała na lód. W srogie zimy Newa czasem zamarzała, ale nie sądził, że pokrywa może być tak gruba, by utrzymać ciężki pojazd.

Brama twierdzy otworzyła się przed nimi ze zgrzytem. Doktor ponaglany przez strażników zeskoczył na śnieg. Rozejrzał się z uwagą. Gruby ceglany mur, w nim – na całej długości – wybity przez kule rowek. Ze dwa arszyny nad ziemią, głęboki na kilka werszków, widać walą z karabinów w pierś... Poniżej zacieki i sople zamarzniętej krwi. Ile setek ludzi rozstrzelano już pod tą ścianą?

Nowo przybyli przekroczyli okute stalą drzwi. Skórzewski obojętnie przekazał swoje dane do ewidencji, poddał się rewizji i pokwitował spis skonfiskowanych drobiazgów. Sądził, że dostanie teraz pościel, kostkę mydła, więzienny uniform, blaszaną miskę i łyżkę, ale widać takie luksusy odeszły w niepamięć wraz z caratem. Wepchnięto go do ciasnej celi. Drzwi zatrzasnęły się z hukiem.

Jeszcze poprzedniego wieczoru miał jakąś szansę. Teraz bezsilnie klął w myślach. Dlaczego nie uciekał, póki była okazja? Czego się przestraszył? Posterunków w zasypanych śniegiem ziemiankach? Przekroczyłby kordon wokół miasta na nartach, nikt by go nie zauważył. Kilkaset wiorst drogi? W Kanadzie sypiał już w jamach wygrzebanych w śniegu. A teraz... Koniec.

W bramie kamienicy stała warta. Na widok przełożonego zasalutowali służbiście. Dzierżyński zmierzył ich ponurym spojrzeniem, ale nic nie powiedział. Sień została jasno oświetlona. Dowódca dłuższą chwilę kontemplował krwawy zaciek na ścianie.

– Co to jest? – zapytał wreszcie.

– Nie wiemy. – Strażnik uśmiechnął się głupkowato. – Może zabili tu kogoś czy co...

– To się dowiedzcie! – Krwawy Feliks wbił mu boleśnie lufę mauzera pod żebro.

Wszedł na trzeszczące schody i po chwili był już na miejscu. Zimno lustrował kolejne pomieszczenia. Pierwszy wartownik zginął w przedpokoju. Widocznie zapukano, więc przyszedł zobaczyć, kto to, a zabójca strzelił do niego przez uchylające się drzwi... Nikt wewnątrz mieszkania nie usłyszał strzału? Może leżeli pijani?

Podłoga została, niestety, równo zadeptana, plamy i odciski butów układały się w niemożliwy do rozwikłania labirynt znaczonych krwią ścieżek. Widocznie hałas kogoś zaniepokoił, bo następny trup leżał na progu kuchni. Potem morderca wdarł się do salonu. Postrzelił ciężko ostatniego wartownika, a na koniec podkradł się do sofy i oderżnął głowę towarzyszowi Pietrowowi.

Dzierżyński pochylił się nad łóżkiem i odrzucił na bok zakrwawioną poduszkę. Pod nią ciągle jeszcze leżał mauzer zamordowanego.

– Trzech ludzi mu zastrzelono, a on się nawet nie obudził... – mruknął do siebie. – Ciekawe, gdzie jest głowa...

– W kuchni – zameldował pilnujący mieszkania czekista.

– I dopiero teraz mówisz?! – ryknął Dzierżyński.

Rzeczywiście, głowa towarzysza Pietrowa leżała na stole. Krwawy Feliks pochylił się nad nią, prawie dotykając nosem odpiłowanej pokrywy czaszki. Dotknął krawędzi cięcia, obejrzał przez lupę drobiny kości leżące na poplamionym obrusie. Mózg zabitego, pocięty na plastry, leżał w zlewie. Na dowódcy WCzK nie zrobiło to większego wrażenia. Pierwszego człowieka zabił, mając szesnaście lat. Od tamtej pory nieraz widywał roztrzaskane czerepy.

Sądząc po śladach, głowę rozpiłowano na środku stołu, a potem przesunięto na lewo.

– Chciał tu mieć kawałek wolnego miejsca... Po co? – zastanawiał się na głos.

Pochylił się nad blatem, badając jego powierzchnię. I wtedy to zobaczył. Pośród zeschniętych resztek jedzenia i fragmentów tkanki poniewierały się drobne kawałeczki cieniutkiego szkła. Gdzieś już widział coś takiego. Ach tak, w szkole, gdy na lekcjach przyrody nauczyciel pokazywał im mikroskop.

– Szkiełko nakrywkowe... – przypomniał sobie nazwę.

A zatem zabójca pokroił mózg w plastry, a potem siedział tu sobie spokojnie przez jakiś czas, przygotowując preparaty do badań mikroskopowych. Wreszcie spakował się i wyszedł. W tym czasie postrzelony czekista oprzytomniał na tyle, by podczołgać się do telefonu i zadzwonić na odwach.

Feliks rozejrzał się jeszcze po pomieszczeniu. Koło zlewu stała miseczka z ciemnobłękitną cieczą. Powąchał ostrożnie jej zawartość. Atrament, albo raczej, sądząc po kolorze, wodny roztwór atramentu.

– Pozbierać mi wszystko i zapakować – zażądał. – Trzeba to będzie pokazać jakimś fachowcom. I mam dostać pełny spis przedmiotów znalezionych przy poprzednich ofiarach.

Drzwi zaskrzypiały.

– Za mną – warknął strażnik, stając na progu celi.

Skórzewski powlókł się noga za nogą. Ta część twierdzy wzniesiona została jeszcze w osiemnastym stuleciu. Wykładane cegłą, nisko sklepione korytarze. Ciężkie, okute drzwi. Głuchy odgłos kroków, głośne, natarczywe dzwonki, wrzaski, skowyt torturowanych, przenikający nawet przez grube ściany. Zapach krwi, uryny, brudu, dziegciu. Piekło przesiąknięte wonią gotowanej kapusty.

Strażnik zapukał i otworzył drzwi pokoju przesłuchań. Kancelaryjne biurko, za nim mały człowieczek z sinym nosem, w grubych okularach. Skórzewski ponaglony gestem usiadł na zydlu. Śledczy spojrzał na niego wzrokiem całkowicie pozbawionym ludzkich uczuć.

– Imię, nazwisko, *otczestwo*, data i miejsce urodzenia – warknął. – Adres, wykształcenie, zawód, miejsce pracy...

Lekarz obojętnie odpowiadał na pytania. Śledczy pogrzebał w dokumentach.

– Wyjechaliście na front wiosną szesnastego roku – odczytał. – Dwa tygodnie temu przyjechaliście do miasta. Po co?

– Mieszkam tu. – Skórzewski wzruszył ramionami. – Wróciłem po prostu do domu.

Śledczy zanotował jego wypowiedź.

– Widziano was w bandzie korniłowców. – Obsadka zawisła nad dokumentami.

– Owszem, byłem lekarzem w szpitalu polowym generała Korniłowa. Po tym jak do spółki z niemieckimi junkrami rozbiliście jego oddziały i wymordowaliście wszystkich rannych z pociągu sanitarnego, przestałem być tam potrzebny.

– Zanotujmy zatem: współpraca z wrogami rewolucji.

– Leczyłem ludzi – powiedział więzień z naciskiem.

– By po powrocie do zdrowia nadal mogli do nas strzelać! Zanotujmy: leczenie kontrrewolucjonistów.

– Nie tylko. Wśród pacjentów byli także wasi żołnierze.

– Zdrajcy, którzy poddali się i poszli do niewoli. – Śledczy ze złością trzasnął o biurko teczką z aktami. – Czerwonogwardzista woli umrzeć, niż się poddać!

Skórzewski zmęczonym ruchem przetarł czoło.

– Nie dogadamy się – rzekł po polsku, bardziej do siebie niż do niego.

– Przedostaliście się nielegalnie do miasta.

– Legalnie się nie da. Na szczęście wasi ludzie pilnują tylko głównych dróg.

– Po co przyszliście do szpitala?

– Leczyć ludzi. Jestem lekarzem, nie mam pracy, więc poszedłem jej szukać. To chyba logiczne?

Przesłuchujący nie odpowiedział. W milczeniu przeglądał dokumenty.

– Czy przyznajecie się do winy? – zapytał wreszcie.

– A konkretnie jakiej?

– Nielegalne przekroczenie kordonu, współpraca z kontrą, nieudzielenie pomocy rannemu, nielegalne przechowywanie broni i złota.

– To już nie wolno mieć pieniędzy? – zdziwił się Skórzewski.

– Cały kruszec należało zdeponować w banku, a w zamian pobrać banknoty. Podpiszcie protokół. Egzekucja o świcie.

– A sąd?

– Sędzia, jak wytrzeźwieje, zatwierdzi wyrok.

Skórzewski przejrzał protokół i podpisał obojętnie we wskazanym miejscu.

Dzierżyński odwiesił skórzany płaszcz na kołek. Roztarł zziębnięte ręce i podniósł słuchawkę telefonu.

– Mamy pod kluczem jakiegoś lekarza? – zapytał.

– Tak jest! – zameldował dyżurny i umilkł.

– Jakiego, bałwanie? – syknął Dzierżyński.

– Doktor Możejko, ginekolog-położnik. Aresztowany za agitację kontrrewolucyjną, znaczy nasze obwieszczenia zdzierał...

– Jeszcze jakiś?

– Paweł Skórzewski. Polak. Zdaje się, od chorób wewnętrznych. Mieszkał w tej samej kamienicy co towarzysz Pietrow. Śledztwo w toku. A może już i skończone?

– Nie pasuje. Chirurga żadnego? Albo takiego od chorób głowy? Był jakiś Rosenstein.

– Wczoraj rozstrzelaliśmy.

Dzierżyński westchnął. Akurat by się przydał. No cóż, więzienie nie jest z gumy, śledztwo zakończone, to po co trzymać?

– Dawaj tu na górę tego Polaka. Albo nie. Najpierw akta, a jego za pół godziny.

Zmierzchało już, gdy strażnik wprowadził niskiego mężczyznę w tużurku. Doktor miał siwą bródkę, na jego nosie połyskiwały staromodne binokle.

– Doktorze – Dzierżyński od razu przeszedł na polski – ktoś grasuje po mieście, ucinając głowy komunistom. Nie podoba nam się to bardzo i planujemy go dopaść. Ma w tym ucinaniu jakiś cel i sądzimy, że odgadnięcie, po co to robi, zbliży nas do szczęśliwego zakończenia poszukiwań. Potrzebujemy twojej pomocy.

Skórzewski spojrzał na niego obojętnie.

– Dlaczego miałbym wam pomagać? – zapytał.

Dowódca WCzK zatrzymał się w pół kroku.

– Hmm... No właśnie, dlaczego? – zadumał się głęboko. – I tak cię rozstrzelamy... Dlaczego, dlaczego... – Uparta myśl tłukła mu się pod czaszką. – Dlaczego... Do diabła... Dlaczego?

Spojrzał spod oka na więźnia. W twarzy Skórzewskiego wyczytał to, czego się spodziewał. Niektórzy więźniowie tracili nadzieję i wszelką motywację. W ich psychice zachodziły zmiany takie, jakby jeszcze żyjąc, umierali. Wiedzieli, że koniec jest nieuchronny, i pogodzeni z tym dziwnie obojętnieli. Przestawali się bać. Nic nie dawało się z nich wyciągnąć. Nie wierzyli w żadne obietnice, nie pomagało bicie ani tortury.

– Jak się dobrze przysłużysz, to pomyślimy nad złagodzeniem wyroku – rzucił na próbę.

Twarz więźnia nie zmieniła wyrazu. Nie uwierzył. No cóż, to było do przewidzenia. Dzierżyński przeszedł jeszcze kilka kroków. Do czorta, jak zmusić tego milczka do współpracy? Co za bydlę uparte. Zaszantażować? Nie ma tu żadnej rodziny.

– Powiem ci, dlaczego nam pomożesz – syknął, odwracając się nagle. – Pomożesz nam, bo jesteś ciekaw. Bo zawsze pchała cię do przodu niezaspokojona żądza wiedzy. Czytałem twój życiorys, był w aktach szpitala. Kochasz tylko jedno: zawsze pakowałeś nos między drzwi, zawsze lazłeś jak ćma do świecy, w ogniska najgorszych zaraz. Im groźniejszych, tym bardziej podniecających ciekawość. Bo zawsze chciałeś być pierwszy. Zawsze chciałeś robić rzeczy, których nie odważyli się robić inni lekarze. I nawet do nas przyjechałeś zapewne dlatego, że w Petersburgu wybuchła epidemia syfilisu. Żeby robić swoje badania, dotarłeś tu, do miasta, z którego ucieka każdy, kto tylko może...

– I? – Ciekawe rzeczy gadał ten typek z wybitymi zębami. Może rzeczywiście chęć uratowania mieszkania nie była jedynym powodem powrotu? – Co z tego wynika? – Skórzewski spojrzał na Krwawego Feliksa z pewnym zainteresowaniem.

Było to pierwsze ludzkie uczucie, jakie pojawiło się na twarzy więźnia, ale Dzierżyński już wiedział, że wygrał. Zaciekawienie to nikły płomyczek. Teraz trzeba go rozdmuchać w ogień i umysł mężczyzny powinien obudzić się do życia.

– Pomożesz nam, bo to ucinanie głów ma jakiś wewnętrzny sens. Pomożesz nam, bo sam jesteś ciekaw, dlaczego ten człowiek to robi.

Doktor się zadumał. I w jego oczach zabłysło zimne szyderstwo.

– To robota dla policji... A, przepraszam, pewnie wszystkich carskich policjantów już spuściliście pod lód na Newie? Ale nie wymordowaliście chyba wszystkich psychiatrów?

Dzierżyński popatrzył na niego ciężkim wzrokiem, a potem podszedł do biurka i wysunął szufladę. Wyjął z niej obciągnięte skórą pudełko. Otworzył i podał więźniowi.

– Znaleźliśmy to w pobliżu miejsca jednej ze zbrodni – powiedział. – Zabójca musiał zgubić.

Doktor wyjął z pudełka szklaną płytkę i obejrzał pod światło. Dzierżyński czekał w milczeniu, bawiąc się bębenkiem rewolweru.

– To preparat z jakiejś tkanki – powiedział wreszcie lekarz. – A ściślej rzecz biorąc, były preparat. Wszystko zgniło...

– Durnie, zamiast powiadomić mnie natychmiast o znalezieniu dowodu, trzymali go w cieple, aż zaczął śmierdzieć. Dlaczego jest tego koloru?

– Czasem, gdy szuka się bakterii, warto zabarwić podejrzany wycinek atramentem. Niektóre bakcyle absorbują z roztworu więcej barwnika niż reszta.

– Bakterii? Czy to zrobił specjalista? Na przykład lekarz albo laborant?

– Nie sądzę. Fachowiec zabezpieczyłby to lepiej... Dyletant. Zdolny, ale dyletant – mruknął Skórzewski, oglądając szkiełko. – Poza tym barwienie atramentem zostało potępione przez Rosyjską Akademię Nauk.

– Cudzoziemiec?

– Niekoniecznie. Akademia napiętnowała, jednak sposób jest na tyle dobry, że po cichu prawie wszyscy go stosują.

– Będziemy współpracować?

– Tak.

Dzierżyński nacisnął dzwonek. W drzwiach pojawił się służbiście wyprężony czekista.

– Wygodna cela, świeża pościel, jedzenie, książki, jakich sobie tylko zażyczy – zakomenderował Feliks. – Opróżnić kazamaty pod północnym bastionem, zrobicie tam laboratorium. Doktor powie, co będzie potrzebne do badań. Na skompletowanie wyposażenia macie czas do północy. Będziesz umiał zrobić obdukcję zwłok? – Popatrzył na więźnia ponurym, świdrującym wzrokiem.

– Tak – lekarz nie wahał się nawet przez chwilę.

– Odkopać trupy, dostarczyć znalezione łby – polecił Krwawy Feliks. – Te dzisiejsze też. A gdy wasz rozpruwacz uderzy znowu, weźmiecie doktora, niech dokładnie obejrzy ciało – Dzierżyński ponownie zwrócił się do podwładnego. – I kompletny raport!

Gestem odesłał obu do diabła. Stanął przy oknie i długo patrzył na pokrytą grubym lodem Newę. Miasto na jej brzegach było ciemne, tylko gdzieniegdzie w oknach domów słabo pełgały światła świeczek i łojówek. Z daleka wiatr przyniósł odgłos palby karabinowej. Gdzieś tam w mrocznych zaułkach ukrywał się człowiek ucinający głowy komunistom... Krwawy Feliks wyszczerzył w straszliwym uśmiechu bezzębne dziąsła.

– Przyjdzie czas, że to jego zetniemy – mruknął.

Na jednym z dziedzińców zaterkotał karabin maszynowy. To strażnicy opróżniali kazamaty fortu. Ciężkie zimowe chmury znowu prószyły śniegiem. Na portierni zabrzęczał czerwony telefon. Lenin dzwonił dowiedzieć się o postępach śledztwa.

Przez wąski otwór strzelnicy wpadało lodowate powietrze. Zapach rozkładających się zwłok był słaby, ostra woń karbolu i formaliny prawie go zabiła. Cztery karbidowe lampy, mikroskop... Doktor Skórzewski, słysząc skrzypienie drzwi, oderwał wzrok od obiektywu binokularu.

– Słucham – burknął Dzierżyński, bez zmrużenia oczu patrząc na trzy zdekapitowane ciała leżące na stołach oraz dwie pozbawione czerepów głowy ustawione na szafce. Osiem kompletnych trupów umieszczono osobno.

– Jedna głowa pasuje do ciała. Nie znaleźliśmy zwłok, z których pochodzi druga. Ekshumowano wszystkie ofiary. Wszystkie znane.

– Jakie wnioski?

– Sprawca zabija ochronę przy użyciu rewolweru typu nagan. Strzela zawsze w pierś z bardzo małej odległości. Prawdopodobnie ma słaby wzrok lub z celnością u niego kiepsko, dlatego skraca dystans. W przypadku towarzyszy Żeliaznikowa i Mitockiego wypalił w szybę samochodu, prawie dotykając jej lufą.

– Dlaczego nikt nie słyszał strzałów?

– Prawdopodobnie używa tłumika. To taki wynalazek pozwalający strzelać prawie bezgłośnie.

– A, kojarzę... My też już mamy coś takiego. A więc ochronę zabija z rewolweru.

– Tak. Bo wasi ludzie giną od ciosów zadanych bronią białą. Zabójca uderza niezwykle precyzyjnie. Pierwsze cięcie odsłania odcinek szyjny kręgosłupa. Drugie trafia pomiędzy kręgi...

– Żeby łatwiej urżnąć głowę, tnie po chrząstkach, a nie po kości. Rozumiem.

– Tylko w dwu przypadkach ostrze się omsknęło. Sądząc po rodzaju ran, najprawdopodobniej jest to klewang.

– Co to jest, u diabła?

– Rodzaj specjalnej maczety stosowanej przez łowców głów z Sumatry i Borneo. Widziałem podobne w trakcie praktyki lekarskiej w tamtych częściach świata.

– Sprawdźcie, czy w mieście mamy odnotowanych ludzi, którzy przybyli z Malezji i Indochin – rzucił Dzierżyński do towarzyszącego mu strażnika. – Zwróćcie też szczególną uwagę na członków Kominternu z tych krajów, o ile oczywiście są tacy...

– Tak jest! – Podwładny wybiegł.

– Czaszki otwierane są przy użyciu piły trepanacyjnej – Skórzewski podjął wykład. – Sprawca z pierwszej wyciął cały mózg, z drugiej tylko płaty skroniowe i czołowy. Prawdopodobnie zabiera tylko to, co jest mu potrzebne do badań.

– Czy to zrobił lekarz?

– Trudno ocenić, jednak cięcia zarówno kości, jak i mózgu prowadzone są niezwykle precyzyjnie. Z całą pewnością sprawca zna doskonale ludzką anatomię.

– Po co to robi?

– Nie wiem, ale wygląda, jakby czegoś szukał. Za pierwszym razem wycięto, jak mówiłem, cały mózg, za drugim już tylko najciekawsze części. Obie głowy znaleziono w odstępie kilku dni. Oczywiście wszelkie wnioski należy formułować ostrożnie. Mamy dziesięć ciał z co najmniej jedenastu i tylko dwie głowy. Preparat znaleziony na miejscu jednego z... – zawiesił na sekundę głos – ...tych zdarzeń wykonano prawdopodobnie z tkanki mózgowej, tnąc narząd metodą płatkową.

– Co to znaczy?

– Ludzie badający mózgi dawniej cięli ten narząd na bloczki, obecnie stosuje się raczej badanie cieniutkich plasterków.

– Rozumiem. Pracuj dalej.

Stary orientalista siedział w zamyśleniu przy stole. Gdyby doktor Skórzewski tu zajrzał, z pewnością zdziwiłby się niepomiernie. Dawna służbówka za kuchnią zmieniła się w coś na kształt laboratorium. Na regale pysznił się rząd słojów z próbkami. Część z nich mokła w różnego rodzaju roztworach barwiących. Na stole walały się dziesiątki ponumerowanych preparatów. Na etażerce stały w karnym rządku publikacje, z których profesor czerpał swą medyczną wiedzę. Zgasił karbidówkę i nałożył pokrowiec na lusterko pomocnicze.

– No, Iwan, dzisiejszej nocy powinno nam się wreszcie udać – powiedział. – Chyba jesteśmy już bardzo blisko...

Głowa syna zamknięta w szklanym słoju nie raczyła udzielić mu odpowiedzi.

Towarzysz Izomierow przekręcił klucz w zamku zardzewiałej furtki. Odprawił obstawę i ruszył ścieżką w stronę drzwi willi po fabrykancie. W oknach widać było poblask, znaczy prąd znowu podłączyli. Pietka pewnie czeka z koniakiem i szaszłykiem, a kto wie, może i obiecany przez Lenina czarny kawior ze specrezerwy już dowieźli?

Wszedł po trzech stopniach, położył dłoń na pięknej klamce ze srebrzonego brązu. Nagle zamarł. Ścieżka... odmieciona? Pietka tylko od wielkiego dzwonu posypywał ją popiołem. W taki mróz ten leń z pewnością nawet nosa za próg nie wyściubił. A może ktoś chciał zatrzeć ślady swoich butów? Kto? Czyżby ten mściciel, o którym gadali? Izomierow odwrócił się na pięcie i ruszył w stronę bramki. Obstawa z pewnością nie zdążyła odejść daleko. Zawoła ich i razem wejdą do środka, tak będzie bezpieczniej.

Za jego plecami szczęknęły drzwi. To nie był współlokator – on nawet w domu nosił ciężkie, podkute oficerki, tymczasem krok wychodzącego był lekki jak u tancerza. Izomierow rzucił się do rozpaczliwej ucieczki.

– Towarzysze, do mnieee... – krzyk utonął we krwi zalewającej gardło. Drugie uderzenie klewanga oddzieliło głowę od tułowia.

Zabójca pochylił się i strąciwszy butem papachę mężczyzny, złapał głowę za włosy. Z daleka dobiegł tupot podkutych butów. Widocznie czerwonogwardziści usłyszeli przedśmiertny skowyt swojego mocodawcy.

Zabójca bez większego wysiłku pokonał parkan i pobiegł ulicą.

– Stój! – ryknął ktoś za nim.

Huknęły dwa lub trzy strzały karabinowe. Niecelne. Rzucił przeszkadzającą mu w ucieczce głowę, potem z ogromnym żalem zostawił też aktówkę z preparatami z mózgu Pietki. Wpadł w zaułek. Za chwilę zgubi pościg. Uliczka rozdzielała się na trzy strony. Wiatr wydmuchał śnieg do gołego trotuaru. Nie będą wiedzieli, dokąd pobiegł, a wątpliwe, by się rozdzielili. Ścigany, dysząc jak lokomotywa, przyspieszył kroku. Jeśli mu się poszczęści, za chwilę będzie bezpieczny. Najwyższy czas, biegł już ostatkiem sił...

W ciemnościach nie zauważył, że zza zniszczonego słupa ogłoszeniowego odprowadza go spojrzenie dziwacznych rybich oczu.

– *Wo blia*! – zaklął dowódca patrolu, wybiegając na skwerek.

– Tam! – Zza słupa wyłonił się dziwny typ. Morda kryminalisty, na nadgarstku blizna od kajdan, bezczelne spojrzenie, opaska na rękawie...

Wyciągniętą ręką wskazał kierunek.

Kilka minut później echo wystrzałów ogłosiło miastu śmierć tajemniczego łowcy głów.

Dzierżyński wszedł do mieszkania orientalisty. Czekiści buszowali po pomieszczeniach, robiąc gruntow-

ПРАВДА

ną rewizję. Jeden usłużnym gestem wskazał wyłamane drzwiczki w kącie kuchni. Feliks przekroczył je i znalazł się w laboratorium. Głowy zanurzone w konserwujących roztworach patrzyły na niego niewidzącym spojrzeniem zmętniałych oczu. Dwie twarze wydawały się nawet znajome. W szklanych naczyniach pływały mózgi i ich kawałki. Feliksa jednak bardziej zaciekawiło pudełko. W specjalnych przegródkach tkwiły dziesiątki szkiełek z preparatami. Zamknął pokrywę i wziął je ostrożnie pod pachę.

– To do analizy dla doktora. – Wskazał słoje. – A potem zapieczętować wszystko – polecił. – Może będzie trzeba przeprowadzić tu dokładniejsze badania.

Konwój doprowadził Skórzewskiego do laboratorium. Dzierżyński był już na miejscu.

– Miałeś rację – powiedział. – To klewang. – Pokazał broń spoczywającą na stoliku.

Rękojeść wykonana została ze zdobionej brązem ludzkiej kości udowej. Ostrze, nieco poszczerbione, wykuto starannie z żelaza. Nawet z tej odległości widać było na nim rude plamy po niedokładnie wytartej krwi. Skórzewski poczuł chłód w żołądku. A zatem dopadli zagadkowego mordercę.

– To oznacza, że moje usługi są już niepotrzebne? – Zwiesił ponuro głowę.

– Wręcz przeciwnie – mruknął Krwawy Feliks. – Morderca został wyeliminowany, ale nie przybliżyło nas to do wyjaśnienia podstawowego problemu: po co to robił? Zastrzelili go, niestety, nic nam już nie powie, ale mamy ciebie, doktorze. – Wyszczerzył bezzębne dziąsła w straszliwej parodii uśmiechu.

– Co mam zrobić?

– Przeanalizować wyniki jego badań i wydedukować, o co w tym wszystkim chodziło. Tu są preparaty, które wykonał. Urżnięte głowy oraz mózgi zostaną dostarczone za parę minut. Możesz badać sobie spokojnie i wyciągać wnioski. Pośpiechu już nie ma. Zaczekam choćby i trzy dni.

Chwilę potem konwojenci przynieśli resztę zabezpieczonych dowodów. Skórzewski rozpoznał swój mikroskop, ale opanował się tytanicznym wysiłkiem. Nie zdradził, że zna tożsamość „łowcy".

Przez wiele godzin oglądał preparaty. Część wykonano bardzo niewprawnie, kolejne były coraz lepsze. Jaki szalony pomysł skłonił starego profesora orientalistyki do ucinania ludziom głów? Czego szukał w ich mózgach, wykorzystując najlepszą metodę i najlepszy dostępny mikroskop? Skoro barwił tkankę, prawdopodobnie chodziło mu o odnalezienie jakichś bakterii. Ale jakich? Przecież pod mikroskopem widać było zupełnie czyste plastry kory mózgowej.

Twarda prycza, zawszony koc, pod głową resztki wypchanej słomą poduszki... A miała być czysta pościel, pomyślał z przekąsem doktor. Zapadł w sen. Znowu był młodym lekarzem świeżo po studiach. Szedł przez zaułki Gamle Bryggen w Bergen w towarzystwie Armauera

Hansena. Gdzieś w mroku krył się demon choroby – już go widzieli, plamę ciemniejszą od mroku. Odwrócił ku nim twarz, przeżarte trądem oblicze starego żebraka. I nagle Skórzewski był sam, szedł przez ciemny, skuty mrozem Petersburg. Potykał się na nierównym bruku. Spojrzał pod nogi. Nie, to nie były kocie łby, tylko głowy urżnięte bolszewikom. Wszystkie rozpiłowane. Pomiędzy nimi wmarznięte w nawierzchnię spoczywały strzępki ludzkich mózgów. Nagle doktor stanął na niedużym placyku. W centrum majaczyła czarna sylwetka w obszarpanym szynelu. Skórzewski ruszył w tamtą stronę, dobywając szabli. Stwór odwrócił się, pokazując wredną gębę zwolnionego z katorgi kryminalisty. Na rękawie nosił opaskę czerwonogwardzisty. Doktor złożył się do ciosu, ale spostrzegł, że trzyma tylko rękojeść broni. Demon uniósł rękę, długie palce ze szponiastymi paznokciami pociągnęły za supeł tasiemki, rozplątując ją. Szmatka załopotała na wietrze i postać rozsypała się w pył. Czerwona chmura rozwiała się momentalnie na wietrze... Coś cicho brzęknęło o bruk. Lekarz pochylił się i podniósł z kamieni szklaną płytkę z preparatem. Usłyszał jeszcze szyderczy śmiech i się obudził.

Leżał przez chwilę w nagłym olśnieniu, składając wszystkie elementy łamigłówki w jedną logiczną całość. Wiedział. Już wiedział...

– Socjalizm to epidemia!

– Epidemia?! – powtórzył Dzierżyński. – Co masz na myśli?

Siedzieli w gabinecie dowódcy WCzK, za oknem miękko prószył śnieg. Przyjemne zimowe przedpołudnie. W kominku dobrze napalono, obsługa przyniosła herbatę, bardzo dobrą, pewnie ze skonfiskowanych jakiemuś arystokracie zapasów. Lekarz chwilami prawie zapominał, że ich rozmowa to dialog skazańca z katem.

– Jeśli naniesiemy na mapę Europy wszystkie miejsca, gdzie w ciągu ostatnich kilku miesięcy wybuchły rewolucje lub powstania proletariatu, otrzymamy...

– Czekaj. – Dzierżyński powstrzymał lekarza gestem. Z szafy wyciągnął atlas. – Rysuj. – Podał wieczne pióro.

– Zaczyna się tu, w Petersburgu i w Moskwie. – Skórzewski zaznaczył dwa kółka. – Potem mamy Mołdawię, Węgry oraz dość odległy Ural. Następnie Berlin, Bawaria, Włochy...

– Coś jakby spirala?

– Raczej kręgi, jak od kamienia rzuconego w wodę. Uderza w taflę, wzbija falę i nieco kropli. Te padające wokoło tworzą fale wtórne...

– Rozumiem.

– Im dalej od centrum, tym rewolucje słabsze i szybciej tłumione – Skórzewski dokończył swój wywód.

Krwawy Feliks przespacerował się po gabinecie.

– Nie mają kontaktu z nami, brak im pieniędzy, kadr... Więc i szybciej władza upada.

– Wierzy pan w to? Wszyscy wiedzą, że Lenin wyekspediował miliony w złocie do Szwajcarii. Wszystkie grupy rewolucyjne otrzymały bardzo podobną pomoc. Wszędzie dotarli wasi emisariusze. Wszędzie byli i miejscowi marksiści, gotowi w każdej chwili chwycić za broń. Tylko że...

– Masy! – przerwał mu Dzierżyński. – Tu, w Petersburgu, przechwyciliśmy władzę, bo poparła nas ulica! Tam ludzie w mniejszym stopniu poszli za czerwonym sztandarem.

– Tak. Zwykły opór, konserwatyzm i zdrowy rozsądek społeczeństwa zdusił w zarodku wasze plany. I to właśnie podpowiedziało mi rozwiązanie tej zagadki. Jeśli dokładnie przeanalizujemy mapy, zauważymy, że wokół na przykład Berlina też doszło do kolejnych słabszych wystąpień. Jakby dodatkowe kręgi. Coraz słabsze.

– Dobra. Przejdźmy do konkretów.

– Identycznie przebiegała niedawna epidemia grypy. Rozchodzące się kręgi zachorowań. Wirus się zdegenerował, stracił zjadliwość.

– Zaraza... To niemożliwe!

– To jest epidemia. – Skórzewski popatrzył mu prosto w oczy. – Bakcyl rewolucji, czerwona gorączka.

– Co ty bredzisz?!

– Wasza ohydna idea jest nie do zaakceptowania przez normalnego, zdrowego człowieka. Przyswoić ją może jedynie osobnik zakażony. Człowiek, którego mózg pracuje inaczej niż u zdrowego.

– To musi być przypadkowa zbieżność.

– Nie. To już raz nastąpiło. Pamięta pan, jak to było podczas rewolucji francuskiej? Wybuchła w Paryżu, ale im dalej od miasta, tym oddziaływanie słabsze. – Otworzył atlas na mapie Francji i znowu zaczął rysować kółka. – Tam, gdzie dotarły grupy inicjatywne, wybuchły powstania, ale prowincja nowinki rewolucyjne przyjmowała z tym większym oporem, im dalej i im później dotarli na nią piewcy nowego porządku. Wreszcie była

Wandea – zakreślił wskazany obszar – gdzie rewolucja w ogóle nie zdołała zapuścić korzeni, tam wprowadzono ją siłą i dopiero po rzezi tysięcy autochtonów...

– Jak to wyjaśnić?

– Rewolucja wybuchła jesienią po trzech kolejnych latach nieurodzaju. Ludzie w miastach byli niedożywieni. Wandea to okręg rolniczy, jedne z najżyźniejszych ziem Francji. Człowiek syty jest odporniejszy na wszelkie zakażenia. A może było jeszcze inaczej? Drobna odmienność fizjologii. Inne pochodzenie wystarczyło, by posiadali naturalną odporność. Zresztą sami wiecie, jak to wygląda tutaj. Wasze idee radośnie podchwycili Żydzi i Łotysze. Lenina chroni pewnie ze czterystu Chińczyków. Rosjanie okazali się odporniejsi, tysiące z nich uciekło walczyć w oddziałach białych. A Polaków w waszych władzach jest niewielu.

– A zatem istnieje bakcyl wywołujący rewolucję. A raczej sprzyjający rewolucji.

– Specyficznej rewolucji. Rewolucji, która daje możliwość rozładowania agresji. Która w zbiorowych gwałtach i upadku moralności daje możliwość zaspokojenia znacznie podwyższonego popędu seksualnego. Ludzi cierpiących na czerwoną gorączkę raczej nie namówicie do czynienia pokuty w klasztorach, choć kto wie czy nie poszliby na krucjatę przeciw niewiernym. Tak jak na Ukrainie. Macie tam niewielkie poparcie, ale ten kraj uległ zakażeniu, tylko że ktoś je wykorzystał, by rzucić hasło pogromów Żydów i bolszewików. Myślę, że ten bakcyl pojawia się na ziemi już po raz kolejny. Najazdy Scytów, Hunów, Wandalów, nagła i niewytłumaczalna eksplozja islamu, wojny religijne XVI i XVII wieku, Francja...

– Ale to była burżuazja!

– Ta choroba nie wywołuje socjalizmu. Po prostu wasza idea przypadkiem idealnie zgrała się z kolejną falą zachorowań. W wyniku choroby, wskutek uszkodzenia mózgu, powstaje nowy byt. Człowiek, który nie czuje miłości, współczucia, wyrzutów sumienia, dla którego zaspokojenie instynktów i żądz staje się najwyższym prawem, który odczuwa przemożną chęć barbarzyńskiego niszczenia, palenia, gwałcenia, torturowania, mordowania. Istota człekopodobna, chłonąca całkowicie bezkrytycznie kłamstwa głoszone przez tych, którzy krzyczą najgłośniej. Wszystkie te cechy występują u was i waszych sojuszników. Wszystkie te cechy są typowe dla socjopatów, u których nie działają hamulce, jakie zbudowały pospołu ewolucja i cywilizacja.

Dzierżyński milczał.

– Czy to pewne? – zapytał wreszcie. – Profesor rozkroił kilkanaście mózgów, czy w jego preparatach znalazłeś bakterię odpowiedzialną za tę chorobę?

– To nie jest bakteria. To wirus.

– Wirus... Czym różni się od bakterii?

– Wielkością, a może też innymi cechami. Tak nazywamy roboczo czynnik chorobotwórczy wielokrotnie mniejszy od bakterii. Zbyt mały, by udało się go dostrzec przy użyciu naszych mikroskopów.

– Skąd zatem wiecie, że istnieje?

– Udało się oznaczyć jego przypuszczalną wielkość przy pomocy membran z mikroporami i eksperymentów na zwierzątkach doświadczalnych. Wiemy, przez jakiej wielkości otwory jest w stanie przeniknąć. Na przykład influencę wywołują właśnie wirusy.

– Rozumiem... Czyli niepodważalnych dowodów nie ma?

– Nie. Może jeśli kiedyś zdołamy opracować metody pokazujące, jak działa umysł, jeśli dowiemy się, które grupy neuronów za co odpowiadają, będziemy wiedzieli, gdzie to uderza. Na razie jedno wydaje się pewne. To nie zabija komórek kory mózgowej, a jedynie zmienia ich właściwości.

– Mówiłeś, że zjawisko słabnie, że im dalej od centrum zarazy, tym zachorowania są rzadsze, a przebieg choroby lżejszy... – Dzierżyński nabił fajkę i zapaliwszy, zaciągnął się dymem. – Co będzie dalej?

– Najbardziej prawdopodobne są dwa scenariusze – odparł Skórzewski. – Po pierwsze, czerwona gorączka może atakować jak grypa. Będzie przychodzić do Europy falami mocniejszymi i słabszymi, w zależności od odmiany wirusa, który ją powoduje.

– A po drugie?

– Może się rozpełznąć jak na przykład wywoływany przez bakterie syfilis.

– To znaczy?

– Gdy marynarze Kolumba przywlekli go z Ameryki, pierwsza fala była potwornie zjadliwa, choroba w ciągu kilkunastu miesięcy posyłała ludzi do grobu. Zaraza rozprzestrzeniała się też w bardzo szybkim tempie. Potem stopniowo osłabła, aż stała się przewlekłą dolegliwością, która potrzebuje całych dziesięcioleci, aby zabić swojego nosiciela. Może bakcyl osłabł z czasem, a może wybił wszystkich bardziej wrażliwych i pozostali przy życiu ci częściowo odporni. Wydaje mi się, że mamy do czynienia z wariantem pierwszym. Kolejne fale zachorowań, ale stany są chroniczne. Tylko nie wiem, czy wirus jedynie niszczy mózgi, czy też zostaje w nich jako stały rezydent.

– Innymi słowy, w drugim przypadku, jeśli nasza rewolucja to coś w rodzaju trypra...

– Tak czy siak, niebawem straci tempo. Ale wasza idea przez kolejne dziesięciolecia będzie miała w Europie i na świecie odpowiednią liczbę nosicieli. Komunizm będzie się degenerował wraz z bakcylem, lecz jednocześnie ogarniał coraz większą liczbę ludzi.

Dzierżyński milczał długą chwilę, jakby coś rozważając.

– Czy to jest uleczalne? – zapytał wreszcie. – Czy byłbyś w stanie wyleczyć na przykład mnie?

Skórzewski pokręcił przecząco głową.

– Na obecnym etapie rozwoju medycyny jest to niewykonalne. Może nowe, silniejsze leki, które zostaną wynalezione w ciągu następnych dziesięcioleci...?

– A szczepionka? Da się przed tym zabezpieczyć?

– Nie wiem. Nie sądzę. Może kiedyś się uda taką opracować, gdy nowe, ulepszone mikroskopy pozwolą nam wykryć wirusa i poznać jego budowę.

– Dobre warunki życia z pewnością wzmacniają odporność. A zatem będziemy głodzić każdy lud, który znajdzie się w zasięgu naszych rąk – syknął Dzierżyński jakby do siebie. – Zgnoimy arystokratów, burżujów, inteligencję...

– Wiem – burknął Skórzewski. – Słyszałem o obozach pracy.

– To za mało! – Wszechwładny dygnitarz skrzywił się. – Zagłodzimy ludzi w miastach i we wsiach. Uczynimy polem walki każdy zakątek zajętego terenu. A resztę niech zrobi za nas ten zdumiewający bakcyl. Tak czy inaczej, wszystko zależy od pośpiechu.

– Nie uda wam się. Zawsze pozostaje wrodzona odporność. Zawsze będą ludzie zdolni oprzeć się zakażeniu.

– Tych, którzy wykażą się wrodzoną odpornością, wymordujemy... Jak w Wandei. Tylko szybciej i dokładniej!

W milczeniu przeszedł się po gabinecie. Potem popatrzył na swojego więźnia.

– Dni są krótkie – powiedział – ale mrozy chwyciły mocne. Lód powinien utrzymać ciężar człowieka.

Skórzewski pytająco przechylił głowę.

– Wypuszczę cię. Jednak w Petersburgu zostać nie możesz. Jedyna droga ucieczki to zamarznięta zatoka. Przejdziesz nocą po lodzie. – Rzucił doktorowi mały kompas na łańcuszku.

– Dlaczego?

– Z wdzięczności. Uświadomiłeś mi, że znajduję się po właściwej stronie. Wśród tych, którzy zwyciężą.

Godzinę później za lekarzem z hukiem zatrzasnęły się stalowe drzwi twierdzy. Był wolny...

W samej kamienicy nic się nie zmieniło przez te parę dni. Klucz, który namacał w kieszeni, nadal pasował do drzwi mieszkania, choć w środku stało już kilka nowych mebli. Kto tu zamieszka? Komu i za jakie zasługi oddano jego dom? Nie miało to większego znaczenia. Wprawdzie torba z przyrządami lekarskimi przepadła podczas aresztowania, lecz w szafce w przedpokoju nadal leżało trochę narzędzi chirurgicznych. Znalazł trzy posrebrzone skalpele.

Z kuchni Skórzewski zabrał resztę zeschniętego chleba i wyszedł w mrok. W drzwiach odwrócił się na chwilę.

– Tak czy inaczej, nie wrócę tu nigdy – szepnął.

Stanął na progu kamienicy i zamyślił się. Wypróbować starą metodę z Norwegii? Odliczyć dwa tysiące pięćset osiemdziesiąt sześć kroków i zobaczyć, co czeka go tam, na końcu? Nie, trzeba inaczej...

Demon czekał dokładnie w miejscu, w którym lekarz zobaczył go we śnie. Latarnie zgasły, tylko księżyc, wiszący nad miastem jak lampa, oblewał światłem skwerek. Wredna gęba stwora patrzyła na doktora obojętnie. Ten przełknął nerwowo ślinę.

– Więc spotkaliśmy się wreszcie – powiedziała istota niskim, ponurym głosem.

– Ustąp i giń. – Skórzewski wziął rozbieg i natarł całym impetem.

Dwa srebrzone ostrza uderzyły jednocześnie. Serce i tętnica szyjna... Wpadłszy na demona, doktor poczuł przez chwilę, jakby zaplątał się w pajęczyny. Upadł na oszroniony bruk, lecz odwrócił się błyskawicznie. Jego atak rozproszył znaczną część ciała wroga, wybił w nim po prostu wielką, nieregularną dziurę. Jednak na oczach lekarza wyrwa ta zaczęła zarastać. Widmo nawet nie raczyło się odwrócić w jego stronę, po prostu z tyłu głowy wyłoniła się nowa twarz. Ręce przekręciły się w łokciach, nogi w kolanach, na plecach szynela pojawiły się guziki.

– Zastanawiasz się, czy poważnie mnie zraniłeś – parsknął stwór. – Trochę zabolało i tyle. Zginęła niewielka część mego jestestwa. – Jakby na potwierdzenie tych słów na bruk posypały się niewielkie, skurczone i wyschnięte larwy jakichś owadów. – Przegrałeś. Nie jesteś w stanie zrobić nic... Nic, co mogłoby mi zaszkodzić. Ja też nie mam takiej władzy, by cię zabić. – Spojrzał na Skórzewskiego z mieszaniną niechęci i podziwu. – Umiem tylko zarażać. Pozwolili ci żyć, więc odejdź. To nie są sprawy na twoją głowę.

– Unicestwiłem kiedyś takiego jak ty.

– Wiem. Ale nas jest wielu. Czas tamtego minął – osłabł i stał się dla was łatwym celem. Zresztą trąd... Jaka to przyziemna, średniowieczna zaraza, w sam raz dla tego rozsypującego się ze starości pokurcza. A mój czas dopiero nadchodzi.

– Opowiem o tobie ludziom. Zniszczymy cię! Opracujemy lek na czerwoną gorączkę!

– Spróbujcie. O ile ktokolwiek ci uwierzy. – Demon roześmiał się chrapliwie i jak wtedy, we śnie, rozwiał się w postaci chmury szarorudego pyłu.

Zakutany w cienką jesionkę doktor noga za nogą wlókł się po lodzie zatoki. Dawno już stracił czucie w stopach, broda pokryła się szronem. Wiatr przetaczał wokół tumany śniegu. Wielokrotnie mijał zamarznięte ciała tych, którzy próbowali przebyć tę drogę przed nim. Już nie potrzebował kompasu. Daleko przed nim, na fińskim brzegu, błyskało światło. Lampa w oknie farmy czy latarnia na portowym bulwarze jakiegoś miasteczka? W zasadzie było mu całkowicie obojętne. Liczyło się tylko to, że światło oznacza cywilizację i ciepło. Wiedział, że zdoła tam dotrzeć. Musi. Gdzieś tam są ludzie, których trzeba ostrzec przed nową zarazą, straszliwszą niż wszystkie dotychczasowe...

Grucha

Pamiętam tamten dzień, zaczął się tak zwyczajnie... Szare płyty chodnika zasłane złotymi liśćmi; powietrze jeszcze ciepłe, świetliste; chłodne powiewy wiatru przepojone zapachem dymu... Przyjemnie byłoby iść do parku, włócząc się, niespiesznie zbierać kasztany, cieszyć się słońcem i złotą polską jesienią. A guzik. W poniedziałkowe poranki niewolnicy mają inne obowiązki.

Tomek Neborak siedział na podłodze przed salą i studiował opasły tom. Miał pecha, biedak. Doszedł do naszej klasy we wrześniu i Grucha od razu uznała, że należy go zaszczuć. Niszczyła go dzień po dniu. Jeszcze się trzymał, ale zacząłem dostrzegać w jego oczach nieludzkie zmęczenie, jakby odbicie moich własnych myśli.

– Co tam czytasz? – zagadnąłem.

– „Archeologię prawną Europy". To monografia na temat kar, tortur, ogólnie rzemiosła katowskiego w późnym średniowieczu. Piękne czasy – westchnął. –

A polscy kaci byli najlepsi w Europie. Mieliśmy nawet własną akademię.

A więc Grucha nie zdołała zabić w nim fascynacji historią. Jeszcze nie. Mnie wyleczyła, choć zajęło jej to cały rok.

– Oryginalne zainteresowania – zauważyłem.

Ale i trochę dziwaczne, pomyślałem.

Uśmiechnął się jakby lekko kpiąco.

– Zniesienie kary śmierci to kompletna głupota. Zresztą wystarczy, że rozejrzysz się wokoło, i z miejsca zobaczysz masę kolesiów, którym należałoby natychmiast poucinać głowy.

– Co fakt, to fakt – przyznałem mu rację.

W tym momencie zabrzmiał dzwonek.

Lęk zaciążył mi zimną kulą w żołądku. Grucha otworzyła dziennik. Popatrzyła na klasę z mieszaniną pogardy i nienawiści, a potem wbiła spojrzenie w długie kolumny ocen. Dwie możliwości: ja albo Tomek. Zapowiedziała nam już, żebyśmy wybili sobie z głowy liceum. Zasugerowała zmianę szkoły, bo w tej „nie potrzeba takich głąbów jak wy". Nie usłuchaliśmy, więc teraz nadszedł czas odstrzału...

– Nieborak, do odpowiedzi – warknęła.

Zawsze złośliwie przekręcała jego nazwisko, jakby w oryginalnej postaci było nie dość śmieszne. Poczułem straszliwy zawrót głowy, nagła ulga zupełnie mnie oszołomiła. Mój kolega z ławki powlókł się pod tablicę. Odwróciwszy się w stronę klasy, znieruchomiał przy mapie z niepewnym uśmiechem, jakby nie do końca zdawał sobie sprawę, gdzie się znajduje.

– Zreferuj nam wojny ze Szwecją prowadzone przez Władysława IV – burknęła nauczycielka.

Naszykowała sobie czerwony długopis, ten ulubiony, do stawiania jedynek. Pozostałe oceny wpisywała czarnym.

Odchrząknął i zaczął mówić. Początkowo nieskładnie, stopniowo coraz płynniej.

Trafiła kosa na kamień, pomyślałem z mściwą satysfakcją. To jego ulubiony temat.

I rzeczywiście, sypał faktami, datami i nazwiskami jak z rękawa. Wreszcie doszedł do najciekawszego:

– Starosta Łukasz Żółkiewski w tej fazie wojny zdecydował się przejąć inicjatywę strategiczną. Jego werbownicy dokonali na Siczy zaciągu kozaków. Przerzucono ich w okolice Rewala, gdzie miejscowi rzemieślnicy wybudowali dla nich flotyllę czajek. Wiosną pojawiły się na Bałtyku...

– Zmyślasz, pała. – Grucha z zadowoleniem wpisała ocenę.

Zbladł, zacisnął usta, ale nie wytrzymał.

– Czytałem o tym w książce profesora Serczyka – powiedział.

– Dyskutujesz z nauczycielem? Druga pała. – Uśmiechnęła się błogo.

Spojrzał na nią zaskoczony, zdumiony, zdezorientowany... A potem odwrócił się na pięcie i wyszedł z klasy. Zamarliśmy w zdumieniu.

– Dokąd?!!! – ryknęła Grucha.

Odpowiedział jej tylko oddalający się stukot butów. Gdzieś daleko skrzypnęło otwierane okno. Przeciąg zatrzasnął drzwi.

– Samowolne opuszczenie klasy, trzecia pała. – Z zadowoleniem postawiła kolejną jedynkę. Popatrzyła na zegarek.

– Czasu jeszcze sporo – stwierdziła. – Ciachorowski, do odpowiedzi.

– Ja? – wykrztusiłem przerażony.

– A kto? – warknęła. – Z życiem.

Podreptałem jak na ścięcie. Gdzieś na ulicy ktoś wrzasnął rozdzierająco. Stanąłem pod tablicą.

– Opowiedz nam o... – Zamyśliła się, szukając odpowiednio wrednego pytania. – O szwedzkich dowódcach wyprawy na Polskę.

– Nie umiem – zająknąłem się.

– Pała! Dlaczego nie umiesz?

– Nie przerabialiśmy tego...

– Pała! Trzeba było doczytać i nauczyć się.

– Nie było w podręczniku – zrobiłem kolejny błąd.

– Pała!

W tym momencie otworzyły się drzwi. Stanął w nich dyrektor.

– Pani magister – zwrócił się do Gruchy – proszę do mojego gabinetu.

Spojrzał na nas i przez moment nad czymś się zastanawiał.

– Dzisiejsze lekcje są odwołane – powiedział wreszcie. – Zejdźcie do szatni, tylko bez szaleństw na schodach.

To dziwne, ale nikt z nas nie pomyślał wtedy o Tomku. Dopiero przed budynkiem, gdy zobaczyliśmy parkujące przy ulicy radiowozy i karetkę, coś zaczęło nam świtać. Musiała minąć chwila, zanim zrozumieliśmy, co tak naprawdę się stało. Nasz kolega, otrzymawszy drugą jedynkę, wyszedł z klasy, przeszedł korytarz, otworzył okno i skoczył.

Poczekałem pod szkołą, by dowiedzieć się szczegółów.

Wtorek zaczął się dla odmiany paskudnie, mżył drobny, obrzydliwy kapuśniaczek. Szkoła stała jak wczoraj, jak gdyby nic się nie wydarzyło. Liczyłem, że lekcje zostaną odwołane, ale oczywiście przeliczyłem się. Dyrektor nawet nie urządził apelu, by zakomunikować nam wiadomość. Bo i co komunikować? Ot, zaszczuty przez historycę uczeń skoczył przez okno i się zabił... Zdarza się. Wszedłem do klasy i z miejsca zauważyłem torbę Tomka. Stała pod ławką w kącie, po prostu zostawił ją poprzedniego dnia... wychodząc. Nie była mocno wypchana, więc zwinąłem ją ciasno i wcisnąłem do swojej teczki. Wiedziałem, gdzie Tomek mieszkał; postanowiłem, że po lekcjach pójdę i oddam.

Gucio, nie mogłem dopiąć. Wyjąłem „Archeologię prawną..." i postanowiłem, że będę ją nosił w ręce. Na razie położyłem na ławce. Lekcje mijały leniwie jedna po drugiej. Na piątej miała być historia. Zastanawiałem się, czy Grucha przyjdzie, czy też nie. Nie przyszła. Zamiast niej pojawił się brodaty facet.

– Witajcie – powiedział od progu. – Nazywam się Rawicz, jestem praktykantem i będę mieć z wami zastępstwo.

Popatrzyliśmy na niego nieco zaskoczeni.

– Zastanawiacie się zapewne, co z waszą ulubioną – tu puścił oko – panią profesor Gruszczyńską. Chwilowo jest zawieszona, sprawę bada komisja dyscyplinarna kuratorium. Rodzicie waszego kolegi wnieśli przeciw niej poważne oskarżenia.

– Jest szansa, że ona już tu nie wróci? – odważyła się zapytać Magda.

– Minimalna. Co ostatnio przerabialiście? – Odruchowo sięgnął po leżącą na mojej ławce książkę, obejrzał ją z niejakim zdumieniem, a potem odłożył.

– Potop szwedzki – wyjaśniłem. – Doszliśmy do wyparcia najeźdźców z Polski.

– Znakomicie. A zatem, jak się zapewne domyślacie, po ustąpieniu najazdu kraj był kompletnie spustoszony. W wyniku działań wojennych, głodu i przywleczonych chorób zmarła lub uciekła, porzucając wsie, jedna trzecia mieszkańców. Jan Kazimierz tymczasem na wyposażenie armii zaciągnął gigantyczne pożyczki...

Referował sytuację znakomicie, płynnie, jakby czytał z książki.

Oto prawdziwy nauczyciel, pomyślałem z żalem. Nie to, co tamta...

Spostrzegłem, że coś wysunęło się z książki Tomka. Zakładka albo pocztówka. Spróbowałem dopchnąć palcem, jednak nie wchodziła. Nie chciałem grzebać w jego rzeczach, ale nie miałem wyjścia. Otworzyłem. To była fotografia. Przedstawiała piękny miecz, chyba

średniowieczny. Włożyłem obrazek głębiej i zamknąłem tomiszcze.

Komisja dyscyplinarna ulokowała się w pokoju pedagoga szkolnego. Zaczęli od przesłuchań uczniów z klasy, w której Grucha była wychowawczynią. Potem przyszła kolej na nas... Na mnie. Zapukałem i wszedłem do środka. Facet w garniturze był chyba z kuratorium, drugi, w mundurze, reprezentował organa ścigania, jako trzeci siedział nasz dyrektor. Na jego widok zrozumiałem, że całe to przesłuchanie będzie farsą, podobną do obrad tych od afery Rywina. Mimo to byłem gotów.

– Sławomir Ciachorowski – rzucił dyro do faceta z kuratorium. Ten kiwnął głową i odhaczył moje nazwisko na liście.

– Opisz własnymi słowami, co się wydarzyło.

– No więc pani Gruszczyńska wyrwała Tomka do odpowiedzi – powiedziałem, starannie dobierając słowa. – Odpowiadał znakomicie, aż doszedł do...

– Nie mógł odpowiadać znakomicie – przerwał mi dyro. – Neborak był kompletnym tumanem historycznym. W ciągu miesiąca nauki zgromadził osiem jedynek... – wyjaśnił pozostałym.

– Rozumiem. – Facet w garniturze skinął potakująco. – A zatem odpowiadał słabo i otrzymał kolejną ocenę niedostateczną? – zwrócił się do mnie.

– To nieprawda – zaprzeczyłem. – On bardzo lubił historię...

– Dostał pałę i co dalej? – zapytał policjant.

– Próbował przedstawić dowody na poparcie swojej tezy i dostał drugą. To go załamało.

– Jak często wcześniej zdradzał objawy zaburzeń psychicznych? – indagował mundurowy.

– Zaburzeń? – zdumiałem się. – To był najzdrowszy chłopak pod słońcem! Ona go zaszczuła!

– Był pod opieką szkolnego psychologa – wtrącił dyrektor. – Chcieliśmy go nawet wysłać do specjalniaka...

– Dobra, nie mamy czasu na drobiazgi – przerwał urzędnik. – Dostał drugą jedynkę i co?

– Otworzył drzwi i wyszedł.

– Wyszedł czy wybiegł?

Zamyśliłem się na chwilę.

– Wyszedł. Był kompletnie załamany. To ona go wykończyła! – wybuchnąłem. – Przez miesiąc traktowała go jak szmatę! To psychopatka.

– Ciachorowski, licz się ze słowami – warknął dyro.

– Chyba nie lubisz swojej nauczycielki, co? – uśmiechnął się bubek z kuratorium. – Swoją drogą, z ciebie też niezły ancymon, sześć jedynek...

Zaczerwieniłem się.

– Na mnie też się uwzięła.

Dyrektor westchnął i teatralnie uniósł oczy ku sufitowi, a ja zrozumiałem, że moja szczerość w najbliższym czasie drogo będzie mnie kosztować. Wychodząc ze szkoły, wiedziałem już, że nic z tego nie będzie, że wyciszą całą sprawę. Szkolny psycholog pewnie wyprodukował całą dokumentację dowodzącą, że nasz kumpel był niezrównoważony psychicznie... To, co powiedziałem, nie ma większej wartości – opinia ucznia z takimi ocenami jest dla nich bez znaczenia.

Mieszkali w niedużym domku koło piekarni na skraju osiedla. Zadzwoniłem do furtki. Zamek szczęknął i otworzył mi dobrze zbudowany mężczyzna. W ręce krzepko dzierżył potężnych rozmiarów topór.

– Dzień dobry – wykrztusiłem stremowany.

– Przepraszam, właśnie rąbałem drewka. – Jakby się zawstydził. Odstawił narzędzie mordu na ziemię. – Byłeś kolegą Tomka ze szkoły?

– Sławek – przedstawiłem się. – Przyniosłem jego torbę i książkę...

– Aha, tak. – Uśmiechnął się smutno. – Dziękuję bardzo. Może wejdziesz na chwilę?

Po plecach przebiegł mi dreszcz.

– Nie, dziękuję, muszę już lecieć – bąknąłem. – Mam takie pytanie: mogę przeczytać? Oddam za kilka dni.

– Zaciekawiło cię rzemiosło katowskie?

– To chyba były fajne czasy – odparłem. – Sprawiedliwość powinna być twarda.

– Masz rację. – W jego oczach zalśniło coś ponuro. – Są ludzie, którzy nie powinni chodzić po ziemi...

Uśmiechnął się jeszcze raz na pożegnanie i wprawnym ruchem ręki złapał stylisko swojej „siekierki". Ukłoniłem się i zwiałem.

Grucha wróciła w poniedziałek, dwa dni po pogrzebie Tomka. Weszła do klasy i popatrzyła na nas z czarującym uśmiechem psychopatki. Skuliłem się odruchowo. W dodatku cholernie chciało mi się sikać – nie zdążyłem na przerwie, sądząc, że jakoś wytrzymam godzinę.

– Ciachorowski, robaczku – syknęła jadowicie – słyszałam, że byłeś bardzo elokwentny, odpowiadając na pytania komisji dyscyplinarnej. Zobaczymy, czy z twojej elokwencji cokolwiek zostało.

– Do odpowiedzi? – jęknąłem.

– A coś ty myślał? Że będziesz mnie, gnoju, bezkarnie oczerniał? – Zaczerwieniła się ze złości. – Już ci mówiłam, gdzie jest miejsce takich tumanów jak ty... Siadaj, pała.

Wahałem się trzy dni. Wreszcie nie wytrzymałem. Dochodziła szósta wieczorem, nad miastem zapadał ciepły jesienny zmierzch. Zapukałem do drzwi Neboraków. Znów otworzył mi ojciec Tomka. Tym razem nie trzymał w ręce topora, ale przez ramię miał przerzucony zwój grubego konopnego sznura.

– Ach, to ty – przywitał mnie. – Wpadłeś oddać książkę? Jak ci się podobała?

– To też. – Kiwnąłem głową. – Ale mam sprawę...

– Czym jeszcze mogę służyć?

Poczułem, że wie. Wyjąłem zdjęcia, które znalazłem wetknięte między kartki. Tomek, kilku chłopaków, jakaś dziewczyna, paru dorosłych. Wszyscy poprzebierani w piękne średniowieczne stroje katowskie, wokoło narzędzia tortur, przerażeni dresiarze powkręcani w żelaza...

– To z naszego zjazdu rodzinnego – wyjaśnił. – Wejdź, proszę.

Usiedliśmy w saloniku. Stoliczek o szklanym blacie, na ścianie topory i miecze...

– Obejrzyj sobie – zachęcił.

Zdjąłem ten najładniejszy. Na ostrzu gotyckie literki układały się w napis *Me Fecit Solingen*.

– To pamiątka rodzinna – powiedział. – Przechodzi z pokolenia na pokolenie od co najmniej pięciuset lat.

– Proszę mnie przyjąć do cechu – wypaliłem. – Bo chyba nadal stanowicie cech?

Westchnął.

– To paskudne zajęcie, brudne, krwawe i co więcej, chwilowo nielegalne...

– Całe życie marzyłem o tym, że ktoś przyjdzie i zaprowadzi porządek. Ukarze winnych, poucina głowy wrednym nauczycielom. A teraz widzę, że się nie myliłem, że jest organizacja, siła, która może tego dokonać. Chcę wymierzać sprawiedliwość razem z wami.

– To nie jest łatwy zawód – powiedział. – Mamy swoją akademię, szkołę katów zakamuflowaną jako liceum z internatem. Tomek miał opory... Jeśli pomożesz mi w jednej sprawie, możemy się zastanowić.

Domyśliłem się, co mam zrobić, i moja twarz rozciągnęła się w uśmiechu.

– Dobra, omówimy sobie parę szczegółów z dziedziny psychologii... – zaczął.

Zapukałem do drzwi i nie czekając na zaproszenie, wszedłem do klasy. Trafiłem idealnie – właśnie kogoś odpytywała.

– Pani profesor, proszą panią do sekretariatu – oznajmiłem. – Ważny telefon z kuratorium.

– Co? – zdumiała się Grucha.

– Chcą panią zrobić metodykiem nauczania. – Jak dobrze znałem jej małe, parszywe marzenia.

Na twarz babsztyla wypełzł uśmiech. Odwróciła się, żeby wziąć torebkę, i w tym momencie dostrzegła swoją ofiarę.

– Brak odpowiedzi, pała! – warknęła i uroczyście wpisała ocenę do dziennika.

A potem majestatycznie opuściła klasę. Ojciec Tomka stał na korytarzu. Przez ramię przewiesił sobie futerał od puzonu. Zatrzymałem się przy schodach, ubezpieczając akcję.

– O, znowu pan przylazł? – wściekła się. – Kuratorium właśnie oczyściło mnie z odpowiedzialności, zrobią mnie metodykiem. – Popatrzyła na niego z totalną pogardą, zupełnie jak na niesfornego ucznia.

– Gdyby pani naprawdę studiowała historię, znałaby pani nazwisko Neborak – głos mężczyzny nie zmienił się ani na jotę. Był spokojny, podszyty melancholią. – Nosili je przedstawiciele znanej i powszechnie szanowanej lwowskiej dynastii katowskiej...

– Eeeee? – wydusiła z siebie Grucha.

Otworzył futerał i sprawnie wydobył miecz. Nie była aż tak głupia, jak mi się wydawało, i rzuciła się do ucieczki. Cisnął bolas, linka oplątała jej nogi w kostkach. Nie runęła jak długa, podparła się w ostatniej chwili rękami.

Ustawiła się po prostu idealnie, niczym na obrazku w podręczniku. Podszedł, wygodnie oparł stopę na jej karku. Uśmiechnął się do mnie. Uniosłem kciuk do góry.

Jednym pięknym ciosem upitolił jej głowę. Krew wystrzeliła jak z fontanny, łeb potoczył się po klepkach. Kat starannie przetarł ostrze flanelową szmatką i ukrył miecz w futerale. Na zwłoki starodawnym zwyczajem rzucił rękawice. Skinął mi w podziękowaniu i zszedł po schodach.

Na mnie też pora...

Szkołę zamknięto na czas śledztwa, przesłuchano wszystkich uczniów. Mnie też, ale wiedziałem, co mówić: spotkałem na parterze niskiego blondyna w garniturze, kazał mi wezwać nauczycielkę do sekretariatu, myślałem, że to jakiś nowy nauczyciel. I tyle.

Wahałem się tydzień. Scena egzekucji cały czas stała mi przed oczyma. Zachwycająca precyzja ruchów, każdy gest wystudiowany, poparty doświadczeniem pokoleń, błysk surowej stali w powietrzu, delikatne mlaśnięcie przecinanej tkanki... Czułem, że wreszcie wiem, co chcę w życiu robić. Zamiast adwokatem czy lekarzem zostanę rzemieślnikiem wykonującym jedną z najstarszych i najszacowniejszych profesji!

Z tą myślą zapukałem do drzwi Neboraków. Otworzył mi ojciec Tomka. Tym razem nie miał nic w rękach.

– Chciałbym o coś zapytać – zacząłem bez powitania.

– Tak?

– Ta szkoła katów – jak wysokie jest czesne i czy egzaminy wstępne są trudne?

Uśmiechnął się lekko.

– Jako cechmistrz mogę ci załatwić przyjęcie bez egzaminów. Czesne jest wysokie, ale zdolni uczniowie są zwolnieni. Chcesz?

– Chcę!

Dotrzymał słowa. Dwa dni później wysiadłem na dworcu PKS-u w Bieczu. Wstąpiłem do Akademii Katów, nadrobiłem zaległości. Cholernie fajna ta nowa buda, najbardziej lubię zajęcia z nowoczesnych metod torturowania, eksterminacji dresiarstwa i psychologii skazańców. Ludzie mają dość, niebawem referendum, gdy kara śmierci wróci do kodeksu, będą potrzebni fachowcy do jej wykonywania. Z optymizmem patrzę w przyszłość, bezrobocie nam nie grozi. A wy? Jak trafiliście tutaj?

Błękitny trąd

W wąskich, sklepionych korytarzach echo kroków niosło się daleko. Granitowe ściany mimo upływu stuleci ciągle jeszcze nosiły ślady kucia. W kamieniu tkwiły maleńkie kryształki miki. Gdy padał na nie blask kaganka, błyszczały w półmroku jak kocie ślepia. W celi na trzecim poziomie lochów siedział tylko jeden więzień – Meff, dziesiętnik straży miejskiej. Dokładniej mówiąc, były dziesiętnik. Ostatnia noc przed egzekucją dłużyła się niemiłosiernie. Do tego wszystkiego dokuczało mu pragnienie. W całkowitych ciemnościach nie był w stanie ocenić upływu czasu. Przypuszczał jednak, że do świtu została najwyżej jedna zmiana. Przyjdą po niego we czterech, odczepią zardzewiałe łańcuchy od ściany, poprowadzą na górę, na dziedziniec cytadeli. Założą pętlę na szyję i wykopią spod nóg pomalowany na czerwono stołek...

Jeśli brama twierdzy będzie otwarta, Meff zobaczy jeszcze w ostatniej chwili życia panoramę Dysy, wieże książęcego zamku, dachy pokryte gontem, dymy snujące się nad gospodami.

– Napiłbym się piwa – warknął w ciemność.

Przymknął oczy. Piwo. Ciemne, mocne, wypił go chyba z pół beczki. A potem... No tak, potem było to co zwykle... No, niezupełnie. Zazwyczaj nie było trupów.

Książę Dipteros wyszedł na taras wieży górującej nad cytadelą. Miasto leżało u jego stóp, mógł zajrzeć nieomal w każdy zaułek. I czasami, wspomagając się lunetą, zaglądał. Wokoło miasta rozciągały się pola. Nad wioskami unosiły się dymy z kominów. Jego księstwo, spichlerz imperium... Dopiero na granicy widnokręgu bielały ośnieżone pasma górskie.

Heliografista i jego pomocnik zgięli się w ukłonie. Władca spojrzał na północ, w stronę góry G'adurf. Jej wierzchołek wystawał ponad linię horyzontu, choć oddalona była od Dysy o dobre sześćdziesiąt mil.

– Jest nowa wiadomość – zameldował pomocnik czuwający przy teleskopie.

Heliografista wygodniej rozsiadł się na drugim stanowisku. Po chwili jego ręka drgnęła. Ujął w palce rysik. Łupkowa tabliczka szybko pokryła się wyskrobanymi znakami. Książę wytężył wzrok. Musiał uwierzyć technikom na słowo. Z tej odległości rozbłyski heliografu dla gołego oka były niewidoczne. Na taras wbiegł zadyszany szyfrant. Dzierżył w objęciach księgę pełną cienkich metalowych kart.

– Wartownia nad doliną! – rzucił pomocnik. – To był ich znak wywoławczy.

Szyfrant położył księgę kodów na pulpicie i otworzył na odpowiedniej stronie. Obsługa maszyny wycofała się na skraj tarasu. Władca podał tabliczkę.

– *W Czerwonej Dolinie wybuchła zaraza* – sylabizował szyfrant. – *Prawdopodobnie błękitny trąd. Zamknąłem przełęcz. Potrzebne uzupełnienie. Kapitan Darf.*

Książę Dipteros zamyślił się na chwilę.

– Wyślij potwierdzenie – zażądał i spokojnie ruszył na dół.

W połowie schodów spotkał komendanta twierdzy.

– Czy dziesiętnik Meff jeszcze żyje? – zapytał.

– Tak. Miał być powieszony o świcie, ale nie mogliśmy dobudzić kata. To ścierwo znowu się schlało.

– Przyprowadźcie Meffa do mnie.

– Wasza wysokość, znowu zamierzacie go ułaskawić? – komendant wyraził zdecydowaną dezaprobatę. – Ludzie sarkają...

– Nie tym razem – mruknął książę. – To nie będzie ułaskawienie.

Strażnicy rzucili więźnia na posadzkę przed tronem. Czerwonawy marmur, wypolerowany do połysku, odbijał podwójny rząd malachitowych kolumn. Książę spojrzał na leżącego mężczyznę z wyraźnym obrzydzeniem. Dziesiętnik straży miejskiej miał prawie dwa metry wzrostu, a jego twarz, ozdobiona parą wyłupiastych oczu, sprawiała odpychające wrażenie. Brakowało mu kawałka jednego ucha. Służbowy kaftan, pierwotnie szkarłatny, był obecnie szary – utytłany brudem rynsztoków i lochów cytadeli. Jednego rękawa brakowało.

– Tym razem odrobinę przesadziłeś – warknął książę.

– Ci włóczędzy mnie obrazili – odparł więzień. – A mnie łatwo wyprowadzić z nerwów.

– Tak, i zabiłeś wszystkich czterech. I jeszcze siedmiu przypadkowych gości szynku. Razem jedenastu... Moi słudzy nie powinni pić alkoholu.

– Byłem już po służbie, miłościwy panie – wymamrotał dziesiętnik.

– Milcz i słuchaj. Miałeś kiedyś do czynienia z błękitnym trądem i tylko dlatego jeszcze żyjesz.

– Widziałem epidemię na wyspach K'hat – potwierdził Meff.

– Przeżyłeś epidemię na wyspach, co oznacza, że prawdopodobnie jesteś na tę zarazę odporny. W Czerwonej Dolinie... Wiesz, gdzie to jest?

– Na północnej granicy. Jakieś sto dwadzieścia mil stąd.

– Właśnie. W dolinie wybuchła epidemia. Zamknięto przełęcz, ale chcę wysłać kogoś, żeby na miejscu się rozejrzał, jak to wygląda.

– Trzeba zejść do doliny?

– Oczywiście, durniu. Zbadać, czy to na pewno epidemia, spalić budynki, gdzie wszyscy zmarli, spopielić trupy – twarz władcy stężała – dobić chorych. I przysłać heliografem szczegółowy raport. Byłeś szkolony w obsłudze tego przyrządu, prawda?

– Tak, miłościwy panie.

– Pojedziesz konno, dostaniesz do pomocy jeszcze dwóch ludzi. Jeśli przeżyjecie, w co wątpię, wasze winy uznamy za niebyłe. Ale oczywiście nie ma dla ciebie powrotu do służby.

– Dziękuję, miłościwy panie – w głosie dziesiętnika zabrzmiała szczera radość.

Władca wstał i wyszedł, zamiatając podłogę szarym płaszczem. Meff leżał na podłodze jeszcze chwilę. Błękitny trąd... Kolana drżały, a i ręce niezbyt chciały go słuchać. A przecież od epidemii na wyspach minęło ponad dziesięć lat.

Wreszcie dziesiętnik się przemógł. Korzystając z pomocy strażnika, podniósł się na nogi i wyszedł na dziedziniec. Tu zdjęto mu kajdany. W cieniu szubienicy stali jego dwaj obiecani pomocnicy. Stary, może sześćdziesięcioletni najemnik o przedramionach pokrytych bliznami oraz młody, jasnowłosy chłopak. Obaj wyglądali, jakby wywinęli się katu, i tak też było w rzeczywistości. Meff potrząsnął głową. Jeszcze przedwczoraj był dziesiętnikiem oddziału straży miejskiej...

Młody wyglądał na przerażonego. Dziesiętnik uśmiechnął się ponuro. Mieli już okazję się spotkać: aresztował go osobiście przedwczoraj rano, gdy ten nielegalnie sprzedawał owcze skóry. Nazywał się Alen. Twarz najemnika też nie była Meffowi obca.

– Gdzieśmy się już spotkali? – mruknął.

– Na szlaku karawanowym koło przełęczy Azur, panie Meff. Zwą mnie Ronn.

– Przypominam sobie... A za co cię wsadzili?

– Nie oddałem hołdu bogini Nefet.

– Karą za to jest śmierć...

– Nikt, kto wierzy w węża B'il'nai, nie będzie kłaniał się waszym bałwanom – warknął najemnik.

Meff nie podjął wyzwania. Obrzucił towarzyszy uważnym spojrzeniem.

– Nasze zadanie jest proste – powiedział. – Trzeba przejechać się do Czerwonej Doliny, pozabijać mieszkańców, zgwałcić ich kobiety i spalić domy. A potem złożyć raport.

Młody wyglądał, jakby miał za chwilę zemdleć.

– A tak poważnie? – zapytał Ronn.

– W Czerwonej Dolinie wybuchła zaraza. Mamy się tam rozejrzeć i spalić wszystko, co poddało się zarazie.

– Mieszkańcy?

– Prawdopodobnie nie żyją.

Najemnik patrzył na niego z uwagą.

– To nie jest dżuma – powiedział. – Ani krwawnica. Przeżyłaby co najmniej połowa. Ani czerwona ospa...

– Błękitny trąd. Tak się przypuszcza.

Twarz żołnierza zbladła.

– Nie mamy wyboru – mruknął były dziesiętnik. – Jeśli uciekniemy, będą nas ścigać aż do skutku. A konie biegną wolniej niż błyski heliografu.

Alen zacisnął zęby.

– Chciałbym wrócić na wieś.

– Wrócisz, gdy wypełnimy zadanie. O ile przeżyjesz – odparł Meff. – I ciesz się z łaski księcia, bo za handel bez uiszczenia opłaty targowej wbija się tu na pal. W drogę.

Osiodłali przyprowadzone przez żołnierzy klacze. Przekroczyli bramę i pędzili co koń wyskoczy traktem na północ.

Szybka galopada nie sprzyjała rozmowie. Co dwadzieścia mil na stacjach kurierskich wymieniali wierzchowce i bez wytchnienia gnali dalej. Wieczór zastał ich na równinie, przeszło sześćdziesiąt mil od książęcego miasta. Alen pogonił kasztanka i zrównał się z dziesiętnikiem.

– Słońce zachodzi! – zawołał. – Zatrzymujemy się na noc?

Meff skinął głową, ale nic nie odpowiedział. Siedział w siodle zatopiony w myślach.

– Tu za wzgórzem jest wioska – odezwał się Ronn. – Tam znajdziemy zajazd.

– Bywałeś w tych stronach? – zainteresował się dowódca.

– Dwa lata temu. Prowadziłem karawanę z doliny do twierdzy Behlem na zachodzie.

Rzeczywiście, za niewielkim zagajnikiem na skraju wsi stała chyląca się ku ziemi chałupa ozdobiona szyldem. Wymalowano na nim dymiącego gołębia przeszytego strzałą.

– Dziwny jakiś ten zajazd – mruknął dziesiętnik, zeskakując z konia przed wejściem.

– To nie był zajazd – wyjaśnił najemnik. – Dawniej tu się mieściła gołębia poczta.

– Masz rację, szlachetny panie – rozległ się głos drażniący uszy jak skrzypienie zatartych zawiasów. W drzwiach stanął stary jak świat mężczyzna. – Zanim wynaleziono heliograf, miałem trzy tysiące gołębi pocztowych. Mogłem wysyłać listy do czterdziestu miast naszego królestwa i do trzech innych stolic. Teraz zleceń tyle co nic.

– Zajmij się końmi – dziesiętnik przerwał wypowiedź starego. – I daj nam coś do jedzenia.

– Dużego wyboru nie ma – stwierdził gospodarz. – Mam tylko gołębie. Pieczone, duszone, gotowane, z rożna, smażone, faszerowane, zapiekane, w winie, w piwie, w miodzie...

Odszedł, prowadząc wierzchowce gdzieś do stajni, na tyły zabudowań.

– Rzeczywiście dziwny zajazd – stwierdził Alen. – Oryginalny wybór potraw.

– Gołębie już niepotrzebne, to karmi nimi podróżnych – rzekł Ronn. – A umie je przyrządzać na sto sposobów.

Weszli do izby, niskiej i ciemnej; pośrodku ustawiono stół oraz kilka ław. Wnętrze było zaniedbane i cuchnęło gołębiami. Wcześniej Meff nie zdawał sobie sprawy, że te ptaki mają jakiś specjalny zapach. Na podłodze poniewierały się kawałki wosku i laku, motki sznurka, ścinki papieru i pergaminu. Poczta...

Gospodarz nadszedł po chwili. Rozpalił w kominie solidny ogień, a gdy płomienie przegryzły się przez warstwę gałązek, zawiesił nad nimi żelazny pręt z nadzianymi tuszkami ptaków.

– To już ostatnie – powiedział z wyraźnym zadowoleniem.

– Ostatnie? – nie zrozumiał dziesiętnik.

– Nie ma więcej gołębi. Bawcie się swoim heliografem, dopóki nie zaczną się zaćmienia Słońca. – Karczmarz uśmiechnął się złośliwie. – Może kiedyś pójdziecie po rozum do głowy, lecz gołąbki będą już zjedzone.

Odszedł, człapiąc, i zniknął w kuchni.

– Czym jest błękitny trąd? – zapytał Alen. – U nas we wsi słyszeliśmy o tej chorobie... Ale tylko pogłoski.

– Od dwustu lat nie pojawiła się ani razu na lądzie – mruknął najemnik, patrząc w płomienie paleniska. – Na wyspach czasem się zdarza. Poprzednio doprowadziła do upadku imperium B'ord leżącego za górami. To podstępna zaraza. Zabija ludzi i zwierzęta, a nawet niektóre rośliny. Tylko krasnoludy są na nią odporne. Całkowicie odporne. W B'ord żyło pół miliona ludzi. Wszyscy umarli w ciągu dwu tygodni. Teraz żyją tam tylko one. Kupcy, którzy się zapuścili w tamte strony, mówią, że niepogrzebane kości ciągle jeszcze leżą w walących się domach...

– A skąd ta nazwa? – zaciekawił się młody.

– Przypomina trąd. Odpadają palce, skórę pokrywają bąble, kości się rozpuszczają. Tylko że zwykłym trądem trudno się zarazić. I toczy człowieka latami, zanim pośle go do piachu. Tymczasem to uderza nagle. Jednego dnia na ciele są plamy jak od siniaków, następnego odpadają palce, wyciekają oczy, odłamują się uszy. Najdalej trzeciego dnia człowiek umiera. Przypuszcza się, że palenie ciał i traw dookoła zarażonych obszarów zatrzymuje pochód epidemii.

– I to właśnie będzie naszym zadaniem – uzupełnił Meff.

Wieśniak przeżuł skrzydło gołębia. Kosteczki zachrzęściły mu w zębach.

– Jak wygląda Czerwona Dolina? – zapytał.

– To jeden z cudów natury – odparł dziesiętnik. – Ma aż trzydzieści mil średnicy, a jej ściany są wysokie i niedostępne. Pod cienką warstwą ziemi na dnie ukryte są złoża rud żelaza i bardzo rzadkich kamieni, oliwinów. Tylko dwie przełęcze prowadzą do wnętrza. Jedna od południa, do niej podążamy, druga od północy.

– Dolina należała do imperium B'ord – uzupełnił Ronn. – Gdy jego mieszkańców zabił błękitny trąd, zajęły ją krasnoludy. Dopiero przed pół wiekiem dziadek księcia z pomocą wojsk króla najechał dolinę. Wojna z pokurczami była krwawa, ale w końcu wybito je do nogi. Te, które przeżyły, uciekły w góry, a ich kopalnie przejęli nasi. Wtedy też wzniesiono dwie strażnice. Jedną od południa, drugą od północy. Krasnoludy kupują dużo żelaza, które się tam wydobywa. Jeszcze więcej karawany przewożą na południe.

– Każdy kawałek jest ważony i opodatkowany – dorzucił dziesiętnik.

– Dlatego dobre miecze są takie drogie – mruknął ponuro najemnik. – Śpijmy, o świcie ruszamy dalej.

Ułożyli się na ławach i niebawem zasnęli znużeni całodniową galopadą.

Meff obudził się niespodziewanie. Co wyrwało go ze snu? Chłodny powiew na twarzy? Skrzypnięcie drzwi. Ktoś wyszedł z zajazdu. Może to Alen uciekał, by wrócić do siebie na wieś? Delikatny szmer, jak gdyby ktoś szczał na deski ganku.

Uniósł głowę. Na zewnątrz już wstawał świt. W otwartych drzwiach na krótkim stryczku kołysało się ciało starego karczmarza. W chwili śmierci puściły mu zwieracze. Cienki strumyk moczu nadal ciurkał z nogawki.

Na ramiona zarzucony miał służbowy płaszcz z gołębich piór, taki, jakie nosili kiedyś pracownicy poczty. Podmuchy wiatru unosiły ptasi puch. Najemnik też otworzył oczy.

– Zeżarliśmy mu ostatnie gołębie i teraz nie miał po co żyć – powiedział.

– I tak był stary, niewiele życia w nim zostało – rzucił Meff. – Budź młodego, czas ruszać dalej.

– A co z nim?

– Powiemy ludziom w wiosce, niech go pochowają.

W pasterskiej osadzie zmienili konie na wypoczęte. Minęli już górę G'adurf. Połowa drogi za nimi. Krajobraz zmienił się – szachownicę pól i lasów zastąpiły rozległe stepy, tu i ówdzie poznaczone stosami szarych głazów.

Daleko przed nimi na szlaku widać było spory tuman kurzu. Meff wyjął z torby lunetę i przez chwilę przyglądał się odległej grupie.

– W porządku – powiedział do towarzyszy. – To tylko kupcy.

Najemnik ponuro kiwnął głową.

– Stada krów – mruknął. – O tej porze roku idą nad morze. Sam kiedyś przepędzałem, gdy jeszcze na drogach grasowali rozbójnicy. Po tym jak stary książę ich wytłukł, pasterzom przestało się opłacać wynajmowanie ochrony.

Wreszcie minęli karawanę. Przodem na czarnym ogierze jechał krasnolud uzbrojony w potężny topór. Szerokoskrzydły kapelusz nasunął na czoło, ale mimo to spostrzegli, że całą twarz pokrywają mu błękitne tatuaże. Za nim ze skrzypieniem rozeschniętych kół sunęły dwa wozy pełne zapieczętowanych woskiem garnków, eskortowane przez kilku młodych pokurczy z dzidami. Na końcu karawany w straży tylnej biegło nieduże stadko wilków. Krasnoludy patrzyły wrogo, ale nie odważyły się zaczepić Meffa i jego towarzyszy. Niebawem zostawili karawanę daleko w tyle.

– Wieczorem dojedziemy – rzucił dziesiętnik, patrząc na rysujący się przed nimi potężny łańcuch posępnych szarych gór.

– Zanocujemy w strażnicy? – upewnił się Alen.

Dowódca kiwnął głową.

Konie z trudem pięły się po wąskiej, biegnącej serpentynami górskiej drodze. Alen narzekał, kręciło mu się w głowie. Wreszcie jednak stanęli na przełęczy. Strażnica, wielka jak niejeden zamek, tkwiła nieporuszona na zboczu góry. Meff podszedł do wrót. I wtedy to poczuł. Słodki zapach rozkładu sączący się przez obite żelazem deski. Jego towarzysze też zmarszczyli nosy. W zasadzie nie miało to większego sensu, ale wyrąbali przejście przez wrota. Niemal wszyscy żołnierze w stanicy byli martwi. Tylko dowódca zdradzał jeszcze oznaki życia. Trąd zaatakował całe jego ciało, zmieniając je w kupę błękitnej zgnilizny. Oficer nie reagował już na nic, ale ciągle jeszcze oddychał, rzężąc. Najemnik położył bełt na łoże kuszy i chwilę potem było już po wszystkim.

– Zanocujemy na przełęczy – zadecydował Meff.

Ułożyli legowiska z derek, puścili konie, aby poszukały dla siebie trawy. Ze znalezionego drewna i wysuszonych przez słońce końskich pączków rozpalili niewielki ogieniek.

– Jutro zejdziemy w dolinę – oznajmił dowódca.

Młody wzdrygnął się.

– A potem wszyscy umrzemy – westchnął.

– Może tak, może nie... Gdy wszyscy są martwi, trudniej się zarazić – wyjaśnił Ronn.

Niebawem zapadli w sen.

Ranek tu, wysoko w górach, był chłodny. Stali przez chwilę na przełęczy, patrząc w dół, na spowitą mgłami dolinę. W krystalicznie czystym, mroźnym powietrzu czuć było słodko-mdły zapach śmierci. Tam, w dole, spoczywały dziesiątki ciał ludzi zabitych przez strażników przełęczy. Jeszcze niżej, w domach wioski, gniły zwłoki ofiar epidemii.

– Strażnicy zabijali tych, którzy chcieli uciec, a teraz sami są martwi – rzekł Alen z uśmiechem. – Jak sprawiedliwie...

– Ale ktoś tędy przejechał, gdy już umierali. – Najemnik rozgarnął stopą kupkę świeżych końskich odchodów.

– Pora na nas – mruknął Meff, poganiając wierzchowca.

Pierwsze zwłoki leżały tuż niżej, na poboczu wyrąbanej w skałach drogi. Padlinożerne ptaki zdążyły już wydziobać im oczy. Nieboszczyk spoczywał na boku, jedną dłoń zaciskał na sterczącym mu z piersi bełcie. Ciało pokryło się zielonkawymi plamami rozkładu, jednak nigdzie nie szpeciła go najmniejsza nawet błękitna plamka mogąca wskazywać na zarażenie trądem. Zeszli niżej. Ujrzeli kobietę leżącą na brzuchu. Strzała przeszyła jej głowę tuż nad samym okiem.

Młody nie wytrzymał. Wymiociny obryzgały kubrak i konia, śmierdziało później przez wiele godzin. Trupów było zaledwie kilkadziesiąt. Najemnik patrzył na skalne ściany naznaczone czerwonawymi smugami rdzy. Dolina wyglądała jak ślad wielkiej pięści, która przed eonami uderzyła w góry.

Minęli przydrożną kapliczkę z pociemniałym ze starości drewnianym posążkiem bogini Nefet. Ktoś przybrał go kwiatami, które zdążyły już zwiędnąć. Wreszcie dotarli na dno porośnięte łanami traw i zagajnikami brzózek. Okolica tchnęła nienaturalnym, śmiertelnym spokojem.

– Na razie nie widać żadnych śladów zarazy – rzucił najemnik.

– Tam. – Meff wskazał dłonią plamę pożółkłej trawy. – To chore miejsce. Błękitny trąd czasem uderza także w rośliny.

Minęli zagajnik i ich oczom ukazała się opuszczona wioska. Wokoło na polach jak okiem sięgnąć spoczywały zdechłe krowy. Rzednące mgły uniemożliwiały ocenę ich ilości.

– Tyle chudoby się zmarnowało – jęknął młody wieśniak.

Wjechali między opłotki. Martwe kury leżały pomiędzy zagrodami jak żałosne kupki pierza. Zeskoczyli z koni i uwiązali je do płotu. Meff pchnął drzwi pierwszej chałupy. Na łóżkach w izbie spoczywały zwłoki gospodarzy. W sąsiedniej chacie było podobnie. I w następnych. Tylko króliki kicały wesoło po cmentarzysku. Widocznie były odporne.

– Co robimy? – zapytał Alen.

– Podpalamy – westchnął dowódca. – Ogień zabije zarazę. Za kilka lat ludzie będą mogli tu wrócić.

Wyjął z kieszeni krzesiwo i hubkę. Młody przyniósł naręcze smolnych szczap. Podpalali i wrzucali je do kolejnych chat. Niebawem słomiane strzechy i dachy kryte drewnianym gontem stanęły w ogniu. Zwłoki płonęły na łóżkach.

– Bogini Nefet każe zmarłych grzebać w ziemi – mruknął Alen, chowając coś w zanadrzu.

– Bogini Nefet zabrania też kraść sakiewki – zakpił Meff.

– Im to już niepotrzebne. – Najemnik potrząsnął skórzanym woreczkiem wyjętym z kieszeni. – Niech sobie chłopak trochę użyje. A i dla nas złota starczy.

– Obłowimy się. – Dziesiętnik kiwnął głową.

Ruszyli dalej. Wszędzie widać było ślady zarazy. Martwe zwierzęta na pastwiskach, opuszczone domostwa, trupy, trupy, trupy... Późnym popołudniem dotarli do leżącego pośrodku doliny jeziora. Dymy z czterech spalonych wsi zasnuły niebo. W kilku miejscach udało im się także podpalić step. Konie strzygły uszami, czując dym, ale zachowywały się spokojnie.

– Nic nie zdziałamy – powiedział Meff, zsiadając z wierzchowca. – Aby spalić to wszystko, trzeba miesięcy i całej armii. Zwierząt padłych na pastwiskach nie da się spopielić, choćbyśmy zebrali całe drewno w tej dolinie i wyrąbali wszystkie zagajniki.

– Nie sądziłem, że podpalanie wsi to takie męczące zajęcie – zauważył młody. – Ale podoba mi się.

W którejś chacie wyszabrował solidną skórzaną torbę i do niej wrzucał znalezione pieniądze.

– Ktoś nam pomaga. – Ronn wskazał drugi brzeg jeziora.

Rzeczywiście, widać było tam zgliszcza. Rozległa wieś musiała spłonąć nie dalej niż wczoraj. Nad oparzeliskami snuły się ciągle dymy. Dziesiętnik wyjął z torby lunetę i długo obserwował okolicę.

– Krasnoludy – warknął.

– Zeszły z gór czy miejscowe? – zapytał najemnik.

– Tu ich prawie nie było – stwierdził. – Pewnie z gór. Jeśli ludzie w północnej strażnicy też wymarli na zarazę, to bez problemu mogły wtargnąć aż tutaj...

– Ale po co palą nasze domy? – zdziwił się Alen. – Nie mówiłeś czasem, że one nie chorują na błękitny trąd?

– To prawda. Są odporne. A dlaczego palą? Cóż, gdy książę Cvit zawładnął doliną, też nakazał zniszczyć wszelkie ślady pobytu krasnoludów. Zburzono ich lepianki, wykonany ze srebra posąg jakiegoś ich boga poszedł do przetopienia. Może to zemsta, a może po prostu wolą mieszkać w budynkach o niższych sufitach, nawet jeśli oznacza to dla nich konieczność zbudowania nowych domów...

Do wieczora podpalili jeszcze trzy wioski i jedną samotną chatę. Zapędzili się prawie pod samą ścianę doliny, gdzie stała kuźnia. Kowale spoczywali na ziemi martwi, więc nie protestowali, gdy ich łóżka posłużyły tej nocy podpalaczom.

– Trzeba jutro wysłać wiadomość do księcia, żeby przysłał armię – ocenił najemnik. – Jeśli krasnoludy opanują dolinę, będzie problem, by je stąd wykurzyć... Walczyłem już z nimi kiedyś.

– Tak, wezwijmy armię, a sami się wynośmy – ucieszył się młody.

Leżał na barłogu koło pieca, na małym stoliku ustawiał piramidki złotych i srebrnych monet.

Najemnik ściągnął buty z cholewami, wysypał ich zawartość na łóżko. Obok zmiędlonej, pokruszonej słomy i jakichś śmieci błysnął spory stos złota.

Sprawdzał po kolei monety, stukając w nie ostrzem noża. Czysty dźwięk wypełniał wnętrze chaty. Jedna zabrzmiała inaczej. Cisnął monetę obojętnie na podłogę. Alen śledził ją chciwym spojrzeniem.

– Nie patrz tak. Jest fałszywa – wyjaśnił stary żołnierz. – Udany dzień. Zarobiłem więcej niż przez ostatnie pięć lat. Ty też podziękuj swojej bogini. – Skrzywił się pogardliwie. – Dużo zebrałeś?

– Wystarczy na trzydzieści dwie krowy – powiedział młody wieśniak z zadowoleniem. – Będę najbogatszym gospodarzem w okolicy. A ty, dowódco? – zwrócił się do dziesiętnika.

Meff wyjął zza pazuchy sznurek, na który nanizał dwadzieścia dużych zielonych kryształów.

– Patrzcie na to – westchnął. – To prawdziwe oliwiny...

– Ile są warte? – zapytał Alen.

– Sądzę, że więcej niż twoje trzydzieści krów – zarechotał.

– Półtorej krowy za jeden taki kamień? – zdziwił się młody.

– Albo dwie, a może i trzy. To muszą ocenić handlarze. Sam poszukaj po domach. Mogą tu mieć tego całkiem sporo.

– Czyli będziemy bogaci, pod warunkiem oczywiście, że tej nocy krasnoludy nie poderżną nam gardeł – mruknął Ronn. – Ani że nie dopadnie nas zaraza...

– Co do nocnego podrzynania gardeł, to sądzę, że trzeba wystawić warty – powiedział z powagą dziesiętnik. – Dobrze widzisz w ciemnościach? – zagadnął młodego.

Ten oderwał wzrok od swojej fortuny.

– Kiepsko, ale słuch mam dobry – pochwalił się. – Wiele nocy spędziłem na polach, pilnując stad. Słyszę skradającego się wilka.

– Będziesz pilnował pierwszy. – Meff podał mu niedużą klepsydrę wypełnioną nafosforyzowanym piaskiem. – Gdy przesypie się do końca, zbudzisz mnie.

Alen sprawdził starannie kuszę.

– Dopilnuję – mruknął.

Wsypał monety do skórzanej torby, którą następnie troskliwie wsunął pod poduszkę.

– Śpijcie dobrze, krówki – powiedział czule. – Niedługo do was wrócę.

Wyszedł w ciemność i stanął przed kuźnią.

– Co zrobisz ze swoją częścią łupu? – zagadnął dowódca Ronna.

– Może kupię dom w mieście? – zamyślił się najemnik. – A może nawet młodą, ładną niewolnicę?

Zapadli w sen. Młody stał przed drzwiami. Daleko w ciemnościach płonęły kolejne wsie, podpalone wieczorem przez krasnoludy. Alen obracał w kieszeni kilka sztuk złota i marzył o krowach.

Wstał szary, bezbarwny świt. Nad dnem doliny snuły się mgły i dymy pożarów. Najemnik spojrzał na piasek przesypujący się w klepsydrze, a potem przyłożył do oczu lunetę. Grupa krasnoludów podpalała wieś w pobliżu północnej przełęczy. Z tej odległości widział ich sylwetki niewyraźnie majaczące wśród nisko ścielących się dymów. Meff wyszedł z wnętrza chaty.

– Myślimy o tym samym? – zapytał.

Stary żołnierz drgnął.

– Nie wiem. – Uśmiechnął się pod wąsem.

– Poczekać, aż krasnoludy wszystko spalą, i złożyć raport przypisujący przynajmniej część zasług sobie...

– Sądzę, że podoba mi się takie rozwiązanie. Ale warto by jeszcze trochę uzupełnić mieszki, zanim wrócimy do stanicy.

Weszli razem do wnętrza kuźni. Młody spał twardym snem, tuląc do policzka dłoń pełną złota.

– Jak niewiele niektórym potrzeba do szczęścia – stwierdził Ronn.

Nagle spoważniał i pochylił się nad śpiącym. Wierzch dłoni Alena pokrywały drobne błękitne plamy i bąble.

– Zaraził się – mruknął Meff. – Już po nim.

Wyszli przed kuźnię.

– Co robimy? – zapytał stary żołnierz.

– Męczyłby się przez wiele godzin...

Dziesiętnik naciągnął kuszę. Odetchnął kilka razy głęboko, by móc przez chwilę wstrzymać oddech. Wszedł do chaty i przyłożywszy śpiącemu bełt prawie do potylicy, szarpnął za spust. Strzała przeszyła mózg. Alen tylko cicho sapnął przez sen i było po wszystkim. Palce osłabiły chwyt, złoto posypało się na siennik.

Dziesiętnik wyszedł na zewnątrz.

– Życie zgasło pośród snu o stadach krów – powiedział cicho. – W sumie to sam chciałbym w taki sposób odejść z tego świata... Podpalaj.

Najemnik rzucił okiem do wnętrza. Grot wyszedł chłopakowi pomiędzy oczami. Krew kapała leniwie, znacząc szkarłatnymi plamami stos leżący na zetlałym sienniku.

– Szkoda – mruknął. – Tyle pieniędzy się marnuje...

– Chcesz, to bierz.

Żołnierz nie kazał sobie tego dwa razy powtarzać. Szybko wypełnił skórzaną torbę złotem i srebrem. Kilka krążków musiał oczyścić z krwi.

Skrzesał ognia i podpalił siennik pod ciałem towarzysza.

Starzec siedział na skrzyżowaniu dróg. Nie ruszał się i początkowo obaj podpalacze wzięli go za nieboszczyka. Gdy jednak podjechali bliżej, otworzył jedno oko. Drugie już dawno wypłynęło, a pusty oczodół zarastała niebieska, sparszywiała błona. Uniósł w geście pozdrowienia dłoń pozbawioną palców. Tylko sine kikuty znaczyły jeszcze ich miejsce.

– Witajcie, podróżnicy – wychrypiał. – Czego szukacie w tym przeklętym miejscu? Uciekajcie przed zarazą...

– Przybyliśmy spalić wsie, aby zapobiec roznoszeniu się choroby – wyjaśnił Meff.

– Macie coś do picia?

Najemnik rzucił mu bukłak z winem. Starzec zachował trochę siły w jednej ręce i po chwili szamotania wyciągnął zatyczkę. Przy okazji złamał sobie zarażony palec. Pił długo, chciwie.

– To robota krasnoludów – powiedział wreszcie. – Przed pięciu dniami złapaliśmy jednego nad stawem. Wsypał do wody coś z garnka... Znaleźliśmy naczynie i woskowy korek do niego. Potem ludzie i zwierzęta zaczęli chorować. Najpierw nad jeziorem, potem wokoło.

Nieoczekiwanie żuchwa wypadła mu z zawiasów. Usiłował wepchnąć ją na miejsce, ale przełamała się na pół. Wył z bólu. Ronn uniósł kuszę i jednym strzałem dobił starego.

– Pokurcze zatruły wodę? – mruknął. – To bzdura... Jak można zarazę rozpuścić w jeziorze?

– Widocznie można – stwierdził Meff. – Słyszałem już wcześniej, że choroby ponoć biorą się nie z powietrza, ale z drobnych ziaren, które dostawszy się do wnętrza człowieka, rosną, aż w końcu go zabijają... Może krasnoludy nauczyły się hodować takie ziarna?

– Jeśli to prawda z tą wodą, trzeba ustalić, czy wypływa stąd jakaś rzeka.

– Nie, z tego, co wiem, góry stanowią barierę nie do przebycia.

Dotarli do kolejnej wioski. Na płocie suszył się piękny karmazynowy kaftan. Wokoło leżały martwe kozy. Najemnik podjechał i pożądliwie obmacał tkaninę.

– Pierwszej klasy sukno – ocenił. – Może na mnie by pasował?

Zeskoczył z konia i ściągnął koszulę przez głowę. Dowódca dłuższą chwilę patrzył na plecy starego żołnierza. Pokrywały je plamy. Sinobłękitne plamy. Trąd. Meff nieznacznym ruchem uniósł kuszę. Bełt zaśpiewał w powietrzu i wbił się w plecy najemnika.

Pół godziny później jego ciało pochłonęły trawiące wieś płomienie. Przed wieczorem dziesiętnik odkrył na swoim przedramieniu błękitną plamkę.

Każdy kolejny stopień okupiony był bólem. Mimo to Meff uparcie wspinał się po schodach wieży. Nogi przestawały go słuchać, w uszach dzwoniło. Gdy wreszcie pchnął drzwi prowadzące na platformę heliografu, przez długą chwilę nie mógł uwierzyć, że mu się udało. Zataczając się, ruszył w stronę stanowiska. Trup heliografisty leżał w załomie muru.

Jutro ja też będę tak wyglądał, pomyślał dziesiętnik.

Z trudem usiadł na wygodnym, wyściełanym skórą siedlisku. Przysunął do oczu lunetę. Ujrzał wieżę na szczycie góry G'adurf i maleńką z tej odległości tarczę heliografu. Położył zarażoną dłoń na dźwigni i spróbował zacisnąć place. Udało mu się nawet, ale nie miał w nich siły. Po chwili puścił oplecioną skórą rączkę. Wyciągnął rzemień ze spodni i przywiązał bezwładną rękę.

Heliograf oprócz głównego zwierciadła posiadał dwa pomocnicze, znacznie mniejsze. Meff pchnął drążek. Nieduże krążki polerowanego srebra przesunęły się. Wreszcie jeden z nich złapał promień. Meff delikatnie przesunął go tak, aby zajączek padł na taflę głównego lustra. Drugie, pomocnicze, przy tym położeniu słońca nie było potrzebne. Zdrową dłoń oparł na dźwigni sygnałowej. Do pulpitu przykręcono stalową tablicę z wygrawerowanymi symbolami. Palce rytmicznie naciskały guzik na końcu dźwigni. Wiadomość za kilka chwil dotrze do stolicy. Nadawał zwykłym alfabetem – nigdzie nie znalazł księgi kodów, zresztą i tak nie miał czasu jej szukać.

Uświadomił to sobie pierwszej nocy, gdy samotnie, ukryty wśród ruin, obserwował postępy choroby zżerającej ciało. Przypomniał sobie słowa umierającego starca. Krasnoludy zaprawiły wodę w dolinie ziarnami choroby. Ludzie złapali jednego nad jeziorem. Znaleźli przy nim gliniany garnek i resztki korka wylepionego z wosku.

Jadąc w stronę doliny, mijali karawanę pokurczy. Wóz pełen glinianych, zawoskowanych garnków. Dlaczego nie zwrócili wówczas uwagi, że jedzie szlakiem z Czerwonej Doliny? Szlakiem, którym nikt nie miał prawa przejść po zamknięciu przełęczy... Zrozumiał, że umrze tu, w dolinie, ale najpierw musi ostrzec księcia, iż gdzieś przez kraj jedzie wóz wypełniony śmiertelną trucizną.

Heliograf był gotów do pracy. Meff podał rysopis krasnoludzkiego kupca i dołączył krótką informację o przypuszczalnym celu jego podróży.

Wreszcie opadł w fotel. Zadanie zostało wykonane. Epidemia, która wyludniła imperium leżące za górami, nie powtórzy się. Parszywe karły nie opanują równin, nie zamieszkają po tej stronie gór. Nie będą pić piwa w karczmach Dysy...

Osłabienie przyszło nagle. Zsunął się z siedliska i spoczął na przyjemnie chłodnej kamiennej posadzce wieży. Jak zauważył, palce chorej ręki pozostały tam, gdzie je przywiązał na dźwigni. Czuł lekki ból i coraz mocniejsze zawroty głowy. Zza pazuchy wyciągnął sznur kryształów oliwinu. Czterdzieści kamieni. Wystarczyłoby, żeby kupić sobie szynk i pić w nim z przyjaciółmi ze straży aż do końca świata...

Odchodził, pogrążał się w otchłani śmierci. Wreszcie w jego mózgu pozostała tylko jedna myśl – poczucie dobrze spełnionego obowiązku. Potem i ona zgasła.

Sześćdziesiąt mil dalej, w wieży na szczycie góry G'adurf, błękitne oczy ukryte pod krzaczastymi brwiami odczytały wiadomość wysłaną przez Meffa. Brwi uniosły się z uznaniem. Krasnoludzki wojownik wyrwał jednym szarpnięciem topór z czaszki książęcego heliografisty.

Wokół wieży, na pastwiskach, jak okiem sięgnąć spoczywali pospołu martwi ludzie i martwe krowy. Rzeka niosła ziarna zarazy w stronę kolejnych miast i miasteczek.

Silnik z Łomży

Szedłem przez miasto, leniwie powłócząc nogami. Dzień był jakiś taki nijaki, słoneczko na niebie, trochę chmur. Ludzie snuli się apatycznie. A ja pilnie potrzebowałem sensacyjnego wydarzenia, które mógłbym opisać w moim dzienniku i zgarnąć wierszówkę. Do końca tygodnia pozostało całe sześć dni, w kieszeni brzęczały mi ostatnie groszaki.

Tak, wiem, mogłem wczoraj aż tak nie szaleć, ale ostatecznie nie co dzień pojawia się okazja zaliczyć taką babkę jak Mariolka. Ciekawe, co zrobi z futrem w środku lata. Do zimy będzie czekać, żeby się wystroić? No i poszło trochę kasy. To znaczy cała kasa i większa część limitu na karcie kredytowej. Pytacie, czy było warto? Szczerze mówiąc, nie bardzo pamiętam. Tak, wiem, można było chlać z większym umiarem.

No cóż, co się stało, to się nie odstanie. Było, minęło, teraz trzeba odrobić straty. W trzy miesiące tę dziurę jakoś załatam. No, może w sześć. A na razie trzeba przeżyć kolejne dni. A zatem... Muszę znaleźć sensacyjny materiał i machnąć artykulik.

No to do roboty, samo się nie zrobi. Rozejrzałem się. O, to może być materiał pierwsza klasa. Zażywny emeryt, obok jego kumpel, obaj klną jak szewcy. Co ich tak zbulwersowało? Przeszedłem kilka kroków. Duży fiat, najwyraźniej własność któregoś z nich, miał roztrzaskaną przednią szybę.

Ha, ha – myślicie, że to zwykły chuligański wybryk? Nie, moi drodzy, to materiał bomba – prawdziwa dziennikarska hiena, taka jak ja, zrobi z tego sensację na pierwszą stronę! Oczyma wyobraźni już widziałem grube kapitaliki tytułu: Meteoryt niszczy samochód! Kierowca cudem ocalał! Potem wystarczy podwędzić kamień i można przez kolejne dwa numery prowadzić dziennikarskie śledztwo, gdzie podział się kawałek kosmicznej skały. Główka pracuje. Po dwie setki za artykulik, coś jeszcze kapnie za fotki... Sześć stówek zarobione, do końca miesiąca dociągnę... Nie, do diabła, zapomniałem o debecie.

– Można kilka słów dla prasy? – Podszedłem do emerytów, wyciągając dyktafon.

– Jakieś gnoje rozpierdoliły mi szybę ruską rurą. – Jeden z nich pokazał oskarżycielskim gestem kawał zardzewiałego żelastwa leżący na siedzeniu.

– To faktycznie bulwersujące. – W moim zawodzie ważne jest, by potakiwać rozmówcy. – Dlaczego sądzicie, że ta rura jest ruska?

– A ło, ma tu przy końcu nie naszą literę! – pokazał mi drugi emeryt. – Tam, przy tym obrdzewiałym.

W sumie cała była pokryta kaszką korozji, ale znalazłem. Znaczek rzeczywiście był rosyjski. Szkoda, gdyby był jakiś dziwny, można by naściemniać, że to część UFO. Ba, miałem nawet numer telefonu faceta z jednej sekty, kompletnego świra, ale pożytecznego. Udzieliłby wywiadu potwierdzającego moją tezę. A tak...

– Niech pan ich dobrze obsmaruje, człowiek harował całe życie jak głupi, a to blokerstwo tylko kombinuje, jak mu świnię podłożyć – poskarżył się właściciel fiata.

– Się wie. – Uśmiechnąłem się, cyknąłem kilka fotek samochodu, emerytów oraz rury i poszedłem dalej.

Nie tak znowu daleko dalej. Usiadłem w ogródku piwnym, zamówiłem kufelek najtańszego browara, wyciągnąłem z plecaka laptopa.

No to do roboty. Rura? Blokersi? Chuligański wybryk? Nie. O dewastacjach i chuligaństwie było w przedostatnim numerze. Nie powiem, temat nawet ciekawy, ale ileż można w kółko o tym samym? Czytelnika nie wolno zanudzić. Zawód dziennikarza uczy kojarzenia faktów i sztuki dedukcji. Kawałek rury? Skoro trafił w samochód, to znaczy, że spadł z góry. Jeśli rozbił szybę, to znaczy, że musiał uderzyć naprawdę mocno. Znaczy się z wysoka leciał. Z kosmosu? Hm, raczej nie – byłby obtopiony, a na powierzchni nie było takich śladów; czytelnicy to głąby, ale mogą się mimo wszystko czepić.

Że co, moja gazeta to jakiś brukowiec? O nie, drodzy przyjaciele, jesteśmy poważnym pismem, tyle tylko, że dostosowanym do poziomu percepcji i zapotrzebowań specyficznego odbiorcy. Wypełniamy naszą misję informacyjną, operując w wyjątkowo trudnym sektorze rynku.

A więc co lata niżej niż satelity, a nad ziemią? Samoloty. Rura oderwała się od przelatującego samolotu. Pomyślmy logicznie – gdzie samolot ma rury? W kiblu – na pewno. Ale rura z latającego kibla nie będzie dobrze wyglądała w druku. To musi być coś bardziej spektakularnego. Ciepło, ciepło... Mam!

W samochód uderzył kawałek silnika rakietowego. Gdzieś czytałem, chyba nawet we własnym artykule, że niektóre samoloty latają od dobrych trzydziestu lat. Zatem obluzowany element spadający w Łomży to efekt eksploatacji potwornie wysłużonego sprzętu lotniczego. Aeroplan, który to zgubił, musiał powstać w drugiej połowie ubiegłego wieku i od kilku dziesięcioleci jest bezlitośnie wykorzystywany przez nasze badziewne lotnictwo cywilne.

Zawahałem się chwilę – może lepiej byłoby tym razem obsmarować armię? Moja gazeta od dawna się ich nie czepiała. Hm... Z drugiej strony nasze siły zbrojne są dość wredne – jeszcze by sobie przypomnieli, że od jesieni ubiegłego roku powinienem odbywać zasadniczą służbę wojskową...

Machnąłem artykulik, a potem przepuściłem go przez specjalny programik zastępujący proste wyrazy ich bardziej skomplikowanymi odpowiednikami. I gotowe, wysyłamy.

Wszedłem do redakcji mojej bulwarówki z pewną taką nieśmiałością. Odszukałem księgową.

– A, to ty, sępie – powitała mnie ze zwykłą sobie życzliwością. – Nie ma.

– Ale ja jeszcze nie zdążyłem zapytać...

– Nie ma. Ani pożyczek, ani zaliczek na poczet tego, co być może napiszesz. Nie ma też żadnych zagubionych premii ani zapomnianych wierszówek. Twoje konto jest puste.

– To bardzo dziwne. – Wydąłem wargi. – W dzisiejszym numerze powinien był pójść mój artykuł.

– To przyjdź w piątek.

– Wczoraj był piątek – zauważyłem skromnie.

– Za tydzień też będzie. Przestań mi grać na nerwach i leć do naczelnego, od rana cię szuka, ponoć komórkę wyłączyłeś.

Nie ja wyłączyłem, tylko mnie wyłączyli... Z niepokojem maszerowałem do jaskini pryncypała. Zapukałem ostrożnie.

– Wejść! – ryknął.

Przekroczyłem próg gabinetu.

– Mamy problem – powiedział naczelny bez wstępów. – A dokładniej rzecz biorąc, ty masz problem i jeśli go nie rozwiążesz, to w naszej gazecie nie będzie miejsca na twoje teksty.

– Co się stało? – wykrztusiłem.

Pospiesznie przejrzałem w myślach listę moich dziennikarskich grzechów głównych, ale nie znalazłem nic... No, prawie nic. No dobrze, parę rzeczy nagiąłem, wywiad z Chuckiem Norrisem też nie do końca był prawdziwy, ale wtedy akurat cholernie potrzebowałem kasy, a nie znając angielskiego...

– Coś ty, idioto nieszczęsny, napisał o tej rurze, co rąbnęła w samochód?

Podsunął mi dzisiejszy numer. Rzuciłem okiem w artykuł. Stało tam jak byk: *...fragment silnika rakietowego z drugiej połowy XIX wieku...*

Hm, no tak. W wersji pierwotnej było, że z połowy ubiegłego wieku, ale potem, poprawiając, odruchowo dałem, że ten ubiegły wiek to dziewiętnasty. Dopiero sześć lat nowego stulecia, a żył człowiek całe dwadzieścia w dwudziestym wieku – nie tak łatwo się przestawić.

I co teraz robić? Idziemy w zaparte. Dobry dziennikarz nie myli się nigdy.

– Nie widzę tu nic dziwnego – zagrałem va banque.

– Ty kretynie. Kiedy to pojawiają się pierwsze rakiety?

No dobra, nie byłem nigdy orłem, jeśli chodzi o historię, a jako zdeklarowany pacyfista brzydziłem się wojskiem. Rakiety. Za Napoleona mieli takie armatki na kołach, potem były powstania, a dalej? W czasie drugiej wojny światowej Niemcy mieli te swoje katiusze... Nie, zaraz, Niemcy mieli V-1 i V-2, co spuszczali chyba na Londyn – to Ruscy mieli katiusze. A w pierwszej wojnie światowej? Jak czytałem komiks o Szwejku, nie było tam nic na ten temat.

– Zabiłeś mi klina – przyznałem.

– Dobra, debilu. O silnikach rakietowych na paliwo ciekłe można mówić dopiero od mniej więcej 1917 roku!

– To w sumie niewielki błąd – odetchnąłem z ulgą. – Zresztą ludzie i tak nie mają o tym pojęcia.

– A wiesz, dlaczego jeszcze nie wylądowałeś na bruku? – syknął złowieszczo.

Spojrzałem na niego spod oka. Może tylko żartuje? Nie, cholera. Wyglądało na to, że mówi poważnie.

– Tato, no co ty, mnie na bruk?! – przeraziłem się.

– Cicho, nie przy ludziach – warknął. – Nie wylałem cię, bo ktoś musi posprzątać ten burdel. W poniedziałek albo wyjaśnisz to na naszych łamach, albo więcej mi się na oczy nie pokazuj. A teraz won, bo zaraz stracę resztkę cierpliwości.

Wyszedłem z gabinetu rozgoryczony. To ma być ojciec? Tylko psioczyć umie. Zupełnie jakby sam nie popełnił nigdy żadnego błędu. He, he, jeden popełnił, inaczej nie byłoby mnie na świecie...

Ale rzeczywiście dałem plamę. A może jednak nie? Przecież tej naszej szmaty nikt nie czyta. Ludzie kupują ją tylko dlatego, że zamieszczamy horoskopy, program telewizyjny i ogłoszenia drobne, a przy tym jesteśmy tańsi niż „Wybiórcza".

Wyjąłem laptopa, odpaliłem, wszedłem w Internet. Wpisałem w wyszukiwarkę „silnik rakietowy" i „Łomża".

Auć. Ała. Oj...

Hm, wyglądało na to, że ktoś jednak przeczytał mój tekst. Na wszystkich portalach zamieszczono o tym informację. Przejrzałem opinie i komentarze użytkowników. Kurde, tyle inwektyw i wszystkie pod moim adresem? Jak są tacy mądrzy, niech spróbują swoich sił w gazecie. Albo może lepiej nie, gdzieś muszę pracować, a i tak chętnych do podziału wierszówki jest aż za dużo.

Wyłączyłem sprzęt. Nie ma bata. Trzeba szybko coś wymyślić. Najlepiej iść w zaparte, i to w ten sposób, by kolejnymi tekstami nabić sobie dodatkową wierszówkę.

W zawodzie dziennikarza nieocenioną pomocą jest posiadanie informatorów i konsultantów. Dlatego już przed rokiem, na samym początku pracy w gazecie, straciłem wszystkie oszczędności, by zwerbować sobie jako informatora ciecia ze szpitala dla umysłowo chorych. Dzięki temu sprytnemu posunięciu uzyskałem dostęp do kartoteki pacjentów oraz osób skierowanych na obserwację. Wielu z tych ludzi zgodziło się ze mną w różnych okolicznościach porozmawiać, dzięki czemu moje artykuły nabrały głębi...

Przejrzałem notatki. O, na przykład taki Radek. Kojarzyłem nawet gościa, chodziliśmy do jednej klasy w podstawówce. W porządku koleś. Parę razy dał mi odpisać pracę domową. Trafił do psychiatryka, bo przechadzał się po parku miejskim z szablą. Zanotowano, że interesuje się historią techniki i dziejami carskiej Rosji.

Ha, widzicie, jaka potęga drzemie w dostępie do teczek? Bez szpitalnych danych nie wiedziałbym nawet, że ma takie idiotyczne hobby!

Raz mi już pomagał, gdy na ogródkach działkowych wygrzebano garnek złotych monet. Wprawdzie potem okazały się austriackie, a nie rosyjskie, ale i tu dwugłowy orzeł, i tu... Z kartoteki wynikało, że lubi piwo, więc zaopatrzyłem się w zgrzewkę browara i ruszyłem pod znajomy adres.

Przez pierwszą godzinę otwieraliśmy puszki, gawędząc o tym i owym oraz psiocząc na nasze rządy, dawne i obecny. Dopiero gdy zauważyłem, że alkohol trochę go rozmiękczył, skierowałem gadkę na interesujące mnie tory.

– Nie doceniamy Ruskich i ich wynalazców – powiedział Radek. – Zresztą swoich też nie...

– Swoimi zajmiemy się kiedy indziej – obiecałem i dolałem mu jeszcze.

– Tak, Ruscy, weźmy takiego Połzunowa. Wyczytał w gazecie, że Anglicy zbudowali silnik parowy. Autor artykułu był takim samym dziennikarskim obszczymurkiem jak ty...

– Wypraszam sobie!

– Nie doczytał, nie sprawdził, niewiele z jego tekstu wynikało, tyle tylko, że para porusza tłoki. I wiesz, co zrobił Połzunow?

– Zapewne był takim geniuszem, że na podstawie jednej wzmianki zbudował własny silnik?

– No ba, ale jaki. Zbudował kocioł wielki jak dom! Silnik jego projektu obsługiwał hutę. A cztery kolejne planował facet budować, tylko, niestety, wykorkował. Wyobrażasz sobie? Pięć maszyn parowych tej wielkości w jednym miejscu. Moc jak Czarnobyl przed wybuchem! I to wszystko działo się, jeszcze zanim Watt wprowadził swoje ulepszenia.

Zanotowałem pospiesznie – wiosną będzie rocznica awarii, można w artykule wspomnieniowym naskrobać, że przed Czarnobylem był jeszcze kocioł tego Ruska.

– To fascynujące. – Przybrałem pełen podziwu wyraz twarzy. – A jak im szło z budową rakiet?

– Połzunow tego nie robił, zresztą żył w osiemnastym wieku.

– To wiem – zełgałem, bo w rzeczywistości pierwszy raz słyszałem o tym typku. – Co było potem? Znaczy z rakietami. Kto się tym zajął u nich pierwszy?

– Ciołkowski oczywiście.

Dyskretnie zapisałem nazwisko – może uda się czegoś dowiedzieć w Sieci, o ile ktokolwiek w ogóle o nim słyszał.

– A zatem mamy pierwszy silnik rakietowy i jest rok... – podpuściłem go zręcznie.

– No, powiedzmy tysiąc dziewięćset siedemnasty.

– Co? – przestraszyłem się.

– Wtedy właśnie Goddard prowadził badania nad silnikami na paliwo ciekłe.

– Do dupy. Muszę znaleźć dane z dziewiętnastego wieku.

– Hm... W tysiąc dziewięćset trzecim Ciołkowski opublikował pierwszy artykuł o podboju kosmosu przy użyciu rakiet.

– Jak opublikował, to już pewnie coś o tym wiedział? Zazwyczaj najpierw bada się problem przez wiele lat, a potem publikuje wyniki dociekań.

– No cóż, mogło tak być – przyznał, choć bez przekonania.

Alkohol nieźle go już sponiewierał – był na etapie, kiedy dziennikarz musi szczególnie uważać, bo informator zaczyna zdradzać głęboko skrywane tajemnice.

– A kiedy się urodził?

– Jakoś w połowie dziewiętnastego wieku.

– No to jesteśmy w domu – ucieszyłem się. – Powiedzmy, że Ciołkowski, mając trzydzieści parę lat, buduje pierwszy silnik rakietowy. Jest rok...

– Dajmy na to, 1890. – Dolał sobie do kufla. – Za wcześnie.

– Wcale nie! Buduje silnik, ale z racji tego, iż można go wykorzystać do budowy rakiet zdolnych razić cele na przykład w Niemczech, technologia zostaje utajniona na rozkaz cara i dopiero po kilkunastu latach pozwalają mu zamieścić jeden artykulik...

– Ewentualnie mogło tak być – przyznał Radek. – A masz jakieś dowody na poparcie tej debilnej hipotezy?

– A więc do spółki z carskimi technikami buduje rakietę, odpala, a ona wchodzi na orbitę, lata przez stulecie i teraz spada? – Miałem już w głowie zasadniczy zrąb artykułu.

Dedukcja działała jak złoto, fakty same naginały się do potrzeb, hipotezy rodziły się jedna za drugą, a mój konsultant, zdrowo już pijany, też zapalił się do mojego pomysłu.

– No... Nie jest to wykluczone, ale myślę, że taki geniusz jak Ciołkowski nie poprzestał na stworzeniu zwykłej rakiety.

– Aha – zgodziłem się, otwierając kolejne piwo. – Z całą pewnością tak wybitny uczony nie poprzestał na jednej rurze. Musiał zmajstrować coś wielkiego, wspaniałego, zadziwiającego i objętego ścisłą tajemnicą. Tajemnicą, której mroki jedynie z twoją pomocą rozświetlę pochodnią prawdy.

– Ty to raczej, zamiast cokolwiek rozjaśnić, zgasisz światło – burknął.

Dolałem mu jeszcze i wyciągnąłem z torby chipsy. Jego ulubione, paprykowe.

– Silnik rakietowy można wykorzystać na wiele sposobów... – Zamyślił się głęboko.

– Na przykład w ręcznym miotaczu pocisków przeciwpancernych – podsunąłem.

– A po co? Oni jeszcze wtedy nie mieli czołgów.

– Na konnicę?

– Toby nie spadł teraz, tylko wtedy.

Dobra nasza, już w zawodówce zaobserwowałem, że jak się narąbie, to ma najlepsze pomysły. To znaczy jak ja chodziłem do zawodówki, bo on poszedł do liceum. Idiota. Cztery lata kuł jak głupi, jakby nie wiedział, że maturę można kupić już za tysiąc złotych...

– Dedukuję, że Ciołkowski dla potwierdzenia swoich teorii zbudował prototyp pojazdu. Latałkę.

– Latałka Ciołkowskiego – podchwyciłem. – Brzmi nieźle. Coś w rodzaju samolotu o napędzie odrzutowym?

– Trudno ocenić, samoloty nie były jeszcze wynalezione – wybełkotał. – Raczej nie był to napęd plecakowy, tylko mały, zgrabny pojazd z kilkoma silniczkami...

– Dobra. – Przejrzałem notatki. – Czyli pod koniec dziewiętnastego wieku Ruskie zbudowali pojazd. To jest dla mnie jasne. Tylko skąd wziąłby się jeden nad naszym miastem? Masz jakiś pomysł?

Spojrzał na mnie półprzytomnie.

– Co? Jak to nad naszym miastem?

– Na samochód jednego emeryta spadł kawałek dziewiętnastowiecznego ruskiego silnika.

– O kurde! Skąd wiesz?

– W gazetach napisali! – Podsunąłem mu wycinek ze zręcznie oderwaną częścią, gdzie widniało moje nazwisko.

Przeleciał go mętnym wzrokiem.

– Mam pewną koncepcję. Wiesz, jest takie przysłowie, że rosyjskie urządzenia psują się albo natychmiast, albo nigdy.

– Uhm. – Niezłe było, więc je zanotowałem. Przyda się do artykułu. – I jaki z tego wniosek?

– Latałka Ciołkowskiego najwidoczniej ciągle unosi się gdzieś tam w górze – powiedział Radek uroczyście. – Nie jestem sobie w stanie wyobrazić, z jakiego korzysta paliwa i skąd je pobiera... Przecież gdyby podchodziła do lądowania, przez tyle lat ktoś by ją zauważył. A może unosi się w powietrzu z wykorzystaniem jakiejś nieznanej nam technologii, nowego sposobu wytwarzania energii, niezwiązanego z pobieraniem i spalaniem paliwa? – mówił coraz szybciej.

– I będzie się tak unosić do siódmej nieskończoności? – Oczyma wyobraźni zobaczyłem płynącą wśród obłoków maszynę powietrzną.

– No nie, urządzenia techniczne, nawet te stworzone przez carskich inżynierów, mają swoją wytrzymałość – mruknął. – Wcześniej czy później spadnie.

– W całości albo po kawałku – olśniło mnie. – Proces rozpadu właśnie się zaczął i stąd ten kawałek silnika! Jak sądzisz, kto siedzi za sterami tej latałki? – Przewierciłem Radka wzrokiem. – Ci, który wsiedli w dziewiętnastym wieku?

– Chyba zwariowałeś. Już by dawno pomarli.

Opisik w artykule trza będzie walnąć. Dysze silników ze srebrzonego niegdyś brązu, w kabinie zmumifikowane ciała pilotów w białogwardyjskich mundurach...

– A może, może... – zająknąłem się porażony przebłyskiem własnej inteligencji. – Słyszałem kiedyś, że wysoko nad ziemią mogą zachodzić zjawiska fizyczne opóźniające proces starzenia. Mniejsza grawitacja, to i czas na pokładzie wolniej płynie.

Popatrzył na mnie w oszołomieniu.

– Istnieje druga, bardziej prawdopodobna możliwość – odparł. – Latałkę ukryto, żeby nie wpadła w ręce bolszewików, a teraz putinowcy ją wyciągnęli ze schowka i testują, czy działa. Nad Polską, żeby w razie czego było mniej ofiar w ludziach.

– Wątek szpiegowski – ucieszyłem się.

Świetnie, czytelnicy to uwielbiają. Przydałoby się jeszcze trochę seksu – dorzucę fragment z dziewczyną zgwałconą przez rosyjskojęzyczną załogę niezidentyfikowanego pojazdu.

– Szpiegowski? – zastanowił się. – To raczej służby specjalne testują sprzęt, chociaż w sumie można tak to zaklasyfikować. Nie wiem, czemu akurat nad Łomżą, ale to już sobie sam wymyśl i napisz w artykule. Za to ci płacą.

– Się wie. Coś wykombinuję. Odrobina lipy jeszcze nigdy gazecie nie zaszkodziła – zacytowałem stare dziennikarskie porzekadło.

Zostawiłem go nad kuflem i nieco zamroczony ruszyłem do domu. Nie bardzo pamiętam, jak dotarłem, ponieważ jednak rankiem obudziłem się we własnym łóżku, chyba wszystko grało. Ciekawe tylko, komu po drodze zabrałem tę afrykańską maczetę i po co mi do cholery potrzebny zegarek wytatuowany na przegubie... Na szczęście kajet z notatkami do artykułu był na swoim miejscu, w wewnętrznej kieszeni kurtki. Zażyłem klina i zabrałem się do roboty.

Ha, i co, myślicie, że spożytkowałem zdobyte dane, żeby się wybielić w oczach naczelnego? O nie, prawdziwy, kuty na cztery nogi dziennikarz nie odpuszcza tak łatwo. Artykuł naskrobałem w dwu częściach. W poniedziałek poszła pierwsza, w której analizowałem rosyjskie dokonania na polu budowy rakiet. Obok, w kronice policyjnej, tak mimochodem ukazała się wzmianka o dziewczynie zgwałconej przez rosyjskich kosmonautów. Latałkę zarezerwowałem do drugiej części w numerze wtorkowym. Zawszeć lepiej przecież mieć cztery stówki zamiast dwu, nieprawdaż?

Właśnie oblewałem ukazanie się pierwszej części, gdy zadzwonił telefon. Ojciec.

– Czytałem twoje wypociny – warknął. – Jesteś wylany.

– A za co? – oburzyłem się. – Kazałeś posprzątać, to sprzątam. Zresztą twój zastępca skierował tekst do druku.

– On też wylatuje.

– Co ci się konkretnie nie podoba? – parsknąłem. – Rozszerzę trochę naszym czytelnikom horyzonty.

– To stek bzdur, niepopartych choćby domniemanym...

– W jutrzejszym artykule...

– Czytałem. Nie będzie żadnego jutrzejszego artykułu. Wylatujesz. Zresztą na dziennikarza i tak się nie nadawałeś.

Zaniepokoiłem się.

– Ale tam będą zdjęcia... Zdjęcia to dowód – zaskomlałem. – Niepodważalny dowód.

– A skąd je niby weźmiesz, idioto?

– Z Instytutu Paleoawionautyki w Moskwie – prychnąłem z godnością. – Za parę godzin mi je przyślą. Nawiasem mówiąc, są zachwyceni, że ktoś w Polsce popularyzuje te zagadnienia.

Milczał przez chwilę, a ja zastanawiałem się rozpaczliwie, czy taki stary lis da się nabrać.

– Chcę zobaczyć te fotki – warknął. – Potem zadecyduję.

I rzucił słuchawkę. Nie pozostawało nic innego, jak udać się do Sławka.

Z bólem serca wydobyłem z sejfu, czyli spod stosu T-shirtów, ostatnie grosze trzymane na czarną godzinę i ruszyłem na przedmieścia. Mój serdeczny... hm, to może trochę za dużo powiedziane. Mój przyjaciel mieszkał w niewielkiej chałupce. Zapukałem do odrapanych drewnianych drzwi. Uchylił je na szerokość łańcucha i spojrzał na mnie spode łba.

– Won, hieno – warknął, ale tak jakoś bez przekonania.

– Ja też się cieszę, że cię widzę.

Wpuścił mnie. Pierwsza bitwa wygrana.

– Czego znowu chcesz, łajdaku? – burknął.

– Przydałaby się garść ilustracji... Pamiętasz, jak pomogłeś mi wtedy?

– Pamiętam. Do dziś brzydzę się sobą!

– Ale forsa się przydała.

– Brudna forsa!

Oj, to była afera. Wpakowałem się wtedy po uszy. No fakt, poniosła mnie trochę wyobraźnia, ale sami rozumiecie, wybory samorządowe za pasem, a tu mój były nauczyciel od plastyki okazuje się murowanym kandydatem na burmistrza. Ten sam bezczelny typ, przez którego zimowałem w szóstej klasie...

Media to władza, no nie? Postanowiłem utrącić gada za wszelką cenę, no i machnąłem artykuł, że jest zoofilem. Dobra, byłem trochę naćpany, bo kumpel przywiózł właśnie zajebiście mocny towar, grzech nie spróbować. Niedoszły burmistrz zagroził gazecie procesem. Sławek uratował mi wtedy tyłek, robiąc całkiem udany fotomontaż. Że co? Twierdzicie, że to proste? Spróbujcie sami do fotografii faceta robiącego pompki na tarasie swojej willi dokleić zdjęcie owcy, i to tak, żeby się zgadzało nasycenie barw, wielkość i wszystkie cienie!

– O czym ty gadasz?

– Przez ciebie zniszczyliśmy niewinnemu człowiekowi życie. Powinieneś iść siedzieć!

– Co ty bredzisz! – najechałem na niego. – Facet był zboczeńcem, molestował seksualnie zwierzątka. Byłem tego stuprocentowo pewien, ty tylko pomogłeś udupić tę gnidę.

Łypnął na mnie spod oka, jednak nic nie powiedział.

– Teraz też jesteś bez grosza... – podpuściłem go. – A jest robota. Trudna, odpowiedzialna, tylko ty jesteś w stanie sprostać temu zadaniu.

– A ty skąd wiesz, że jestem pod kreską?

– Nikt w tej dziurze nie docenia takiego geniusza jak ty – westchnąłem. – Tylko ja, twój ostatni kumpel...

Nie przyznałem się, że widziałem kilka dni temu, jak wychodził z Urzędu Pracy.

– To prawda – też westchnął.

– Czyli chciałbyś trochę zarobić? – zagadnąłem.

– Odwal się, hieno z brukowca, mówiłem, że jeszcze mam kaca moralnego po naszym poprzednim spotkaniu.

– Tym razem wszystko będzie uczciwie.

– Przymiotnik „uczciwy" i twoje nazwisko nie tworzą związku frazeologicznego!

– Dokonałem sensacyjnego odkrycia naukowego, odkrycia, które zmienić może nasze spojrzenie na historię techniki. Tylko, widzisz, nikt mi w to nie uwierzy, jeśli nie będę miał odpowiednich zdjęć.

– Won, parszywcu. Twoje odkrycia... A co, UFO spadło u nas w średniowieczu?

A jednak się zainteresował.

– Słyszałeś o Ciołkowskim?

– Ten Ruski od rakiet. No, słyszałem, i co z tego?

– Dotarłem do oryginalnych carskich dokumentów. Wyobraź sobie, rosyjska armia tuż przed wybuchem pierwszej wojny światowej testowała niewielki pojazd zwiadowczy nazywany przez nich „latałką Ciołkowskiego". Co więcej, w ciągu ostatnich miesięcy KGB wydobyło prototyp z ukrycia i zaczęło testować ponownie.

– Zalewasz.

– No to zobacz! – Obrażony pokazałem mu wydruk swojego artykułu.

Czytał go dłuższą chwilę. Zawsze miał słabość do słowa pisanego.

– Cholera – mruknął. – A więc stąd ten dziewiętnastowieczny ruski silnik rakietowy, o którym trąbią od wczoraj w Internecie.

No i proszę, jak ślicznie legenda zaczęła żyć własnym życiem.

– Do nowego naukowego artykułu o historii tego pojazdu potrzebuję zdjęcia. Może być nieostre, zamazane, poplamione, jednak bez tego ani rusz. Wiem, że Ruskie mają, tylko że to tajne i nie dadzą. Dlatego przyszedłem do ciebie.

– Fotka latałki? Się zrobi. – Przeszliśmy do salonu. Odpalił komputer. – Nagniemy trochę fakty, ale to dla dobra nauki i propagowania w masach znajomości osiągnięć technicznych przeszłości!

– No pewnie, przecież my, dziennikarze, nie mamy przed sobą innego celu jak tylko szczęście ludzkości, a edukacja ciemnych mas musi czasem odbywać się nawet wbrew ich woli. – Na wszelki wypadek wyciągnąłem siatkę z piwami.

Sięgnął po szkło. Wygulgał kufel długimi łykami.

– Masz zdjęcie tej rury? – zapytał konkretnie.

– Jasne. – Wyjąłem z kieszeni aparat cyfrowy.

Podpiął go zręcznie do komputera i zrzucił zawartość karty na twardy dysk. Uruchomił podgląd.

– Czekaj, to nie! – Za późno się ocknąłem.

– Nie wiedziałem, że znasz Gośkę – mruknął. – Niezłe bufory. Mogę to sobie zgrać?

– Nie. Rura jest na końcu.

– No tak – mruknął zawiedziony. – O, w mordę, to ona ma kolczyk w...

– Silnik – przypomniałem mu. – Płacę ci za robotę, a nie za oglądanie gołych babek.

– A to chyba... Grażyna z biblioteki? Kto by pomyślał, że nosi koronkowe stringi.

– Silnik! – ryknąłem.

– Dobra, dobra, nie drzyj się.

Skopiował zdjęcia rury i zniszczonego samochodu. Odpalił jakiś program graficzny.

– Rozdzielczość niezła – pochwalił Sławek. – Da się z tym coś zrobić. Pomyślmy, jakie oznaczenia może mieć kawałek autentycznej latałki Ciołkowskiego...

– Pewnie carskiego orła i tak dalej – zasugerowałem. – Do tego jakieś numery i inne takie.

– No to do dzieła.

Wziął moją cyfrówkę. Z szafy zdjął stary mosiężny samowar. Strzelił kilka ujęć. Potem odczepił kozacką szaszkę wiszącą na ścianie i powtórzył operację.

– A monogram cara Aleksandra weźmiemy stąd... – Wyłuskał z klasera miedzianą monetkę o nominale pół kopiejki.

Zgrał ponownie i zaczął bawić się w przeklejanie kawałków zdjęć. Co jakiś czas uzupełniałem mu poziom piwa w kuflu.

– No i gotowe. – Wyświetlił efekt swoich działań.

Pokiwałem głową z uznaniem.

– Masz ogromny talent – pochwaliłem.

– Wiem. – Skromność jakoś nigdy nie zaliczała się do jego zalet.

Patrzyłem na fotografię. Polerowana powierzchnia rury ozdobiona została dwugłowym orłem, numerkiem

001, datą 1890 oraz wypukłym monogramem cara Aleksandra. Patrzyłem na zdjęcie ukontentowany i w pewnej chwili złapałem się na tym, że prawie wierzę w jego autentyczność.

– Teraz problem drugi – mruknął. – Sama latałka. Nie bardzo wiemy, jak mogła wyglądać... Weźmy rosyjską amfibię z pierwszej wojny światowej.

– To oni mieli już wtedy amfibie? – Wytrzeszczyłem oczy.

– Kto ich wie, w czasopiśmie „Największe spiski i skandale w historii ludzkości" było coś o tym...

Ściągnął z półki pismo i kartkował dłuższą chwilę.

– Kurde, źle zapamiętałem – mruknął zmartwiony. – Nie rosyjska, tylko niemiecka, i nie amfibia, tylko prototypowy poduszkowiec. Ale okres się zgadza.

Rzucił magazyn na skaner i po chwili zabrał się za obrabianie zdjęcia.

– Obetniemy ten wiatrak, znaczy się śmigło, co miał z tyłu – mruknął. – Silniki rakietowe weźmiemy z hitlerowskiej rakiety V-2, tylko zminiaturyzujemy, żeby pasowały do reszty. Teraz dodamy w tle coś typowo rosyjskiego. – Z pudła wyciągnął pocztówkę z wizerunkiem jakiejś cerkwi.

Ponowne skanowanie, znowu coś majstrował.

– Gotowe. – Obrócił ekran w moją stronę.

Wow. To, co stworzył, wyglądało naprawdę nieźle. Realistycznie w każdym razie. Na pierwszym planie startujący pojazd. W tle sylwetka prawosławnego soboru. Wypisz, wymaluj carska Rosja.

– No to zapisujemy zmiany i możesz wysyłać mailem do swojego szefa – mruknął zadowolony.

– Za godzinkę. Muszę jeszcze artykulik uzupełnić.

– To będzie osiem stówek.

– Drogo...

– Miał być tysiączek, ale kumplowi daruję dwadzieścia dwa procent VAT-u.

– A, chyba że tak. – Z ociąganiem wręczyłem mu plik banknotów, całe trzysta dwadzieścia złociszy.

Przeliczył, bydlak.

– Trochę brakuje. – Popatrzył na mnie podejrzliwie. – Nawet więcej niż trochę.

– To zaliczka – wyjaśniłem. – W przyszłym tygodniu biorę wypłatę, to ureguluję do końca.

Wszedłem do domu, ściskając CD ze zdjęciami niczym relikwię, gdy nieoczekiwanie zadzwonił telefon.

– Halo? – zagadnąłem.

– Słuchaj, smarkaczu, czytaliśmy twoje wypociny. Jeszcze jeden artykuł o dawnych rosyjskich rakietach i będziesz zęby do woreczka zbierał – warknął starczy głos z dziwnym akcentem.

I połączenie zostało zerwane.

Szkoda, że powiedział tak mało, ale artykuł i tak napiszę.

„Pogrobowcy III Rzeszy grożą dziennikarzowi" – to chyba będzie dobry tytuł. Czemu III Rzeszy, zapytacie? A ile można w kółko pisać o Rosji? Czytelników trzeba zabawiać, a nie usypiać.

Przez cały wtorek siedziałem jak na szpilkach. Artykuł oczywiście się ukazał. Fotki też. Opinie internatów na szczęście były w miarę normalne. O zmroku byłem już pewien zwycięstwa. Łyknęli to.

Dolałem sobie zimnego piwa. Ufff... Raz jeszcze udało się przeżyć. Uratowałem głowę, sześć stówek zarobione, a i z redakcji mnie nie wywalili. Miał rację dziadek, gdy mówił, że dobra gadka to majątek. Może otworzę jeszcze jedną puszkę? Utrzymanie posady też czasem warto uczcić.

Sączyłem właśnie resztki piwa, kiedy z ogrodu dobiegł mnie dziwny odgłos. Wyjrzałem. Latałka Ciołkowskiego, prawie taka sama jak na wykonanym przez Sławka fotomontażu, właśnie schodziła do lądowania, paląc ogniem silników klomb i krzaki.

– O kurde! – Z wrażenia upuściłem szklankę.

Jak mnie namierzyli?! Drzwi wyleciały z futryny, gdy czterech typków w czerkieskach wpakowało mi się do domu. Przy boku mieli szable, w rękach nagan, na ich piersiach wisiały ordery. Pod nasuniętymi na czoło czapami ponuro połyskiwały oczy. Sumiaste wąsy i siwe bokobrody tylko częściowo zasłaniały zmarszczki. Ci czterej musieli być niewiarygodnie wręcz starzy.

– Już my cię, łachmyto, nauczymy! – huknął ten, który miał najwięcej orderów. – Było ostrzeżenie, żebyś nic o tym nie pisał? Było czy nie, gnoju?

– Ale ja...

– Na ławkę go, zaraz mu pokażemy. – Dziadyga kiwnął dłonią. – Jak dostanie pięćdziesiąt razów przez grzbiet, to będzie wiedział, o czym wolno pisać, a o czym nie!

Dwaj jego kompani z zaskakującą siłą rozciągnęli mnie na ławie i przymotali sznurem. Czwarty wyciągnął zza pleców pęk wyciorów karabinowych...

Szedłem jak pijany, wszystko mnie bolało, nawet parę przeciwbólówek nie złagodziło cierpień straszliwie zmasakrowanego zadka. Co za idiotyzm, że najpierw trzeba podpisać listę, a potem dopiero przelewem wypłacają gotówkę. Anachroniczny zwyczaj...

Wyszedłem zza rogu i zamarłem zdumiony. W miejscu redakcji ział gigantyczny lej wypełniony częściowo kawałkami cegieł. Zanim zemdlałem, przyszło mi jeszcze do głowy, że Radek mógł mnie ostrzec, iż na pokład latałki zabierano także bomby...

ZEPPELIN L-59/2

Zeppelin L-59/2

Ze snu wyrwał mnie brzęczyk telefonu komórkowego. Wygrzebałem się ze śpiwora, wydobyłem komórkę z plecaka. W stodole było chłodno. Przez szpary między deskami świeciło słońce. Drobinki kurzu wirowały w powietrzu. To będzie naprawdę piękny dzień. Kto nie może dospać o ósmej rano?

– Paweł Holtz – rzuciłem w słuchawkę.

– Janicki – głos pracownika muzeum był dziwnie przygaszony.

– Nareszcie – odetchnąłem. – Jesteście już w drodze? Ściągać telewizję?

– Ściągnąć możesz – westchnął ciężko. – Tylko my, psiamać, nie przyjedziemy.

– Oż, do diabła – zakląłem. – Bez jaj! Co się stało? Jezioro prawie spuszczone. Wszystko na wierzchu, widoczne jak na dłoni. Bez waszej ekipy i ciężkiego sprzętu mogę się cmoknąć. Nawet jak zatopimy, za dwa dni będą tu złodzieje z połowy Europy!

– Dogadali się. Ministerstwo ze szkopami. Odsunęli nas od zabawy.

– Mów jaśniej!

– Do Osiny jedzie właśnie ekipa Carla Bartha. To oni wydobędą wrak. Mają być na miejscu koło południa.

– Kuźwa! I może jeszcze go wywiozą do Reichu?

– Na to wygląda. Dostali już wszystkie pozwolenia. A ja dowiedziałem się o tym dopiero co, dziesięć minut przed wyjazdem w teren. Zanim złożymy odwołanie, zanim je rozpatrzą...

Walnąłem pięścią w belkę, aż cała stodoła zadrżała.

– Jakim prawem?! To przecież bezcenny zabytek!

– Jedyny w tej części Europy choćby częściowo zachowany szkielet. A kto wie co przetrwało głębiej w mule? – westchnął Janicki. – Zrób trochę zdjęć. Ja bym przyjechał, ale serce mi się kraje, wolę nawet nie patrzeć.

– Czy im się wydaje, że są u siebie w koloniach?! – wkurzyłem się. – A może jeszcze powiedzą, że Drzwi Gnieźnieńskie odlano w Magdeburgu, i sobie zabiorą? A moje prawa jako odkrywcy?

– To, co znaleziono w ziemi, stanowi własność państwa. Może jak się poawanturujesz, wypłacą nagrodę? Przehandlowali go – westchnął ponownie. – Barth skombinował skądś kilka setek polskich starodruków i zaproponował wymianę. Nawet inkunabuły ma. Minister, jak zobaczył listę, dostał ponoć zawału. Klepnął sprawę i tyle...

– Ten Niemiec zapłaci nam książkami, które jego ojciec esesman i dziadek wehrmachtowiec własnoręcznie rabowali!

– Na to wygląda.

Rozłączył się. Kopnąłem ze złością stare koryto. Chcecie zadzierać z prasą, zafajdani biurokraci? No to się doczekacie. Tak was obsmaruję, że ruski miesiąc popamiętacie. O ile naczelny puści taki tekst – zreflektowałem się zaraz. A raczej nie puści, bo gazeta jest częścią niemieckiego koncernu. Stołka nie zaryzykuje.

Wyszedłem przed stodołę sołtysa. Gospodarza nigdzie nie było widać. Zatrzymałem się przy płocie. Przede mną rozciągał się iście księżycowy krajobraz. Nieduże jezioro na skraju wsi zostało wczoraj prawie w całości wypompowane. Wynajęci ochroniarze stali na posterunkach, pilnując znaleziska.

Wrak sterowca leżał w mule, tak jak wczoraj, gdy ukazał się naszym oczom. Kratownica szkieletu wewnętrznego, zgnieciona jak skorupka jajka, oplątana była setkami porwanych sieci rybackich. Opodal z błota sterczało potężne, zgięte śmigło i dach jednej z gondoli silnikowych. Studwudziestometrowy kil z aluminiowych belek wydawał się nietknięty. Gondola nawigacyjna wznosiła się dumnie ponad powierzchnię szarego błocka. Aluminiowe elementy konstrukcji i blachy poszycia poczerniały, ale korozja była prawdopodobnie tylko powierzchniowa.

Obok leżały jeszcze jakieś elementy, które najwidoczniej odpadły podczas uderzenia o powierzchnię wody lub dno. Zdecydowana większość strąconych zeppelinów spłonęła – ten był wyjątkiem. Podziurawiony przez artylerię i karabiny rosyjskich samolotów, zdołał uciec we mgle i dopiero tutaj, dziesiątki kilometrów od linii frontu, nastąpił kres. Większość wraków zniszczono natychmiast po strąceniu, a tu taki fart. Maszyna zatonęła w jeziorze. Miejscowi oczywiście rozszabrowali to, co było im potrzebne – ogromne płachty azbestowanej tkaniny poszycia świetnie nadały się na pokrycie dachów stodół. Reszta ich nie interesowała. Tylko przed plebanią w sąsiednim miasteczku można było zobaczyć gustowne ogrodzenie z aluminiowych sztab.

Patrzyłem na szczątki powietrznego lewiatana z podziwem, lecz w gardle dusiła mnie wściekłość. Rodzinna opowieść, potem przypadkowy trop znaleziony w gazecie sprzed dziewięćdziesięciu lat, sześć miesięcy przygotowań i poszukiwań... I wszystko właśnie poszło się bujać. Akcja do ostatniej chwili utrzymywana była w najściślejszej tajemnicy. Załatwiłem papierki. Zaklepałem pozwolenia, zawiadomiłem ekipę z Muzeum Wojska Polskiego, która miała wydobyć maszynę z dna. Przekonałem gburowatego sołtysa, że warto wypompować jezioro, by usunąć wrak stanowiący utrudnienie dla połowów. Kumpel płetwonurek kilka razy schodził na dno, by ocenić rozmiary i położenie szczątków aerostatu. Znalazłem firmę dysponującą odpowiednio wydajnymi pompami. Przekonałem naczelnego, że naszą gazetę stać na pokrycie kosztów operacji i że po opublikowaniu tak sensacyjnego reportażu nakład skoczy na tyle, by się kalkulowało... I nagle okazuje się, że ktoś puścił farbę. I to musiał ją puścić ładne parę dni, może tygodni temu, skoro Niemcy zdołali przekupić kogo trzeba i zorganizować swoich fachowców od grzebania w błocie.

Daleko nad drogą ujrzałem tuman kurzu. Karawana półciężarówek. Przyjaciele zza Odry jechali położyć łapę na moim odkryciu. Splunąłem w ich kierunku. Nic więcej nie mogłem zrobić.

Stałem na krawędzi wielkiej dziury w ziemi i robiłem zdjęcia drugiego profilu. W wykopie pod budowę nowego apartamentowca znaleziono relikty osiemnastowiecznych piwnic. Na dole uwijali się archeolodzy. Rozmawiałem już z nimi. Jeszcze kilka fotek i można gnać do redakcji. W dwie godzinki machnę artykulik, oddam do jutrzejszego wydania, a potem fajrant...

– Przepraszam, Paweł Holtz?

Obejrzałem się. Facet stojący za mną wydał mi się znajomy. Gdzieś już widziałem tę szczurzą gębę przyozdobioną żydowskim nosem i ropuszym uśmiechem. A, jasne...

– Udo Wagner, „Berliner Zeitung" – przypomniał. – Poznaliśmy się w Osinach.

– Pamiętam.

Świetnie mówił po polsku. Już wtedy zwróciłem na to uwagę. Przyjechał z ekipą Bartha napisać artykuł dla swojej gazety. Trzeba przyznać, że zachowywał się w porządku. Nie robił własnych zdjęć, tylko wymusił na swoich szefach, żeby kupili moje. Starał się być miły, okazywał mi szacunek należny odkrywcy, ba, nawet częstował mnie jakimś tyrolskim bimbrem. Podejrzewam, że ten niemiecki order dla zasłużonych działaczy kultury to on mi załatwił.

A jednak niesmak pozostał.

– Co dobrego? – Uśmiechnąłem się krzywo.

– Stara bieda. Wybieram się na wyprawę. Do Tanganiki.

– O...? – zdziwiłem się.

– Będę robił reportaż z rozdzielania pomocy humanitarnej. Mają tam klęskę głodu i epidemię cholery jednocześnie.

Nie musiał mi tego wyjaśniać. Od tygodnia pierwsze strony gazet pełne były fotografii wychudzonych murzyńskich dzieci i trupów spoczywających w przepełnionych zbiorowych grobach.

– Temat średnio porywający, ale cóż, taka robota. Życzę szerokiej drogi...

Uśmiechnął się jeszcze serdeczniej, eksponując szczurze zębiska. Strasznie miałem ochotę dać mu w mordę. Kompletnie nie wiem czemu, ale budził we mnie skrajną antypatię. Stłumiłem irracjonalne pragnienia.

– Masz ochotę polecieć ze mną? – zagadnął. – To może być ciekawe doświadczenie dziennikarskie.

– Nie, dzięki za zaproszenie, jednak nie skorzystam. Bywałem już w takich miejscach.

Do tej pory nie mogłem się pozbyć natrętnego wspomnienia z wojny w Czeczenii. Wystarczyło, że przymykałem oczy, i zaraz wracały jak zatrzymane w kadrze obrazy.

– Ale... – urwał na chwilę. – Wiesz, co się stało z zeppelinem, który odszukałeś?

– Zdaje się, ten wasz kopnięty milioner kazał poskładać go do kupy i odtworzyć brakujące elementy.

– Owszem, L-59 jest zrekonstruowany i gotów do lotu. Pan Barth zgodził się wypożyczyć go naszej gazecie.

Spojrzałem na niego pytająco.

Czyżby ciągle mówił o tym samym? Nie, to jakiś idiotyzm. A może...?

– Chcecie lecieć do Afryki sterowcem? – zdumiałem się. – I może jeszcze zawieźć nim żywność dla głodujących Murzynów? – No właśnie – potwierdził. – Taki mamy plan.

– Chyba cię porąbało.

Wyjął z kieszeni elektroniczny słownik i przez chwilę szukał nieznanego sobie idiomu.

– Może i tak – przyznał. – Ale sam rozumiesz, redakcja nie jest specjalnie bogata, czytelnicy zrzucili się na pięćdziesiąt ton żywności i leków. Wyczarterowanie statku kosztuje, potem ładunek trzeba jeszcze dostarczyć w góry, kilkaset kilometrów od wybrzeża. Przewiezienie tego samolotem w ogóle się nie kalkuluje. A on daje zeppelina, zaopatrzył go na podróż w gaz, smary i paliwo... Pan Carl nie zapomniał, kto odnalazł wrak. Jest dla ciebie miejsce na pokładzie.

Spojrzałem na niego z błyskiem w oku. Kusił, drań. Cholernie kusił. Uderzył w czuły punkt. Od dawna chciałem choćby zobaczyć zrekonstruowany sterowiec, a on proponował mi przecież coś więcej.

– Dacie radę tam dolecieć, o powrocie nie wspominając? To tysiące kilometrów!

– Przed wojną niemieckie sterowce regularnie latały do Ameryki. Czy nazwa L-59 nic ci nie mówi?

– Niewiele.

– W tysiąc dziewięćset szesnastym roku niemiecki sztab wojskowy wysłał tę maszynę na pomoc kolonii w Niemieckiej Afryce Wschodniej.

– Czyli do obecnej Tanganiki – skojarzyłem natychmiast. – Coś mi się obiło o uszy. Niezłe jaja. I ten cały Barth...

– Chciałby powtórzyć tamtą misję.

– A udała się? Z tego, co pamiętam, nie wyszło.

– L-59 zawrócił. Dolecieli prawie do Sudanu, gdy dostali przez radio depeszę, że kolonia padła. Maszyna brała potem udział w walkach na froncie wschodnim, aż wreszcie ostrzelana nad Przemyślem...

– Zaryła w jezioro koło Osin. – Spojrzałem na niego kompletnie dzikim wzrokiem. – To ten egzemplarz?!

– Tak. Twój pradziadek, Hans Holtz, był werkmajstrem podczas wyprawy do Afryki. Znaleźliśmy jego nazwisko na liście załogi. Ojciec pana Carla był ich dowódcą. Teraz Barth szuka potomków uczestników tamtej misji.

– Czyli chce mnie widzieć na pokładzie, bo znalazłem sterowiec, czy może dlatego, że kompletuje sobie poniekąd tę samą załogę? – Omal nie parsknąłem śmiechem.

– Z obu powodów. On wierzy, że tym razem nam się uda. I chce zrobić wszystko, by dopiąć celu. Wyprawa nie będzie bardzo trudna, ale w razie czego potomkowie uczestników mają wyższą motywację, by dotrzeć do Tanganiki, niż ludzie z ulicy.

– I niech zgadnę: twój przodek też...

– Był lekarzem wojskowym.

Stara niemiecka śpiewka.

Wszyscy ich dziadkowie w czasie wojny pilnowali magazynów, byli sanitariuszami, księgowymi, intendentami, pracowali na kolei albo grali w wojskowych orkiestrach. Żaden jakoś nie służył na froncie, nie pacyfikował polskich i ukraińskich wiosek, nie pilnował obozów koncentracyjnych. Wszyscy zgodnie nienawidzili Hitlera. He, he, i pewnie dlatego Trzecia Rzesza przegrała. Z drugiej strony Udo mówił o pierwszej wojnie światowej. Może więc nie kłamał?

– Zeppelin jest już w Warnie. Mechanicy sprawdzają konstrukcję i przygotowują go do lotu. Wyruszamy jutro wieczorem. Jeśli chcesz się z nami zabrać, musisz podjąć decyzję jak najszybciej.

– Czekaj, zastanawiam się.

Pamiętałem, w jak opłakanym stanie był szkielet maszyny. I oni chcieli wysłać to truchło raz jeszcze do Afryki? Równie dobrze mogli chyba spróbować ożywić egipską mumię. Z drugiej strony skoro rekonstrukcja brakujących elementów powiodła się na tyle, że w ogóle oderwali go od ziemi...

– Ten wasz kopnięty milioner nie mógł odrobinę głębiej sięgnąć do kieszeni i wymyślić bardziej konwencjonalnego transportu? – zaciekawiłem się.

– Realizacja dziwacznych zachcianek to odwieczny przywilej bogatych szaleńców. Jednocześnie ma to być forma ekspiacji za grzechy naszych przodków. Oni wieźli tam broń, my zawieziemy żywność, leki, środki odkażające wodę...

– Też wam pokutę wymyślił. – Z trudem powstrzymałem dziki rechot.

– Nie nam to oceniać. – Wzruszył ramionami. – Po prostu jeśli chcesz lecieć, jest dla ciebie miejsce. Jutro wieczorem musimy znaleźć się na pokładzie – powtórzył. – Oczywiście jeśli chcesz i nie masz innych obowiązków.

– Czekaj. – Spoważniałem w jednej chwili. – Lecę. Muszę tylko zadzwonić do szefa, załatwić sobie delegację. Albo raczej urlop. Jak długo nas nie będzie? Miesiąc? Ze dwa tygodnie lotu...

– Fred, nasz kapitan, na podstawie analizy przelotu na trasie Monachium – Warna sądzi, że jesteśmy w stanie dotrzeć na miejsce w jakieś trzy doby.

– Co?! – Wytrzeszczyłem oczy.

Czy on zgłupiał? Balonem?!

– Nasz zeppelin robi sto sześćdziesiąt kilometrów na godzinę przy sprzyjającym wietrze. Wyładunek potrwa jeden dzień i możemy wracać. Przy odrobinie szczęścia za tydzień będziemy z powrotem.

Szlag. To zaczynało mieć ręce i nogi! Pięćdziesiąt ton żywności przerzucone w trzy doby do Tanganiki, do tego mogą dotrzeć w regiony kompletnie odcięte od świata, do miejsc, gdzie normalnie pomoc nie ma szans trafić. Wylądują gdziekolwiek, na placu przy budynku misji, na polu za wioską.

– Widzę, że pomysł pana Carla zaczyna ci się wreszcie podobać. – Wagner wyszczerzył zęby.

– Jeszcze jak...

– Najwyższy czas.

Lotnisko w Warnie było niewielkie i raczej zaniedbane. Przeszliśmy przez halę przylotów. Półciężarówka ozdobiona logo gazety już na nas czekała. Wskoczyliśmy do środka i zaraz ruszyła gdzieś za miasto.

– Przebierz się. – Udo cisnął mi pakunek leżący pod ścianą.

– Co? – Spojrzałem na niego zaskoczony.

– Pan Carl postanowił, że będziemy podróżowali ubrani w uniformy z epoki.

– Tego nie było w umowie!

– No to jest teraz.

– Nigdy w życiu!

– Jak uważasz. – Wzruszył ramionami. – Przymusu nie ma... To przecież tylko zabawa. Całe wnętrze jest odtworzone, na zdjęciach pamiątkowych lepiej w takim otoczeniu wygląda ubiór historyczny.

Sam szybko przystroił się w pruski mundur z czasów pierwszej wojny światowej. Na głowę nałożył furażerkę, wyjął z oczu soczewki kontaktowe i założył binokle w drucianej oprawie.

– Diabli nadali! Niech wam będzie.

Ze swojej paczki wydobyłem porządny dwurzędowy garnitur, zapewne modny w drugiej dekadzie dwudziestego wieku. Były i buty w odpowiednim rozmiarze. Ciekawe, skąd sukinsyny wiedzieli. Przepakowałem moje rzeczy do zabytkowej walizki z tektury obciągniętej skórą.

– Chcieli mi dać jeszcze elegancką laskę, praktyczny model z bagnetem w środku, ale byłaby na pokładzie ciut nieporęczna. No, jesteśmy. – Wskazał gestem okno.

Wyjechaliśmy akurat na przełęcz pomiędzy dwoma wzgórzami. Niżej, prawie nad brzegiem morza, na sporym placu przycumowany był zeppelin. Wiedziałem, że jest wielki, ba, widziałem przecież jego szczątki, ale dopiero teraz, widząc go w pełnej okazałości, mogłem docenić urodę maszyny.

– Jaki procent konstrukcji jest oryginalny? – zapytałem, gdy jechaliśmy serpentynami na spotkanie przeznaczenia.

– Około siedemdziesięciu. Trzeba było wymienić część wręg i żeber głównego balonu, uszkodzeniu uległy też wszystkie cztery gondole. Szybki w iluminatorach się stłukły, tu i ówdzie blacha poszycia była do wymiany. Diabli wzięli wszystkie elementy drewniane z dębu: zhebanizowały się i odkształciły. Wymieniliśmy na bukowe. Powłoka oczywiście też jest nowiutka. Z jeziora wyciągnęliśmy kilka niezłych fragmentów, ale prawie sto lat w wodzie to zbyt długo dla tkaniny.

– I silniki nowe...

– A tu się mylisz. Wszystkie cztery udało się uratować.

– Żartujesz!

– Sam pomyśl. Solidna bryła żelaza wytopionego z rud hematytowych, zatem prawie niezawierającego siarki. Wypaćkana smarami i paliwem, zagrzebana w mule, więc w środowisku beztlenowym. Oczywiście przeszły fachowy remont i konserwację, ale są sprawne. W każdym razie przelot z Monachium tutaj zniosły bez najmniejszej usterki czy awarii.

Furgonetka zatrzymała się na parkingu. Wysiedliśmy. Z miejsca oślepił mnie blask fleszy. Kilkudziesięciu fotoreporterów rzuciło się nam na spotkanie. Zazwyczaj to ja tak biegałem – znalezienie się nagle po drugiej stronie było ciekawym doświadczeniem.

– Czy to prawda, że lecicie dziś w nocy do Tanganiki?

– Można parę słów dla prasy?

– Czy to prawda, że finansuje was ten mason Barth?

Z potoku pytań zadawanych w różnych językach wyłapałem tylko kilka. Wagner władczym gestem poprosił o ciszę.

– Kręcimy tu tylko film historyczny – powiedział. – Nie widzą państwo naszych kostiumów?

Przez grupkę przeleciał śmiech, a potem popatrzyli na nas wyczekująco.

– Dalsze szczegóły w poniedziałkowym numerze „Berliner Zeitung". – Udo błysnął zębami.

Ignorując wrzaski pełne wściekłości, minęliśmy pilnowaną przez ochroniarzy bramę.

– Może trzeba było zorganizować konferencję prasową? – zasugerowałem.

– Pan Carl uważa, że dobro należy czynić w milczeniu, dlatego wolał uniknąć rozgłosu. Oczywiście tak do końca się to nie udało, zbyt wiele osób jest zaangażowanych w projekt.

Balon potężniał w oczach. Już nie był ciemnym kształtem na betonowym pasie startowym. Przypomniałem sobie, jak na Mierzei Helskiej fotografowałem wyrzuconego na brzeg zdechłego wieloryba. Góra gnijącego mięsa wydawała mi się wtedy ogromna, a przecież sterowiec był od niej co najmniej dziesięciokrotnie większy.

Tuż przy trapie stał wózek inwalidzki.

– Panowie pozwolą. – Udo skłonił się. – Pan Carl Barth, pan Paweł Holtz.

– Miło poznać. – Opatulony w pledy starzec wyglądał, jakby miał ze sto lat. – Cieszę się, że zgodził się pan lecieć – on też mówił po polsku całkiem nieźle.

– To ja dziękuję za zaproszenie.

Z trudem stłumiłem niechęć. Uścisnąłem suchą, pomarszczoną, acz niespodziewanie silną dłoń wiekowego milionera.

– Widzę, że włożyli panowie sporo pracy w przywrócenie tego sterowca do stanu dawnej świetności – wyraziłem podziw.

– Tak. Oczywiście to głównie zasługa fachowców, ja tylko rzuciłem im pomysł. – Uderzył się opuszkami palców w skroń. – Śmiała myśl sama się prosi o realizację.

– Z pewnością pochłonęło to fortunę?

– Od pieniędzy ważniejsza jest praca setek pasjonatów – powiedział. – Pora ruszać w drogę, słońce już nisko, lepiej startować za dnia. Do zobaczenia.

Odjechał na wózku gdzieś w cień. Jego miejsce zajął człowiek w tweedowym garniturze z archaiczną ręczną kamerą w dłoni. Niosąc walizkę w ręce, przeszedłem po trapie. Udo podążał za mną. Kamera terkotała.

Poczułem się dziwnie, ale zarazem jakby znajomo. Jakby cofnął się czas... Tak mógł wyglądać odlot do Afryki wtedy, gdy po tych samych schodkach maszerował mój pradziadek. Jeśli kręcili na czarno-białej taśmie, jak odróżnić nas i naszych przodków?

Weszliśmy do wnętrza. Wąski, kiszkowaty korytarz biegł przez całą długość gondoli. Na drzwiach kabin połyskiwały tabliczki z nazwiskami. Kilku brakowało.

– Połóż bagaże tutaj. – Wagner pchnął drzwiczki klitki mającej nie więcej niż dwa na dwa metry. – To będzie twoja kajuta. Łazienka jest na końcu po lewej.

– Dzięki. – Rzuciłem plecak na koję.

Pokoik był niczego sobie, miał dwa nieduże okrągłe okienka. Była nawet szafa. Na ścianie koło łóżka zobaczyłem archaiczną w kształcie ebonitową słuchawkę telefonu.

– To wewnętrzna linia, możesz połączyć się z mostkiem – wyjaśnił. – Zadomowisz się później, za chwilę start. Z nawigacyjnej będzie najlepiej patrzeć. A i ja muszę być na posterunku. Idziesz ze mną?

– Jasne.

Wyszliśmy na korytarz. Zatrzasnąłem lekkie aluminiowe drzwi i nagle zamarłem. Drzwi jak drzwi, blacha na szkielecie z kształtek. Zostały pociągnięte warstwą oliwkowozielonej farby. A na nich ślicznie odpolerowana mosiężna tabliczka:

Hans Holtz
Werkmeister

– To przecież... – wykrztusiłem.

– No ba. – Pokraśniał z dumy. – Tak naprawdę walała się po podłodze, odpadła skutkiem korozji; zdołaliśmy sprawdzić na planach, gdzie wisiała, i umieściliśmy ją na miejscu. Na końcu korytarza jest główna sterownia – zmienił temat, nie dając mi nacieszyć się cudownie ocalałym fragmentem historii mojego rodu. – Nie używamy jej teraz. Jakbyś czegoś potrzebował, zadzwoń do nawigacyjnej, zawsze siedzi tam ktoś na dyżurze.

Pchnął drzwi oznaczone stylizowaną strzałką. Za nimi ukazały się strome metalowe schodki. Wspięliśmy się prawie pionowo w górę. Mój przewodnik podniósł szczelną klapę. Weszliśmy do wnętrza balonu. Na podłodze, starannie przypięte linami, stały setki skrzyń z pomocą humanitarną. Nieoczekiwanie zakaszlałem głucho – dziwny, obcy zapach zakręcił mnie w nosie.

– To gaz?

– Nie, on jest bezwonny – wyjaśnił Niemiec. – A balonety są idealnie szczelne.

Balonety? Spojrzałem w górę. W ciemnościach rozświetlanych jedynie nielicznymi kilkuwatowymi lampkami zobaczyłem potężne kłęby jedwabnej tkaniny.

– W głównym balonie umieszczono po prostu kilka mniejszych? – upewniłem się.

– Tak. W razie przebicia czy innego wypadku nie spadniemy. To jak grodzie wodoszczelne na statku – tłumaczył cierpliwie. – Poza tym gdybyśmy wypełnili całą przestrzeń gazem, trudno byłoby się poruszać. Musielibyśmy używać butli z powietrzem i aparatów tlenowych. Pospieszmy się – poprosił, patrząc na zegarek. – Będziesz miał jeszcze niejedną okazję, by to wszystko obejrzeć.

Następne stopnie, jeszcze bardziej strome, wiodły w górę, pomiędzy balonety. Wchodziliśmy szybko. Dziwna woń jakby nieco zelżała, a może to ja przywykłem? Po kilkuminutowej wspinaczce znaleźliśmy się na pomoście biegnącym kilkanaście metrów nad powierzchnią magazynową.

– To główny pomost techniczny – wyjaśnił. – Łączy kabinę nawigacyjną i pomieszczenia steru. Jakbyś poszedł ku rufie, jest tam skrzyżowanie i dwie kładki na boki, do gondoli silnikowych.

W mdłym blasku lampek ruszyliśmy do przodu.

– Przydałoby się więcej światła – mruknąłem.

– Zastosowaliśmy oświetlenie zgodnie z opisami technicznymi z epoki. Te żarówki mają pięć watów mocy, myślę, że to w zupełności wystarczy. Przywykniesz.

– Mhmm...

Rzeczywiście, widziałem dość wyraźnie kratownicę pod nogami. Dotarliśmy wreszcie do końca pomostu. Udo pchnął kolejne dobrze uszczelnione drzwi i znaleźliśmy się w pomieszczeniu nawigatorów. Przez szerokie panoramiczne okno z przodu zobaczyłem morze. Ludzie na pasie startowym oglądani z wysokości jakichś czterech pięter byli dziwnie mali w zestawieniu z ogromem maszyny.

– Freder Meyer, ale przyjaciele mówią mi Fred. – Rosły, błękitnooki Niemiec w mundurze i czapce kapitańskiej na głowie ścisnął mi dłoń. U boku wisiała mu pruska szabla.

Dwaj jego pomocnicy siedzieli przy konsolach.

– Paweł Holtz – przedstawiłem się.

Poznałem go, choć on mnie nie pamiętał. Po wydobyciu maszyny zostałem zaproszony na spotkanie z grupką potomków członków załogi. We wraku i w mule wokoło niego znaleziono kilkanaście szkieletów. Dzięki testom genetycznym można było zidentyfikować ciała. Pogrzebano je z honorami na cmentarzu wojskowym w Berlinie.

Dowódca gestem wskazał mi fotel. Rzucił jakieś polecenie. Poczułem lekkie wibracje podłogi.

– Nakazał werkmajstrowi uruchomić i zsynchronizować silniki – szeptem wyjaśnił mi Udo.

Sto lat temu to polecenie wykonałby mój przodek...

Fred dłuższą chwilę obserwował wskaźniki, a potem warknął kolejny rozkaz. Wyjrzałem przez boczne okienko. Ludzie stojący na dole położyli dłonie na wajchach pachołków cumowniczych.

Musiał wcisnąć jakiś przekaźnik, bowiem jak na komendę pociągnęli je w dół. Końce lin wyskoczyły z kluz. Oderwaliśmy się od ziemi bez najmniejszego wstrząsu. Po chwili sunęliśmy już nad błękitnymi falami morza.

– Cała naprzód! – Tym razem zrozumiałem kapitana.

Wskazówka logu drgnęła i zaczęła niespiesznie wędrować na drugą stronę skali. Rozpędzaliśmy się powoli, do setki dochodziliśmy przez ponad dwadzieścia minut. No ale ostatecznie to nie samochód.

Wreszcie maszyna osiągnęła magiczną granicę. Sto sześćdziesiąt kilometrów na godzinę. Jak zauważyłem, skala była do dwustu pięćdziesięciu. Kapitan dostrzegł moje spojrzenie.

– Przy dobrym wietrze w plecy i na pełnej mocy silników doszliśmy do dwustu – powiedział po angielsku. – Lepiej jednak nie forsować aerostatu, ostatecznie konstrukcja ma swoje lata. No, to ruszamy w drogę. Za trzy doby, jak dobrze pójdzie, będziemy u celu.

Przedstawiał mi po kolei swych podkomendnych. Jakiś Ake, jakiś Niks, imiona natychmiast wymieszały mi się dokumentnie. Gdzie te piękne czasy, gdy Niemcy nazywali się po ludzku: Hans, Günter czy Adolf?

Wyszliśmy z gondoli nawigacyjnej ciut chwiejnym krokiem. Sznaps popity szampanem i zagryziony kiełbasą trochę dał nam się we znaki.

– Uuu... – westchnął Udo. – Co za dużo, to niezdrowo. Zwłaszcza że do kajut jest kawałek drogi. A głupio by to wyglądało, jakby napisali, że dwaj członkowie zabili się, spadając w stanie nietrzeźwym z pomostu technicznego.

Spojrzałem niepewnie na długą, wąską kładkę. Na jej końcu przy mdłym oświetleniu zauważyłem sylwetkę jakiegoś członka załogi.

– Spokojnie, barierki są wysoko – uspokoiłem go. Siebie przy okazji również.

– Kurczę, skleroza. – Plasnął dłonią w czoło. – Nie dałem ci latarki. Proszę.

Obejrzałem podany przedmiot. Replika urządzenia z początku dwudziestego wieku, niezwykle archaiczna w kształcie, solidna, ale brzydka i toporna. Widać, że to jeden z pierwszych modeli. Z tego, co zauważyłem, cała załoga miała podobne, przypięte rzemykami przy pasach.

Spojrzałem raz jeszcze. Coś mi się nie zgadzało. Wyglądała jak sprzęt dla płetwonurka. Kauczukowa rękojeść, lśniące towotem gwinty, uszczelki pod soczewką.

– Wolno używać tylko tych – wyjaśnił Udo. – Oczywiście w ostateczności, zazwyczaj wewnątrz szybów i na pomostach palą się lampy. A, i wyłącz telefon komórkowy – lepiej, żeby nic nie iskrzyło. Dobrze, że nie palisz.

Zatrzymałem się w pół kroku. Po obu stronach miałem napiętą tkaninę balonetów, a pod nogami dobre kilkanaście metrów dziury. Idealne miejsce na szczerą rozmowę. Taką słowiańską, od serca. Popatrzyłem mu prosto w oczy.

– W co wy gracie? – zapytałem. – Bo to chyba nie jest dalszy ciąg zabawy w naszych pradziadków? Po co aż takie środki bezpieczeństwa? Przecież hel jest całkowicie niepalny! Chyba że... – przerwałem tknięty niedobrym przeczuciem.

– Zgadłeś, lecimy na wodorze – wyjaśnił pogodnie.

Zgroza dosłownie wdusiła mnie w ziemię, pot zrosił skronie. Naraz poczułem, że się duszę. Wczepiłem się rozpaczliwie palcami w barierkę.

– Spokojnie – powiedział. – Musieliśmy.

– Co musieliście, wy świry?! *Dummkopf*! *Merde*!

– To drugie jest po francusku – zakpił.

– *Scheiße*!!! – Pamięć podpowiadała nieliczne poznane w życiu niemieckie słowa. – *Donnerwetter*! *Krucyhimmel*!

– A tego ostatniego nie znam. – Zmarszczył brwi. – Śląskie?

– *Carramba*! – Zdolności lingwistyczne zawiodły mnie ostatecznie.

– Hel ma za mały udźwig. Nasi przyjaciele w Afryce naprawdę potrzebują tego ładunku. Liczy się każdy gram, a tu różnica wynosi kilkanaście ton.

– O Jezu – szepnąłem. – Przecież to może wybuchnąć! W każdej chwili! „Hindenburg"...

Przypomniały mi się stare fotografie. Chluba nazistowskich Niemiec, gigantyczny sterowiec transoceaniczny, noszący imię ich marszałka, zamieniający się w równie ogromny fajerwerk.

– Nie. – Pokręcił głową. – Dobrze skalkulowaliśmy ryzyko. Jest minimalne. Wodór jest gazem łatwopalnym, ale żeby wybuchł, musi być zmieszany z tlenem w odpowiedniej proporcji. „Hindenburg" nie eksplodował, on spłonął. Lecimy nisko. W razie czego, gdyby stało się najgorsze, posadzimy maszynę na ziemi.

abgestiegen, der rechte Hoden befinde
K.

– Setka ofiar „Hindenburga" to, zdaje się, efekt pożaru tuż nad pasem startowym? – Powoli uspokajałem się i nawet wracał mój dziennikarski sarkazm. – Poza tym gdzie niby wysiądziemy, skoro lecimy nad morzem?

– Od tamtej pory minęło sporo czasu. Ówczesne błędy zostały dobrze przemyślane.

– Tylko, jak widać, nie wszyscy wyciągnęli z nich odpowiednie wnioski!

– Histeryzujesz. – Zręcznie pominął kwestię opuszczenia pokładu. – Pomyśl, że w samolocie pasażerskim jest kilka ton benzyny lotniczej, dużo groźniejszej w razie pożaru niż wodór. Pamiętasz uderzenia boeingów w World Trade Center?

– Marne pocieszenie...

Leżę wygodnie rozparty na koi. Pasiasty materac, nowiutki, ale idę o zakład, że wykonany dokładnie wedle wzorów z epoki i wypełniony nie czym innym, tylko trawą morską najlepszego gatunku. Prześcieradło z nadrukowanym w rogu pruskim orłem i numerem ewidencyjnym aerostatu: L-59/2. Sznaps ciągle daje mi się we znaki, bąbelki szampana uciekają nosem... Sądzę, że spoili mnie celowo, żebym łatwiej zniósł prawdę.

Wodór. Alkohol pomaga mi się z tym pogodzić. Dzięki niemu zapominam, że mam nad głową gigantyczną bombę grożącą w każdej chwili wybuchem. Ogłupiacz krąży w moich żyłach, wprowadza mózg w stan swoistej beztroski. Przelecieli do Warny z Monachium. Gdyby coś nam groziło, wylecieliby w powietrze już po drodze.

A może to nie alkohol? Może jestem w tak ciężkim szoku, że sam z siebie, podświadomie, staram się zracjonalizować i zbagatelizować niebezpieczeństwo? Uruchamiam laptopa. Trzeba zanotować wrażenia, potem skleci się z tego artykuł albo i cykl... Palce nie bardzo chcą trafiać w odpowiednie klawisze.

Czas... Czuję, że w dziwny sposób złamaliśmy jego okowy. Odwróciliśmy jego bezlitosny bieg. Leżę na koi, którą dziewięćdziesiąt lat temu mógł zajmować mój pradziadek. Znajduję się na pokładzie maszyny, która zmartwychwstała po dziesięcioleciach spoczywania w mule. Kolację zjedliśmy z talerzy znalezionych na dnie jeziora w Osinach. Popiliśmy stuletnim francuskim szampanem i równie wiekową jabłkową wódką z piwnic naszego sponsora. Dobrze, że konserwy są świeże, choć patrząc na odtworzone pieczołowicie pruskie etykietki, nabierałem chwilami wątpliwości.

Z drugiej strony coś się jednak zmieniło. Gdy L-59 wyruszał w swój dziewiczy lot do Niemieckiej Afryki Wschodniej, na jego pokładzie było przeszło czterdzieści osób załogi. Teraz jest nas raptem pięciu. Dzięki automatyzacji, kamerom oraz czujnikom kontrolującym pracę steru i silników w tej chwili może prowadzić go jeden człowiek. Nasza misja jest całkowicie pokojowa i po prostu nie potrzebujemy kilkudziesięciu żołnierzy do obsługi karabinów maszynowych. Zresztą większości uzbrojenia wydobytego z dna też nie zabraliśmy. Tylko kilka luf dumnie sterczy z gondoli. Strzelać z tego złomu oczywiście się nie da.

Przerwałem pisanie. Kroki, ktoś idzie korytarzem tuż za ścianą mojej kabiny. Nie wiem czemu, ale ten odgłos budzi mój podświadomy niepokój. Ze sterowni dobiegają komendy rzucane po niemiecku. Dziwne, przecież kapitan ulokował się w nawigacyjnej. Sznaps zwyciężył, zasypiam.

Lecimy. Nocą przebyliśmy Morze Czarne, przeskoczyliśmy nad sporym kawałkiem Turcji. Koło południa zobaczymy Morze Śródziemne. Snuję się bez celu po pokładzie. Sterowiec robi wrażenie. Już wtedy, gdy demontowano uszkodzoną konstrukcję na dnie jeziora, próbowałem sobie wyobrazić, jak wyglądał w czasach świetności. Teraz, po fachowej konserwacji i rekonstrukcji, ma prawo budzić zachwyt. Jest wielki jak kilkuklatkowy pięciopiętrowy blok mieszkalny. Przejście pomostem nad kilem z kajuty nawigacyjnej do komory steru zajmuje dobrą chwilę – sto dwadzieścia metrów to nie w kij dmuchał. Wejście po drabinkach z głównej gondoli na górny pomost bojowy też trwa ładne parę minut. To prawie trzydzieści metrów... Można przespacerować się i w trzecią stronę, z jednej gondoli silnikowej do drugiej.

Balon pędzi z oszałamiającą szybkością. To dziwny ruch. Nie potrafię go z niczym porównać. Nie huśta jak statek, nie trzęsie jak samolot... Po prostu przemieszcza się w przestrzeni. Sunie niezwykle równo – siedząc w swojej kabinie, mogę bez problemu pisać, czytać, popijać herbatę ze szklanki. Tylko w chwili poważniejszej korekty kursu odczuwa się leciutkie przeciążenie, nie większe niż na dwudziestym piętrze hotelu, gdy silny wiatr uderza w budynek.

Pomieszczenia są dość dobrze wygłuszone. Huk czterech potężnych silników daje się wyłapać jako szmer w tle. Jednak wystarczy pójść na wycieczkę po pomostach technicznych, by usłyszeć delikatne jęki aluminiowej konstrukcji.

Carl Barth jest wariatem. Niezmiernie bogatym niemieckim świrem. Pogrzebałem w Internecie. Niewiele wiadomo na temat jego młodości. Podobno był wśród tych, którzy planowali zamach na Hitlera. Nieoficjalnie mówi się, że należał do zakonu Thule, ale został wykluczony, a potem świadczył spiskowcom cenne usługi natury ezoterycznej. Po wojnie opublikował książkę na ten temat, a uzyskane honoraria pozwoliły mu założyć wydawnictwo. Publikował opracowania dla różdżkarzy, wróżek oraz innych szaleńców i zrobił na tym niewyobrażalne pieniądze. Potem, jak na jasnowidza przystało, ulokował je w akcjach kilku firm przemysłu ciężkiego. Po dwudziestu latach był już milionerem. Jest znany z filantropii oraz dotowania muzeów. A teraz sponsoruje nas.

Został na ziemi, lecz jego duch w dziwny sposób unosi się tu w powietrzu. Czuję, że to bardzo szczególny i subtelny rodzaj obłędu.

Wyłączyłem komputer i spojrzałem na zegarek. Siódma dwadzieścia. Za czterdzieści minut śniadanie. Pora rozprostować kości.

Przeszedłem się po korytarzu. Zajrzałem do głównej sterowni: szeroki pulpit, mosiężne obudowy zegarów i wskaźników, bukowe obracane fotele, wajchy, przełączniki... Tu kiedyś biło serce maszyny. Stąd wydawano polecenia werkmistrzom i sternikowi, tu spływały meldunki z pomostu bojowego i gondoli nawigacyjnej. Śniło mi się coś takiego w nocy... Śniło? A może to nawigator z tym drugim gadali na korytarzu.

Skórzany fotel. Tu w czasie wydobycia wraku znaleziono szkielet kapitana. Z czaszką przedziurawioną kulą nadal siedział za sterami, zaplątany w resztki pasów. Wzdrygnąłem się na to wspomnienie. Nie dziwiłem się, że Fred wolał przenieść sterówkę i kieruje zeppelinem z dawnej nawigacyjnej.

Zamknąłem cicho drzwi i wdrapałem się do czaszy balonu. Poziom magazynowy, bezpośrednio na dachu gondoli. Drewniane, okute metalem skrzynie, które widziałem już wczoraj. Pomoc humanitarna wysłana przez potomków niemieckich kolonizatorów potomkom kolonizowanych. Miły gest po latach.

Gdzieś nad sobą usłyszałem miarowy stuk kroków. Ktoś maszerował pomostem technicznym, chyba w stronę pomieszczeń steru.

Ruszyłem po schodkach na górę. Byłem w połowie wysokości, gdy zauważyłem na dole jakiś ruch. W mdłym świetle słabych lampek dostrzegłem pręgowanego kota. Przemknął pomiędzy pakunkami, zatrzymał się na chwilę, żeby na mnie popatrzeć, a potem pognał w podskokach i zniknął w cieniu.

Wdrapałem się na pomost. Kroki dawno już ucichły. Otworzyłem drzwi do kajuty. Załoga w komplecie siedziała już przy stole. Udo szykował *Wurst und Brötchen*, w elektrycznym czajniku szumiała woda. Zapach kawy unosił się w powietrzu.

– Nie macie czasem trochę mleka na zbyciu? – zapytałem kapitana. – I miska by się przydała.

– Jakieś cztery tony w proszku, dla murzyńskich niemowląt z Tanganiki – odparł z uśmiechem. – Poza tym ani grama. A co się stało? Owsianki też na pokładzie nie mamy, a do kawy lepsza śmietanka...

– Na dole między skrzyniami widziałem kota. Musiał wskoczyć przy załadunku. Pomyślałem, że wystawię mu miskę, po co ma siedzieć głodny.

Nad stołem zapadła cisza. Niemcy wymienili zaskoczone spojrzenia.

– Tam nie może być żadnego kota. – Fred wzruszył ramionami. – Baliśmy się szczurów, więc wszędzie nawsadzaliśmy czujników ruchu i kamer na podczerwień.

– Widziałem go.

– Niemożliwe.

– Jestem pewien.

Uruchomił komputer i przez chwilę wystukiwał jakieś komendy. Na monitorze ukazało się kilka okien, w każdym niemal dokładnie to samo – widok ładowni z różnych kątów.

– To obraz sprzed pięciu minut – wyjaśnił.

Zobaczyłem jasną sylwetkę człowieka wspinającego się po drabince. To byłem ja. Kamera ukazywała mnie z dołu. Nad sobą miałem pusty pomost techniczny. Zatrzymałem się na chwilę – idę o zakład, że to był ten moment, kiedy patrzyłem na zwierzaka. Niestety, na żadnym z pozostałych obrazów nie pojawiła się najmniejsza choćby jasna plamka. Nic... Jakby go tam w ogóle nie było.

– Pewnie jakaś gra świateł – zawyrokował Udo.

– Albo kamery macie do chrzanu – odgryzłem się. – Jak się wspinałem, któryś z was przeszedł mi nad głową po pomoście. Jego też film nie wychwycił.

– To niemożliwe, wszyscy siedzimy od dobrej godziny w nawigacyjnej – bąknął Udo.

– Słyszałem wyraźnie.

– To pewnie naprężenia metalu – zawyrokował dowódca. – Technika czasem płata takie figle. To bardzo stara konstrukcja, obluzowane elementy uderzają o siebie... Albo padające krople budzą takie echa.

– Krople? – zdumiałem się.

– Woda – wyjaśnił. – Czasza się nagrzewa od słońca, potem w nocy gwałtownie stygnie. I para skrapla się na tkaninie i metalowych elementach.

A może któryś z członków załogi dosypał mi czegoś do wczorajszego sznapsa?

Jemy śniadanie. Niemcy bawią się jak pasażerowie „Hindenburga", stawiają na stoliku ołówek i gapią się na niego, aż się przewróci. Ta gra ma jakieś zasady, których nie zrozumiałem. Przeklęta bariera językowa. Do mnie zwracają się po angielsku, ale między sobą szwargoczą po niemiecku. Pod nami Turcja, przeskakujemy nad górami, owce na halach odprowadzają nas spojrzeniem, pasterze machają kapeluszami. Sielanka. A jednocześnie każda godzina zbliża nas do celu. Do gór Tanganiki, gdzie tysiące ludzi czekają na pomoc cywilizowanego świata.

Niemcy zajęli się grą w karty, kapitan jest skupiony na prowadzeniu maszyny. Co ja robię na pokładzie tej latającej fortecy? Do czego jestem potrzebny? Przecież widać od razu, że pasuję tu jak kwiatek do kożucha. Nie mówię ich językiem. Rozumiem piąte przez dziesiąte. Może pradziadek był Niemcem, ja nie mam już z nimi nic wspólnego. Nie bawi mnie maskarada. Pikelhauba, w której paraduje Ake, budzi mój szyderczy uśmiech, a nie wzruszenie. Lotnicze gogle, wysokie buty, emblematy załogi zeppelinów bojowych to elementy tradycji, która jest mi kompletnie obca. Żelazne Krzyże, które zawiesili sobie na piersiach, kojarzą mi się wyłącznie z nazizmem. Ich dziadkowie mordowali Żydów w komorach gazowych, moi z bronią w ręku siedzieli po lasach. Jestem nieuleczalnym ksenofobem. Nie umiem zapomnieć tego, co Niemcy zrobili nam dwa pokolenia temu.

A jednak nalegali, żebym leciał. Traktują mnie po przyjacielsku, bez rezerwy, z jaką zwykle patrzymy na ludzi innej nacji. Może poczucie przyzwoitości – o ile potomkowie hitlerowców mają coś takiego – nakazało im zabrać na wycieczkę człowieka, który przed dwoma laty znalazł tę maszynę? Nie jestem pewien, ale wyczuwam w tym zaproszeniu jakieś ukryte intencje. Duszę się tu, a i im pewnie będzie weselej, jak zostaną sami.

Wymknąłem się z nawigacyjnej. Zamknąłem za sobą drzwi. Dokąd by tu pójść? Może na ster? Sto dwadzieścia metrów pomostu. Tam i z powrotem to prawie ćwierć kilometra. W zasadzie na upartego jest gdzie uprawiać poranny jogging. Pomaszerowałem naprzód w półmrok rozświetlony gdzieniegdzie pięciowatowymi lampkami, korytarzem pomiędzy napiętą tkaniną balonetów.

Wróciłem dopiero na obiad. Od razu wyczułem jakieś kłopoty, atmosfera w kabinie była tak ciężka, że siekierę można by zawiesić. Wszyscy milczeli ponuro.

– Coś się stało? – zaniepokoiłem się.

– Mamy drobny problem – powiedział Fred.

Wyobraziłem sobie, że gdzieś wewnątrz przestrzeni wypełnionej tysiącami metrów sześciennych wodoru zaczyna iskrzyć któryś przełącznik... Albo przez jakąś nieszczelność ulatnia się gaz i kapitan wie już, że nie zdołamy dolecieć do lądu.

– Jakiego rodzaju? – Skoncentrowanie się na pytaniu pozwoliło mi otrząsnąć się z makabrycznych myśli.

– Właśnie dostaliśmy wiadomość, że Egipt cofnął zgodę na nasz przelot nad swoim terytorium.

– Więc co robimy? Zawracamy?

Poczułem dziwną pewność, że ten człowiek nie przejmie się takim drobiazgiem jak czyjś zakaz.

– Nie. Nasi przyjaciele w Afryce bardzo liczą na pomoc. Nie wolno nam ich zawieść. Musimy kontynuować misję.

Spojrzałem z uznaniem. Twardy gość.

– Może oblecieć bokiem, na przykład nad półwyspem Synaj i nad Morzem Czerwonym – podsunąłem.

– Nie ma sensu. Poczekamy, aż się ściemni, wygasimy światła i popędzimy pełną mocą silników nad ich terytorium.

Tak, zdecydowanie twardy gość. Podobnego przykładu ułańskiej fantazji dawno już nie widziałem. Ma facet jaja. Zaraz jednak przyszła refleksja. Przełknąłem nerwowo ślinę.

– Wychwycą nas na radarze!

– Będziemy szli bardzo nisko i wzdłuż granicy z Libią, w razie wykrycia przeskoczymy na drugą stronę i mogą nam nagwizdać...

– *Donnerwetter* – wyrwało mi się.

Sam nie wiem, czy przekleństwo było skutkiem zaniepokojenia, czy może podziwu.

Po obiedzie ruszyłem znowu na przechadzkę. Na rufę i z powrotem... Po prostu nie mogłem wysiedzieć w fotelu. W słabym świetle lampek widziałem już „skrzyżowanie": miejsce, gdzie główny pomost przecinała kładka prowadząca do gondoli silnikowych. Zatrzymałem się w pół kroku. Kot! Ten sam, teraz widziałem go ciut wyraźniej, wielki tricolor przemaszerował dumnie przede mną, kierując się z lewej gondoli na prawą. Zawróciłem do nawigacyjnej.

– Znowu ten zwierzak – powiedziałem. – Idzie w stronę prawego silnika po kładce.

– Moment. – Fred przez chwilę stukał w klawisze, aż ustawił odpowiednią kamerę.

Kładka była pusta. Zarówno w półmroku, jak i w podczerwieni nie było widać na niej żywego ducha. Z drugiej strony w ogóle niewiele było widać w tych egipskich ciemnościach.

– Może grube futro ekranuje ciepło i dlatego czujniki go nie widzą? Nie, to bzdura, kot jest cieplejszy niż człowiek – zadumał się dowódca. – Udo, przejdź się z Pawłem, spróbujcie go znaleźć.

– No dobra... – Dziennikarz dźwignął się ciężko z fotela. – Co zrobimy, jak go złapiemy?

– Przynieście tu, oswoimy, może czymś nakarmimy. Kot pokładowy to w pewnym sensie tradycja tego zeppelina – jak lecieli do Afryki, też jednego mieli... Gdzie ja to wsadziłem? – Grzebał przez chwilę w skoroszycie. – Jest.

Pokazał nam odbitkę zeskanowanego zdjęcia. Mężczyzna o władczym spojrzeniu trzymał na rękach wielkie, pręgowane kocisko.

– Ten człowiek to mój pradziadek – pochwalił się.

Ruszyliśmy po pomoście.

Do skrzyżowania doszliśmy po kilku minutach. Wagner oświetlił latarką kratownicę kładki. Była pusta. Podeszliśmy do drzwi przedziału silnikowego. Dziennikarz nacisnął klamkę i uchyliwszy je, zajrzał do pomieszczenia. Oba motory huczały ponuro.

– Jak wlazł w jakiś zakamarek, to do końca świata go nie znajdziemy – zauważył.

– To bez sensu. – Pokręciłem głową. – Kot nie otworzyłby sobie sam drzwi. Musi być w głównej komorze.

– Fakt. – Jakby zawstydził się, że o tym nie pomyślał.

Zawróciliśmy. Oświetliłem pomost, potem spojrzałem w dół, na kratownicę podtrzymującą zewnętrzną powłokę. Bez skutku. Pusto, cicho, martwo...

– Skoczyć raczej nie skoczył – mruknął Udo, oświetlając powierzchnie balonetów. – Już raczej polazł po tkaninie. Jeśli bydlak przebił pazurami izolację, to będziemy mieli wyciek...

W gondoli silnikowej zadzwonił telefon. Wszedłem i odebrałem. Dowódca.

– Przejrzałem zapis z ostatnich dziesięciu minut – powiedział Fred. – Nigdzie nie widać sierściucha.

– My też go nie wypatrzyliśmy. No nic, wracamy.

– Wracajcie, za pół godzinki coś przegryziemy. Pal diabli futrzaka. Jak zgłodnieje, sam do nas przylezie.

Wyszedłem na kładkę.

– *Wir sind hier*! – krzyknął Udo.

Stał pół metra ode mnie, ale nie mnie wołał. Wytężyłem wzrok. Gdzieś z daleka dobiegał jeszcze odgłos podkutych butów.

– Kogo wołałeś?

– Ktoś z naszych, widać przyszedł nam pomóc w poszukiwaniach, ale minął rozgałęzienie i powędrował na rufę. Jakie rozkazy wydał dowódca?

– Wracamy.

Doszliśmy do skrzyżowania. Daleko przy drzwiach komory steru mignęła nam sylwetka w mundurze.

– *Komm, zurückgehen* – coś tam jednak z tego niemieckiego pamiętałem.

Chyba nas nie usłyszał – szedł dalej i po chwili zupełnie wtopił się w mrok.

– A, nieważne – mruknął Udo. – Sam wróci. Chodźmy, głodny jestem jak pies.

– Po polsku mówi się „głodny jak wilk" – sprostowałem.

Ruszyliśmy po trapie, minęliśmy zejście do głównej gondoli. Odruchowo spojrzałem w dół.

– Jest!

– Faktycznie!

Kot siedział na stosie skrzyń kilkanaście metrów pod nami i mył się, liżąc łapkę. Wydawał się mieć gdzieś cały świat. Łomocząc buciorami po stopniach drabinki, zbiegliśmy na dół. Jednak zanim doszliśmy do miejsca, w którym go widzieliśmy, było już puste.

– *Verflucht*! – syknął Wagner.

– Kici, kici – wabiłem. – Jak Bułgarzy wołają na koty? – zapytałem. – Bo chyba w Warnie zaokrętował się na nasz pokład?

– Pojęcia zielonego nie mam... Myślisz, że to ważne?

– Kto wie. Może po polsku nie zrozumieć.

Niemiec przeszedł kilkanaście kroków, świecąc pomiędzy pakunki. Wreszcie zrezygnowany pokręcił głową.

– To na nic.

Wdrapaliśmy się na górę i wróciliśmy do nawigacyjnej. Drzwi skrzypnęły, trzej Niemcy spojrzeli na nas odruchowo.

– Widziałem futrzaka, ale... – Udo urwał w pół słowa. – Wszyscy tu jesteście?

– A co? – zdziwił się nawigator.

– Ktoś poszedł na rufę dopiero co.

– Nikt z nas nie wychodził nawet na chwilę – stwierdził Fred. – Jak wyglądał?

– Normalnie, jak my, w mundurze. Myślałem, że to Niks, miał podobną sylwetkę.

– Ja też go widziałem – dodałem.

Twarz kapitana ściągnęła się. Odwrócił się do ekranu. Dłuższą chwilę stukał w klawisze komputera.

– Do dupy te kamery – mruknął. – Ale coś mi się wydaje, że mamy pasażera na gapę.

Zrozumiałem powagę sytuacji. Kot to tylko kot. Nie narobi dużych szkód. Może gdzieś nasika, może poszarpie pazurami powierzchnię skrzyni. Może zrobi kilka drobnych dziurek w izolacji wewnętrznych balonów. Można go próbować złapać, można ignorować.

Człowiek to śmiertelne zagrożenie. Wystarczy mu sprężynowiec i paczka zapałek. Wystarczy, że wytnie niewielki otwór i poczeka, aż uchodzący gaz zmiesza się z powietrzem na tyle, by wytworzyć mieszaninę piorunującą... Niemcy chyba pomyśleli dokładnie to samo, bo aż poderwali się z miejsc.

– *Ruhe*! – Fred osadził ich jednym rozkazem. – Musimy go złapać, i to natychmiast. Ake, siądziesz za sterami. Drzwi na wszelki wypadek zablokuj – jak wrócimy, będziemy pukali cztery razy, żebyś wiedział, że to my.

– On może być uzbrojony – zauważyłem.

Kiwnął głową. Podszedł do szafki i wyjął z niej tekturowe pudełko. Pistolety.

– Mamy strzelać w środku? – zaniepokoił się Udo. – Gazy prochowe...

– To wiatrówki – wyjaśnił. – Zabić nie zabiją, ale zadadzą mu bobu. A jakby co... – Wyjął z szafy jeszcze dwa solidnie wyglądające łomy. – Idziemy!

Ruszyliśmy szybkim krokiem przez pomost. Sądziłem, że pójdziemy od razu na ster, lecz przy rozgałęzieniu Fred się zatrzymał.

– Paweł i Udo, zostaniecie tutaj – powiedział. – Drań miał sporo czasu, mógł się wycofać i przejść do którejś z gondoli silnikowych.

Zrozumiałem natychmiast. My zablokujemy węzeł komunikacyjny, a oni na spokojnie wszystko sprawdzą...

– Tak jest! – zasalutowałem.

Poszli. Po chwili trzasnęły drzwi na końcu. Oczekiwaliśmy w napięciu na odgłosy walki czy tupot butów uciekającego wroga. Co chwila patrzyliśmy też na kładki prowadzące w bok, do gondoli. Wszędzie panowały jednak cisza i spokój.

Po chwili skrzypnęły zawiasy. Wracali.

– Rufa sprawdzona, pusto – powiedział kapitan. – Stójcie tu dalej.

Zbadali oba pomieszczenia silnikowe, lewe i prawe. Potem cofnęliśmy się do węzła pionowego. Dowódca z nawigatorem wdrapali się na górną platformę bojową. Tam też nikogo nie zastali. Pasażer jakby zapadł się pod ziemię.

– A zatem został do sprawdzenia dół – mruknął Udo, gdy wrócili. – Między skrzyniami ładowni są czujniki ruchu i kamery przeciw szczurom, ale...

– ...ale, jak widać, gówno warte. Kota nie wyłapały, a człowiek ma niższą temperaturę – mruknął Fred. – Zablokuj drabinkę na górę, my we trzech przeczeszemy pomieszczenie.

Po kilku minutach maszerowałem już wąskim przejściem pomiędzy spiętrzonymi na dachu gondoli skrzyniami ułożonymi w dwu długich rzędach po obu stronach belki kilu. Oświetlałem po kolei wąskie przejścia pomiędzy nimi. W dłoni mocno ściskałem łom, byłem gotów w razie czego natychmiast odeprzeć atak. Przeszliśmy z jednego końca na drugi. Bez skutku.

Pozostała do zbadania główna gondola. Siadłem koło luku, a oni we trójkę zeszli na dół. Słyszałem, jak buszują tam, trzaskając drzwiami. I znowu bez skutku. Wrócili po kwadransie zniechęceni i rozczarowani.

– Wymknął nam się jakoś – mruknął Fred. – Tylko gdzie mógł się schować?

– Może polazł po kratownicy czaszy? – podsunąłem. – Jeśli wpełzł między pokrycie a balonety, nigdy go nie znajdziemy.

– Teoretycznie jest to chyba możliwe – odparł Udo. – Jednak musiałby być nieźle wysportowany... I zmoknie, tam jest dość wilgotno.

– Tak czy siak, od tej chwili musimy mieć oczy szeroko otwarte – powiedział kapitan. – Każdy dostanie komplet kluczy, pomieszczenia na rufie i boczne trzeba pozamykać.

Wieczór zastał nas jakieś sto kilometrów od linii wybrzeża. Sterowiec zszedł najniżej jak się dało, fale prawie muskały dno gondoli. Silniki zostały wyłączone – uruchamialiśmy je tylko od czasu do czasu, by wykonać drobne korekty położenia, kiedy wiatr nas znosił. Nastrój w nawigacyjnej panował nieszczególny. Kapitan siedział posępny i przeglądał mapy, wybierając trasę. Nawigator z werkmistrzem grali po cichu w karty. Ja nie miałem nic do roboty. Powlokłem się na dół. Uwaliłem się w swojej kajucie na łóżku i odpaliłem laptopa.

Chciałem przelać na papier ostatnie obserwacje, ale ze zdziwieniem odkryłem, że mi nie idzie. Słowa nie składały się w zdania, a gdy już jakieś skleciłem, okazywało się nie pasować do poprzedniego... Nie byłem w stanie przekazać czytelnikom niezwykłej magii tego lotu. Sterowiec w moim tekście jawił się jako zwykły balon, duży, ale pusty w środku. Nie potrafiłem nasycić opisu treścią. Zrezygnowany skasowałem kilka stron pliku. Wyłączyłem komputer i sięgnąłem po przewodnik turystyczny. Jeśli dobrze pójdzie, pojutrze będziemy w Tanganice. Pora coś doczytać, bo na razie wiedziałem tylko tyle, że gdzieś obok ma Ruandę i Burundi i że obecnie stanowi część Tanzanii.

Ocknąłem się nieoczekiwanie. Za oknem było już zupełnie ciemno. Usłyszałem upiorny wizg, a potem serię uderzeń o blachy gondoli. Gdzieś zabrzęczała pękająca szyba. Po podłodze ładowni, tuż nad moją głową, przebiegło kilka par stóp. Za przepierzeniem ktoś wykrzykiwał rozkazy po niemiecku. Stoczyłem się z łóżka, nakrywając głowę rękami. W jednej chwili zrozumiałem powagę sytuacji. Fred wpakował nas jak śliwkę w... no dobrze, w kompot. Kto strzelał? Pewnie Egipcjanie.

Leżałem dłuższą chwilę nieruchomo, bojąc się choćby poruszyć. Z czego do nas walili? Ani chybi działka pokładowe. Jeśli kula z kałasznikowa przebija centymetrowej grubości blachę stalową, to gondola zbudowana głównie z drewna i aluminium nie miała szans jej powstrzymać... Tylko na filmach drewniany blat stołu zatrzymuje pocisk.

Odetchnąłem głęboko. Uspokoiło się? Podpełzłem do okienka. Najpierw długo nasłuchiwałem, potem ostrożnie wyjrzałem. W nieprzeniknionej, egipskiej, nomen omen, ciemności zdołałem wypatrzyć, gdzie niebo styka się z ziemią. I nic poza tym. Ująłem drżącą dłonią słuchawkę telefonu.

– *Ja*? – usłyszałem głos Freda.

– Odlecieli? Poddajemy się?

– Kto?

– Ci, co do nas strzelali... – zniecierpliwiłem się.

Strzelali?!

Usłyszałem w tle zdziwione głosy pozostałych Niemców.

– Zaczekaj w kajucie, Udo zaraz do ciebie zejdzie – powiedział dowódca. – Nie ruszaj się z gondoli.

Odłożył słuchawkę.

Wstałem i wyszedłem na korytarz. Zapaliłem światła. Zajrzałem do dwu pustych kabin, potem pchnąłem drzwi sterowni. Wszędzie panowały cisza i niczym niezmącony spokój. Żadnych dziur w ścianach, żadnych rozbitych okien. I ani żywego ducha. A przecież dopiero co słyszałem, jak ktoś krzyczał.

Zadudniły buty na schodkach. Przyszedł po mnie Wagner.

– Chodź do nawigacyjnej – rzucił. – Kapitan chce z tobą pogadać.

Powędrowaliśmy na górę. Gdy weszliśmy do pomieszczenia, dowódca zaznaczał akurat naszą pozycję na mapie. Rzuciłem okiem – sądząc z układu kropek w miejscach poprzednich odczytów, polecieliśmy nad morzem daleko na zachód, tam wdarliśmy się w głąb lądu, a teraz poruszaliśmy się dziwnym zygzakiem, zapewne starannie omijając oazy i ważniejsze koczowiska.

Na nasz widok przerwał kontemplację trasy.

– Usiądź – powiedział do mnie. – I powiedz, co słyszałeś.

Zrelacjonowałem pokrótce, jakie odgłosy wyrwały mnie z drzemki. Słuchali, nie przerywając, poważni, skupieni... Nawigator był dziwnie blady i nie potrafił opanować tiku nerwowego.

– No tak – mruknął Fred. – Zaczęło się od kota, chyba tylko ja go jeszcze nie widziałem. Potem była zagadkowa sylwetka, głosy po niemiecku, Ake słyszał rozmowę, prawdopodobnie po polsku, a teraz echo jakiejś bitwy...

– Duchy? – Spojrzałem na niego przerażonym wzrokiem.

– Może duchy, może rodzaj zapisu przeszłości, który dziwnym trafem utrwalił się w strukturze zeppelina...

Zacisnąłem zęby.

– Musimy się liczyć z tym, że grozi nam niebezpieczeństwo, którego rozmiarów, zasięgu i skutków nie jesteśmy w stanie przewidzieć.

– Musimy się bronić! – wybuchnąłem. – Albo lądować i opuścić sterowiec!

– Nie możemy. W Tanganice umierają tysiące ludzi – powiedział Udo. – A my nie wiemy nawet, czy to, co widzieliśmy, jest realne, czy stanowi tylko wytwór naszej wyobraźni.

– Zwróć uwagę, że możemy być podtruci wodorem. Mówiliście, że nie jest szkodliwy, ale jakoś w to nie wierzę – warknąłem. – A jeśli jest halucynogenny?

Popatrzyli na mnie z politowaniem.

– Brońmy się... – powtórzyłem.

– Jak? Zadzwonimy po egzorcystę? – prychnął kapitan.

– Relikwie, krucyfiksy, medaliki, woda święcona... – wyliczał dziennikarz. – Mamy coś takiego na składzie?

Fred pokręcił przecząco głową.

– Srebrne kule – podsunąłem.

– Nie mamy srebra, nie mamy jak ich odlać – mruknął Ake. – Poza tym jak do tej pory nie doszło do konfrontacji. Duchy, czy co to jest, najwyraźniej ignorują naszą obecność. Może wyświadczmy im tę samą grzeczność. – Popatrzył niepewnie.

– Srebro by się znalazło. – Wyjąłem z kieszeni monetę z wizerunkiem Jana Pawła II. – Gdyby tak wycinak, pilnik, można by spróbować zrobić amunicję do wiatrówek...

– Nie widzę przeciwwskazań, to bardzo dobry pomysł – powiedział Fred. – Przychylę się jednak do zdania przyjaciela. Uzbroimy się, na ile zdołamy, ale chwilowo zapewnimy duchom chrześcijańską tolerancję... O ile faktycznie istnieją.

Ostatnie zdanie dodał chyba tylko pro forma. Wyglądał na faceta, który nie ma żadnych wątpliwości. Nawigator, werkmistrz i dziennikarz powędrowali na dół położyć się spać. Ja, ponieważ odespałem solidnie, zostałem na nocnym dyżurze z Fredem. Ciąłem dłutkiem kawałki monety wokół popiersia papieża i toczyłem je między dwoma pilnikami, aż przybrały kształt stożka. Potem szlifowałem i sprawdzałem, czy przechodzą przez lufę. Niestety. W tych warunkach i tymi narzędziami nie byłem w stanie zrobić śrucin na tyle gładkich, by nadawały się do użytku.

Gdy precyzyjnie spiłowałem wszystkie kanty, okazało się, że kulki mają za małą średnicę. Gdy zaczynały przelatywać bez zaczepiania o gwintowanie, były już zbyt drobne. Gaz wypychał je, ale uchodził głównie przez luzy wokół pocisku, więc miały zbyt małą energię kinetyczną. Leciały do przodu jakieś pół metra i spadały na podłogę.

Kapitan w milczeniu obserwował moje wysiłki.

– Wygląda na to, że nic z tego? – zapytał wreszcie.

– Obawiam się... – Wzruszyłem ramionami. – Może gdyby użyć przybitki... Tylko nie potrafię.

– Ja też nie. – Spuścił wzrok.

– Co gorsza, nie znam innej metody na pozbycie się duchów.

– O ile to są faktycznie duchy.

Spojrzałem pytająco, lecz nic już nie powiedział. W milczeniu prowadził aerostat, więc i ja nie próbowałem podejmować rozmowy. O szóstej rano Niks przyszedł nas zmienić.

Internet zdechł nieoczekiwanie w trakcie ściągania serwisu informacyjnego. Zakląłem cicho i wyłączyłem ze złością laptopa. Z tego, co zdążyłem się dowiedzieć, Egipcjanie byli zaniepokojeni, jednak nie zdołali nas wypatrzyć, gdy przelatywaliśmy nad wybrzeżem.

Wyjrzałem przez okienko. Naraz bardzo zapragnąłem znaleźć się na zewnątrz. Wyszedłem z kajuty i podjąłem długą, mozolną wspinaczkę aż na górną platformę bojową.

Gdy podniosłem klapę, na chwilę oślepłem. Przejście z wnętrza balonu rozjarzonego ledwie pięciowatowymi żaróweczkami na otwartą przestrzeń rozświetloną bezlitosnym egipskim słońcem okazało się nieoczekiwanie przykre. Mrużąc załzawione oczy, rozejrzałem się wokoło. Maszyna mknęła, dzielnie radząc sobie z leniwymi podmuchami przeciwnego wiatru. Kapitan i nawigator stali oparci o relingi i lustrowali horyzont przez lornetki.

– No i widzisz? – Fred przekornie spojrzał błękitnymi oczyma. – Jak do tej pory wszystko nam się udaje.

– Bezczelność czasem popłaca. Widocznie nie uwierzyli, że się na to zdecydujemy – mruknąłem.

– Wręcz przeciwnie, cały czas wyłapujemy rozmowy ich pilotów z ziemią, a ze trzy razy widzieliśmy egipskie MIG-i lecące nad horyzontem. Szukają nas, i to dość intensywnie. Ale generalnie mogą nam nafukać. Idziemy na wysokości zaledwie trzydziestu metrów, to za nisko, by złapał nas radar. Powłoka jest szara, więc na tle skał praktycznie nas nie widać. Z ziemi też nikt nas nie zauważy, bo ten teren jest w zasadzie bezludny.

– MIG-i...

Wyobraziłem sobie radziecki myśliwiec, szybki, zwinny i wyposażony w rakiety. Co by się stało, gdyby jedna z nich uderzyła w zeppelina?

– A kot? – zapytałem.

– Nie widzieliśmy nic niezwykłego. Nic, co mogłoby budzić niepokój – powiedział.

Nieoczekiwanie nawigator wydał zduszony okrzyk. Spojrzałem. Od strony horyzontu nadlatywał klucz samolotów. Nie zdążyłem się dokładniej przyjrzeć jakich.

– Robią korektę kursu. Chyba nas zauważyli albo mają echo na radarze i chcą sprawdzić! – krzyknął kapitan.

Ukryłem się spiesznie we wnętrzu balonu. Zaraz też poczułem znajome przeciążenie. Nawigator wykonał ostry zwrot. Konstrukcja jęczała i trzeszczała. Zatrzymałem się na pomoście technicznym. Nie mogłem się zdecydować, czy schodzić do gondoli głównej, czy może lepiej przejść się do nawigacyjnej.

Ostrzelają nas? Czym to grozi? Przebiją balon, gaz ucieknie i runiemy na ziemię. A może rąbną rakietą, wodór się zapali i... W tej jednej chwili zrozumiałem, jak czuł się mój przodek w czasie służby. Czyjeś stopy zadudniły na stopniach. Kapitan biegł do nawigacyjnej zasiąść osobiście za sterami. I nagle poczułem dziwną pewność, że nas uratuje.

Jest środek dnia, egipskie słońce wisi na nieboskłonie. Stoimy w miejscu, przeczekujemy. Fred znalazł głęboki, cienisty wąwóz i posadził maszynę na jego dnie. Mieliśmy nieprawdopodobne szczęście. Zapadliśmy tam dosłownie w ostatniej chwili. Jeden z samolotów kilkanaście minut później przeszedł prawie dokładnie nad zeppelinem i... nie dostrzegł nas!

Rozpadlina wygląda jak wyschnięte koryto strumienia, jest wystarczająco głęboka, by pomieścić balon wielki jak blok mieszkalny. Wędruję bez celu po dnie. Wmawiam sobie, że to dla rozprostowania kości, że to dla miłego wrażenia, jakie daje twardy grunt pod stopami. Oszukuję sam siebie. Zeppelin jest wystarczająco duży, by rozprostować w nim nogi, i leci tak stabilnie, że nie ma żadnej różnicy, czy jest się na jego pokładzie, czy tutaj. Powinienem zebrać się na odwagę i powiedzieć sobie wprost: tam straszy. Może tu panuje dzień, ale wnętrze balonu to kraina wiecznego mroku. Raj dla duchów. Tysiące metrów sześciennych ciemnych zakamarków. Setki metrów pomostów i kładek technicznych.

Kim są? Zapewne tymi, którzy zginęli na jego pokładzie, tymi, których kości znajdowano w pomieszczeniach i w mule na dnie Jeziora Osińskiego. A może nie? Niemcy wydobyli szczątki z szacunkiem, umieścili w trumnach, pogrzebali z honorami w ojczystej ziemi. Zmarli nie powinni się wtrącać. Może kroki na pomostach to ci, których ciała zabrała woda? Ci, którzy spoczywają nadal w mule, bez szans na godny pochówek? A może i tamci, którzy polegli w czasie bitwy i których zwłoki wyrzucono za burtę, by choć na chwilę, choć o kilkaset kilogramów odciążyć dogorywający aerostat?

I po co w ogóle ruszaliśmy ten wrak? Są rzeczy, które powinny pozostać na zawsze pogrzebane. Jak „Titanic”... A my? Jesteśmy hienami cmentarnymi. Polecieliśmy sobie na wycieczkę cudzą trumną.

Drepczę po dnie doliny. Sucha, spękana ziemia, piasek, kamienie. Czterdzieści stopni w cieniu, a może i więcej. A przecież kiedyś żyli tu ludzie. Za zakrętem znajduję kamienną cembrowinę studni zasypanej przez piaski. Na głazach widać jeszcze ślady zostawione przez sznur. Obok sterczą jak upiory uschnięte palmy. Są i inne ślady pobytu człowieka. Uklepane z mułu podłogi szałasów, a może i namiotów, naznaczone czerwonymi plamami w miejscach, gdzie płonące na klepisku ogniska wypaliły glinę na cegłę.

Kiedyś żyli tu ludzie. Jak dawno? Nie wiem. Może od ich odejścia minęło kilkanaście lat, może kilkaset. Jeden z Niemców na rozkaz kapitana powędrował starożytną ścieżką na szczyt urwiska i prowadzi obserwacje.

Co piętnaście minut rozstawia jakieś urządzenie i posyła nam komunikaty w postaci zajączków światła.

Już ósma wieczorem. Dowódca macha, żebym wracał na pokład. Niebezpieczeństwo minęło. Pora ruszać dalej, każdy dzień zwłoki to śmierć człowieka, do którego nasza pomoc nie dotrze na czas.

Wystartowaliśmy. Posuwamy się na południe. Lecimy bardzo wolno, ostrożnie, trzymając się szerokich wąwozów, które przed dziesiątkami tysięcy lat wyżłobione zostały przez rzeki. W razie alarmu możemy błyskawicznie ukryć się w rozpadlinach. Lecimy niemal dokładnie tą samą trasą co nasi przodkowie. Korzystamy z ich doświadczeń, wykorzystujemy mądrość, jaką niesie znajomość historii.

Zapisałem plik i wyłączyłem laptopa. Wyszedłem na korytarz, zamknąłem za sobą drzwi. I wtedy właśnie w półmroku rozświetlanym tylko słabymi lampkami zaczęło dziać się coś dziwnego. Najpierw był szmer rozmowy prowadzonej po niemiecku, potem trzasnęły drzwi na końcu korytarza. Przez ułamek sekundy widziałem sterownię pełną ludzi w mundurach. Jeden wyszedł i maszerował w moją stronę. Sylwetka była dziwnie nieostra, rozmyta. Szedł i nagle zatrzymał się. Ja też stałem, kompletnie sparaliżowany strachem. Zobaczył mnie. Na twarzy żołnierza odmalowało się wręcz zwierzęce przerażenie. Zacisnął oczy i po omacku sięgnął do kabury.

Zadziałał instynkt. Rzuciłem się do drzwi oznaczonych strzałką i po żelaznych stopniach popędziłem do góry.

Ścigał mnie? Chyba nie...

Co to było? Duch? Na górnym pomoście ktoś był. Na szczęście tylko Wagner.

– Co ty taki blady? – Popatrzył na mnie badawczo. Streściłem mu pokrótce, co zobaczyłem przed chwilą. Pokiwał głową.

– No tak – powiedział. – Zdarza się.

– Co ty bredzisz?! – krzyknąłem. – Co się zdarza? Duchy paradujące w biały dzień to według ciebie coś normalnego?!

– Na tym zeppelinie tak – odezwał się wychodzący z nawigacyjnej kapitan. – Tylko... No cóż, to nie są duchy. Niezupełnie duchy.

– Mogę prosić o dokładniejsze wyjaśnienia?

– W pewien sposób zakrzywia się tu czas. Czytałem pamiętnik mojego przodka. Oni... Wtedy, lecąc do Tanganiki, zauważyli to samo co my. Obcych ludzi w pruskich mundurach, którzy bezczelnie paradowali po pokładzie ich zeppelina.

– Widzieli nas, a my widzimy ich?

– Tak mi się wydaje...

Przy kolacji nieoczekiwanie złapały mnie dreszcze i lekkie mdłości. Zatrułem się czymś? A może raczej to objawy udaru słonecznego? *Zum Teufel*, nie trzeba było włóczyć się po okolicy bez kapelusza na głowie. Jedliśmy kanapki w mdłym poblasku sączącym się z tablicy rozdzielczej. Sterowiec został całkowicie wyciemniony. Siedzieliśmy w nawigacyjnej tylko we trzech: ja, Udo i kapitan. Pozostali dwaj Niemcy poszli na platformę bojową prowadzić obserwację.

– Jeśli dobrze pójdzie, za dwie i pół godziny będziemy nad Sudanem – powiedział Fred. – Na szczęście oni nie cofnęli mam pozwolenia na przelot.

I zaraz odpukał, żeby nie zapeszyć.

– Egipcjanie mogą na nas czatować przy granicy – zauważył dziennikarz. – Wyciemnienie wyciemnieniem, idziemy nisko, więc radar nas chyba nie namaca, ale silniki wyją jak potępieńcy. Jeśli mają urządzenia do analizy akustycznej...

– Przed granicą wyłączymy wszystkie cztery śmigła i wykorzystamy sprzyjający wiatr.

– A ja się muszę położyć – powiedziałem. Zawroty głowy były bardzo męczące. – Przegrzałem się na tym słońcu.

– Zaraz coś znajdziemy... – Udo zaczął grzebać w apteczce i wręczył mi listek tabletek. – Weź prysznic i połóż się. A to łyknij. Na pewno nie zaszkodzi.

– Dziękuję.

Już na pomoście technicznym poczułem się fatalnie. Dłuższą chwilę siedziałem na kratownicy, uczepiony barierki, nie mając odwagi zrobić choćby kroku. Gdy wreszcie pokonałem drabinkę i stanąłem na dnie szybu, drżały mi dłonie. Przed oczyma latały mroczki. Już miałem zejść po schodkach do gondoli, gdy spostrzegłem kota. Siedział na podłodze i... rzucał cień! A zatem chyba nie mógł być duchem?

Przypomniała mi się babka i jej opowieści. Kot... Gdy kot położy się na chorym miejscu, człowiek szybko wraca do zdrowia. Podobno taki zwierzak nawet raka potrafi wyciągnąć.

– Kici, kici! – zawołałem.

Spojrzał na mnie obojętnie i uskoczył między pakunki. Nie zrozumiał? Może faktycznie bułgarski. A może okazywał swoją kocią niezależność. Nadal go widziałem.

– Choć do mnie, koteczku – wabiłem, idąc powoli w jego stronę. – Szyneczki dostaniesz.

Odskoczył, ale nie odchodził. Przesuwał się w bok, ku ścianie czaszy, pewnie gotów, by czmychnąć w górę po kratownicy. Zataczając się, brnąłem w półmroku. A potem naraz zobaczyłem coś, co sprawiło, że zapomniałem o kocie.

Jedna ze skrzyń musiała obluzować się w czasie jakiegoś manewru. Wysunęła się ze swojego miejsca i uderzyła o aluminiowe żebrowanie. Patrzyłem na pęknięte deszczułki, nie rozumiejąc tego, co widzę. Wewnątrz powinny być konserwy, a tymczasem pomiędzy paskami rogoży połyskiwała brązem wypolerowanego drewna kolba karabinu. Bezwiednie przykląkłem i wyciągnąłem broń z wnętrza paki.

Mauzer, model z pierwszej wojny światowej, pięciostrzałowy. Komora nabojowa była pusta. Poczułem, jak plecy pokrywają mi się lodowatym potem. Te skrzynie. Po kilkadziesiąt sztuk broni w każdej. W co ja się wpakowałem?!

Zawrót głowy był tak silny, że omal nie zwymiotowałem. Zostawiłem broń i na czworaka popełzłem do luku. Sam nie wiem, jak pokonałem ostatni odcinek schodów. Z uczuciem ogromnej ulgi opadłem na pasiasty materac. Sięgnąłem drżącą ręką po ebonitową słuchawkę telefonu.

– Udo? Pozwól do mnie na moment...

Nie minęły cztery minuty, a Niemiec był już na dole. Przyniósł mi butelkę wody mineralnej z lodówki.

– Powiedz mi, co tu jest grane. – Spojrzałem mu prosto w oczy.

– To znaczy? – Na jego twarzy odmalowało się wyłącznie uprzejme zdziwienie.

Kłamał? A może nie został wtajemniczony? E, to chyba niemożliwe. Musiał wiedzieć.

– Co my wieziemy? W co ja się wpakowałem? Miała być pomoc humanitarna. W magazynie pękła skrzynia. Karabiny... Chcę wiedzieć, co się dzieje. Ja...

Przyłożył mi do czoła ciekłokrystaliczny termometr.

– Prawie czterdzieści stopni – mruknął. – Jakie karabiny? – zapytał łagodnie. – Widziałeś tu jakąś broń na pokładzie?

– Skrzynie w ładowni...

– Zrobione zostały według wzorów z czasów pierwszej wojny światowej, więc mają pruskie oznaczenia wojskowe, ale w środku są konserwy, mąka, liofilizowane mięso...

– Jedna pękła – wyszeptałem. – Karabin Mausera. Miałem go w ręce... Model z tego samego czasu co zeppelin, pięciostrzałowy. Chcecie wywołać rewolucję w Afryce. Odzyskać kolonie.

– Jasne. – Uderzył się dłonią w czoło. – Wiem już, o co chodzi. To tylko rekwizyty – próbował mnie uspokoić. – Były potrzebne przy kręceniu filmu z załadunku i do zdjęć reklamowych. Faktycznie, jest ich kilkanaście sztuk. Zniszczone, mają przewiercone komory. Wsadziliśmy je do skrzyni i położyliśmy luzem na wierzchu. Powiadasz, że spadła?

– Wy...

– Gdybyśmy planowali jakąś akcję, to przecież zamiast takich archaicznych pukawek zapakowalibyśmy dla Murzynów kałasznikowy. – Popatrzył na mnie z politowaniem.

Spojrzałem mu w oczy. Była w nich dziwna, śmiertelna pustka.

– Powiedz, po co tak naprawdę jestem tu potrzebny?

– Pan Carl twierdził, że jesteś niezbędny do nawiązania kontaktu z poprzednią załogą. Nie wiem czemu, nie wyjaśnił nam wszystkiego.

– To, że ich widzimy, to sprawka Bartha? Po co...

Chciałem coś jeszcze powiedzieć, ale zawrót głowy odebrał mi zdolność logicznego myślenia.

Gdy się obudziłem, dniało. Przyłożyłem dłoń do czoła: chłodne i wilgotne od potu. Byłem potwornie osłabiony, ale czułem się już o niebo lepiej. Podniosłem słuchawkę telefonu, jednak usłyszałem tylko szum. Coś nie dawało mi spokoju. Dłuższą chwilę leżałem, rozmyślając, co może być nie tak, i oczywiście w końcu zrozumiałem. Sterowiec był zupełnie cichy. Silniki umilkły.

Z ogromnym trudem zwlokłem się z łóżka. Drzwi były uchylone, podłoga korytarza lekko przekrzywiona. Widać balast się przesunął i aerostat stracił stabilność. Czepiając się ścian i walcząc z dziwną miękkością kolan, dowlokłem się do sterowni. Była pusta. Uniosłem słuchawkę, ale i tu łączność nie działała. Co mogło się stać?

Wyjrzałem na zewnątrz przez iluminator. Wisieliśmy nad pustynią na wysokości dwustu metrów. Log pokazał, że dryfujemy na południe znoszeni podmuchami słabego wiatru. Zeppelin poruszał się jakby samą siłą rozpędu z szybkością pięciu, momentami ośmiu kilometrów na godzinę.

Czułem się już dużo lepiej; ósma rano, w sam raz czas coś przekąsić... Wewnątrz głównego balonu nic się nie zmieniło. Tylko wentylatory z jakiegoś powodu nie pracowały, więc zaduch był silniejszy niż zazwyczaj. Czepiając się poręczy, drapałem się do pomostu technicznego i po chwili pchnąłem drzwi gondoli nawigacyjnej.

To, co zobaczyłem, zamurowało mnie. Pomieszczenie było puste. A przecież ktoś powinien siedzieć na dyżurze! Porzucony ster kiwał się smętnie. Kamery systemu monitoringu działały. Minęła dobra chwila, zanim połapałem się, jak to obsługiwać.

Na ekranie przeskakiwały kolejno obrazy z gondoli silnikowych, platformy strzeleckiej, szybów technicznych i komunikacyjnych, pomieszczeń steru. Nigdzie żywego ducha. Byłem na pokładzie zupełnie sam. A ładunek? Wydarzenia wczorajszego wieczoru dziwnie mi się plątały. Karabin. Znalazłem karabin. Udo mówił, że przewiercony. O nie. Zaraz wszystko wyjaśnię... Raz na zawsze.

Z łomem w ręce zlazłem po drabince do głównej ładowni. Ledwo dałem radę, serce waliło mi jak młot, w skroniach czułem paskudny ucisk, przed oczyma latały mroczki. Tajemnica była w zasięgu ręki. Co jest w skrzyniach? Karabiny? Czy jednak pomoc humanitarna?

Stanąłem na podłodze, nad moją głową wisiały balonety pełne gazu. Światło latarki nie wydobyło z ciemności ładunku. Wokoło rozciągała się idealna pustka. Pomoc humanitarna, czy może broń, znikła razem z załogą...

Nie wiem, gdzie jestem. Siedzę za sterami, jak zapewne kiedyś siedział mój pradziadek... Silników nie zdołałem odpalić, za to ustabilizowałem przechył maszyny. Wokół jak okiem sięgnąć ciągną się piaski. Egipt? Sudan? Nie wiem. GPS? Działa. Teraz atlas geograficzny... Jestem nieco na zachód od Jeziora Nasera po egipskiej stronie granicy. Co dalej? Usiłuję poskładać w głowie wypadki ostatnich dni. Załoga wyparowała. Ładunek też. Dokąd odeszli? Cofnęli się w czasie i polecieli do swojej kolonii dostarczyć jej pomoc, która wtedy nie dotarła? A może duchy zabrały ludzi i skrzynie? Nie, to paranoja. Więc może istnieje racjonalne wyjaśnienie? Może rzeczywiście zamiast pomocy humanitarnej wieźliśmy kilka tysięcy archaicznych karabinów. Karabinów, które w Europie można kupić za grosze, a które dla sudańskich powstańców są bezcenne? Zawsze lepiej iść na arabskie czołgi z pięciostrzałową pukawką sprzed wieku niż z dzidą czy maczetą...

Co za problem dosypać czegoś naiwnemu Polaczkowi do jedzenia, dolecieć w góry, wypakować broń, a potem puścić zeppelina ze mną na pokładzie pełną mocą silników na północ. Może nie było żadnych upiorów, tylko przy okazji Niemcy zabrali kilku kumpli, nie informując mnie o tym? A kot był jak najbardziej żywy. Wymykał nam się, bo kamery podczerwieni były kiepskie. Tak czy siak, mam się nad czym zastanawiać do końca życia.

W pierwszym przypadku siedzę w gondoli maszyny nawiedzonej i opanowanej przez duchy. W drugim jestem kozłem ofiarnym na pokładzie zeppelina, który zawiózł setki pukawek na przykład do Darfuru. Czy potrzebne są lepsze dowody winy? Szmugiel broni dla chrześcijan. W muzułmańskim Egipcie zapewne grozi za to kara śmierci. Co robić? Dwie hipotezy, trudno powiedzieć, która prawdziwa, ale rozwiązanie w zasadzie jedno. Tylko najpierw spróbuję złapać tego futrzaka...

Stoję na szczycie wydmy. Wiatr nawet tutaj przynosi nieznośny żar. Pół kilometra dalej aluminiowa konstrukcja, rozpalona do białości, załamuje się powoli. Kota nie udało mi się odszukać. Nigdy już nie dowiem się, czy był prawdziwy. Udo nie kłamał. Wodór nie wybucha. Za to pali się jak złoto...

WUJASZEK IGOR

Wujaszek Igor

Huk wagonów toczących się gdzieś daleko po szynach poderwał dróżnika i zawiadowcę stacji wodnej na równe nogi. Obaj bez słowa rzucili karty. Dróżnik wybiegł ze swojej budki i dopadłszy korby, zaczął opuszczać szlaban. Rzucił spojrzenie w ciemność. Pociągu nie było jeszcze widać, ale zbliżał się – słyszał to wyraźnie.

Zawiadowca wyszedł za nim.

– Co to ma znaczyć, do diabła? – krzyknął. – Przecież nie było sygnału. I brzęczyk milczy.

Mężczyźni słyszeli narastające dudnienie, jednak nadal nie widzieli pociągu. Parowóz szedł bez świateł? Bzdura. Kolejarz spojrzał na zegarek. Niebawem północ. Towarowy miał przejść dopiero o drugiej.

– Coś się widać zacięło – powiedział zawiadowca. – Pamiętam, jak w czterdziestym ósmym...

Nie dokończył, zamarł z otwartymi ustami. Odgłos nadbiegającego składu ucichł, ale jednocześnie obaj to zobaczyli: pociąg wypadł z ciemności, rzucając wokoło nierzeczywisty blask. Pędził wprost na nich, teraz w całkowitej ciszy. Acetylenowe reflektory lokomotywy płonęły jasnym błękitnym światłem. Na walczaku i kominie zawieszono dodatkowe lampki elektryczne.

Z przodu nad buforami spostrzegli wielki portret ozdobiony kirem. Lokomotywa wyrzuciła kłąb pary, lecz z gwizdka znowu nie dobiegł żaden dźwięk. Skład wyraźnie przyspieszył. Rzęsiście oświetlone wagony przebiegające koło budki zlały się w jedną smugę. Gdzieś pomiędzy nimi na moment mignęła platforma, na niej laweta z przeszkloną, pustą trumną. W chwili gdy tylny bufor minął przejazd, blask naraz zgasł i tylko gdzieś z daleka wiatr przyniósł huk kół oddalającego się pociągu.

Zawiadowca wolnym ruchem uniósł drżącą ze strachu rękę i przeżegnał się.

– Boże święty – szepnął. – A więc to prawda...

Piotrowski obudził się z krzykiem. Roztrzęsiony wymacał pod łóżkiem flaszkę z wódką i pociągnął długi łyk. Alkohol przytępiał zmysły, pozwalał opanować nerwowy dygot.

Znowu śniło mu się to samo: stary więzień w pasiaku wstaje z pryczy i gołymi rękami zaczyna wyłamywać kraty celi. Ubek patrzy na to i nie rozumie, dlaczego ten widok wpędza go w zwierzęce przerażenie...

Tego człowieka ujrzał kilka lat temu, w czasie szkolenia w Warszawie. Odwiedzali dziesiąty pawilon więzienia na Mokotowie, miejsce przetrzymywania szczególnie zaciekłych wrogów nowego porządku. Oprowadzający ich komendant pokazywał im, niczym na wycieczce w ZOO, co ciekawszych zwolenników kapitalizmu i imperializmu, przedwojennych oficerów, pogrobowców sanacji, bandytów ujętych w lasach, spadochroniarzy zrzuconych przez Amerykanów.

W jednej z okratowanych cel siedział na pryczy wróg numer jeden. Wacław Kostek-Biernacki, przed wojną nieformalny namiestnik kilku województw południowo-wschodniej Polski. Prawa ręka marszałka Piłsudskiego. Człowiek, który wytropił dziesiątki agentów KPZU, a w wolnych chwilach maltretował komunistów uwięzionych w Berezie Kartuskiej. Przez lewicę uznawany powszechnie za wcielonego diabła.

Piotrowski obserwował przez pręty i siatkę tego zniszczonego wiekiem i torturami starca. Nagle więzień uniósł głowę. Oczy zabłysły jak wilcze ślepia. Na widok młodych pracowników UB skrzywił twarz w drapieżnym uśmiechu.

– Karta się niebawem odwróci – warknął. – A zanim pójdziecie do piachu, czeka was spotkanie ze mną... – Zarechotał.

Absurdalna groźba, rzucona przez stojącego nad grobem człowieka... Jednak przez kolejne miesiące na samo wspomnienie tego wydarzenia Piotrowski czuł strużki potu na plecach. I jeszcze te cholerne sny. Całe szczęście, że dziś nocował u siebie na kwaterze, a nie w koszarach. Gdyby kierownictwo dowiedziało się, że krzyczy przez sen...

Staruszek siedział za barierką biura, po stronie zarezerwowanej dla petentów. Na kolanach trzymał starą jak świat, wyszmelcowaną walizkę z tektury obciągniętej ceratą.

– Dyrektor Karwicz niedługo powinien być – powiedziała sekretarka, leniwie przekładając papiery.

Podziękował jej kiwnięciem głowy. Obserwował dziewczynę spod oka. Blond loczki okalające ładną, choć pospolitą twarz sprawiały, że przypominała zadowoloną z życia owcę. Czerwony krawat zwisał smętnie, upstrzony plamką porannej jajecznicy. Sympatyczna, miła, niezbyt rozgarnięta, zaangażowana w budowę ustroju. Władza lubi takie.

Drzwi otworzyły się ze skrzypnięciem i do poczekalni wszedł Karwicz. Poruszał się z gracją hipopotama. Jego garnitur wyszedł z pewnością spod ręki dobrego krawca, ale od czasu jego uszycia dygnitarz solidnie utył. Nalana twarz o przekrwionych oczach sprawiała odpychające wrażenie.

– Do mnie? – Spojrzał chmurnie na petenta. – Proszę. – Otworzył drzwi gabinetu.

Starzec przymknął na sekundę oczy, by ich wyraz nie zdradził głębi jego rozczarowania, a potem wstał i ruszył we wskazanym kierunku. Liczył na trochę inny wariant rozwoju wypadków, jednak nie zamierzał poddać się bez walki.

Gabinet był jasny i przestronny, wypełniały go solidne przedwojenne meble kancelaryjne. Ze ściany spoglądał portret Bieruta, był i Stalin w postaci dużego gipsowego popiersia. Portret Lenina powieszono nad drzwiami.

Szerokie panoramiczne okno wychodziło na dworzec, widocznie wszechwładny urzędnik chciał sprawiać wrażenie, że osobiście czuwa nad powierzoną mu instytucją.

Przed wojną mawiano: „Pańskie oko konia tuczy", przemknęło staruszkowi przez głowę.

– Czym mogę służyć? – Karwicz zasiadł za stołem, łaskawie wskazując interesantowi krzesło.

– Szukam pracy na kolei – powiedział staruszek z godnością, zajmując wskazane miejsce.

– W waszym wieku kwalifikujecie się na emeryturę. – Dyrektor spojrzał na niego groźnie. – Niech zgadnę, dział kadr posłał was do diabła i dlatego przyszliście do mnie?

– Tak.

To Karwicza zaskoczyło. Starzec nie próbował kluczyć, kombinować, mimo że został rozszyfrowany, nie stracił spokoju. Było w nim coś zagadkowego. Ba, ta sylwetka wydawała mu się dziwnie znajoma. Spotkali się kiedyś?

– Dlaczego akurat do mnie? Ja jestem od infrastruktury, nie od zatrudnienia. Departament rezerw ludzkich jest na drugim piętrze, tam trzeba było się zgłosić.

– Tam nikogo nie znam.

– Nie znacie...? – Karwicz popatrzył na niego badawczo i naraz błysk zrozumienia pojawił się w oczach.

To musiało być jeszcze przed wojną, jego ojciec pracował wtedy jako konduktor. Kilka razy zdarzyło mu się przenocować w domu kolegę maszynistę...

– Wujaszek Igor? – wreszcie rozpoznał swojego rozmówcę i zdziwił się niepomiernie. – To wy żyjecie?!

– Jeszcze tak...

– No, takie spotkanie trzeba uczcić.

Wyciągnął z szuflady butelkę armeńskiego koniaku i polał hojnie do dwu szklaneczek. Wypił zawartość swojej jednym haustem. Rysy trochę mu złagodniały.

– Opowiadajcie, co tam u was – powiedział. – Nie widziałem was chyba od trzydziestego dziewiątego roku. Tatko sądził, że zginęliście, szukał was po wojnie, a w zeszłym roku go pochowaliśmy... Gdzieście się podziewali przez te wszystkie lata?

– Byłem w Związku Radzieckim. Trochę popracowałem w leśnictwie, trochę w kopalniach. Potem, nazwijmy to, kontrakt mi się skończył i podjąłem starania, żeby wrócić do ojczyzny. Przyjechałem niecały miesiąc temu.

Karwicz znowu się zachmurzył. Stary lubił widać posługiwać się „dogłębnym językiem". Jego nie bawiły takie gierki słowne, choć musiał przyznać, że aluzje wujaszek Igor rzucał bardzo zręcznie.

– Znaczy odsiedzieliście swoje i puścili? – mruknął. – I nasi co? Nie dali emerytury reakcjoniście?

– Dali sto pięćdziesiąt złotych z uwagi na przedwojenną wysługę lat. Moja książeczka pracy z ZSRR nie wzbudziła u nich specjalnie życzliwych uczuć.

– I co ja mam z wami teraz zrobić... – zadumał się dyrektor. – Macie w ogóle jeszcze siłę pracować?

– Jakoś dam radę.

Karwicz obrzucił wujaszka bacznym spojrzeniem. Igor nie wyglądał źle. Prosta sylwetka, wzrok niezmącony jeszcze starczą demencją. Pod marynarką rysowały się twarde mięśnie. Do pracy zdolny, lecz już niebawem wypali się jak świeca. Może odmówić pomocy?

Nie, co mu się roi we łbie. Przypomniał sobie dzieciństwo. To przecież wujaszek Igor dał mu kiedyś strażacki samochód na urodziny. Kogo innego posłałby natychmiast do diabła, ale swojakowi trzeba pomóc.

– Ile macie lat? Siedemdziesiąt? – dokonał pospiesznych obliczeń.

– Siedemdziesiąt sześć.

Dyrektor się zafrasował. Musiał przyznać, że wujaszek trzymał się wyjątkowo dobrze, na oko dałby mu piętnaście lat mniej. Z drugiej strony człowieka, który przeżył łagry, byle co nie złamie.

– Sporo... Trzeba by coś lekkiego. – Podszedł do drzwi, uchylił je i odszukał wzrokiem sekretarkę. – Polciu, skoroszyt, ten w żółtej okładce! – zadysponował.

Po chwili wertował papiery.

– Mam tu coś dla was – powiedział wreszcie. – Maszynistą oczywiście być już nie możecie, ale jest potrzebny człowiek do obsługi pompy na stacji wodnej między Kielcami a Radomiem. – Rzucił badawcze spojrzenie na twarz starego.

– Odpowiada mi to.

– Czterysta złotych na miesiąc, przysługuje wam do tego służbowy pokoik. Odzież roboczą i mundur kolejarza też dostaniecie. – Popatrzył na złachaną marynarkę wujaszka Igora. – Tylko nikomu ani słowa, że to ja wam posadę załatwiłem. Kontroli też nie leźcie na oczy. Zaczniecie pojutrze. Sekretarka zaraz skoczy do kadr, wypiszemy wam przydział i inne papiery.

– Dziękuję.

– Ależ drobiazg, wujaszku. W razie jakichś trudności walcie do mnie jak w dym. Jeszcze tylko dokument podróży. Możecie jechać natychmiast?

– Wszystko mam ze sobą.

– W takim razie zabierzecie się towarowym, odchodzi za dwie godziny. Dojedziecie komfortowo na miejsce. No to strzemiennego! – Nalał jeszcze po szklaneczce. – Taka okazja nie co dzień się trafia.

– Proszę referować. – Generał stał z rękami założonymi na plecach i patrzył przez okno.

Najwyraźniej był w bardzo kiepskim humorze. Major Piotrowski wyprężył się jak struna.

– Skład zaobserwowano w dwudziestu punktach między Kielcami a Radomiem – zaraportował. – Przesłuchaliśmy czterdziestu ośmiu świadków, w tym sześciu naszych konfidentów.

– Współpracowników – warknął generał. – Konfidentów i szpiegów to mają imperialiści.

– Tak jest. Zeznania z grubsza się pokrywają. Na przedzie składu znajduje się parowóz, za nim prawdopodobnie osiem do dziesięciu wagonów, w tym platforma, a na niej laweta z trumną.

– Trumną...

– Tak to wygląda. Skrzynia prawdopodobnie z żelaznych płaskowników, o typowym kształcie, przeszklona. Pusta. Z przodu na lokomotywie znajduje się dużych rozmiarów portret Piłsudskiego, ponad nim przedwojenny orzeł w koronie. Portret jest przybrany kirem, iluminowany. Analiza porównawcza wskazuje, że pociąg jest identyczny z tym, który w 1934 roku przewiózł zwłoki Piłsudskiego z uroczystości pogrzebowych w Warszawie do Krakowa. Do tej pory pojawienie się takiego składu odnotowano kilkakrotnie w różnych miejscach kraju, a nawet – Piotrowski zniżył głos – podobno poza jego granicami.

– I co o tym sądzicie? – Generał patrzył na podwładnego spokojnie, ale badawczo.

– Możliwość jest w zasadzie jedna. Na kolei działa jakaś faszystowska organizacja, która chce w ten sposób siać ferment w społeczeństwie... Ja w każdym razie w duchy nie wierzę.

– To bardzo dobrze, towarzyszu Piotrowski. – Uśmiechnął się drapieżnie. – Wasze zadanie będzie proste. Macie wyeliminować ten problem. Wszelkimi możliwymi metodami.

– Tak jest. To znaczy jak?! – Major wytrzeszczył oczy. – Pojawia się to tu, to tam, namierzenie go będzie potwornie trudne. Oczywiście dołożę wszelkich starań, by to zadanie wykonać, ale...

– Widzicie, zajmujemy się już od jakiegoś czasu tą sprawą. W ruchu pociągu można dostrzec pewną prawidłowość – powiedział generał, klepiąc parę teczek raportów leżących przed nim na biurku. – Przede wszystkim nie sposób przewidzieć, gdzie się pojawi, jednak zaobserwowany zawsze wraca na raz przebytą trasę jeszcze dwukrotnie.

– Po jakim czasie?

– Różnie. Zazwyczaj zdarzenia dzieli od kilku do kilkunastu dni. To oznacza, że działania spiskowców charakteryzują się pewną powtarzalnością, którą możemy obrócić na naszą korzyść.

– Tak jest.

– Parowóz potrzebuje nie tylko węgla. To w zasadzie jedyne w tej okolicy miejsce, gdzie ci dranie mogą brać wodę. – Generał stuknął palcem w mapę.

– Niekoniecznie. – Piotrowski wskazał ołówkiem kilka strumieni w pobliżu torów. – Mogą się zatrzymać na przykład tu, na moście, i czerpać choćby wiadrem.

– Nie żartujcie, towarzyszu, całej nocy byłoby mało, żeby napełnić zbiornik. Zresztą kto ma siłę tak zasuwać?

– To ile tego potrzebują? – zdziwił się ubek. – Więcej niż beczkę?

– Z tego, co udało mi się ustalić, piętnaście metrów sześciennych na sto kilometrów trasy. Czyli, lekko licząc, tysiąc wiader. Nie wykluczajmy od razu waszej hipotezy. – Generał zakreślił kółko. – Musieliby wozić ze sobą solidną strażacką motopompę, ale kto wie. Na razie trzeba się będzie przyjrzeć temu towarzystwu. – Puknął w widniejące na mapie zabudowania. – Pomyślcie też o urządzeniu zasadzki.

– Tak jest.

– Poprzednio pociąg widziano na tej linii. Pojawił się tu i tu... – Mazał wiecznym piórem po sztabówce.

– Pierwsza obserwacja z ostatniej serii nastąpiła w tym punkcie. Czekamy na kolejne incydenty. Co się tu właściwie znajduje?

– To rezerwowa baza paliwowa dla lokomotyw spalinowych. A tuż obok jest gospodarstwo pomocnicze i duży magazyn rezerw strategicznych naszego urzędu.

– Czyli widziano go na przestrzeni około czterdziestu kilometrów. A stacja wodna była jakby na końcu jego trasy?

– Tak. Wiecie, jakie możliwości wam to daje?

– Jeśli pociąg pojawi się ponownie i minie naszego obserwatora ukrytego w pobliżu torów czterdzieści kilometrów od punktu zaopatrzenia w wodę, będę miał czas na przygotowanie zasadzki. A raczej na uruchomienie wcześniej przygotowanej – zreflektował się Piotrowski. Obecność generała przytłaczała go, miał problem z zebraniem myśli, o ich formułowaniu nie wspominając.

– Dużo czasu. W zależności od tego, jaką szybkość rozwinie, od pięćdziesięciu do osiemdziesięciu minut.

– Mam próbować zatrzymać go na stacji wodnej? W razie wykolejenia albo walki z obsługą pociągu może ucierpieć infrastruktura, poza tym świadkowie są nam raczej zbędni – major odpowiedział sam sobie. – Może lepiej tu? – Pokazał niestrzeżony przejazd trzysta metrów dalej.

– Dobry pomysł – ocenił generał. – Zamieszkacie na stacji, są tam z pewnością pokoje służbowe i linia telefoniczna niezależna od sieci kolejowych. Na posterunku milicji ulokujemy naszych ludzi. W razie czego wystarczy jeden telefon i w ciągu dwudziestu minut będziecie mieć wsparcie. Weźcie motor, od stacji do przejazdu jest ścieżka, będziecie mogli szybko dotrzeć do miejsca zasadzki. Szczegóły techniczne pozostawiam wam.

– Tak jest.

– Jak się sprawnie uwiniecie, to premia będzie, a i awans nie jest wykluczony.

Skład zwolnił i wreszcie zatrzymał się ze zgrzytem.

– To tutaj. – Maszynista wskazał zabudowania.

– Dziękuję pięknie za podwiezienie. – Wujaszek Igor podniósł swój bagaż i po żelaznych stopniach podreptał w dół. – Od kilkunastu lat nie miałem okazji jechać w lokomotywie. Prawie zdążyłem zapomnieć, jaka to przyjemność.

Z trudem zeskoczył na wysypany tłuczniem nasyp. Zachwiał się, zaraz jednak odzyskał równowagę. Ramię pompy obróciło się ze zgrzytem i do kotła parowozu strumieniem popłynęła woda.

Stary rozejrzał się wokoło. Stacja wodna nie była duża. Prymitywna wieża ciśnień, stalowa kratownica z zardzewiałym zbiornikiem na wierzchu pamiętała chyba jeszcze cara. Obok wznosił się nieduży drewniany budynek postojowy dla parowozów oraz chałupa z nieco zapadniętym dachem. Kilkadziesiąt metrów dalej przy przejeździe bielała budka dróżnika. Były jeszcze zwrotnica i nitka zardzewiałych torów odchodząca łukiem na wschód. Ciepłe podmuchy jesiennego wiatru leniwie targały wiszącym na sznurze praniem.

Na widok nieoczekiwanego przybysza z budynku stacji wyszedł zawiadowca.

– Witam serdecznie. – Uścisnął dłoń Igora. – Dzwonili dziś rano, że pan przyjedzie. Mam na imię Marek.

– Igor.

– Kierownik jest na urlopie, wróci dopiero za dwa tygodnie. Oprowadzę pana po naszym małym gospodarstwie – zaproponował. – Zobaczy pan co i jak.

– Dziękuję.

– Agata! – zawołał.

Z wnętrza domu wyłoniła się nastoletnia dziewczyna w kretonowej sukience.

– To jest pan Igor, nasz nowy pracownik – wyjaśnił. – Weź jego bagaże i zamieć pokój, ten, gdzie kiedyś stały lampy. Szyby w oknach też przetrzyj, daj nową pościel i firankę. Półki w szafie i szuflady wyłóż papierem. I może postaw jakąś pelargonię na parapet, będzie przytulniej.

– Dobrze, tato. Jeśli mogę coś jeszcze dla pana...

– Dziękuję za troskę, nic więcej do szczęścia mi nie trzeba. – Igor podał jej swoją prawie pustą walizkę.

Panienka spiesznie znikła w budynku.

– Proszę za mną. – Marek wskazał ręką kierunek.

Igor rozejrzał się. Podwójna nitka torów, ponad nimi pompa z ruchomym żurawiem hydrantu przesuwanym przy pomocy korby i przekładni. Dróżnik, chwilowo oddelegowany do tej pracy, właśnie skończył lać wodę. Skład towarowy, którym przyjechał stary, ruszał w dalszą drogę. Wagony stukały już na złączach szyn.

– To będzie pańskie zadanie. Gdy lokomotywa zatrzyma się przy czerwonym słupku, uruchamia pan...

– Dziękuję, znam procedurę.

– Pracował pan na kolei?

– Byłem maszynistą, jeszcze przed wojną. Wprawdzie to mnie wtedy nalewano, ale sam pan rozumie...

– Po imieniu, proszę.

– Będzie pan moim zwierzchnikiem, wolałbym...

– Oczywiście.

– Pompa tłoczy wodę z wieży ciśnień. A zaopatruje się ją drugą pompą z podziemnych zbiorników? – stary zręcznie zmienił temat.

– Tak. Ten na wieży ma sześćdziesiąt metrów sześciennych, podziemne są większe: dwa razy po sto osiemdziesiąt i rezerwowy sześćdziesiąt.

– Jaki jest ruch w ciągu doby?

– Przeważnie do dwudziestu parowozów.

– Czyli, można powiedzieć, gdyby coś się stało, mamy zapas na maksymalnie dwie doby. W suche lata ujęcie może nie wystarczyć.

– Parę razy było i tak.

– Gdyby nagle zwiększyła się liczba parowozów przechodzących przez stację, na przykład trzykrotnie, może zabraknąć dla nich wystarczającej ilości wody.

– Jeśli wybuchnie wojna, kolej będzie przewozić żołnierzy i materiały głównie na liniach wschód – zachód – zawiadowca za późno ugryzł się w język, ale stary zignorował jego słowa.

– Myślę, że trzeba zwrócić uwagę dyrekcji na ten problem – powiedział poważnie.

– Sygnalizowaliśmy, jednak jak do tej pory bez efektów. Ponoć nie ma środków przewidzianych na rozbudowę ujęć i stacji wodnych – odparł zawiadowca z goryczą.

Igor powiódł wzrokiem po torowisku.

– Lokomotywy spalinowe i elektryczne z pewnością stopniowo będą przejmować coraz większą część składów. Tym samym rola stacji wodnych ulegnie zmniejszeniu, a za dwadzieścia, trzydzieści lat mogą okazać się całkowicie zbyteczne – powiedział wreszcie. – Być może dyrekcja uznała, że dalsza rozbudowa tej placówki pozbawiona jest sensu od strony ekonomicznej.

– Tak pan sądzi?

– Wydaje mi się, choć pewności nie mam. Gdy nie tak dawno przebywałem w ZSRR, spotkałem pewnego inżyniera, który przed wojną jeździł do USA. To i owo mi opowiedział.

Zawiadowca wyczuł, że jego nowy podkomendny nie chce mówić o tym wprost, jednak od razu zrozumiał, że wspomniany inżynier siedział w łagrze, a koleje w Ameryce zapewne od dawna są całkowicie zelektryfikowane... Niebezpieczny temat lepiej było jak najszybciej porzucić.

– Tu mamy zwrotnicę. – Wskazał urządzenie. – Ale nie używa się jej nigdy.

– Dlaczego?

– Tamta nitka torów – machnął ręką na odchodzące po łuku szyny – prowadzi do magistrali szerokotorowej łączącej Śląsk i Tarnobrzeg ze Związkiem Radzieckim.

– Przecież ten tor jest normalnej szerokości? – wujaszek Igor po raz pierwszy okazał zdziwienie.

– No właśnie. Zrobili błąd przy projektowaniu. Miała tu być mała stacja przeładunkowa, ale któryś z planistów się pomylił i tak już zostało. Wie pan, kazali, to zrobiliśmy to podłączenie, jednak przecież pociągu nie puścimy, bo byłaby katastrofa. – Uśmiechnął się kwaśno.

– Słusznie. A ta szopa? Pomocnicza parowozownia? – Igor kiwnął głową w stronę jeszcze jednej zwrotnicy i nitki szyn niknącej w budyneczku wzniesionym z pociemniałych sosnowych desek.

– Mniej więcej – potwierdził jego przypuszczenia Marek. – Można tam wykonywać drobne naprawy, jest kanał oczystkowy i zestaw rur do płukania kotłów.

– Jeśli jest tam instalacja czyszcząca, to zapewne budynek ma też własny zbiornik wody?

– Tak, podziemny, sto trzydzieści metrów sześciennych. Poniemiecki, jeśli dobrze pamiętam. Wykorzystywali go ponadto jako rezerwę na wypadek pożaru, ale uciekając, zniszczyli hydranty, więc my w razie czego możemy podczepiać sikawki do głównej instalacji. Szczerze powiedziawszy, nie było dotąd wypadku...

– Można by połączyć go podziemną rurą z tymi od pompy i uzyskamy rezerwę pozwalającą na zasilenie w wodę dodatkowych dziewięciu lokomotyw na dobę – powiedział Igor, patrząc na betonową pokrywę bielejącą w trawie koło szopy.

Zawiadowca popatrzył na staruszka z mieszaniną szacunku i zdumienia.

Przyjechał kilkanaście minut temu i od razu nie tylko zidentyfikował słaby punkt systemu, ale i wymyślił, jak to poprawić.

– W życiu o tym nie pomyślałem – szepnął. – A przecież to oczywiste.

– Trzeba zdobyć z bazy materiałowej czterdzieści do pięćdziesięciu metrów szerokośrednicowej rury i po kłopocie. I niech podeślą paru robotników na kilka dni, żeby wykopali odpowiedni rów, bo prowadzenie tunelu metodą górniczą chyba się nie opłaci.

Weszli do wnętrza szopy.

– A cóż to jest takiego? – zdumiał się były maszynista, widząc na końcu toru starą jak świat lokomotywę.

– To rosyjski parowóz. Może raczej powinienem powiedzieć: trup parowozu, czekający na pochówek w czeluściach wielkiego pieca jakiejś huty. Pamięta jeszcze cara i czasy budowy magistrali transsyberyjskiej. Choć może i coś dałoby się jeszcze z nim zrobić. Kilku jego rówieśników ciągle jest w służbie na naszych szlakach. Ponoć konstrukcja nie do zdarcia.

– To prawda. A co się popsuło?

– Dostaliśmy go w prezencie od Armii Czerwonej. Porzucili go tuż po wojnie, wracając z wyprawy na Berlin. Biedziło się przy nim kilku mechaników, ale to tak stary model, że nie dali rady. Jest premia, gdyby ktoś zdołał go rozruszać na tyle, by dociągnął do bazy remontowej w Katowicach albo Radomiu.

– Mogę spróbować? W czasie wolnym, po godzinach. Pracowałem kiedyś na takich. Znam ich narowy.

– Jasne. Proszę sobie dłubać do woli. Narzędzia są w szafce, zajdzie pan do mnie, dam klucze.

Spojrzał na zegarek.

– Za kwadrans przyjedzie osobowy do Krakowa. Sygnalizowali problem ze smarem. Obsłużymy ich i zapraszam do mnie na herbatę. A potem do drugiej w nocy spokój.

– A więc stamtąd wróciliście. – Zawiadowca patrzył w zamyśleniu przez okno. – Od ładnych paru lat nikogo nie puszczają...

– Przekonałem kilku ważnych ludzi, żeby poparli moje podania. – Igor wykonał palcami gest liczenia pieniędzy.

Dróżnik i zawiadowca pokiwali głowami. W ciągu ostatnich paru lat życie wielokrotnie przypominało im zasadę „posmarujesz – pojedziesz".

– I jak tam jest? – pan Marek zadał to pytanie właściwie wbrew sobie.

– Wszystko jest lepsze i tańsze. – Igor wzruszył ramionami, powtarzając propagandowe hasełko. – Tylko chwilowo są, przejściowe oczywiście, problemy z dystrybucją dóbr. Sami wiecie, to kraj, gdzie dzień wczorajszy jest już jutrem – zażartował.

Zrozumieli od razu, że nie chce i nie będzie o tym opowiadać.

– Macie tu w Polsce jakichś krewnych? – zawiadowca zmienił temat.

– Kiedyś miałem, ale rozumiecie, po dwu okupacjach trudno się doliczyć...

W pozornie niewinnym zdaniu stary zawarł wszystko, co potrzeba, nawet informację, gdzie mieszkał przed wybuchem wojny. Zresztą śpiewny kresowy akcent czasem jeszcze przebijał w jego mowie.

– No to wypijmy za pański powrót. – Zawiadowca wyjął z torby butelkę taniego wina. – Marny to trunek, ale te lepsze dziwnym trafem ostatnio poznikały ze sklepów – widać i u nas dystrybucja nie nadąża za rozpasanymi oczekiwaniami zdemoralizowanych konsumpcjonizmem mas – dodał ze sztuczną powagą.

– Nie odmówię. Całe lata nie piłem nic równie dobrego.

Zdania padały gładko, gdyby ktoś podsłuchiwał, nie wzbudziłyby specjalnych podejrzeń. A w lot łapali, o co mu chodzi. To, co pijał po tamtej stronie granicy, było gorsze od taniego „patykiem pisanego".

– Może pójdziecie się przespać – zasugerował z troską pan Marek. – Widać, że podróż was zmęczyła.

– Oj, tak – westchnął Igor. – Ale miło było znowu popatrzeć na świat z wysokości parowozu.

Dopił wino i skłoniwszy się uprzejmie, poszedł do siebie. Pokoik dwa na cztery metry. Żelazne łóżko obłaziło z farby. Pasiasty, szaro-niebieski siennik nadgryzły myszy. Przez dziury wyłaziły pęki trawy morskiej. Stoliczek z wpuszczaną miednicą służył jako umywalka. Nad nim na ścianie wisiało pęknięte, zmętniałe lustro. Wyposażenia dopełniały metalowa szafka w kącie i jeden kulawy taboret. Zasłonka w oknie, podobnie jak chodnik na podłodze, pochodziła z jakiegoś spisanego ze stanu wagonu.

– Kolejowy śmietnik i wrak człowieka – westchnął do siebie wujaszek Igor. – Czyli, można powiedzieć, wszystko znalazło się na swoim miejscu – zażartował ponuro.

Powędrował po skrzypiącej drewnianej podłodze. Położył walizkę na łóżku. Na brzegu umywalki umieścił pudełko z mydłem i pędzlem, obok brzytwę, a pasek do jej ostrzenia powiesił na gwoździku sterczącym ze ściany. Nacisnął pedał i przez chwilę patrzył, jak woda z dużego szklanego słoja u góry płynie rurkami do kraniku. Zadomawiał się.

Sort mundurowy leżał na krześle. Spodnie były trochę za luźne, za to kurtka pasowała jak ulał. Wujaszek założył jeszcze czapkę i dopiero wtedy spojrzał w lustro.

– Jak za dawnych dobrych czasów – mruknął.

Senność uleciała w jednej chwili. Czuł, że krew zaczyna żywiej krążyć w żyłach. Zgięty kręgosłup wyprostował się, oczy odzyskały odrobinę dawnego blasku. Znowu był trybikiem wielkiej, wspaniałej machiny. Znowu będzie robił to, do czego został stworzony.

Wyjął z plecaka przybornik z nićmi i kawałek płótna. Siennik trzeba trochę połatać. Potem pożyczy szmatę i szczotkę ryżową, żeby przetrzeć podłogę. I da się żyć. Uśmiechnął się pod wąsem. Udało się. Naprawdę mu się udało. Wyjechał z kraju, z którego się nie wraca. Jest w ojczyźnie, znowu pracuje na kolei. Miliony ludzi miały mniej szczęścia.

Powoli zapadał chłodny jesienny zmierzch. Igor zapalił lampę naftową i przy jej świetle zaczął czytać. Większość przepisów pozostała niezmieniona przez ostatnie trzy dekady, jednak pojawiło się trochę nowego sprzętu i tabor także nieco się unowocześnił.

Warkot silnika rozdarł ciszę poranka. Igor, smarujący mechanizm pompy, oderwał spojrzenie od zębatek. Polną drogą pod budynek stacji podjechał ciężki poniemiecki motocykl z bocznym koszem. Wysiadł z niego jakiś mężczyzna w skórzanym płaszczu. Stary na sam jego widok poczuł dziwne ssanie w dołku.

– Czym możemy służyć? – Zawiadowca wyszedł przed dom i obrzucił gościa uważnym spojrzeniem.

Jemu także nie spodobał się ten typek. Szczurza gęba ozdobiona wiechciem rudych włosów miała w sobie coś odpychającego. Skórzany przyodziewek zdradzał milicjanta albo i kogoś jeszcze gorszego.

– Major Piotrowski – przedstawił się przybysz. – Powiatowy Urząd Bezpieczeństwa w Kielcach.

W jego głosie pobrzmiewały dziwne nutki, jakby mieszały się pycha i pogarda dla rozmówcy.

– Pańscy towarzysze przesłuchiwali nas całą noc. Nie mam nic więcej do dodania. – Zawiadowca wzruszył ramionami. – Wszystko zostało zaprotokołowane. Ale jeśli zachodzi taka konieczność, odpowiemy raz jeszcze na pańskie pytania.

– Dostałem polecenie przeprowadzenia kontroli funkcjonowania magistrali. – Major pokazał rozkaz. – W waszych zasobach kubatury stacyjnej jest jeden wolny pokój.

– Jest – potwierdził Marek. – Możecie tam sobie rezydować i kontrolować. Zaraz dam wam klucze.

Pokoik był prawie pusty: stolik, łóżko, wieszak na ścianie. Kiedyś nocowali w nim maszyniści lokomotyw manewrowych. Od dziesięciu lat nikt tu nie mieszkał.

– Przydałoby się tutaj pozamiatać. – Ubek z niesmakiem popatrzył na zakurzoną podłogę.

– Rzeczywiście – zgodził się zawiadowca. – Miotła stoi w sieni. A teraz wybaczy pan, obowiązki wzywają.

Wyszedł, gotując się z tłumionej wściekłości. Diabli nadali takiego gościa...

Igor szybko przypomniał sobie procedury. Po trzech dniach był już obeznany z rytmem pracy. Parowozy wta czały się na stację, maszyniści otwierali zbiorniki, stary, kręcąc korbą, przesuwał ramię nalewaka nad otwory i wajchą uruchamiał spust wody. Od czasu gdy pracował na kolei, pojawiło się kilka nowych typów lokomotyw, ale zapamiętanie, ile metrów sześciennych bierze każda z nich, nie stanowiło dla niego problemu. Pamięć szczęśliwie jeszcze dopisywała.

Trzy razy na dobę uruchamiał przedwojenną motopompę, by napełnić główny zbiornik wieży ciśnień. Praca nie była więc specjalnie ciężka, a jej powtarzalność niosła spokój. Pozwalała odpocząć po trudach życia codziennego w najwspanialszym, największym i najbogatszym kraju świata.

Po pracy szedł sobie pieszo do pobliskiego miasteczka kupić gazetę. Wiadomości były jak zwykle starannie selekcjonowane i cenzurowane, lecz po latach czytania „Prawdy" krajowa prasa wydała mu się nieoczekiwanie nieomal wywrotowa. Każdego ranka córka zawiadowcy, Agata, przynosiła mu gorącą herbatę, wieczorami wpadał do swojego zwierzchnika wypalić fajkę i pogadać.

Jedynym problemem był ubek w skórzanym płaszczu. Snuł się po stacji, fotografował przejeżdżające pociągi, spisywał nie wiadomo po co ich numery, a bywało, że korzystając z ich postoju, studiował listy przewozowe wagonów. Czasem brał motor i gdzieś jechał, przeważnie jednak ozdabiał rampę jak trujący grzyb.

Dopiero trzeciego dnia pod wieczór stary zebrał się, by pójść do szopy. Lokomotywa rzeczywiście pamiętała czasy przed pierwszą wojną światową. Igor obejrzał ją najpierw od zewnątrz. Nie wyglądała źle. Obszedł maszynę wokoło, wdrapał się do kabiny. Drzwiczki paleniska były pokryte rdzawym nalotem, zawiasy trochę się zastały. Nakapał w nie oliwy, odczekał chwilę i otworzył.

Poświecił latarką do środka. Po ostatniej podróży nikt nie zadał sobie trudu, by usunąć żużel. Ruszt pokryty był grubą, zapieczoną warstwą niedopalonych resztek węgla. Stary uderzył pogrzebaczem, krusząc ją trochę.

– Dwa dni roboty i po sprawie – powiedział sam do siebie, zapalając fajkę. – Czyli przyczyna musi być inna...

Wcisnął się do wnętrza skrzyni ogniowej. Świecąc latarką, zbadał rury płomienic. Były zapaskudzone sadzą i leszem, ale wyglądały na drożne. Płomieniówki zapchały się niemal na amen, lecz ich oczyszczenie wymagało nie więcej niż paru godzin pracy. Powędrował wzdłuż walczaka, otwierając po drodze otwory rewizyjne. Zesporki wokół pieca i kotła, choć pokryte kaszką korozji, wydawały się całe. Stuknął w kilka z nich francuzem. Dźwięk był dobry.

Przeszedł kładką na przód i otworzył drzwiczki dymnicy. Przez jakąś nieszczelność przewodów dostawało się tam kiedyś sporo sadzy. Wewnątrz wszystko było okopcone, jednak Igor nie zauważył większych uszkodzeń. Przeciek da się zalutować... Wreszcie cofnął się i podniósłszy główną klapę, zajrzał do kotła.

– No to jesteśmy w domu – mruknął.

Wnętrze zbiornika pokrywała gruba warstwa kamienia. Na rurach płomienic utworzył jednolitą skorupę, z której ku dołowi zwisały istne stalaktyty. Przewód idący do zbieracza pary i przepustnicy zarośnięty był prawie na amen.

– I jak oględziny? – z zamyślenia wyrwał go głos zawiadowcy.

Zwierzchnik stał obok lokomotywy, z zainteresowaniem obserwując poczynania starego.

– Lali do zbiornika przez kilka miesięcy wodę czerpaną prosto ze studni – wyjaśnił Igor. – Para szła w górę, minerały się wytrącały. Wszystko zarosło kamieniem kotłowym.

– Da się to naprawić?

Wujaszek poskrobał się po głowie.

– Pewnie tak – powiedział wreszcie. – Będę sobie przy tym pomalutku dłubał po godzinach i zobaczymy.

Marek poszedł. Igor wytoczył wózek żużlowy ze składziku, umieścił go na torze pomocniczym i ostrożnie opuścił po stromiźnie do kanału oczystkowego. Popychając go ramieniem, zgięty wpół, wszedł pod parowóz i dopchał pod samo palenisko. Rygiel popielnika był zardzewiały, ale kilka uderzeń pozwoliło go rozruszać, a wreszcie wysunąć. Stalowa szuflada opadła z porażającym uszy zgrzytem. Szary popiół zwalił się kaskadą do podstawionego wózka. Stary oświetlił ruszt nad swoją głową. W nowszych parowozach można go było otworzyć ku dołowi jak popielnik, ten jednak wmontowany był na stałe. Czyli nie ma rady, trzeba czyścić ręcznie.

Wsunął między stalowe beleczki dłuto i postukując młotkiem, zaczął wyłamywać kawałki zapieczonego żużla. Otarł czoło z potu. Robota była o wiele za ciężka jak na jego siły. Trzeba będzie robić niewielkimi partiami. W cztery, może pięć dni powinien się z tym uwinąć. Trzeba jeszcze zajrzeć w mechanizmy zbieracza pary, przypomniał sobie. Mutra zapiekła się na amen, Igor wziął więc mesel i młotek...

Major Piotrowski zwabiony hałasami wszedł do budynku postojowego. Na widok starej lokomotywy poczuł w pierwszej chwili szaleńcze podniecenie. Zaraz jednak zorientował się, że to nie może być parowóz pociągu widma. Stojąca w szopie maszyna, choć pochodziła z tego samego okresu, była dużo mniejsza. Igor, przebrany w szary roboczy drelich, dłubał coś przy przepustnicy. Choć ubek starał się poruszać bezszelestnie, stary usłyszał go.

– Czym mogę służyć? – Wujaszek odwrócił się, trzymając w dłoni solidny klucz nastawny.

– Co wy tu robicie? – Major, choć nadrabiał butą, gdzieś w środku poczuł się dziwnie mały i bezbronny.

Może sprawił to wzrost starego, może fakt, że Igor, stojąc na kładce obiegającej walczak, znajdował się dobry metr wyżej. Zresztą kawał stali w dłoni byłego maszynisty też był pewnym argumentem.

Ależ to kiedyś musiał być kawał chłopa, przemknęło Piotrowskiemu przez myśl. A i dziś to ciągle jeszcze nie ułomek...

– Naprawiam lokomotywę – wyjaśnił zagadnięty z godnością i odwróciwszy się tyłem, znowu zaczął luzować kolejne mutry wewnątrz walczaka.

– Aha.

Ubek chciał go przesłuchać, lecz ze zdziwieniem odkrył, że stoi już przy samych drzwiach szopy. Patrząc na szerokie plecy starca, zrozumiał, że rozmowa skończyła się, jeszcze zanim się zaczęła. Chciał coś powiedzieć, ale wszystkie potrzebne słowa plątały mu się dziwnie w pamięci.

– A, diabli nadali. – Splunął na tory i opuścił budynek. Ten stary pryk i tak przyjechał tu do roboty później, usprawiedliwił się przed sobą.

Przechodząc koło stacji, spojrzał dyskretnie w stronę Agaty wieszającej pranie.

Niezła dziewczyna, pomyślał. Młodziutka, ale zbudowana już jak trzeba... Trzeba będzie się zakręcić, bo człowiek zwariuje z nudów, pilnując tego torowiska.

Dochodziła północ. Major Piotrowski siedział jeszcze nad skryptami. Wydrukowane w powielarni UB opracowanie o nastrojach panujących wśród studentów Warszawy zafascynowało go. Czytał długie kolumny danych statystycznych, stenogramy z rozmów i podsłuchów. Potwornie reakcyjna uczelnia, a ponoć gdzie indziej było jeszcze gorzej. Trzeba będzie przykręcić śrubę. Zaczął notować na kartce propozycje konkretnych posunięć.

Telefon, TEN telefon, podłączony nie do sieci kolejowej, ale do ogólnej, zaterkotał mu tuż nad uchem. Ostry, natarczywy dźwięk. Ubek nagłym ruchem podniósł słuchawkę.

– Piotrowski, słucham – warknął.

– Tu pierwszy posterunek. Operacja „Szlak". Pociąg właśnie przeszedł.

– Dziękuję!

Wykręcił numer.

– Posterunek milicji... – wymamrotał ktoś zachrypniętym i zaspanym głosem.

– Operacja „Szlak". Obiekt się zbliża – rzucił Piotrowski do słuchawki. – Przystępujemy do przechwycenia według wariantu numer jeden. Weźcie ludzi i cały potrzebny do akcji sprzęt. Za dwadzieścia minut w umówionym miejscu!

– Tak jest!

Zadzwonił drugi posterunek. Piotrowski przyjął meldunek, spojrzał na zegarek. Pociąg widmo szedł pod niezłą parą, rozwinął szybkość około osiemdziesięciu kilometrów na godzinę.

Major wybiegł przed budynek stacji. Zdjął pokrowiec z motocykla. Sprawdził, czy pistolet spoczywa w kaburze, a potem odpalił silnik i ruszył ścieżką wzdłuż torów. Na niestrzeżony przejazd dotarł prawie równo ze wsparciem. Dwie ciężarówki z odpowiednim ładunkiem, pięciu milicjantów... Powinno wystarczyć.

– Dorwiemy dziś tych skurwysynów – mruknął Piotrowski. – Gotowi do akcji?

– Tak jest! – ryknęła zgodnie cała piątka.

Z daleka wiatr przyniósł równomierny stukot kół. Świateł lokomotywy nie było jeszcze widać. Ciężarówka załadowana trzema tonami kamienia stanęła na przejeździe. Obok niej zaparkowała druga. Dwaj funkcjonariusze kończyli dokręcać śruby blokad założonych na tory. Major osobiście opuścił ramię semafora, a następnie wziął latarnię i ruszył na spotkanie pędzącego pociągu.

Huk narastał, przechodził w ponure dudnienie. Pociąg straszliwie hałasował i nagle agent go zobaczył.

Przedwojenna lokomotywa obwieszona dodatkowymi lampkami, ozdobiona z przodu wielkim portretem Piłsudskiego...

Rozświetlona jak choinka na Boże Narodzenie, znaczy na Nowy Rok, poprawił się w myślach.

Wsunął czerwoną szybkę, zmieniając kolor latarni. Zamachał, dając sygnał STOP. Pociąg nie zatrzymywał się, nie zwalniał nawet, pędził wprost na niego. Piotrowski zamachał raz jeszcze. Bez skutku. Lokomotywa potężniała w oczach.

Nie widzą mnie, przemknęło mu przez głowę. A może widzą, ale mimo to...

Ułamek sekundy później mógł zrobić już tylko jedno. Padł płasko, przylegając do podkładów, szkła latarni strzaskały się, podmuch lokomotywy zdmuchnął acetylenowy płomień i pociąg przeleciał nad leżącym ubekiem.

Uderzy w zaporę, wykolei się, zmiażdży mnie, myślał Piotrowski.

Z największym trudem zmuszał się do leżenia. Tłumił narastającą panikę. Ciało drżało, mięśnie napinały się. Umysł ogarnięty atawistycznym lękiem podpowiadał, że trzeba zerwać się na równe nogi i uciekać jak najszybciej. Tylko jak się poderwać, gdy tuż nad głową przelatują lśniące smarem osie wagonów.

I nagle uświadomił sobie, że nic nie słyszy. Wagony przetaczały się nad nim, pęd powietrza zerwał z głowy furażerkę, szarpał płaszcz. Koła uderzały rytmicznie po lewej i prawej stronie, podkłady wibrowały, a wszystko to odbywało się w upiornej, nierzeczywistej ciszy. Nagle jego uszy poraził huk. Pociąg minął go, oddalał się.

Piotrowski przekręcił się na wznak. Stracił przytomność? Na to wygląda. Nie bardzo mógł zebrać myśli. Szok od adrenaliny? Zapewne tak. Nad sobą miał rozgwieżdżone niebo. Strzaskana lampa leżała obok torowiska. Mdła woń karbidu niosła się dokoła. Wstał ostrożnie, rozejrzał się. Pusto, cicho, tylko wiatr szumi łanami zielska. Pociąg odjechał, a przecież...

Z trudem usiadł, potem chwiejnie wstał. Kolana nie chciały się wyprostować, mięśnie były słabe i drżały niczym po długim biegu. Zataczając się jak pijany, Piotrowski poczłapał w stronę przejazdu. Księżyc właśnie wyszedł zza chmury, oświetlając straszliwie pobojowisko. Oba hamulce, zerwane uderzeniem, poniewierały się obok torów. Jedna z ciężarówek, zmiażdżona przez lokomotywę, rozpadła się na dwie części. Druga leżała odwrócona do góry kołami parę merów dalej. Całe torowisko zasłane było kamieniami. Zmasakrowane straszliwie zwłoki uczestników zasadzki dopełniały obrazu zagłady.

Tylko jeden przeżył i nawet mocno nie oberwał. Trzymając się za twarz, usiłował zatamować krew kapiącą z rozciętego łuku brwiowego. Major, choć otumaniony, pierwszy odzyskał zdolność logicznego myślenia.

– Zatrzymaj ich! – Wskazał latarki pracowników stacji błyskające gdzieś na ścieżce. – To rozkaz!

– Tak jest – wymamrotał milicjant.

Dźwignął się z trudem i powlókł, kulejąc, na spotkanie kolejarzy. Major przez radiostację w motocyklu zaczął wywoływać UB w Kielcach.

Siedzieli we trójkę w nastawni. Igor poszedł spać, ubek przed chwilą pojechał gdzieś na motorze. Agata wstawiła wodę na herbatę, wytłuszczona talia zniszczonych przedwojennych kart leżała na ceracie.

– Mogłabyś się wreszcie nauczyć grać w brydża – Marek łagodnie ofuknął córkę. – Jeśli Igor też potrafi, moglibyśmy we czwórkę...

– I tak nie mogę grać z wami po nocach – uśmiechnęła się dziewczyna. – Liceum to nie przelewki. Muszę się dużo uczyć, a i wstaję przed szóstą, żeby zdążyć na zajęcia.

– Hm, no tak – zasępił się.

Dróżnik spojrzał przez okno. Po niebie przetaczały się ciemne deszczowe chmury. Ochłodziło się, to już jesień. Paskudna noc. Ale dobrze przy takiej pogodzie posiedzieć w cieple i posłuchać wycia wiatru w kominie. Już miał wracać do stołu, gdy daleko, prawie na horyzoncie, błysnęły lampy pociągu.

– A niech to! – Poderwał się i pobiegł spuścić szlaban.

Zawiadowca popatrzył w mrok, lecz nic nie zauważył. Nocną ciszę rozdarł odległy jeszcze gwizd parowozu.

– Zjechał w dolinkę czy co? – zdziwił się.

Uchylił okno. Coś nadjeżdżało, co do tego nie miał żadnych wątpliwości. Z daleka niósł się stukot kół zbliżającego się składu, ale nadal nie było go widać. I nagle znowu zapanowała dziwna, nienaturalna cisza. Nawet wiatr przestał wiać.

– To on – szepnął Marek, tknięty straszliwym domysłem. – Wraca! Agata, do pokoju i pod kołdrę! Nie patrz na to!

Za późno. Pociąg widmo zmaterializował się z niebytu dokładnie przed nimi.

To nie istnieje. To nie może być prawda, myślał Marek. Duchy nie pojawiają się ot tak, na zawołanie...

Nierzeczywiste, widmowe światło zalało pokój. Lokomotywa, jarząca się jak pochodnia, przemknęła w absolutnej ciszy przed nimi. Nad torowiskiem leniwie fruwały w powietrzu jakieś śmieci poderwane przez pęd pociągu. Widmowe światło wydobywało z mroku każdy szczegół. Zawiadowca patrzył z rosnącym zdumieniem. Obraz był ostry, przerażająco ostry. Mimo odległości widział każdy nit, każdą śrubkę, każdą trawkę na poboczu i cień, jaki rzucała na sąsiednią. Widział pękniętą szybkę kabiny, plamki brudu i zmętnienia powierzchni szkła. Widział też sylwetkę maszynisty.

Jedzie bardzo szybko, ale my widzimy go jak na zwolnionym filmie, przemknęło przez głowę kolejarzowi.

Spojrzał na zegarek. Wskazówka sekundnika prawie się nie poruszała. Czas zwolnił. Z komina parowozu snuł się lekki dym.

To niemożliwe, w głowie zawiadowcy pojawiła się zgoła idiotyczna myśl. Mają za mało pary w kotle, żeby pędzić tak szybko.

Zacisnął oczy, jednak straszliwy widok nie zniknął. Nadal miał go pod powiekami. Uchylił je, nic się nie zmieniło. Musiał patrzeć na rozgrywające się przed nim przedstawienie. Wagony miały zaciemnione okna, za szybami jednak poruszały się jakieś cienie. Laweta z pustą trumną... Sam nie wiedział, dlaczego ten widok wzbudził w nim takie przerażenie.

I nagle ich uszy poraził łoskot. Pociąg minął stację, czas przyspieszył swój bieg, wróciły dźwięki, za to skład przestał być widoczny.

– Żyjemy – szepnęła dziewczyna.

Była blada jak ściana i musiała przytrzymać się blatu stołu, by nie upaść na podłogę. Ktoś zapukał do drzwi. Wujaszek Igor. Zaraz po nim wbiegł do środka dróżnik.

– Widzieliście to? – zapytał stary.

Choć jego twarz była nieprzenikniona, w oczach czaił się lęk.

Marek zdziwił się, nie sądził, by ten człowiek był w stanie czegokolwiek się przestraszyć.

– Tak – odparł. – Co...

W tym momencie od strony niestrzeżonego przejazdu dobiegł ich uszu potworny, mrożący krew w żyłach łoskot. Stary maszynista słyszał podobny dwa razy w życiu, Marek miał więcej szczęścia – tylko raz... Upiorny huk i chrzęst oznaczały, że rozpędzona lokomotywa wpadła nieoczekiwanie na jakąś przeszkodę.

– Agata, do telefonu! – Zawiadowca stacji oprzytomniał pierwszy. – Dzwoń do Radomia i do Kielc, niech natychmiast wysyłają pociągi ratunkowe! Spuść szlabany na przejeździe i zostań w dyspozytorni. Będziesz nadzorować ruch, jak pokazywałem. Panowie, za mną!

Popędzili ścieżką w stronę przejazdu. Gdzieś przed nimi widać było jasną plamę pożaru. Marek dźwigał torbę z apteczką podręczną, jego dwaj towarzysze bosaki.

Byli nie dalej jak pięćdziesiąt metrów od miejsca katastrofy, gdy drogę zagrodził im milicjant. Miał straszliwie pokiereszowaną i okrwawioną twarz; mundur, pozbawiony większości guzików, wyglądał jak łachman;

jedna ręka zwisała bezwładnie, w drugiej trzymał pistolet. Latarkę musiał wetknąć do kieszeni.

– Wstęp wzbroniony – wybełkotał.

Wargi też miał rozbite. Kilku zębów brakowało. Gdy mówił, krew spływała mu po brodzie.

– Zenek, nie wygłupiaj się – ofuknął go dróżnik. – Biegniemy do wypadku.

Funkcjonariusz patrzył na nich błędnym wzrokiem. W jego oczach zastygło przerażenie, jakby zobaczył zbyt wiele...

– Nie było żadnego wypadku, to tylko ćwiczenia – próbował być stanowczy, ale niezbyt mu to wychodziło.

Nagle za jego plecami wyrósł major Piotrowski. On też był trupio blady, powalany płaszcz wisiał na nim jak worek, jeden rękaw był rozdarty, z przodu bluzę zdobiły liczne plamy. Jednak najwyraźniej nie odniósł poważniejszego uszczerbku na psychice.

– Spokojnie, towarzysze – powiedział. – Zaraz będą tu nasi ludzie i wszystkim się zajmiemy. Wasza pomoc nie będzie potrzebna. Idźcie spać, ciężki dzień za wami.

– Jestem zawiadowcą stacji. – Marek zrobił krok do przodu. – Za trzy godziny przejeżdża tędy pociąg, muszę wiedzieć... – zaplątał się we własnych słowach.

– Magistrala jest drożna – powiedział ubek. – Przejadą bez kłopotu. Resztę bałaganu posprzątamy sami. Czy wyrażam się jasno?

Kolejarze pokiwali ponuro głowami i zawrócili.

– Muszę natychmiast odwołać ekipy ratunkowe! Ciekawe, co tam się właściwie stało? – mruknął Marek, gdy dochodzili już do budynku.

– Wykoleił TEN pociąg? – zadumał się dróżnik.

– Raczej próbował i coś poszło nie po jego myśli...
Igor w milczeniu nabijał fajeczkę.

Limuzyna zaparkowała tuż obok miejsca katastrofy, jej reflektory dodatkowo oświetliły teren.

– Niedobrze się stało – powiedział generał. – Ludzie z pewnością będą gadać o tym wypadku.

Wypadku, podchwycił w myślach major. Słowo klucz, które oznaczało, że nie będzie musiał odpowiadać za śmierć swoich podwładnych. Spartolona akcja zostanie oczywiście w jego aktach, wlec się będzie za nim latami, utrudni karierę jak kłoda rzucona pod nogi, ale lepsze to niż aresztowanie, degradacja i oskarżenie o sabotaż.

– Wydział ósmy zbadał plotki krążące w mieście. Obywatele ględzą o pociągu widmie, o tym, że nie można go zatrzymać i tak dalej. – Generał nalał sobie kawy z termosu. – A co wy sądzicie? Przeanalizowaliście skutki zderzenia?

– Tak. Sądzę, że wiem, co poszło źle. Lokomotywa pędziła niezwykle szybko, być może nawet ponad dziewięćdziesiąt kilometrów na godzinę. Siła uderzenia była taka, że czołg by zwaliła z przejazdu. Moja wina, byłem pewien, że się zatrzymają na wezwanie i że hamulce wystarczą.

– Popełniliście błąd, który kosztował życie czterech ludzi. Ten jeden, który przeżył, szczeniak, pierwsze miesiące na służbie, pójdzie na obserwację do szpitala psychiatrycznego. Może lekarze powstawiają mu klepki na miejsce.

Generał popatrzył na szpitalne nosze nakryte nasiąkającym krwią całunem. Szczątki milicjantów wydobyto z wraku ciężarówki lub wygrzebano spod zwałów tłuczna. Wszystkie cztery ciała były straszliwie zmasakrowane.

– Na szczęście to nie nasi.

– Ale komenda główna MO strasznie psioczy. Sami też ledwo co uszliście z życiem. Mówi się trudno, walka z reakcją jest jak wojna, musimy się pogodzić ze stratami. I mimo niepowodzeń wypełnić zadanie. Tyko postarajcie się następnym razem trochę ostrożniej dysponować środkami technicznymi i powierzonymi wam zasobami ludzkimi. – Generał skrzywił wargi w uśmiechu. – A zwłaszcza pożyczonymi.

– Tak jest.

Dróżnik wyciągnął flaszkę spirytusu i słoik z kompotem. Rozrobił zręcznie i polał do szklanek. Są takie godziny, kiedy trzeba się napić dla uspokojenia nerwów. Składy ratunkowe właśnie odeszły, na torowisku uwijali się ubecy.

– Gadają o tym od dawna – powiedział zawiadowca stacji. – Ten pociąg widywano i tu, i na Pomorzu, ponoć nawet – rozejrzał się nerwowo – po tamtej stronie granicy, na Kresach.

– Wygląda zawsze tak samo? – zapytał dróżnik. – Jak wtedy, przed wojną?

– Nie wiem, byłem wtedy mały i mieszkałem daleko. Ale z tego, co słyszałem, tak. Lokomotywa z portretem marszałka, przyozdobiona kirem i dodatkowymi lampami, kilka wagonów osobowych, wreszcie platforma z przeszkloną trumną...

– Wszystko się zgadza. – Igor pyknął fajeczką. – Widziałem go, pracowałem wtedy na warszawsko-wiedeńskiej. Tylko trumna była nakryta kirem, jak go wieźli.

– A teraz ta trumna jest odsłonięta, ale pusta. Pytałem kolegów. Nikt nie wie dlaczego – powiedział zawiadowca. – Może marszałek siedzi w lokomotywie? Zastanawia mnie, czemu zamiast spoczywać w spokoju, tłucze się po nocach? Otuchy chce nam dodać, czy może karę odbywa?

– Karę? Za co niby? – zdziwił się jego podwładny.

– No, co nieco miał za uszami. – Wpatrzył się w iskry spadające do popielnika. – Zaginięcie generała Zagórskiego, uwięzienie i śmierć generała Rozwadowskiego... Może jeszcze coś. Ponoć i pociągi w młodości rabował, tak mi się o uszy obiło, że jak go mieli chować w Krakowie, na Wawelu, to się metropolita czy prymas oburzył, że bandyty w takim miejscu nie pozwoli położyć.

– Ale jakoś w końcu to załatwili.

Igor nic nie mówił. Zakutany w pikowaną kołdrę sączył mocny, słodki napój.

Przypomniał sobie tamten dzień na stacji w Bezdanach. Nieduży drewniany budyneczek wyglądał normalnie. A jednak, widząc tę stacyjkę, młody palacz poczuł ukłucie niepokoju. Coś było nie tak, coś się nie zgadzało. Dopiero wiele miesięcy później zrozumiał, co spowodowało jego podświadomy niepokój.

Zazwyczaj odgłos nadjeżdżającego pociągu wywabiał siedzących w poczekalni podróżnych. Tym razem peron był zupełnie pusty. Maszynista zatrzymał pociąg, ktoś wysiadł. I nagle gdzieś na końcu składu, przy wagonach pocztowych, huknęły strzały. Kolejarz szarpnął przepustnicę, dał jednak za dużo pary na cylindry. Koła zabuksowały, zaczęły ślizgać się na torze. Igor z szuflą w ręce pobiegł w stronę wózka. Czuł, że za chwilę będzie potrzeba dużo węgla. Trzasnęły otwierane szarpnięciem drzwiczki kabiny.

– Zatrzymaj pociąg, bo zastrzelę!

Młody palacz odwrócił się na pięcie i zamachnął łopatą. Dwa strzały zlały się w jeden. Kula trafiła Igora w udo, siła uderzenia rzuciła w tył, na węgiel. Maszynista ranny w biodro osunął się po ściance kabiny. Napastnik zręcznie nad nim przeskoczył i szarpnął rączkę hamulca. Koła zgrzytnęły ogłuszająco.

Nieoczekiwanie parowóz zatrząsł się, jakby na coś wpadł. Gdzieś z tyłu dobiegł huk eksplozji, a po chwili drugi i stukot zderzających się wagonów. Typek z pistoletem stał nad kolejarzami. Miał straszne oczy, podobne do wilczych ślepi. Czyjeś buty załomotały po metalowych stopniach i w kabinie pojawił się drugi zamachowiec.

– Były jakieś problemy? – Obrzucił obu rannych chmurnym spojrzeniem.

– Trochę. Wyrywni byli, zwłaszcza ten łopaciarz, ale kulka każdego szybko uspokoi. Dobić?

Igor znowu spojrzał mu w oczy. Wzrok napastnika był twardy, bezlitosny, wyprany z ludzkich uczuć.

– Zostaw, wykonywali swoją robotę, a my swoją – burknął przybyły. – Wystarczy trupów na dzisiaj.

– Tak jest! – ten pierwszy podporządkował się natychmiast.

Wsunął broń do skórzanej kabury przy pasku.

– Ci dwaj nie będą nam już przeszkadzać. Idziemy.

Trzeciej eksplozji towarzyszył donośny łoskot padających drzwi sejfu. Obaj rabusie wyskoczyli z lokomotywy. Gdzieś zarżał koń. Igor podczołgał się z trudem do drzwi i wyjrzał ostrożnie. Ostatni wagon, pocztowy, został rozbity dynamitem. Kilkunastu ludzi wyrzucało z dymiącego jeszcze wraku worki banknotów. Inni pospiesznie ładowali je do dwu dorożek. Podróżni rozbiegli się na wszystkie strony w panice. Tu i ówdzie na poboczu torów leżały zwłoki konwojentów i przypadkowych ofiar wymiany ognia. Igor popełzł do przodu i sięgnął ręką, by pociągnąć za wajchę. Niestety, była zbyt wysoko, a on nie zdołał podźwignąć się z ziemi. Zresztą i tak było już za późno...

Wtedy, przeszło pół wieku temu, sytuacja była jasna. Banda rabusiów napadła na pociąg. Obsługę lokomotywy przesłuchano, ale sąd uznał, że maszynista i jego pomocnik zrobili wszystko, co mogli, dla odparcia przestępców.

Osąd wydarzeń skomplikował się później. Minęło kilkanaście lat. Nastała wolna Polska. Człowiek z rewolwerem został wojewodą, a jego mniej krwiożerczy kompan – naczelnikiem odrodzonego państwa. Zaś napad na pociąg urósł do rangi wspaniałej akcji ekspropriacyjnej.

Piotrowski odebrał od gońca teczkę. Zaniósł ją do swojego pokoju i położywszy na stole, dłuższą chwilę przyglądał jej się w zadumie. Rozkazy? Raczej nie. Wreszcie z westchnieniem złamał pieczęcie. Wewnątrz było kilkanaście stron maszynopisu oraz parę rysunków i trzy fotografie.

Raporty z trzech innych zasadzek. Generał przysłał mu je zapewne, aby przeanalizował niepowodzenia towarzyszy. Wczytał się w pierwszy, noszący datę sprzed sześciu lat. Powiatowa agenda UB ze Starachowic zaalarmowana pojawieniem się zagadkowego składu nie wykazała się wielką finezją. Po nieudanej próbie zatrzymania pod semaforem pociąg widmo został przez nich ostrzelany z broni ręcznej, rzucono ponadto w jego kierunku granat. Granat odbił się od burty, a jego wybuch położył trupem czterech spośród sześciu uczestników zasadzki.

Kolejny raport, opatrzony datą sprzed dwu lat. Tym razem pociąg pojawił się na linii kolejki otwockiej, zmierzając w stronę Warszawy. Podjęto próbę zatrzymania go poprzez przestawienie zwrotnicy na ślepy tor. Skład nadszedł jednak z tak dużą szybkością, że urządzenie automatycznie przeskoczyło na pierwotne ustawienie.

Trzeci, opisujący pułapkę zastawioną na przedpolu Poznania. Tym razem zdemontowano częściowo torowisko, usuwając dwudziestometrowy odcinek szyn. Naszykowano dwie rusznice przeciwpancerne. Lecz pociąg, choć zaledwie kilkanaście minut wcześniej zaobserwowano go z posterunku na pobliskiej stacyjce, nie pojawił się.

– Zasrana reakcja bawi się z nami w kotka i myszkę – mruknął major. – Kolejowa hołota. Trzeba wylać z roboty wszystkich, którzy zaczęli pracę przed wojną, i problemy się skończą.

Ugryzł się w język. Na kolei pracowało ze sto pięćdziesiąt tysięcy ludzi. Dwie trzecie zaczęło służbę jeszcze za sanacji. Trzeba by lat na wyszkolenie takiej masy pracowników. Zlikwidować zwalnianych też się nie da. A jak zapewnić im tyle miejsc pracy? Za co wypłacać pensje?

Spojrzał ze złością na drewnianą ścianę pokoju. Pociąg to nie szpilka. Musi czerpać wodę na stacjach, uzupełniać zapasy węgla i gazu lub karbidu do latarni. Musi ładować akumulatory. Musi gdzieś przeczekiwać dni...

Wyjął z walizki maszynę do pisania i wkręciwszy w nią kartkę papieru, zaczął stukać w klawisze:

Konspekt raportu, część I: Założenia.

1) Zaopatrzenie w materiały pędne. Lokomotywa tej wielkości każdorazowo wymaga zasilenia kilkoma tonami węgla. Potrzebuje też smaru.

Przerwał pracę. Ile to może być kilka ton węgla? Metr sześcienny? Dwa? Pięć? Do diabła, codziennie w tym kraju sypie się do kotłów parowozów setki ton. Jeśli kolejarze odsypią sobie tygodniowo po kilkaset kilo, nikt tego nawet nie zauważy. Podobnie ze smarem. Kradnąc systematycznie niewielkie ilości, reakcjoniści są w stanie zgromadzić go naprawdę dużo.

2) Remonty okresowe.

Zadumał się. Lokomotywa ma swoje resursy przebiegu. Co kilka miesięcy przechodzi kontrolę rewizyjną, a co ileś lat remont generalny. Prawidłowo użytkowana i konserwowana może funkcjonować nawet parę dekad. Nie brak przecież na polskich szlakach parowozów, które zaczęły służbę jeszcze w czasie zaborów. Stacji naprawczych są dziesiątki. Codziennie parę lokomotyw trafia do nich na przeglądy, celem drobnych i poważniejszych napraw, na remonty kapitalne. Wśród nich z pewnością trafiają się parowozy dokładnie tego samego typu co zaobserwowany w feralnym składzie.

3) Części zamienne.

Znowu się zamyślił. Parowóz chyba dość trudno zepsuć. Ruszt to stalowe belki, skrzynia ogniowa – podobnie. Czasem uszkodzi się jakaś zworka, czasem pęknie płomienica. Coś może się zepsuć w zbieraczu pary, tłokach, cylindrze, przepustnicy... Większość tych usterek jest typowa dla danego modelu parowozu. Mogli zgromadzić części zapasowe, sygnalizując nieistniejące uszkodzenia, a teraz korzystają do woli.

4) Miejsce postojowe.

Szlaki kolejowe to gigantyczny labirynt torów o łącznej długości wielu tysięcy kilometrów. Oprócz normalnych magistral istnieją tory rezerwowe, tory postojowe, ślepe odcinki prowadzące na przykład do fabryk czy kopalń. Część zakładów nie została odbudowana po wojnie, ale prowadzą do nich szyny przecinające zagajniki i wąwozy. Do tego wszystkiego dochodzą dziesiątki parowozowni, magazynów, zakładów naprawy taboru... Jeśli ktoś zna takie miejsca, może ukryć nie jeden, a dwadzieścia pociągów.

Przerwał pisanie, popatrzył na czerniejące na kartce linijki tekstu. Znowu z pasją zaczął stukać w klawisze:

Jeśli dodamy do siebie te elementy, wniosek może być tylko jeden. Istnieje rozgałęziony spisek, do którego należą kolejarze z różnych stron kraju. Spiskowcy dysponują co najmniej jednym pociągiem ozdobionym emblematami...

Przerwał. Jak ukraść cały pociąg i wyłączyć go z ewidencji? Lokomotywa to nie szpilka, spisanie każdej na straty należy zgłosić gdzie trzeba, potem parowóz transportowy holuje ją do huty na przetopienie. Ten etap także wymaga sporządzenia protokołu. Chyba że... Przypomniał sobie lokomotywę stojącą w szopie opodal stacji wodnej. Tak. To właściwe rozwiązanie. Od czasów wojny rdzewiała sobie gdzieś unieruchomiona przez awarię lokomotywa. Kolejarze spiskowcy stopniowo ją poskładali, uruchomili i teraz mają niezarejestrowany, nielegalny parowóz, którym mogą przy odrobinie ostrożności włóczyć się po kraju i podsycać swoją legendę. Wagony to mniejszy problem, codziennie parę idzie do kasacji lub generalnej odbudowy. Jest ich tyle, że kradzież kilku, szczególnie jeśli znikają w paromiesięcznych odstępach, nie stanowi dużego problemu. Piotrowski zatarł z uciechy ręce.

Nagle drgnął. Zaraz, a może to nie jest jeden pociąg? Może nawet nie musieli robić sztuczek z dłubaniem przy ewidencji! Przecież wystarczy dowolny skład trochę ucharakteryzować... Wczytał się ponownie w raporty. Nie. Parowozów tego typu jest może jeszcze kilka. Chyba jednak jeden...

Zna metodę, jakiej użyto, by stworzyć pociąg widmo. Wie, w jaki sposób jest zaopatrywany w materiały pędne. Domyśla się, jak jest ukrywany. Pozostaje pytanie, gdzie znajduje się w tej chwili.

Przymknął oczy, zapaliwszy papierosa, zaciągnął się potężnie. Dwa dni temu lokomotywa uderzyła w ciężarówki stojące w zasadzce. Oba pojazdy zostały całkowicie zniszczone. Czy jednak można założyć, że sam parowóz wyszedł z tej kolizji bez szwanku? Podarł zaczęty raport, zamknął materiały w teczce, opieczętował i wyszedł przed budynek. Kurier czekał, czytając gazetę.

– To odwieź generałowi – polecił – a te materiały niech mi przyślą z archiwum. Jak najszybciej. – Podał zapieczętowaną kopertę z zamówieniem.

– Tak jest.

Goniec wskoczył na siodełko, odpalił kopniakiem maszynę i pomknął drogą.

Nieśmiałe pukanie do drzwi pokoju zabrzmiało jak delikatny plusk kropli deszczu rozbijających się o kamienie.

– Proszę. – Stary odłożył gazetę.

– Wujaszku...

– Tak? – Podniósł na zawiadowcę pytający wzrok.

Przez całe życie wszyscy tytułowali go wujaszkiem. Przyjemnie było usłyszeć to przezwisko z ust zwierzchnika.

– Mamy tu nietypowe zadanie. Trzeba umyć kocioł w parowozie. To nie do końca leży w zakresie waszych obowiązków, policzyłbym jako nadgodziny.

– Nie ma problemu. Proszę kazać wprowadzić lokomotywę do szopy, zaraz przyjdę.

Maszynista był młody, może dwudziestopięcioletni. Chłopak znał się na rzeczy. Palacz już wcześniej wygasił palenisko, resztki ciśnienia w kotle wystarczyły do wykonania już tylko drobnych korekt ustawienia maszyny.

Wujaszek podłączył górny zawór do spustu pary. Od dołu podczepił drugi przewód. Poczekał, aż zejdzie para, i otworzył wyczystki. Poświecił do środka.

Kamienia na szczęście było niewiele, na dnie leżała za to gruba na trzydzieści chyba centymetrów warstwa szlamu. Igor przyciągnął przewód ciśnieniowy i puścił na nią mocny strumień wody.

Błoto szybko spłynęło do zbiornika odmulającego. Teraz zabrali się do pracy we trzech. Używając stalowych skrobaczek na długich kijach, w ciągu trzech godzin oczyścili z grubsza wnętrze zbiornika z kamienia. Jeszcze dwa płukania...

Pozakręcali wszystkie zawory i stary napełnił kocioł wodą. Palacz zaczął sypać węgiel do paleniska. Igor, obserwując jego pracę, ćmił spokojnie fajkę. Jeszcze może pół godziny i lokomotywa ruszy w trasę. Przypomniał sobie swój parowozik stojący na końcu szopy. Czy da się go uruchomić, czy nie? Żeby można było chociaż sprawdzić, czy instalacja jest sprawna. A gdyby tak...

– Dalibyście mi trochę pary rozruchowej? – zwrócił się do maszynisty.

Ten obrzucił starego zaskoczonym spojrzeniem. Naraz błysk zrozumienia rozświetlił jego oczy.

– Do tamtego złomu? – domyślił się, a Igorowi zrobiło się przykro. – Jasne. Masz pan rury łączące?

– Mam. Napełnię jeszcze tylko tamten kocioł.

Przeciągnął wąż, odkręcił hydrant. Woda zaszumiała w rurach i z łoskotem runęła do wnętrza zbiornika. Dziesięć minut później wujaszek uznał, że wystarczy. Wyczyszczony parowóz też był już prawie gotów do drogi, załoga wyraźnie się spieszyła. Robią mu grzeczność, nie ma co przeciągać struny.

Igor dał znak. Kolejarz wszedł do kabiny swojego parowozu i powoli ruszył. Lokomotywy prawie zetknęły się buforami. Igor pospiesznie opuścił wiszącą pod sufitem rurę, założył, docisnął kołnierze obejmami. Przebiegł niczym młodzieniec do kabiny swojej lokomotywy i jak urzeczony wbił chciwe spojrzenie w manometr. Bał się, że mechanizm kompletnie zaśniedział, ale wskazówka drgnęła i podjęła mozolną wędrówkę po skali.

Przegrzana para techniczna wprowadzona do kotła zagotowała wodę w niespełna dwadzieścia minut. Wujaszek zdemontował instalację, podciągnął rury pod sufit, żeby nie przeszkadzały.

– Serdecznie dziękuję! – Skłonił się maszyniście.

– Nie ma sprawy! – Chłopak wyszczerzył w uśmiechu krzywe zęby. – Powodzenia!

– I wzajemnie. Szerokiej drogi, równych torów.

Młody maszynista zmienił suwadłem kierunek przepływu pary i wyjechał z solidnie już zadymionej szopy.

Igor wdrapał się po stopniach do kabiny. Wskazówka manometru odrobinę już opadła, należało się spieszyć. Skontrolował wodowskaz. Szarpnął wajchę przepustnicy. Para z kotła ruszyła. Pociągnął spust piaskarki, rozsiewając na szynach cieniutką warstewkę, która zwiększając tarcie, miała ułatwić ruszanie. Poczuł znajome drżenie maszyny. Położył dłoń na dźwigni stawidła i pociągnął, otwierając zawory cylindra. Parowóz sapnął, z komina strzelił słup pary. Tłoki ruszyły, krzyżulec cofnął się, wiązary korbowodu zaskrzypiały i koła po raz pierwszy od ładnych kilku lat wykonały pełen obrót.

– Nieźle – ocenił pracę maszyny.

Dał pełną moc i lokomotywa, plując parą jak czajnik wrzątku, leniwie wytoczyła się z szopy. Triumf należy oznajmić światu, więc Igor pociągnął za rączkę gwizdka.

Niski, basowy dźwięk wywabił z domu zawiadowcę stacji wodnej i jego córkę. Ubeka nie było widać, widocznie siedział i czytał te swoje papierki. Igor uśmiechnął się triumfalnie, a potem spojrzał na manometr i zmartwiał. Ciśnienie spadło niemal do zera, wskazówka nieubłaganie sunęła ku końcowi skali. Pospiesznie przestawił stawidło i resztką mocy cofnął maszynę na miejsce postoju. Jadąc w tył, zorientował się, co jest nie tak. Tory, podkłady, kanał oczystkowy – wszystko zalane było wodą. Kocioł musiał mieć gdzieś poważny przeciek.

Lokomotywa sapnęła po raz ostatni i znieruchomiała. Zawiadowca wpadł do szopy dziesięć sekund później.

– Panie Igorze! Gratuluję serdecznie!

– Jeszcze nie ma czego gratulować – westchnął wujaszek, podczepiając rurę, by spuścić resztę wody. – To na razie tylko próba, nawet jeszcze nie generalna.

– Ruszał pan na cudzej parze, jeśli dobrze zaobserwowałem? Czyli wystarczy uruchomić palenisko i...

– Nie tylko. – Wujaszek pokazał wsiąkającą już w tłuczeń wodę. – Trzeba zlikwidować przecieki w kotle. Lewy cylinder do wyregulowania, ma jakieś luzy.

– Czyli jeszcze z tydzień roboty?

– Tak mi się wydaje.

– Mimo wszystko jestem pełen podziwu.

Major Piotrowski obciągnął na sobie mundur KBW. Przejrzał się w lustrze, z kieszeni wyjął złoty zegarek i przez chwilę bawił się dewizką. Lubił popatrzeć na wytarty nieco herb, symbol epoki feudalizmu, pamiątkę niechlubnej kapitalistycznej przeszłości, którą osobiście pomógł unicestwić. Przymknął oczy. To była jego pierwsza zbiorowa egzekucja. Rozstrzelali wtedy w lesie czterdziestu reakcjonistów, głównie ze szlachty, aresztowanych nocą w Lublinie i okolicach.

I taki fart, gdy przeszukiwali zwłoki, pułkownik znalazł u jednego piękny szwajcarski zegarek. I zamiast zabrać go dla siebie, dał podwładnemu na pamiątkę tego dnia.

Ubek, poskrzypując oficerkami, wyszedł przed stację. Córka zawiadowcy robiła pranie. Postawiła sobie miednicę na stołku i schylała się, rozkosznie wypinając tyłeczek. Major podszedł cicho, a następnie przyjacielsko klepnął ją w pośladek.

– Dupcia jak... – Nie zdążył znaleźć odpowiedniego określenia, bo dziewczyna odwinęła się i z rozmachem strzeliła go w twarz.

Potrząsnął zaskoczony głową. Zamroczenie powoli mu mijało. Gdzie ona się podziała? Uciekła. Dała mu po gębie? Ośmieliła się podnieść rękę na oficera ludowego państwa?! Już on smarkulę nauczy! W oknie mignęła mu twarz Igora. No ładnie, dziewucha upokorzyła go na oczach tego starego pryka! Wściekły ruszył do swojego pokoju. Zaraz zadzwoni gdzie trzeba, ruski miesiąc oboje popamiętają!

Stary maszynista wsypał łyżeczkę gruzińskiej herbaty do szklanki. Zalał wrzątkiem. Westchnął ciężko. Trzeba będzie na dziesięć minut porzucić dobre maniery. Musi zaryzykować, a i ręce pewnie pobrudzi. Przejrzał się w lustrze. Poprawił mundur. Zmarszczył brwi. Wygląda nieźle. Z walizki wyjął małe pudełko. No, to do roboty.

Wziął głęboki oddech, skrzywił twarz w grymasie podpatrzonym przed kilkunastu laty u śledczych z Łubianki i bez pukania wszedł do pokoju Piotrowskiego.

– Gdzie?! – ryknął ubek na jego widok i nagle zamilkł, nie wierząc własnym oczom.

Na szerokiej piersi dawnego maszynisty połyskiwały złotem i emalią dwa ordery. Do tej pory major widywał takie tylko w gazetach. Złota gwiazda Orderu Lenina, a obok druga – złotoczerwona – Bohatera Związku Radzieckiego.

– Baczność, skurwysynu! – stary nie podniósł nawet głosu.

Major wykonał polecenie natychmiast. Wyprężył się jak struna. Stuknął obcasami.

– Major UB Paweł Piotrowski melduje...

– Morda w kubeł, chuju.

– Tak jest!

Stary podszedł spokojnym krokiem, wziął zamach i wyrżnął ubeka w pysk. To było piękne uderzenie. Major, rozbryzgując w powietrzu kropelki śliny i krwi z rozciętych warg, poleciał w tył, nabijając sobie dodatkowo guza o framugę okna. Cios dziewczyny, choć zadany w desperacji, był słaby, teraz to dopiero wyskoczy piękna śliwa. Igor poczekał, aż major się podniesie, i przyładował mu po raz drugi. Dla symetrii.

– Co ty sobie wyobrażasz! – warknął. – Swoim zachowaniem naruszasz spokój domu, w którym mieszkam.

– Ale ja...

– Odpierdolisz się od dziewczyny raz na zawsze. Jeśli dowiem się, że choćby krzywo na nią popatrzyłeś, zadzwonię do twoich radzieckich zwierzchników. Własną wątrobą białe niedźwiedzie nakarmisz. Oczywiście nie od razu, tylko po jakichś piętnastu latach zdychania przy niklu w kopalniach Norylska. Kazali ci kontrolować linię, to kontroluj, a po pracy won w pole szukać rezerw paszowych.

– Tak jest!

Igor splunął mu pod nogi i wyszedł. Uśmiechnął się pod jasnym wąsem. Jakie się to wszystko proste po wojnie zrobiło... Wystarczy przyczepić sobie dwie błyskotki wykonane przez znajomego grawera, odpowiednio wrzasnąć, dać po gębie i zaraz się przywraca takim workom nawozu świadomość klasową, czy jak to tam teraz nazywają...

Major Piotrowski pociągnął łyk wódki prosto z gwinta. Poprawił na drugą nogę. Złamał pieczęcie i rozsznurował kolejną dostarczoną teczkę. Przyłożył jeszcze na chwilę kompres pod oko. Uuuu... Taki dziad, a tyle siły mu w łapach zostało? To jak silny musiał być w młodości?

Wczytał się w pisane na maszynie raporty z wypadków kolejowych, potem chciwie zaczął przeglądać zdjęcia z największych katastrof. Zmiażdżone wagony, w które uderzył od tyłu rozpędzony radziecki parowóz FD – Feliks Dzierżyński. Przęsło wiaduktu zmiecione przez uderzenie lokomotywy, która wypadła z szyn. Skład towarowy po zderzeniu z wielotonowym blokiem skalnym, który osunął się ze zbocza.

Diabli nadali. Z fotografii i wyliczeń wynikało, że zatrzymanie rozpędzonej lokomotywy jest pierońsko trudnym zadaniem. W większości przypadków parowozy wychodziły z kolizji uszkodzone, jednak dość często awarie te były tylko powierzchowne.

Najlepiej byłoby ją wykoleić, demontując kawałek torowiska – przeszkody ustawione na jej trasie zostaną zniszczone. Z drugiej strony niewykluczone, że przy mocnym uderzeniu, na przykład w blok betonu, zginie załoga. To rozwiązanie ma swoje plusy, ale, niestety, ma i minusy. Reakcjoniści powinni umierać w głębokich piwnicach wysypanych trocinami, koniecznie po złożeniu wyczerpujących zeznań. Ginąc ot tak, w banalnym wypadku kolejowym lub na skutek ostrzelania składu, zbyt wiele tajemnic zabiorą ze sobą do grobu. A zatem trzeba drani za wszelką cenę wziąć żywcem.

Wracamy więc do punktu wyjścia. Trzeba zatrzymać lokomotywę. Major pociągnął kolejny łyk i rozłożył przed sobą schemat parowozu. Wobec stupięćdziesięciotonowej masy rozpędzonej do szybkości stu kilometrów na godzinę należy użyć odpowiedniego sprzętu. Na przykład radzieckiej rusznicy przeciwpancernej. Strzelec powinien trafić w możliwie najbardziej żywotne części mechanizmu.

Koła nie wchodzą w grę – jeśli są żeliwne, kula powinna je strzaskać, jednak zbyt łatwo w takim przypadku o wykolejenie pociągu. Kocioł parowy? Otwór o średnicy kilku centymetrów spowoduje tylko wyciek pary czy eksplozję? Nie wiadomo. Przydałyby się jakieś materiały przygotowane w czasie wojny na użytek partyzantki i grup dywersyjnych. A gdyby tak... uderzyć precyzyjnie w układ przepustnicy lub zbieracza pary? Spadek ciśnienia w instalacji spowoduje utratę mocy i parowóz stanie.

Piotrowski zamyślił się głęboko. Nie, nie uda się. Strzelec wyborowy musiałby trafić z ogromną precyzją w niewidoczny z zewnątrz cel umieszczony w poruszającym się szybko obiekcie. Poza tym ile czasu pociąg będzie jechać, zanim ciśnienie spadnie poniżej poziomu roboczego? A jeśli mimo takiego uszkodzenia maszyna zrobi jeszcze kilka kilometrów? Załoga pryśnie i szukaj wiatru w polu.

Polać tory oliwą na podjeździe pod górkę. Przy takiej szybkości to niewiele da, zresztą nawet gdyby pociąg wpadł w poślizg, maszynista po prostu zrzuci na szyny trochę piasku i najprawdopodobniej odzyska przyczepność. Zresztą na pewno są i inne sposoby znane kolejarzom. Przecież radzą sobie zimą z oblodzeniem...

Major otarł pot z czoła. Problemy, które się przed nim piętrzyły, były zaiste potworne. Przez okno zauważył Agatę. Znowu moczyła w miednicy jakieś ubrania. Głupia koza, honorna, jakby nie rozumiała, że czasy tej ich burżuazyjnej moralności już się skończyły. A do tego jej przyszywanego dziadka trza się będzie dobrać. Wujaszek Igor – tak go tu wszyscy nazywają, a to nawet brzmi idiotycznie! Może to i protegowany dyrektora Karwicza, może i ma ordery, ale przecież na każdego są sposoby. Ostatecznie stuknąć w łeb czymś ciężkim, a potem zakopać w lesie.

Tak, koza. Coś dobijało mu się do podświadomości. Jakaś książka czytana w dzieciństwie, coś podróżniczego. O polowaniu na tygrysy w Indiach, czy może o lwach w Afryce? Drzewo, pod nim przywiązana, rozpaczliwie becząca koza... Na drzewie biały imperialista, kolonizator, gnębiciel ludów kolorowych, podły wyzyskiwacz rodem z kolebki kapitalizmu, niszczyciel dzikiej przyrody, uzbrojony w sztucer czatuje w zasadzce.

Lenin pisał, że od wrogów trzeba uczyć się chytrości, przebiegłości i bezwzględności. Dobry rewolucjonista powinien przyswajać sobie takie cechy, by potem użyć ich wobec przeciwników rewolucji. A zatem uczmy się od imperialistów. Kierujący pociągiem nie mieli żadnych oporów przed zmasakrowaniem tych, którzy usiłowali ich pochwycić. Czy równie bezwzględni będą, widząc dziewuszkę przywiązaną do szyn? Tę ciekawą koncepcję trzeba będzie sprawdzić.

Major podjechał na motorze do przejazdu. Koło torów ktoś wbił w ziemię niewielki drewniany krzyż. Znicz przed nim jeszcze płonął. Piotrowski zadeptał płomyk butem, potem wyrwał krzyż i połamawszy ze złością, cisnął w krzaki. Co za ciemnota! Ślady katastrofy sprzed kilku dni usunięto, tyko na poboczu tu i ówdzie poniewierały się kawałki tłucznia z rozbitej ciężarówki. Niestarannie widać pozbierali...

Miejsce nie było złe, ale by jego plan mógł się powieść, należało je odpowiednio przygotować. Obok torowiska leżały dwa stare drewniane podkłady. Prawdopodobnie kilka lat temu prowadzono tu prace remontowe, a nikomu nie chciało się wywieźć tych zniszczonych. I bardzo dobrze. Piotrowski lubił, gdy wszystko układało się po jego myśli.

Wyjął z teczki calówkę i małą łopatkę. Starannie zmierzył szerokość i grubość belki, po czym zaczął wybierać tłuczeń spomiędzy szyn. Wkopawszy się na głębokość około siedemdziesięciu centymetrów, wyjął z kosza motoru miskę, dużą papierową torbę z cementem oraz pięć butelek wody. Rozrobił zaprawę i starannie wygładził ścianki otworu. Teraz trzeba było poczekać, aż dobrze zwiąże. Usiadł w przyczepce, wydobywszy z cholewy buta gazetę. Oddał się lekturze. Wreszcie uznał, że minęło wystarczająco dużo czasu. Dźwignął stary podkład i ostrożnie opuścił końcem do przygotowanej dziury.

Jak na obstalunek zrobione, ocenił swoje dzieło.

Pomiędzy torami wznosił się ku niebu dwumetrowy pal. W czasie akcji wystarczy dodatkowo przyblokować go kilkoma kamieniami. Piotrowski wyjął belkę i położył tam, gdzie leżała wcześniej. Zapakował resztę gratów na motor i zadowolony z siebie pomknął w kierunku stacji wodnej.

Wujaszek Igor usiadł na schodkach przed sklepikiem i wolno pił wodę ze szklanki. Zaschło mu w gardle, a tutejsza lemoniada o smaku rozmoczonych landrynek tylko potęgowała pragnienie. Zakupy już zrobił, pora powędrować na kwaterę.

– Nie ciężko panu tak dreptać od stacji? – zapytała sklepowa. – Toż to ze cztery kilometry w jedną stronę. W pańskim wieku...

– Cóż robić. – Wzruszył ramionami. – Raz na parę dni gazetkę trzeba przecież kupić. A i wśród ludzi dawno nie bywałem, ot, przyjemność plotek posłuchać.

Trafił w słaby punkt kobiety. Uwielbiała plotkować, a miejscowi, niestety, nie bardzo chcieli z nią gadać. Czasy też jakby nie sprzyjały powtarzaniu zasłyszanych wiadomości.

– Mam do sprzedania rower po ojcu – powiedziała. – Może panu by podpasował.

Igor zamyślił się.

– Stał na strychu jeszcze od wojny – dodała. – Gdzie nam tam w głowie teraz takie sporty?

– Można obejrzeć?

– Pan pozwoli od podwórza.

Wytoczyła rower z komórki. Igor popatrzył nań z zainteresowaniem. Ładna kierownica z bakelitowymi rączkami, skórzane siodełko, poczerniałe wprawdzie ze starości, ale ciągle w dobrym stanie. Mechanizm wyglądał na straszliwie brudny, jednak już na pierwszy rzut oka Igor poznał, że to tylko gruba warstwa kurzu przylgnęła do towotu. Obejrzał koła. Dobre obręcze, kompozyt sklejony z kilkunastu warstewek różnych gatunków drewna.

– Przedwojenny Łucznik z zakładów zbrojeniowych w Radomiu – zidentyfikował. – Wersja cywilna. Te robione dla wojska miały metalowe koła. Tylko że po tylu latach ani dętki, ani opony nie nadają się do niczego. Trzeba by wymieniać, a gdzie teraz takie znaleźć?

– Syn skombinował nowe. No, prawie nowe – zreflektowała się. – Zagraniczne, Dunlopa. A dętki nasze.

– Ile pani ceni? – Wiedział, iż powinien się pokrygować, udając, że towar wcale go nie interesuje, należałoby potargować się następny kwadrans, ale nie miał na to ani sił, ani czasu.

Kobieta podała kwotę, od której ktoś bardziej wrażliwy mógłby zemdleć. On tylko się uśmiechnął.

– Droga pani. Porozmawiajmy poważnie.

Wyłowił z kieszeni złotą carską dziesięciorublówkę. Na widok kruszcu oczy kobiety zabłysły.

– Dołoży pani zapasowe dętki i pompkę, do tego przydałby mi się mały wiklinowy koszyk, przymocuję do bagażnika.

Sklepowa milczała przez chwilę. Wreszcie kiwnęła głową, pieczętując transakcję. Złoto to dobra lokata kapitału. Raz jest, raz go nie ma, syn się będzie żenił, „świnkę" można przetopić na dwie obrączki. Od biedy kruszcu wystarczy. A jak nie będzie się żenił, to można iść do dentysty, wstawić sobie dwa złote zęby, a reszta monety będzie na honorarium dla tego pazernego zębodłuba. Opłaca się, zwłaszcza że zdobyła ją za stary i zniszczony rower, który tylko niepotrzebnie zajmował miejsce na strychu.

Igor poprosił o szmatkę i odrobinę oliwy. W pół godziny oczyścił mechanizm, potem zmienił ogumienie i napompował koła. Nim skończył, zapadł mrok.

– Szkoda, że nie mam lampki do roweru – zmartwiła się sprzedawczyni. – Jak pan dojedzie po ciemku?

– Droga pani, nie z takimi problemami sobie w życiu radziłem.

Major pociągnął gorzałki. Spojrzał na swój złoty zegarek. Dochodziła jedenasta wieczorem. Przeciągnął się leniwie i odsunął skrypt. Pora iść spać. Wszystko już wymyślone, zaplanowane, gotowe. Teraz wystarczy uzbroić się w cierpliwość. Byle tylko znowu nie przyśniło mu się nic paskudnego.

W tym momencie zadzwonił telefon. Ubek złapał słuchawkę.

– Piotrowski, słucham – warknął.

– Towarzyszu, tu pierwszy posterunek, melduję: właśnie nas minęli! Idą bardzo szybko!

– Dziękuję.

Odłożył słuchawkę, potem podniósł ją ponownie. Wykręcił zastrzeżony numer.

– Operacja „Szlak"! – rzucił do mikrofonu. – Czerwony alert!

– ...ta...est!

Zatrzasnął skrypt, wrzucił do teczki, zapieczętował, naszykował butelkę i tampon z waty. Spojrzał przez okno – zawiadowca i dróżnik siedzieli w budce, zdaje się, znowu grali w karty. Dziadyga od pompy jeszcze nie wrócił. I dobrze. Telefon zadzwonił po raz drugi. Piotrowski nie odebrał, tylko spojrzał na zegarek.

I naraz zaschło mu w gardle. Pociąg widmo minął drugiego obserwatora po niespełna pięciu minutach. To mogło oznaczać tylko jedno: porusza się naprawdę szybko, co najmniej sto trzydzieści kilometrów na godzinę, czyli w miejscu zasadzki będzie najdalej za dwadzieścia minut.

Biegnąc korytarzem, lał obficie chloroform na tampon. Spod progu pokoiku Agaty sączyła się słaba poświata. Kopniakiem otworzył drzwi. Dziewczyna siedząca przy stoliku poderwała się przestraszona. Dopadł ją jednym susem i przyłożył watę do nosa. Agata szarpnęła się kilka razy w uścisku, a potem zwiotczała. Chloroform zrobił swoje. Major zatrzasnął jej na nadgarstkach kajdanki.

Pod cienką nocną koszulą rysowały się całkiem apetyczne piersi. Aż zgrzytnął zębami, można by... Nie, nie zdąży. Po akcji, jeśli się oczywiście powiedzie, też nie będzie czasu na rozrywki. A jeżeli się nie uda, nie będzie z niej co zbierać... No nic, nie ona jedna na tym świecie. Zaniósł bezwładne ciało na ganek, wrzucił do kosza motoru. Wskoczył na siodełko i uruchomił silnik. Za dziesięć minut pociąg reakcjonistów może być już tutaj!

Wujaszek Igor jechał wolno. Czuł zmęczenie, odwykł od roweru. Żarówka nad drzwiami budynku stacji wodnej jasno świeciła. Ten widok prowadził go jak gwiazda w ciemnościach jesiennego wieczoru. Jeszcze kawałek, za parę minut napije się mocnej herbaty.

Drzwi trzasnęły, ubek wypadł z budynku i niosąc coś na ramieniu, rzucił się w stronę swojego motocykla. Co, u diabła? Stary ze zdumienia omal nie puścił kierownicy. Major wrzucił najwyraźniej martwą lub nieprzytomną Agatę do przyczepki i wskoczywszy na siodełko, ruszył z kopyta.

Igor sięgnął dłonią pod ramę. Odczepił pompkę. Solidny sześćdziesięciocentymetrowy kawał grubościennej stalowej rurki.

– Była okazja od razu ścierwo zabić. Ale co się odwlecze, to nie uciecze... – szepnął.

Motor zaraz go minie. Igor postanowił, że uderzy ubeka pompką w głowę. Przy takiej szybkości, nawet jeśli będzie miał kask, trup na miejscu. Dziewczyna może ucierpieć, ale to jedyna szansa.

Niestety – zamiast drogą motocykl pomknął ścieżką wzdłuż torów. Wujaszek zmełł w ustach rosyjskie przekleństwo i ruszył w pościg. Dociskał z całej siły pedały roweru, ale wiedział, że nie dogoni bydlaka. Chyba że major planuje zgwałcić dziewczynę tu, opodal stacji... Wtedy jest szansa, jedna na tysiąc, że da się temu zapobiec. I nagle, gdy prawie już stracił nadzieję, spostrzegł jakiś jasny punkt. Motocykl! Ubek zaparkował go koło przejazdu. Gdzieś z daleka wiatr przyniósł głuche dudnienie pociągu. Igor wytężył wzrok.

– Wielki Boże – szepnął, widząc sterczący pionowo z torowiska podkład. – Czy on oszalał?

Agata wisiała na palu, tylko końcami palców stóp dotykając podłoża. Łańcuch kajdanek, którymi skuto jej nadgarstki, zaczepiony został o resztki obejmy, pierwotnie trzymającej szynę. Głowa zwisała, najwyraźniej dziewczyna była nieprzytomna. Igor pędził jak mógł najszybciej, huk kół pociągu narastał. I nagle przestrzeń wokół niego zalało srebrzyste światło. Zapadła cisza. Rzucił spojrzeniem w bok. Pociąg widmo, ten sam, który widział zeszłej nocy, właśnie go mijał.

Stary maszynista puścił jedną ręką kierownicę i przeżegnał się. Zjawisko nie znikało. W upiornej ciszy przelatywały obok wagony: pierwszy, drugi, piąty, platforma i pusta przeszklona trumna na lawecie działa...

I nagle spostrzegł, że jedzie szybciej niż skład. Pociąg hamował bezgłośnie, sypiąc spod kół fontannami iskier. Stary wyprzedził platformę, pędził teraz wzdłuż wagonów. Lokomotywa też hamowała, skład zwalniał. Zaraz zdoła go wyminąć, może jest jeszcze cień szansy na uratowanie córki znajomego... Przednie koło podskoczyło na kawałku tłucznia i rower starego poleciał w bok. Igor potoczył się po trawie, uderzył w łokieć, ale już po chwili, stanąwszy chwiejnie na nogi, truchtał dalej.

Piotrowski wytrzeszczonymi z podniecenia oczyma obserwował, jak lokomotywa hamuje. Spod kół wystrzeliły długie warkocze iskier i skład bezszelestnie zatrzymał się nie dalej niż dwa metry od wiszącej na słupie dziewczyny. Major rozejrzał się wokoło, ale chłopaków ze wsparcia oczywiście jeszcze nie było. Trzeba samemu stoczyć bój... Puścił się pędem. Przesadził rowek zbierający wodę z torowiska i dopadł do lokomotywy. Tu zawahał się po raz pierwszy. Metal świecił mdłym, nierzeczywistym blaskiem. Nafosforyzowali, odgadł błyskawicznie, ale na wszelki wypadek uderzył dłonią. Pod palcami poczuł zwyczajną chropowatą blachę.

– Żaden pociąg widmo – uspokoił sam siebie. – Żadne duchy. To jest materialne...

Wyrwał z kabury pistolet. Podkute buciory załomotały na metalowych stopniach. Szarpnął drzwi kabiny. Z bronią gotową do strzału wtargnął do środka.

– Urząd Bezpieczeństwa! – ryknął.

– Nie drzyj się, szczurze! – Mężczyzna wyglądający jak Józef Piłsudski zmierzył Piotrowskiego niechętnym spojrzeniem. – Skoro już tu jesteś, nie przeszkadzaj, tylko pomóż, zaraz pojedziemy dalej.

Ależ bydlaki go ucharakteryzowali! – pomyślał major. Jakby z filmu wylazł.

– Pod ścianę! – wrzasnął, wymachując pistoletem. – Twoje dokumenty! Ilu was jest w tym pociągu?

Maszynista, ignorując polecenia, ruszył w jego stronę. Piotrowski pociągnął za spust trzy razy. Tak jak uczyli: w nogi, w korpus, w głowę. W następnym ułamku sekundy ktoś wyrwał mu pistolet, boleśnie wyłamując palce ze stawów. Ubek spojrzał i zmartwiał. Jeszcze przed chwilą nikogo tu nie było, a teraz stał ON, koszmarny więzień ze snów.

– To niemożliwe – wyszeptał major. – Ty przecież nadal siedzisz tam... To mi się tylko śni!

Kostek-Biernacki uśmiechnął się ironicznie.

– Masz wątpliwości, to się uszczypnij – poradził.

Piotrowski wolał się przeżegnać. Widmo nie znikało. Dawny legionista nadal stał przed nim, młodszy o dobre czterdzieści lat. I tylko jego wilcze ślepia się nie zmieniły, tak samo błyszczały mieszaniną pogardy i wściekłości.

Naraz ubek spostrzegł, że na głowie więźnia wyrosły imponujące rogi.

– Pomocnik z niego będzie jak z koziej dupy trąba. – Marszałek skrzywił się, patrząc na swój podziurawiony kulami mundur. – Weźcie go do wagonów, tam się bardziej przyda. Zaraz ruszymy dalej.

Rzucił okiem na torowisko przed maszyną i uśmiechnął się pod wąsem. Wujaszek nie tylko odczepił dziewczynę, ale i z własnej inicjatywy demontował resztę przeszkody.

Agata leżała na wersalce w mieszkaniu zawiadowcy. Igor, sapiąc jak lokomotywa, opadł na fotel. Wysiłek prawie go zabił, ale przecież doniósł nieprzytomną dziewczynę aż tutaj. Dał radę. Serce waliło mu jak nigdy w życiu, uderzeniom towarzyszył tępy ból za mostkiem. Na szczęście powoli mijał. Dróżnik podał mu szklankę wody.

– Rany boskie – szepnął Marek, ujmując piłkę do metalu. – Co ten łajdak z nią zrobił...

– Na szczęście nic – mruknął wujaszek, nabijając fajeczkę. – I nigdy nie pytajcie, co planował. Jest oszołomiona chloroformem. Niedługo powinna się obudzić.

– Będą kłopoty. – Dróżnik podłożył pod obręcz kajdanek kawałek blachy. – Zaczynaj.

– Z pewnością nas przesłuchają – stwierdził stary maszynista, puszczając obłoczek wonnego dymu. – Gdy major UB znika bez śladu, to pół biedy. Ale jeśli znika w czasie akcji i zostaje po nim motocykl, może być niewesoło.

– Ten pociąg go przejechał czy dał mu pan w łeb? Zresztą nieważne – zreflektował się zawiadowca. – Trzeba natychmiast uprzątnąć trupa albo chociaż upozorować wypadek...

– Zajmę się tym. – Dróżnik wstał z miejsca. – Rodzona matka go nie pozna. A może lepiej odciągnąć gdzieś w bok i zakopać? Jak się naftą pokropi glebę, to psy nie znajdą. Gdzie leży to ścierwo?

– Nie ma trupa. Wątpię, żeby kiedykolwiek się znalazł... – burknął Igor.

– Co chce pan przez to powiedzieć?

– Ten gnój zrealizował swoje marzenie. Zatrzymał ten pociąg. A potem wsiadł do środka... Pamiętajcie, nic nie wiemy. Siedzieliśmy razem, usłyszeliśmy u niego telefon, wybiegł, zapuścił motor i pojechał. Dokąd? Nie wiemy. Nie patrzyliśmy. Dwadzieścia minut później przeszedł przez stację pociąg i tyle. Nie było żadnego porwania, nic nie widzieliśmy, nic nie słyszeliśmy. Był, wyszedł, to ich człowiek, niech go sobie szukają. Gdzie nam, prostym ludziom, do tajemnic państwowych.

Pokiwali poważnie głowami.

– Jak mogę się odwdzięczyć? – zapytał Marek.

– Niech pan przyprowadzi mój rower. Leży w krzakach niedaleko przejazdu. Lepiej, żeby go tam nie znaleźli...

Przesłuchania zaczęły się o świcie i trwały cały dzień. UB i milicja przeryły zabudowania stacji. Funkcjonariusze zbadali każdy centymetr torowiska. Nie znaleźli nic. Nie bardzo mieli się też do czego przyczepić. Żaden z pracowników stacji wodnej najwyraźniej nie był zamieszany ani w sprawę pociągu, ani w zaginięcie majora. Gorzej oberwało się milicjantom, którzy mieli udzielić mu wsparcia. Czterej funkcjonariusze nie umieli wyjaśnić, dlaczego pokonanie ciężarówką pięciokilometrowego odcinka z posterunku do przejazdu zajęło im aż czterdzieści minut. Wreszcie o ósmej wieczorem nieproszeni goście wynieśli się w diabły i mieszkańcy stacji mogli odetchnąć z ulgą.

Przeklinając ból krzyża, Igor machał łopatą. Pierwsza warstwa węgla w palenisku już się zajęła, trzeba było jednak zdrowo dołożyć do pieca, by lokomotywa miała szansę ruszyć z miejsca. Popatrzył na wodowskaz, potem na manometr. Wskazówka pełzła po tarczy bardzo wolno.

– Niewiele będą mieli pożytku z tej lokomotywki – westchnął i pyknął z fajeczki. – To jednak złom sprzed pół wieku... Z drugiej strony lepszy niewielki pożytek niż żaden. Zwłaszcza że produkcja nowych nie pokrywa nawet potrzeb sojusznika. – Uśmiechnął się złośliwie.

Dorzucił kolejną porcję. Dwadzieścia minut później uznał, że wystarczy. Uruchomił piaskarkę, pociągnął dźwignię przepustnicy, potem puścił parę na tłoki. Maszyna sapnęła i tak jak kilka dni temu jej koła zaczęły się obracać. Ruszyła, powoli nabierając prędkości. Wyprowadził ją z szopy w mrok nocy, dojechał do końca nitki torów, tu zatrzymał na chwilę parowóz, zeskoczył i pchnął zwrotnicę.

Wyprowadził lokomotywę na główną magistralę, dodał pary. Przestrzeń między stacją wodną a feralnym przejazdem pokonał w niespełna cztery minuty. Wszystkie mechanizmy były sprawne, wszystko działało jak w zegarku. Dalej jednak bał się zapuszczać. Gdyby nagle wyskoczyła jakaś usterka, zablokowałby linię o znaczeniu strategicznym. A to oznaczałoby proces o sabotaż i nieuniknioną „czapę". Lutował niby na mosiądz, a nie na cynę, ale ręka już nie ta, co kiedyś, a i surowiec gorszy. Wyhamował i przerzucił dźwignię stawidła. Para zmieniła kierunek. Koła zaczęły obracać się w tył. Na wstecznym biegu dojechał do stacji. Zauważył, że jedna z latarni zgasła, nie miało to jednak większego znaczenia.

– Manewry. – Uśmiechnął się pod nosem, przypominając sobie, co oznacza takie ustawienie lamp. – Oż, do diabła!

Zwrotnica musiała być automatyczna, przeskoczyła z powrotem. Zamiast zjechać do szopy, mijał właśnie pompę, ciągle jadąc po głównym torze.

– A w sumie co to szkodzi? – zapytał sam siebie. – Dwa dodatkowe przejazdy, pięć minut przyjemności więcej. Albo dziesięć minut. Nocny będzie tu najwcześniej za dwie godziny, to komu będę przeszkadzał? – rozgrzeszył się.

Minął budkę dróżnika. Zaskoczeni kolejarze wyjrzeli przez okno. Zasalutował im żartobliwie i znowu zmienił kierunek jazdy. Kocioł dopiero teraz odpowiednio się nagrzał. Igor zacisnął dłonie na wajchach. Ech, dać pełną moc, pomknąć przed siebie w przestrzeń pełną szybkością! Kiedyś, grubo przed wojną, gdy był maszynistą składu Lux-Torpeda, ustanowił na trasie Kraków – Zakopane niepobity do teraz rekord przejazdu. A gdyby tak spróbować raz jeszcze swoich sił?

Nagle przerażony szarpnął rączkę hamulca. Koła sypnęły na wszystkie strony iskrami, starcem zarzuciło do przodu, ale na szczęście nie zrobił sobie krzywdy. Zostawił maszynę pod parą i zbiegł po schodkach.

Pociąg widmo stał przed nim. Wydawało się, że wystarczy wyciągnąć rękę, by dotknąć lśniących błękitną poświatą burt. Bufory lokomotyw dzieliło nie więcej niż dziesięć centymetrów. W ostatniej chwili uniknął zderzenia, zatrzymał... Drzwiczki kabiny otworzyły się ze zgrzytem.

Igor patrzył oniemiały. Maszynista schodził po żelaznych stopniach. Wysokie oficerki, bryczesy, kurtka mundurowa... I twarz, dziwnie odmłodzona, bardziej przypominająca tamtą zapamiętaną ze stacji w Bezdanach niż tę spoglądającą z rewersu przedwojennych monet. Nad samą ziemią duch zatrzymał się nagle. Widocznie ostatni stopień był granicą, której nie mógł przekroczyć.

– Igorze! – odezwał się marszałek Piłsudski. Jego głos brzmiał dziwnie słabo, jakby dobiegał z bardzo daleka. – Cofnij swoją lokomotywę z dziesięć metrów, a potem przestaw nam zwrotnicę. Czas zmienić kierunek jazdy.

– To ślepy tor, dochodzi do szerokotorowej... Macie inny rozstaw kół. Nie dacie rady tamtędy pojechać.

Duch uśmiechnął się pod wąsem. Straszny to był uśmiech. Igorowi zaschło w gardle. W jednej chwili zrozumiał, że nie ma najmniejszego sensu się sprzeczać.

– Niech cię o to głowa nie boli. Poradzimy sobie.

– Tak jest!

Wdrapał się do swojej kabiny, cofnął parowóz, robiąc miejsce. Zatrzymał, zbiegł na dół. Zwrotnica nie była nigdy używana, ale jak się okazało, dobrze natowotowany mechanizm zniósł próbę czasu. Trzeba było tylko lekko rozruszać.

Jedną ręką zasalutował, drugą pociągnął za wajchę. Naczelnik państwa zawrócił i wspinał się po schodkach do kabiny.

– Czy mogę jechać z wami? – zapytał nagle stary.

Sam nie wiedział, dlaczego te słowa wyrwały się z jego ust. Przecież nie spieszyło mu się jeszcze na tamtą stronę...

– Nie zrobiłeś nic na tyle złego, by wsiąść do mojego pociągu – doleciał go głos niewiele głośniejszy niż szept. – Czekaj, przyjedzie kiedyś po ciebie inny skład.

Lokomotywa sapnęła i wagony potoczyły się po zardzewiałym torze na wschód. Stary maszynista patrzył oniemiały. Do tej pory sądził, że to zwykłe osobowe, czteroosiowe pulmany. Teraz dopiero zauważył, że każdy z nich posiada bez liku kół. Wszystkie napędzane były przez niknące pod ostojnicą korbowody. Przez ciemne okna ujrzał dziesiątki pochylonych sylwetek. Pociąg widmo, niczym starożytna galera, napędzany był siłą ludzkich mięśni. Kim byli więźniowie marszałka? Domyślał się...

Ostatni wagon minął zwrotnicę i skład zniknął, jakby rozwiał się w powietrzu. Tylko z daleka dobiegł odgłos kół stukających na złączeniach torów. I nagle ucho Igora wychwyciło ostry brzęk, jakby ktoś uderzył w mały dzwoneczek. Ruszył bezwiednie w tamtą stronę.

Księżyc oświetlał łan chwastów zarastających nieużywaną magistralę. W jego świetle leżący na kamieniu złoty zegarek był doskonale widoczny. Stary podniósł go i oświetlił latarką. Spora złota „cebula", którą nie dalej jak wczoraj widział w rękach majora. Uniósł znalezisko do ucha. Cyk, cyk, cyk... Solidny szwajcarski wyrób.

Zegarek wytrzymał upadek. Wujaszek nacisnął kciukiem i koperta otworzyła się. Wewnątrz tkwiła mała, złożona na czworo karteczka. Rozprostował ją. Pismo było ledwo czytelne, wiadomość nabazgrano w pośpiechu i w trzęsącym się wagonie.

Powiedział, że jedziemy do Moskwy. Ostrzeżcie tow. Stalina!

Drżąc z tłumionej uciechy, podarł papierek na kawałki i pozwolił, aby wiatr uniósł je w ciemność.

– Nareszcie – mruknął pod nosem.

Ruszył chwiejnym krokiem w stronę czekającej pod parą lokomotywy. Trzeba wprowadzić ją do szopy postojowej, a potem trochę pospać. Jutro popracuje sobie jeszcze przy niej, może uda się wyregulować sprężarkę? A potem? Poprosi o pół dnia wolnego, odstawi parowóz do Radomia. Premia bardzo się przyda, musi kupić sporo gazet. Najbliższe dni będą obfitowały w niezwykłe i radosne wydarzenia...

PO DRUGIEJ STRONIE

Po drugiej stronie

Warszawa odbudowana po zniszczeniach wojennych jest miastem bez duszy. Niewiele żyje tu zasiedziałych rodzin, mało kto może pochwalić się domem czy mieszkaniem pozostającym od stulecia w rękach jego rodu. Z punktu widzenia kolekcjonera nie jest to zła sytuacja. Na rynku pojawiają się bowiem dość regularnie drobne antyki. Przedmioty, które w Krakowie byłyby cennymi pamiątkami rodzinnymi, tu najczęściej trafiły w ręce swoich aktualnych właścicieli zupełnie przypadkowo. Na strychach i w piwnicach spoczywają skarby, które nikogo nie interesują, nie przyprawiają o szybsze bicie serca. Nikogo poza takimi jak ja... Ślady Chińczyków, zamieszkujących dość licznie stolicę Przywiślańskiego Kraju w ostatnich dekadach dziewiętnastego wieku, tropiłem od dobrych kilku lat. Penetrowałem giełdy i bazary, tocząc nieustanny wyścig z kolegami po fachu i zawodowymi handlarzami. Różniliśmy się. Oni szukali przede wszystkim możliwości zarobku, ja wzbogacałem swoje na razie skromne zbiory.

Zdobycie naprawdę ciekawych drobiazgów nie było łatwe. Należało wstać rankiem, najczęściej w sobotę lub niedzielę, i ruszyć na jedno z targowisk położonych w starszych i mniej zrujnowanych częściach miasta. Następnie, omijając zawodowych spekulantów, przeglądać cierpliwie stosy wszelakiego szmelcu, rozłożone na starych gazetach lub kawałkach folii. Wśród sztucznych szczęk, plastikowej biżuterii, obtłuczonych kubków, popielniczek z epoki głębokiej komuny i przedwojennych pocztówek bystre oko zatrzymywało się czasem na jakimś drobiazgu.

Figurki rybek cięte w steatycie, małe flakoniki z trawionego, dwukolorowego szkła, czasem coś jeszcze ciekawszego... Kiedyś kupiłem spory kawałek żakardu ze wzorem w chryzantemy. Materiał utytłany był błotem – stanowił bowiem nie przedmiot handlu, ale, nazwijmy to, element konstrukcyjny stoiska. Wszystkie te drobiazgi sprzedawali ludzie niemający zielonego pojęcia o ich faktycznej wartości. Oddawali je półdarmo lub żądali kwot niebotycznych. Pewnego razu od dresiarza o chytrych oczkach kupiłem piękny nóż do papieru z rączką rzeźbioną w kości słoniowej i klingą z brązu. Zapłaciłem równowartość butelki najtańszej gorzały. Rok później u staruszka w wyświechtanej marynarce dokupiłem pasującą do noża pochewkę ozdobioną kilkoma chińskimi znaczkami. Musiałem wyłożyć blisko dwudziestokrotność ceny ostrza, a i to po dwugodzinnym targu, bo początkowo dziadek żądał twardo tysiąca dolarów.

Ten dzień nie wyróżniał się niczym szczególnym spośród setek innych. Obudziłem się o piątej i ruszyłem pod Halę Mirowską. Stara, pamiętająca jeszcze carskie czasy hala targowa stoi na skraju długiego parku wyznaczającego historyczną Oś Saską. Pomiędzy nią i drzewami wcisnęły się dziesiątki bazarowych budek, a chodnik od strony ulicy Niepodległości okupują regularnie dzicy handlarze. Zazwyczaj koczuje ich tam kilkuset. Drobni pijaczkowie rozkładali na wilgotnym chodniku gazety. Na nie wyrzucali z toreb rozmaite śmieci znalezione na strychach, wygrzebane w szufladach... Od mężczyzn ziało wonią stęchlizny, tanich alkoholi, nawet czasem denaturatu. Większość cierpiała straszliwe męki skutkiem kaca i klęła na czym świat stoi. Szedłem, omiatając ich skarby uważnym spojrzeniem. Zaczęło mżyć, jedynie perspektywa napicia się za sprzedany szmelc trzymała ich jeszcze na miejscu. Szkatułkę wypatrzyłem w chwili, gdy zziębnięty i przemoczony na wylot zbierałem się już do odejścia. Na pierwszy rzut oka wyglądała na plastikową. Leżała na kawałku gazety, pokryta zaskorupiałym brudem. Dziewięciu na dziesięciu łowców antyków poszłoby dalej, ale mój wzrok padł na fragment powierzchni, który częściowo oczyściły spadające z drzewa krople. Brązowo-czarna, znajomy wzór. Szylkret.

Nauczony doświadczeniem nie podszedłem od razu. Najpierw drobiazgowo przejrzałem rupiecie zgromadzone na sąsiednim stoisku, spytałem o ceny kilku z nich. Później zbliżyłem się do interesującego mnie kawałka gazety, długo stałem, taksując wzrokiem przerdzewiałe na wylot żelazko oraz koszmarną figurkę słonia z masy plastycznej. W końcu ująłem w dłoń kasetkę.

– Ile to kosztuje? – spytałem niedbale.

– Dwie stówy – odparł sprzedawca z cwaniackim uśmieszkiem.

Cholera. Przejrzał mnie. Zauważył, co naprawdę mnie interesowało. Chociaż... Te zniszczone dżinsowe spodnie, poplamiona i podarta kurtka ortalionowego dresu, woń przetrawionego alkoholu... Co mi szkodzi spróbować...

– Dycha – rzuciłem. – Na dwie flaszki piwa wystarczy.

– To lepiej wyrzucę – mruknął.

– Dwanaście – podwyższyłem ofertę.

Zamyślił się. Odwróciłem się na pięcie i ruszyłem do kolejnego straganiku. Handlujący tu typek musiał przegrzebać chyba skup makulatury. Na rozścielonej szmacie mokło kilkanaście książek. Sądząc po ich opłakanym stanie, nie był to pierwszy deszcz, którego zaznały. Ruszyłem w stronę kolejnego stoiska, gdy dogonił mnie sprzedawca w ortalionie. Szkatułkę trzymał w ręce.

– Piętnaście – zaproponował.

Zamyśliłem się głęboko.

– Z pięćdziesiąt jest warta, skoro w ogóle pana zainteresowała – burknął. – Gadają, że ma pan oko do takich rzeczy.

Odrobinę mnie zaskoczył – nie sądziłem, że handlarze nie tylko mnie zapamiętali, ale i obgadują. Wyszczerzyłem zęby w krzywym uśmiechu. Odliczyłem mu dwa banknoty dziesięciozłotowe i schowałem łup do siatki.

Zewnętrzne drzwi mam zupełnie zwyczajne, z dykty, jak wszystkie w tym bloku. Wewnętrzne są ze stali, osadzone w solidnej framudze, wedle zapewnień producenta wytrzymałyby eksplozję ćwierć kilograma trotylu. Zapaliłem światło. Blask halogenków wydobył z mroku ścianę z gablotek, oddzielającą przedpokój od gabinetu. Kilkanaście chińskich figurek, buteleczek, przyborów do pisania...

Położyłem szkatułkę na ciężkim, rzeźbionym biurku. Na nawoskowanym, wypolerowanym do połysku blacie wyglądała jeszcze bardziej niepozornie niż na stoisku. Będę miał z nią dużo pracy.

Bardzo lubię niespodzianki. Zawsze gdy dostaję prezent, staram się odwlec moment rozpakowania. Teraz też, choć świerzbiły mnie ręce, zostawiłem dzisiejszy nabytek w pracowni i poszedłem do kuchni. Najpierw obowiązki, potem przyjemność. Popatrując tęsknie w stronę gabinetu, zabrałem się za przygotowanie obiadu.

Tego dnia Anita wróciła z pracy nieco wcześniej niż zwykle. Ledwie zdążyłem ze wszystkim. Pamiętając o jej urodzinach przypadających następnego dnia, przybrałem odświętnie stół, postawiłem w wazonach kwiaty, a koło jej nakrycia położyłem maleńką paczuszkę zawierającą złotą broszkę w kształcie smoka. Wypatrzyłem ją w antykwariacie na Starówce. Kosztowała fortunę, ale czego się nie robi dla ukochanej kobiety.

Zasiedliśmy do obiadu. Moja żona zachwyciła się prezentem.

– Kochanie, jest cudowna! Skąd ją wziąłeś?

– Nie powiem. Moja słodka tajemnica. A zresztą... Ten smok jeszcze dziś rano latał sobie na swobodzie. Na jego nieszczęście wynająłem czarownika, który zaklęciem zamienił go w złoto. Odtąd ma służyć tobie i tylko tobie.

– Oj, uważaj, bo jeszcze uwierzę – śmiała się. – A w jaki sposób można go odczarować?

– Z pewnością nie pocałunkiem – zachichotałem. – Zastrzegłem ten warunek już we wstępnych pertraktacjach z magiem.

Posiłek upłynął nam wśród dalszych żartów i śmiechu. W końcu podniosłem się od stołu.

– Kochanie, czy mogę...?

– Oczywiście, pójdę wziąć prysznic. Co tam nowego dziś wyszperałeś?

– Szkatułkę. Niestety, na razie jest w fatalnym stanie. Okropnie zabrudzona. Chcesz zobaczyć?

– Dziękuję. Chyba poczekam, aż ją odczyścisz.

– W takim razie...

– No idź już, idź. Przecież widzę, że nie możesz się doczekać.

Szylkret zazwyczaj nieźle znosi upływ czasu, jednak jak każde tworzywo organiczne w niesprzyjających warunkach niszczeje. Szkatułka przez dłuższy czas musiała walać się na strychu lub w wilgotnej piwnicy. Płytki tu i ówdzie pofałdowały się. A gdyby rozebrać pudełeczko, namoczyć ścianki, przywrócić im plastyczność i spróbować naprostować? Ryzykowne. Wodą z mydłem i szczoteczką oczyściłem nabytek. Materiał z wierzchu mocno zmatowiał. Co z tym fantem zrobić? Czy wystarczy natrzeć gliceryną, czy może lepszy będzie wosk meblarski? A może warstwa zewnętrzna utleniła się i należy ją po prostu zeszlifować?

Teraz należało zająć się wieczkiem. Już wcześniej zauważyłem, że osadzono je bardzo mocno. Badając spoinę przy użyciu lupy, stwierdziłem, że zostało po prostu przyklejone. Potrząsnąłem szkatułką, ale z wnętrza nie dobiegł mnie żaden dźwięk. Zapaliłem lampkę i uniosłem pudełko do światła. Blask silnej żarówki przeniknął przez ścianki, wydobywając przy okazji ich całą, zdawałoby się, utraconą na zawsze urodę. Wewnątrz nie było nic.

Po dłuższej chwili namysłu zdecydowałem się użyć skalpela. Powoli i ostrożnie ciąłem po spoinie, aż całkowicie oddzieliłem wieczko. Podważyłem je ostrzem. Jeszcze przez chwilę stawiało mi opór, a potem odskoczyło z cichym cmoknięciem.

W przeciwieństwie do tego, co widoczne było na wierzchu, wnętrze lśniło jak nowe. Ścianki były gładkie, natomiast na dnie wygrawerowano skomplikowany ornament. W samym środku widniał ozdobny znak. Nie znałem go. Zanotowałem sobie w pamięci, żeby sprawdzić przy najbliższej okazji. Na razie należało zająć się zewnętrzną powierzchnią ścianek oraz wieczka. Pracowałem kilka godzin, nim udało mi się osiągnąć zadowalające efekty. O siódmej musiałem przerwać pracę. Wybieraliśmy się z Anitą do teatru. Z żalem odłożyłem szkatułkę do gablotki. Następnego dnia czekał mnie służbowy wyjazd do Poznania, wiedziałem, że nie zdołam dokończyć dzieła.

Warszawa nocą nie jest zbyt przyjaznym miastem. Mimo to postanowiliśmy po spektaklu wpaść gdzieś na kieliszek wina. Z uwagi na okazję – urodziny Anity już za kilka godzin – wybraliśmy się do Fukiera. Usiedliśmy przy jedynym wolnym stoliku. Było gorąco, więc solenizantka zdjęła po chwili żakiet. Na jej sukience pysznił się wpięty złoty smok. Gdy rozmawialiśmy o niedawno obejrzanym przedstawieniu, palce Anity bezustannie wędrowały w jego kierunku, opuszkami wodziła wzdłuż krętego grzbietu, gładziła wygiętą szyję.

– Skąd pani go ma?!

Wzdrygnąłem się. Pytanie padło całkiem nieoczekiwanie. Za moimi plecami stała niska, starsza, nienagannie ubrana kobieta. Mogła mieć koło siedemdziesiątki, choć mimo siwych włosów na jej twarzy nie było zbyt wielu zmarszczek. Oczy kobiety, bystre i błyszczące, patrzyły na Anitę oskarżycielsko.

– Słucham? Czy pani mówiła do mnie? – spytała moja żona.

– Owszem – w głosie wiekowej damy brzmiał tłumiony gniew. – Pytałam, skąd u pani wziął się mój smok.

– Pani smok...?

– Owszem, mój. To bardzo cenna pamiątka rodzinna.

– Chwileczkę – wtrąciłem się. – Chyba zaszła jakaś pomyłka. Tę broszę kupiłem kilka dni temu...

– Została skradziona w listopadzie ubiegłego roku – przerwała mi kobieta. – Jeśli mówi pan prawdę, nabył pan ją niewątpliwie z nielegalnego źródła!

– Kochanie – odezwała się Anita z obawą w głosie – gdzie kupiłeś smoka? Masz jakieś pokwitowanie?

– Oczywiście. Gdzieś tu... – Sięgnąłem do kieszeni. W tej chwili przypomniałem sobie, że wczoraj oddałem garnitur do pralni chemicznej. W kieszeni nie było już dowodu zakupu. – Nie, przepraszam... Niestety, przepadło.

– Ach tak! – Staruszka z trudem powstrzymała się, by na jej twarz nie wypłynął triumfujący uśmieszek. – Wobec tego udamy się na policję.

– O Boże! – jęknęła Anita. – Tomku, gdzie to kupiłeś? Może pamiętają?

– Z pewnością – uspokoiłem ją. – Czy będzie pani skłonna zaczekać do jutra? – zwróciłem się do kobiety.

– Do jutra! – prychnęła. – Do jutra zdąży pan uciec i gdzieś się zaszyć! O nie, mój drogi, wzywamy policję – z tymi słowy sięgnęła do torebki po telefon komórkowy.

Pół godziny później na zapleczu winiarni składałem zeznania. Anita, smutna i zdenerwowana, siedziała w kącie. Staruszka drżała z podniecenia. Podałem adres antykwariatu, gdzie kupiłem broszkę. Tymczasem złoty smok został wzięty w depozyt.

Gdy wracaliśmy do domu, moja żona była dziwnie milcząca. Dopiero gdy zamknęliśmy drzwi mieszkania, odezwała się.

– Tomku... powiedz, naprawdę w antykwariacie? – wyszeptała. – Nie odnowiłeś przypadkiem swojej znajomości z Edkiem? Nie kupiłeś u niego?

– Kochanie, skąd, naprawdę byłem w antykwariacie. Gdyby nie ta cholerna pralnia, miałbym dowód w ręku. A tak – policja sama sprawdzi. Na pewno antykwariusz rozpozna smoka. Kilka dni i będzie po sprawie.

Patrzyła na mnie nieufnie. Rzeczywiście, nie bez powodu. Gdy wracałem myślami do wydarzeń sprzed pięciu lat, nadal dławił mnie wstyd. Tak się pozwolić wrobić... Wszystko przez tego krętacza Edka. Podobno wyszedł z więzienia, ale nie zamierzałem się z nim zadawać.

W końcu Anita uśmiechnęła się.

– Wierzę ci – powiedziała.

Wkrótce poszliśmy do sypialni. Przytuliłem żonę i natychmiast zapadłem w sen.

Anita zdjęła żakiet. Na jej sukience pysznił się złoty smok. Gdy rozmawialiśmy o niedawno obejrzanym przedstawieniu, palce Anity bezustannie wędrowały w jego kierunku, opuszkami wodziła wzdłuż krętego grzbietu, gładziła wygiętą głowę.

– Skąd pani go ma?!

Wzdrygnąłem się. Pytanie padło całkiem nieoczekiwanie. Za moimi plecami stała niska, starsza, nienagannie ubrana kobieta. Mogła mieć koło siedemdziesiątki, choć mimo siwych włosów na jej twarzy nie było zbyt wielu zmarszczek. Oczy kobiety, bystre i błyszczące, patrzyły oskarżycielsko na Anitę.

– Słucham? Czy pani mówiła do mnie? – spytała moja żona.

– Owszem – w głosie wiekowej damy brzmiał tłumiony gniew. – Pytałam, skąd u pani wziął się mój smok.

– Pani smok...?

– Owszem, mój. To bardzo cenna pamiątka rodzinna.

– Chwileczkę – wtrąciłem się. – Chyba zaszła jakaś pomyłka. Tę broszę kupiłem kilka dni temu...

– Została skradziona w listopadzie ubiegłego roku – przerwała mi kobieta. – Jeśli mówi pan prawdę, nabył pan ją niewątpliwie z nielegalnego źródła!

– Kochanie – odezwała się Anita z obawą w głosie – gdzie kupiłeś smoka? Masz jakieś pokwitowanie?

– Oczywiście. Gdzieś tu... – W tej chwili przypomniałem sobie, że wczoraj oddałem garnitur do pralni chemicznej. W kieszeni nie było już dowodu zakupu. – Nie, przepraszam... Niestety, przepadło.

– Ach tak! – Staruszka z trudem powstrzymała się, by na jej twarz nie wypłynął triumfujący uśmieszek. – Wobec tego udamy się na policję.

– O Boże! – jęknęła Anita. – Tomku, gdzie to kupiłeś? Może pamiętają?

– Z pewnością – uspokoiłem ją. – Czy będzie pani skłonna zaczekać do jutra? – zwróciłem się do wiekowej damy.

– Do jutra! – prychnęła. – Do jutra zdąży pan uciec i gdzieś się zaszyć! O nie, mój drogi, wzywamy policję – z tymi słowy sięgnęła do torebki po telefon komórkowy.

Pół godziny później na zapleczu winiarni składałem zeznania. Anita wściekła siedziała w kącie. Staruszka drżała z podniecenia. Podałem adres antykwariatu, gdzie kupiłem broszkę. Tymczasem złoty smok został wzięty w depozyt. Gdy wracaliśmy do domu, moja żona nadal milczała. Dopiero gdy zamknęliśmy drzwi mieszkania, odezwała się.

– Naprawdę w antykwariacie? – wysyczała. – Czy u twojego kolesia Edka? Pamiętasz jeszcze, co mi kiedyś obiecywałeś?

– Kochanie, naprawdę byłem w antykwariacie. Gdyby nie ta cholerna pralnia, miałbym dowód w ręku. A tak – policja sama sprawdzi. Na pewno antykwariusz rozpozna smoka. Kilka dni i będzie po sprawie.

– Pralnia, jasne, taki zbieg okoliczności – prychnęła ironicznie. – O nie, mój drogi. Jeżeli cokolwiek nałgałeś... – zawiesiła głos.

– Ależ, Anito – jęknąłem. – Dlaczego mi nie wierzysz?

– Po tym co przeszłam pięć lat temu?

– Ja też swoje przeszedłem!

– Przekonamy się, co powie policja – ucięła i poszła do łazienki.

Spać położyłem się sam. Moja żona zamknęła się w swoim gabinecie. Nie śmiałem jej przeszkadzać.

Obudziłem się zlany potem... Żona, pomrukując coś przez sen, spała obok. Co za koszmar mi się przyśnił!

Poszedłem do kuchni i nalałem sobie szklankę zimnej wody. Szok powoli mijał. Popatrzyłem na zegar, za piętnaście szósta, nie było już sensu kłaść się z powrotem.

Sądziłem, że z konferencji wrócę około północy. Niby z Poznania do Warszawy nie jest daleko, niespełna trzy godziny InterCity, ale ostatnie spotkanie robocze miało potrwać do dziewiętnastej. Tymczasem okazało się, że dwaj prelegenci zachorowali i mogłem się urwać jeszcze przed siedemnastą. W ostatniej chwili udało mi się wskoczyć do ruszającego już pociągu. Gdy przekręcałem klucz w zamku mieszkania, właśnie kończyły się wiadomości.

– Już jesteś? – zawołała Anita z pokoju. – Był do ciebie telefon z policji. – Stanęła w drzwiach z kieliszkiem wina w ręce. – Jakiś funkcjonariusz wściekał się, że wyjechałeś. Prosili, żebyś natychmiast się zgłosił – wyrecytowała jednym tchem.

Zauważyłem, że kieliszek w jej dłoni lekko drżał. Podszedłem do Anity i pogłaskałem ją po policzku.

– Kochanie, spokojnie, nie martw się. Pojadę teraz na komisariat i złożę zeznania. A potem wrócę i spędzimy razem twój urodzinowy wieczór. Wszystkiego najlepszego, kochanie – wyszeptałem, wyjmując zza pleców kupioną przy dworcu różę.

Policjant był stary, poczciwy i wyglądał na zmęczonego. Otworzył dwie teczki: jedną nieco zakurzoną, pełną jakichś papierzysk, i drugą nowiutką, na razie pustą. Wyciągnął z szuflady kartkę z nadrukiem i długopis.

– Dobra – powiedział, patrząc do notatek. – Smok...

Pogrzebał w starej teczce i wyciągnął czarno-białą fotografię broszki. Obok położył kolorowe zdjęcie skonfiskowanego wczoraj przedmiotu.

– Wyglądają identycznie – ocenił – ale sekcja fotogrametrii jeszcze porówna. A rzeczoznawca będzie dopiero w przyszłym tygodniu...

– Wyrób chiński, pierwsza połowa osiemnastego wieku, robota prawdopodobnie kantońska. Niesygnowany. Forma na wosk tracony, powierzchnia ozdobiona poprzez grawerowanie. – Wzruszyłem ramionami.

Spojrzał na mnie znad okularów.

– Zna się pan na tym?

– Tyle o ile. Interesuję się nieco sztuką Dalekiego Wschodu. Trochę kolekcjonuję, szukam po różnych targach staroci.

– Niech mi pan powie: to rzadkie?

Zamyśliłem się na chwilę.

– U nas bardzo – przyznałem. – Na Zachodzie wyroby chińskiej sztuki złotniczej trafiają się częściej. Kupiłem go, bo prawdopodobnie nigdy w życiu nie trafi mi się nic podobnej klasy.

– Czy mogą istnieć dwa takie smoki?

– Teoretycznie tak, ale jest bardzo mało prawdopodobne, by dwie identyczne broszki wypłynęły niemal jednocześnie w Warszawie. Myślę, że to ten sam egzemplarz, skradziony tamtej pani...

– Gdzie nabył pan to cacko?

– Przecież podałem wczoraj adres? – zdziwiłem się.

– Ale tak go zapisali, że nie odczytałem – westchnął, pokazując kartkę z jakimiś bazgrołami, zapewne wczorajszą notatkę służbową policjantów, którzy mnie przesłuchiwali.

Podałem adres raz jeszcze.

– I dowód zakupu przepadł? – indagował dalej policjant.

– Tyle z niego zostało. – Wyjąłem z kieszeni przezroczysty woreczek ze strzępkami papieru.

– Lepsze to niż nic – mruknął. – Może laboratorium coś z tej sieczki złoży. Teraz muszę tylko pokombinować, jak podejść tego antykwariusza, żeby się nie wyparł... Ile to jest warte? – Potrząsnął zdjęciem.

– Zapłaciłem cztery tysiące osiemset – wyjaśniłem.

– O kuźwa – mruknął z uznaniem.

– Ale przypuszczalnie dowolny kolekcjoner na Zachodzie dałby od ręki dwa, trzy razy tyle – uzupełniłem.

– Płacił pan kartą? – Funkcjonariusz spojrzał na mnie z uwagą.

– Oczywiście. Przecież nikt normalny nie nosi takiej sumy przy sobie.

Spojrzał na mnie z politowaniem i pokiwał po ojcowsku głową.

– I po co panu kwit, skoro bank potwierdzi, gdzie dokonał pan zakupu?

– No tak – przyznałem. – O tym nie pomyślałem. Jutro wezmę wyciąg z konta. A może i kwitek z terminala mam jeszcze w portfelu. – Odetchnąłem z ulgą i odprężyłem się.

– No to z podejrzanego awansujemy pana na świadka. A stąd już niedaleko do uniewinnienia – zażartował. – A poważnie: jeszcze pana trochę pociągamy...

Policjant był młody, energiczny i wyglądał na wkurzonego. Otworzył z trzaskiem dwie teczki: jedną nieco zakurzoną, pełną jakichś papierzysk, i drugą nowiutką, na razie pustą. Wyciągnął z szuflady kartkę z nadrukiem i długopis.

– Dlaczego wyjechał pan z miasta bez zapowiedzi? – warknął. – Jest pan podejrzanym, obowiązuje pana zakaz oddalania się z miejsca zamieszkania.

– Nie wiedziałem. Przecież zostawiłem wam mój numer – bąknąłem. – Dostałem SMS-a od żony w pociągu i prosto z dworca przybiegłem tutaj...

Trochę byłem zaskoczony. Byłem pewien, że to oskarżonym nie wolno opuszczać miejsca zamieszkania! A może tylko tak straszył? Chyba tak.

– I całe szczęście, bo już szykowaliśmy list gończy. Dobra – powiedział, patrząc do notatek. – Smok...

Pogrzebał w starej teczce i wyciągnął czarno-białą fotografię broszki. Obok położył kolorowe zdjęcie skonfiskowanego wczoraj przedmiotu.

– Wyglądają identycznie – ocenił – a sekcja fotogrametrii jeszcze porówna. Rzeczoznawca będzie dopiero w przyszłym tygodniu.

– Wyrób chiński, pierwsza połowa osiemnastego wieku, robota prawdopodobnie kantońska. Niesygnowany. Forma na wosk tracony, powierzchnia ozdobiona poprzez grawerowanie. – Liczyłem na to, że drobna pomoc nieco go udobrucha.

Spojrzał na mnie znad okularów. Oczy miał jak dwie lufy karabinowe.

– Zna się pan na tym?

– Tyle o ile. Interesuję się nieco sztuką Dalekiego Wschodu. Trochę kolekcjonuję, szukam po różnych targach staroci.

– Niech mi pan powie: to rzadkie?

Zamyśliłem się na chwilę.

– U nas bardzo – przyznałem. – Na Zachodzie wyroby chińskiej sztuki złotniczej trafiają się częściej. Kupiłem go, bo prawdopodobnie nigdy w życiu nie trafi mi się nic podobnej klasy.

– Czy mogą istnieć dwa takie smoki?

Czułem, że szuka na mnie haka, lecz zdecydowałem się odpowiadać szczerze i zgodnie z prawdą.

– Teoretycznie tak, ale jest bardzo mało prawdopodobne, by dwie identyczne broszki wypłynęły niemal jednocześnie w Warszawie. Myślę, że to ten sam egzemplarz, skradziony tamtej pani...

– To już wiemy – uciął. – Gdzie nabył pan to cacko?

– Przecież podałem wczoraj adres? – zdziwiłem się.

– Tak go zapisali, analfabeci wtórni, że nie odczytałem – burknął, pokazując kartkę z jakimiś bazgrołami, zapewne wczorajszą notatkę służbową policjantów, którzy mnie przesłuchiwali.

Podałem adres raz jeszcze.

– I dowód zakupu przepadł? – indagował dalej policjant.

– Tyle z niego zostało. – Wyjąłem z kieszeni przezroczysty woreczek ze strzępkami papieru.

– Jaaasne – mruknął. – Nawet laboratorium nic z tej sieczki nie złoży. Ile to jest warte? – Potrząsnął zdjęciem.

– Zapłaciłem cztery tysiące osiemset – wyjaśniłem.

– O kuźwa – warknął z zawiścią.

– Ale przypuszczalnie dowolny kolekcjoner na Zachodzie dałby od ręki dwa, trzy razy tyle – uzupełniłem.

– Płacił pan kartą? – Funkcjonariusz spojrzał na mnie z uwagą.

– Oczywiście. Przecież nikt normalny nie nosi takiej sumy przy sobie.

Spojrzał na mnie z politowaniem i pokiwał głową.

– I sądzi pan, że niepotrzebny już panu kwit, skoro bank potwierdzi, gdzie dokonał pan zakupu?

– No tak – przyznałem. – Jutro wezmę wyciąg z konta... – Odetchnąłem z ulgą i odprężyłem się.

– Tylko że na wyciągu nie będzie napisane, czy kupił pan broszkę, czy sznur korali. – Spojrzał na mnie z błyskiem w oku. – Więc takie alibi na wiele się nie zda. Jest pan wolny. Powinniśmy zapuszkować pana na czterdzieści osiem godzin, póki sąd nie wyda nakazu aresztowania, ale jak na złość cele przepełnione. Zmiataj pan, do jutra.

Przekręciłem klucz w zamku mojego mieszkania. Ze zdumieniem stwierdziłem, że za drzwiami panuje ciemność. Było cicho, tylko krople deszczu biły o szyby. Przecież Anita powinna już być w domu. Zapaliłem światło w przedpokoju. Pusto... Na szafce pod lustrem leżała kartka:

Wybacz, wydarzenia wczorajszego wieczoru przepełniły czarę goryczy. Nie mam siły dłużej wysłuchiwać Twoich kłamstw. Odchodzę. Nie proś mnie, żebym wróciła. Pięć lat temu dałam Ci ostatnią szansę. Zaprzepaściłeś ją – Twoja sprawa. Zabrałam większość swoich rzeczy. Po resztę przyślę kogoś później. Nie próbuj się ze mną kontaktować.

Anita

Stałem bez ruchu, wpatrując się w tekst. Po twarzy popłynęły mi łzy. W końcu nogi odmówiły posłuszeństwa.

Oparty o ścianę, osunąłem się na podłogę. Łkając, odłożyłem na list kupioną przy dworcu różę.

– O, do licha. – Sprzedawca spostrzegł policjanta w drzwiach antykwariatu. – Coś się stało?

– No właśnie. – Stróż prawa kiwnął głową. – Prowadzę dochodzenie w pewnej sprawie.

– Czym mogę służyć? – Antykwariusz wskazał krzesło.

– Czy zna pan tego człowieka? – Podał mu fotografię.

Staruszek przez chwilę studiował ją uważnie.

– No, osobiście to nie, ale bywa u mnie od czasu do czasu. Interesuje się sztuką Dalekiego Wschodu, czasem kupi jakiś drobiazg. Gust to on ma...

– Ostatnio zrobił u pana drobny zakup.

– Tak, złotą broszkę w kształcie smoka. Jak zgaduję, w tej sprawie pan przyszedł?

– Chciałbym wiedzieć, od kogo i kiedy kupił pan ten drobiazg. Niestety, wedle naszych ustaleń pochodzi on z włamania, które miało miejsce w ubiegłym roku. – Policjant położył przed nim zdjęcie broszki.

Sprzedawca pobladł lekko.

– Oczywiście, zaraz sprawdzę. – Podreptał do masywnego sejfu, w którym prawdopodobnie przechowywał dokumentację. – Z tego, co pamiętam, poszła za cztery tysiące dziewięćset złotych?

– Świadek zeznał, że cztery osiemset.

– Oczywiście zwrócę mu natychmiast całą kwotę, reputacja firmy i honor są dla mnie najważniejsze. Nie mam tyle gotówki w kasie, ale proszę mu przekazać, że jeśli poda mi numer konta, zaraz zrobię przelew...

Wyciągnął księgę buchalteryjną i przez chwilę ją kartkował.

– U mnie jak w przedwojennej aptece: wszystko musi być zanotowane – zażartował smutno. – O, proszę, tu są dane sprzedawcy, spisałem go z dowodu.

– Dużo nam to nie da, jeśli przedstawił fałszywy – westchnął policjant.

– A może po fotografii da się go zidentyfikować?

– Ba, a skąd ją wziąć?

Staruszek popatrzył na datę, a potem siadł do laptopa. Przez chwilę grzebał w jakichś plikach, po czym tryumfalnie odwrócił ekran w stronę funkcjonariusza. Dziwnie wyglądający typek w garniturze siedział w tym samym miejscu co policjant teraz, a przed nim na ladzie leżał drobiazg, w którym bez trudu dało się rozpoznać broszkę.

– Ukryta kamera – mruknął policjant. – Sprytne.

– Życie nauczyło – wyjaśnił antykwariusz. – Czasy takie parszywe, że nikomu nie można wierzyć...

Policjant zaklął, złożył parasol i wszedł do sklepu.

Za ladą siedział ciemnowłosy młody mężczyzna w skórzanej kurtce. Pośpiesznie upychał w szufladzie jakieś papierzyska.

– Czym możemy służyć? – zapytał, po czym podniósł wzrok. Gdy spostrzegł policjanta, jego twarz stężała. – Coś się stało?

– Owszem. – Stróż prawa kiwnął głową. – Prowadzę dochodzenie w pewnej sprawie, a ten koleś jest na razie głównym oskarżonym... – Rzucił fotografię na blat.

– Wygląda na niezłego gagatka. – Sprzedawca nie wykonał najmniejszego gestu, więc policjant sam przysunął sobie krzesło i rozsiadł się jak basza.

– Kupił tu podobno broszkę w kształcie smoka – powiedział.

– Możliwe. – Typek za ladą wzruszył ramionami. – Tyle towaru przechodzi nam przez ręce, że trudno wszystko spamiętać. Ma dowód zakupu?

– Tylko wyciąg z konta.

Podał mu wydruk. Sprzedawca wyciągnął z szuflady rolkę papieru od kasy fiskalnej i przez chwilę sprawdzał kolumny cyfr.

– No faktycznie, była taka transakcja – powiedział. – Ale jaki konkretnie przedmiot został sprzedany, tego nie wiem. Ruch w interesie jest spory. Zresztą z tego, co widzę, nie było mnie wtedy w pracy.

– Notujecie, co i od kogo kupiliście? – zapytał policjant.

– Nie ma takiej potrzeby, poza tym za dużo byłoby z tym roboty. Mamy stałych i zaufanych dostawców – ryzyko, że trafi nam się trefny towar, jest znikome.

– To bardzo charakterystyczna rzecz...

Podał sprzedawcy wydruk zdjęcia.

– Może było coś takiego, a może nie. – Typek przymknął oczy. – Ale raczej nie. Chyba bym zapamiętał, choć biżuterii sprzedajemy tu na kilogramy...

Obudziłem się szczęśliwy i pełen nadziei. Sięgnąłem ramieniem, by przytulić żonę. Nagle dobry nastrój prysł. Wrócił koszmar wczorajszego wieczoru. Anity nie ma. Odeszła. Ech... Ten sen... taki realistyczny... Anita była w domu, rozmowa w antykwariacie wykazała, że jestem niewinny. Z przerażeniem spojrzałem na zegarek. Pół godziny! Nie zdążę!

W pośpiechu naciągnąłem na siebie wymięte spodnie, nieświeżą koszulę i marynarkę. Na krawat nie było już czasu. Rozchlapując kałuże, pobiegłem do miasta.

– Spóźnił się pan dziesięć minut – oznajmił zimno policjant, taksując mój strój. – Mój czas jest cenny. Proszę wchodzić.

Siedliśmy w gabinecie. Streścił mi, co stało się w antykwariacie.

– Ma pan jeszcze jakieś alibi? – Spojrzał na mnie z mieszaniną pogardy i politowania.

Pokręciłem głową. Czułem się całkowicie bezsilny. Bez słowa wziąłem w dłoń karteczkę z terminem kolejnego przesłuchania, odwróciłem się na pięcie i poszedłem do domu. Do domu, w którym nikt na mnie nie czekał.

Przekręciłem klucz w zamku i zamiast zapalać światło, cofnąłem się zaskoczony. Słaby przeciąg wskazywał wyraźnie, że ktoś się do mnie włamał. Szczelne zamknięcie okien i uruchomienie alarmu były rytuałem, który sumiennie odprawiałem każdego ranka. Anita o tej porze jeszcze była w pracy. Stojąc w drzwiach, wyjąłem telefon i zadzwoniłem po policję. Wycofałem się na klatkę schodową, aby nie zadeptać ewentualnych śladów, i tu cierpliwie czekałem na ekipę.

Oczywiście, jak każdy kolekcjoner, liczyłem się z ryzykiem włamania. Wydawało mi się, że mieszkanie zabezpieczyłem wzorowo. Atestowane drzwi antywłamaniowe, specjalne okna o stalowych ramach i szybach, których nie da się przerąbać nawet siekierą. Na wszelki wypadek moje zbiory kryły się w pancernych gablotkach z zameczkami na klucze kodowe. Niestety, nie przewidziałem jednego. Mieszkanie na lewo ode mnie stało przez kilka miesięcy puste. Złodzieje, udając ekipę remontową, włamali się tam, a potem spokojnie i metodycznie wypiłowali dziurę w cienkiej ściance oddzielającej obie łazienki. Musieli użyć szlifierki kątowej i poświęcić na to sporo czasu, ale ostatecznie w trakcie remontu hałasy to zupełnie naturalna rzecz. Nikt z sąsiadów nie zwrócił na to uwagi... Na szczęście samo wejście dużo im nie dało. Gablotki były naprawdę solidne. Pierwsze dwie usiłowali otworzyć, tnąc zamki. Jednak bolce z węglików spiekanych i stal samohartująca to naprawdę piekielnie twarde materiały. Do kolejnych dwu przedzierali się przez szyby. Pewnie sądzili, że to zwykłe hartowane szkło. Z wierzchu owszem, jednak wewnętrzną warstwę stanowił specjalny polimer, który nie dość, że był pierońsko twardy, to w wyższej temperaturze topił się i oblepiał tarczę tnącą, powodując jej ślizganie. Okazało się jednak, że i to zabezpieczenie zawiodło.

Złodzieje wybierali przedmioty na chybił trafił. Straciłem w sumie cztery rzeczy. Zabrali wachlarz za może trzysta złotych, podczas gdy obok spoczywała szesnastowieczna figurka Buddy warta stokrotnie więcej. Połaszczyli się na flaszeczkę ze steatytu, a cenny sztylet nie wzbudził ich zainteresowania. Zabrali też dość ładny przycisk do papieru oraz mój najnowszy nabytek – szkatułkę, której nie zdążyłem nawet do końca odświeżyć. A więc zwykłe leszcze, a nie fachowcy. Tylko skąd wiedzieli, że do mnie warto?

Policjanci pojawili się po dwudziestu minutach. Wyskoczyli z windy z bronią gotową do strzału, osłaniając się wzajemnie... Zachciało mi się śmiać, jednak nie był to wesoły śmiech. Sprawdzili szybko i sprawnie oba mieszkania. W tym czasie zadzwoniłem do Anity powiedzieć jej, co się stało.

Krzyknąłem i zerwałem się ze spoconej pościeli. Cisza. Puste mieszkanie, puste łóżko. Nie ma Anity... Już pewnie nie wróci... Spojrzałem na zegarek. Szósta rano. Nie warto kłaść się z powrotem. Co za koszmar mi się przyśnił! Włamanie przez ścianę sąsiedniego mieszkania. Okropność!

Podszedłem do gablotek z mymi skarbami. Wziąłem w dłoń wachlarz i gładziłem jego bambusowy szkielet. Sięgnąłem po szkatułkę. Zaraz... Gdzie ona jest? Gorączkowo rozglądałem się po pomieszczeniu. Przeglądałem bibeloty zgromadzone na półkach... Nic! Wczoraj wieczorem jeszcze była! Włamanie...? Nie, przecież to tylko sen!!! Miotałem się po mieszkaniu, zaglądałem w każdy kąt. Nic. Zniknęła. Zrezygnowany usiadłem za biurkiem i schowałem twarz w dłoniach. Dlaczego...? Dlaczego od kilku dni prześladuje mnie jakiś pech? Broszka, policja, utrata Anity, teraz szkatułka... Spojrzałem na zegarek. Musiałem wziąć się w garść. Tego dnia czekało mnie kolejne przesłuchanie.

Autobus jak na złość nie przyjechał o czasie. Po dwudziestu minutach bezowocnego oczekiwania na smaganym deszczem przystanku postanowiłem pójść pieszo. Kuląc się pod siekącymi biczami ulewy, stawiając opór porywom wichru, brodząc po kostki w kałużach, biegłem przez miasto. Na posterunku byłem pięć minut spóźniony. Skostniałą dłonią przekręciłem lodowatą mosiężną gałkę w drzwiach.

Przez chwilę oszołomiło mnie ciepło. Na parę sekund popadłem w rodzaj drzemki na jawie. Sucho, cicho...

– No proszę, jednak zdecydował się pan pojawić – kąśliwy głos policjanta brutalnie wdarł się w moją świadomość. – Proszę do gabinetu.

Siadłem na krześle i zgarbiłem się nieco.

– Tak jak już wczoraj mówiłem, w zasadzie powinienem pana od razu przymknąć – powiedział. – Ale, psiamać, sędzia nie wyraził zgody, bo mamy przepełniony areszt. Jest jednak pewna kwestia, która nie daje mi spokoju. Odciski palców się nie zgadzają.

– Nie rozumiem – zdziwiłem się.

– Od rozumienia to ja tu jestem – warknął. – Ślady daktyloskopijne z mieszkania tamtej staruszki i twoje nie zgadzają się.

– To chyba dowód mojej niewinności – uczepiłem się rozpaczliwie tej szansy.

– To znaczy, cwaniaczku, że nie poszedłeś na włam sam, tylko z jakimś wspólnikiem – warknął. – I lepiej, żebyś wszystko teraz wyśpiewał. Jak na spowiedzi!

Wszedłem na posterunek. Po upale na dworze wnętrze powitało mnie miłym chłodem. Coś podobnego, mieli tu klimatyzację, a tyle się mówiło ostatnio o niedofinansowaniu policji.

– Niepotrzebnie się pan fatygował. – Znajomy policjant wyszedł mi naprzeciw. – Dorwaliśmy ptaszka. Odciski palców z tamtego włamania pasują, zresztą od razu przyznał się do wszystkiego... I jeszcze jedno. Poznaje pan? – Położył przede mną trzy fotografie.

– To moje! – rozpoznałem natychmiast przedmioty skradzione poprzedniego dnia. Niestety, brakowało szkatułki. Poinformowałem o tym policjanta.

– A to nasz ptaszek. – Pokazał mi fotografię.

Zaraz, zaraz... Przecież to Edek! Drań! Włamać się do dawnego kumpla!

– Wyciągnęliśmy z magazynu jego teczkę. Wtedy, jak go pan wsypał po transakcji z tą kradzioną wazą...

– A teraz się do mnie włamał, bo... – zacząłem.

– To normalne, chciał się odegrać. Albo tylko zdobyć cenne fanty. Od kiedy go wypuszczono z więzienia, ćpa na potęgę. A wie pan, narkomani szybko tracą poczucie rzeczywistości, przestają zwracać uwagę na ślady, które zostawiają. To tylko kwestia czasu, zanim wpadną.

– Czyli ja...

– Jest pan wolny. Sprawa jest ewidentna. Nie przypuszczam, żeby sąd chciał pana wezwać na świadka, lecz musi się pan liczyć z taką ewentualnością, więc przez najbliższe trzy tygodnie proszę nigdzie nie wyjeżdżać.

Wyszedłem z posterunku radosny jak skowronek. A zatem oczyszczono mnie ze wszystkich zarzutów. Anita na pewno też się ucieszy... Nogi same zaniosły mnie pod feralny antykwariat. Hmmm... Na wszelki wypadek nie będę tu nic kupował. Jednak gryzło mnie jedno pytanie.

Wszedłem.

– Ach, to pan. – Staruszek ucieszył się na mój widok. – Był rano ten policjant, przyskrzynili drania. Kto wie, może nawet odzyskam pieniądze, które bydlakowi zapłaciłem za smoka, jeśli jeszcze wszystkiego nie przepuścił. I proszę o numer konta, zaraz przeleję panu...

– Taka strata dla pana... – bąknąłem.

– E, nie ma problemu, transakcje są ubezpieczone – uspokoił moje wyrzuty sumienia.

– Mam pytanie. Czy zna się pan na chińskich ideogramach?

– Trochę. – Spojrzał na mnie znad okularów.

– Mam takie znaczki. – Położyłem przed nim kartkę z przerysowanymi ze szkatułki symbolami.

Podreptał na zaplecze i po chwili wrócił z opasłym słownikiem. Kartkował go długo.

– Wie pan – mruknął – to chyba nie jest współczesny zapis... Myślę, że to średniowieczne pismo mandaryńskie.

– Czy zna pan kogoś, kto byłby w stanie to odczytać? – zasępiłem się.

– Jest taki człowiek, gadałem z nim kiedyś. Chiński profesor wyrzucony z uniwersytetu w Pekinie.

– Gdzie mogę go znaleźć?

– Handluje na Stadionie Dziesięciolecia. W którym dokładnie miejscu, nie umiem powiedzieć, ale niech pan popyta. Nazywa się mistrz Wu.

Wyszedłem z antykwariatu i zamyślony ruszyłem przez ulicę w stronę domu. Szara terenówka zaryczała klaksonem. Co ten kierowca, głupi?! Przecież ma czerwone światło. Zignorowałem go, szedłem dalej. Klakson zaryczał ponownie. Spojrzałem w lewo i dostrzegłem za szybą przerażoną twarz kierowcy. I nagle zrozumiałem. To nie był pirat drogowy. Coś zawiodło. Pewnie hamulec. Po prostu nie mógł zatrzymać się przed przejściem. A ja znalazłem się na jego drodze. Szarpnąłem się do ucieczki, jednak było już za późno. Poczułem straszliwe uderzenie i wszystko wokół zalała ciemność.

Poderwałem się na równe nogi. Sen, okropny sen. Co to było? A tak, potrąciła mnie terenówka, trafiłem do szpitala w stanie śpiączki. Wszystko słyszałem, a nie mogłem się ruszyć. A może... Anity nie było obok mnie. Zaraz, przecież to jest sen, ten ohydny koszmar, w którym jestem podejrzany o kradzież... Sam już nie byłem pewien, co jest snem, a co rzeczywistością. Uszczypnąłem się: zabolało. Nie, to niemożliwe...

Na stadion przyszedłem o świcie. Wiał paskudny, zimny wiatr. Stanąłem na koronie i patrzyłem, jak podmuchy szarpią płachty folii i plandeki osłaniające stoiska. Gdzieś tam, pośród stosów butów i ubrań, którymi handlowali przybysze z Dalekiego Wschodu, kryła się odpowiedź na moje pytanie. Tylko jak w tej zbieraninie ludzi przybyłych z kilkunastu różnych azjatyckich krajów odnaleźć mistrza Wu?

Po czterech godzinach bezowocnego włóczenia się pomiędzy straganami poczułem ostry ból żołądka. No tak, od wczorajszego obiadu nie przełknąłem ani kęsa... Znalazłem budkę z dalekowschodnim fast foodem. Wszedłem do środka i zamarłem z przerażenia. Nie powinienem tu wchodzić. Przy plastikowych stolikach siedziało kilku Chińczyków. Wyglądali niby normalnie, ale owłosione łapska i tatuaże mówiły wszystko. Mafia. Prawdziwa chińska triada. Otaksowali mnie spojrzeniami, a jeden z nich gestem wskazał mi pusty stolik. Zrozumiałem, że jeśli spróbuję uciekać, zabiją mnie od razu.

Usiadłem na krzywym plastikowym krześle. Bandyci zamawiali sporo alkoholu – może się spiją i zapomną o mnie? Poprosiłem kelnerkę o ryż wie-ku-wo, czyli z wieprzowiną, kurczakiem i wołowiną. Byłem kompletnie wykończony. Sądziłem, że nic nie przełknę, jednak głód zwyciężył. Gangsterzy jedli, co jakiś czas popatrując na mnie. No i co? Przynajmniej umrę syty! Ryż dostałem rozgotowany, mięso dla odmiany twarde. Włączyłem telefon. Było mi już wszystko jedno. Jeśli gliniarze zechcą mnie aresztować, proszę bardzo, niech mnie namierzają. Lepiej iść do pudła, niż trafić w ręce tych z sąsiednich stolików. Oderwałem wzrok od błotnistego sosu w plastikowej misce i wtedy go zobaczyłem. Sam nie wiem, kiedy usiadł naprzeciwko. Był bardzo stary, siwy i pomarszczony. Ale jego oczy patrzyły na mnie bystro.

– Szukałeś mnie – mówił po rosyjsku z bardzo dziwnym akcentem, lecz go rozumiałem.

– Mistrz Wu?

Kiwnął dostojnie głową. Nagła cisza wręcz zadzwoniła mi w uszach. Rozejrzałem się odruchowo. Jeszcze przed chwilą bar był pełen bandytów. Teraz nie było tu nikogo.

– Musieli wyjść – wyjaśnił. – Masz pytanie.

Wyjąłem z kieszeni kartkę i podałem. Wziął ją z pozoru obojętnie, a rzuciwszy okiem na ideogramy, zwrócił bez słowa. Zrozumiałem, że wie, że od razu wiedział, po co przyszedłem.

– Klatka na świerszcze czy szkatułka? – zapytał.

– Szkatułka. – Spuściłem oczy. – Co się ze mną dzieje?

– Jesteś nie tu, gdzie chciałbyś być – powiedział mistrz Wu. – Trafiłeś na drugą stronę.

– Co to znaczy? – zdziwiłem się.

– Jin i jang, dwa kosmiczne pierwiastki, dwie strony rzeczywistości – mówił wolno, jakby chciał, żebym dobrze zrozumiał. – Dwa światy. W pierwszym układa się wszystko idealnie. Ale ten drugi też jest potrzebny, by zachować równowagę. Twoja dusza cieszy się wolnością w zwykłym świecie, lecz twoja mara cierpi w tym, byś mógł być silny tam, choć nie przechodzisz prób. Tu się męczysz, a tam zbierasz owoce tych przykrych doświadczeń.

– Tutaj...

– To ta gorsza strona. Bandyci, złodzieje, mordercy... Wieczny pech, wieczne cierpienie. Tu ciągle pada deszcz. Tu zawsze dostaniesz do jedzenia rozgotowany ryż i mięso z kota.

Z obrzydzeniem odsunąłem od siebie miskę.

– A nie powinieneś tu być – dodał. – Twoje miejsce jest tam. Zaczęło się od snów?

– Tak – wykrztusiłem. – Śniłem, jakbym jednocześnie był tu i tam...

– Szkatułka. Było ich kilka. Gdy hitlerowcy mordowali na Pradze naszych, stworzono je jako pułapki. Dusza tego, kto ją otworzy – ta prawdziwa dusza – zostaje w środku. Człowiek żyje potem już tylko swoją marą, doświadczając wciąż tego, co najgorsze... Myślałem, że wszystkie zostały dawno zniszczone. Nie sądziliśmy, że może ucierpieć ktoś niewinny.

– Co mam teraz robić?

– Masz ją?

Zaprzeczyłem.

– Włamali się do mnie i ukradli. Tam, w prawdziwym świecie. W tym też znikła.

Pokiwał powoli głową.

– Ona jest jedna – powiedział. – W tym świecie i w tym prawdziwym. W niej kryje się rozwiązanie twoich problemów. Odnajdź ją, otwórz. Twoja dusza stanie się wolna. Zeskrob ideogramy, a obudzisz się i nigdy już nie doświadczysz bezpośrednio istnienia tej gorszej rzeczywistości... Ruszaj.

Wstał na znak, że rozmowa skończona. Przeliczyłem pieniądze, które mi zostały. Trzydzieści złotych. Na koronie stadionu kupiłem maczetę. Ruski, który ją sprzedawał, podarował mi złamaną osełkę. Siedziałem długo w krzakach nad Wisłą, polerując blaszane ostrze. Jeśli w tamtym prawdziwym świecie szkatułkę ukradł Edek, to i w tym znajduje się w jego rękach. Jeśli tam jest zło-

dziejem i ćpunem, to tu, w gorszym świecie, jest zapewne bandytą i mordercą. Cóż, jeśli to ta gorsza rzeczywistość, to i ja będę gorszy. Jeśli trzeba, rozwalę mu łeb. Odnajdę szkatułkę, otworzę i zniszczę dziwne znaki.

I wszystko będzie dobrze. Uwolnię swoją duszę. Obudzę się ze śpiączki, a ten świat... Cóż, zniknie na zawsze z mojego życia. Wstałem z kamienia i sprawdziłem opuszką kciuka ostrze. Było jak brzytwa. Czekaj cierpliwie, Anito. Niebawem wrócę do ciebie. I już na zawsze będziemy razem...

Gdzie diabeł mówi dobranoc

Wiadomości oglądałem jednym okiem. Pokazywali stację regulacji klimatu gdzieś w Arizonie i ciała dwu mężczyzn zastrzelonych przez policję. Denaci mieli długie czarne brody, ubrani byli niby po naszemu, ale jakoś tak... staroświecko. Facet w mundurze pokazywał ich broń, osobliwe archaiczne flinty z zamkami skałkowymi.

– ...przypuszczalnie obaj zastrzeleni należą do sekty ortokoranistów i przybywają z Eurabii. – Dziennikarz rozmawiał z rzecznikiem prasowym miejscowej delegatury FBI. – Na ile udało się do tej pory ustalić, przebyli pieszo około tysiąca kilometrów, które dzielą nas od wybrzeża. Znaleźliśmy zatopioną na płytkiej wodzie dwuosobową żaglówkę, którą prawdopodobnie pokonali Atlantyk.

Przebitka na niedużą, mocno wysłużoną łajbę wyciągniętą na brzeg. Szczęka lekko mi opadła. Ja bym czymś podobnym nie wypłynął nawet na jezioro.

– Jaki był ich cel?

– Tu, w Arizonie, mieści się ranczo Nowy Watykan, w którym od kilku lat rezyduje były informatyk korporacji Radium, niejaki Otto Kaszkovsky, katolikom znany jako papież Paweł VII.

Dali następną przebitkę, tym razem z materiałów archiwalnych. Grupa w dziwnych czerwonych kapeluszach z frędzlami wchodzi do sporej szopy. Drzwi zamykają dwaj mężczyźni w pasiastych spodniach i wdziankach o niebywale staromodnym kroju, krzepko dzierżący halabardy. Kolejna przebitka – kilkutysięczny tłum obozujący wokół rancza, z komina szopy unosi się biały dym.

– Co ich skłoniło do podjęcia próby zamachu na tego człowieka? – zapytał dziennikarz.

– Przypuszczamy, że ma to związek z jego wypowiedzią sprzed dwu lat, kiedy to postulował podjęcie akcji zbrojnej przeciw Eurabii i rekatolicyzację istniejących tam szejkanatów – wyjaśnił agent.

Holościana zamigotała błękitem. Wczep zawsze mi trochę szwankował, więc pstryknąłem pilotem. Na ekranie pojawiło się wnętrze centralnego archiwum, korytarz długi na kilometr, dziesiątki stalowych regałów zastawionych teczkami, skoroszytami, pudłami i opasłymi tomami akt. Peter jak zwykle krzywo ustawił kamerę wideofonu.

– Witaj, Anzelmie. – Wykonał ceremonialny ukłon. – Mógłbym złożyć ci wizytę?

– Nie ma sprawy. Kiedy?

– Dziś wieczorem. Wydaje mi się, że trafiłem na coś naprawdę ciekawego. Znajdziesz godzinkę? Albo może dwie?

– Dla ciebie zawsze. – Zakreśliłem w powietrzu gest braterstwa. – Zjemy, wypijemy, pogadamy. Masz jakieś życzenia?

– Gdybyś mógł zdobyć trochę prawdziwego mięsa. – Uśmiechnął się z zażenowaniem. – Przejadła mi się ta mielonka z kultur tkankowych.

– Nie ma sprawy.

– A zatem będę o szóstej.

Mój kuzyn Peter był dziwnym typkiem. Chudy, można by powiedzieć „zasuszony", choć to słowo nie pasowało do dwudziestolatka. W zasadzie w naszej korporacji potrzebny był jak piąte koło u wozu, ale cóż – w końcu rodzina. Potrzebny czy nie, prawa dziedziczenia i prawo przodków nakazywały go zatrudnić. Wielki Ojciec dopiero po trzech miesiącach wymyślił mu sensowne zajęcie – wysłał do archiwów i kazał szukać informacji genealogicznych. W wolnych chwilach chłopak miał się zajmować badaniem historii firmy. Można powiedzieć, że z całej Rodziny tylko ja potrafiłem docenić walory nieprzeciętnego umysłu.

Moje zadania polegały na poszukiwaniach dawnych złóż ropy naftowej. Szyby, które nasi przodkowie porzucili przed dwustu czy dwustu pięćdziesięciu laty, były dla firmy bezcenne. Marnotrawni byli ci dawni Amerykanie, choć po prawdzie nie mieli zbyt dobrych technologii wydobycia. Z górotworów, które uważali za całkowicie wyeksploatowane, byliśmy w stanie wycisnąć jeszcze miliony galonów ropy, tak potrzebnej w produkcji polimerów. Niedoceniany przez Wielkich Szefów humanista Peter bardzo mi się przydawał. Podczas gdy inni gonili w piętkę, ryjąc na terenie działania dawnych gigantów, ja po cichu i bez rozgłosu wwiercałem się w miejsca wskazane przez kuzyna.

Buszowaliśmy na polach naftowych czynnych pod koniec dziewiętnastego i na początku dwudziestego wieku. Gdy konkurenci musieli się zadowolić złożami wyeksploatowanymi w dziewięćdziesięciu siedmiu procentach, my regularnie trafialiśmy na takie, gdzie w piaskowcach pozostawało dziesięć, czasem nawet piętnaście procent pierwotnych zasobów cennego surowca. Dwa razy trafiły się nawet dwudziestoprocentowe. Wyniki finansowe pozwoliły mi na szybki awans – w wieku niespełna trzydziestu lat byłem człowiekiem numer dwadzieścia siedem w firmie. Jeśli dobrze pójdzie, przed pięćdziesiątką mam szansę zostać najmłodszym w historii członkiem Rady.

Kuzyn pojawił się punktualnie. Podjąłem go godnie, pieczenią z renifera i trzydziestoletnim czerwonym winem kalifornijskim. Spałaszował z pół kilograma mięsa, a potem z kieliszkiem w dłoni podszedł do okna. Dłuższą chwilę patrzył na pogrążający się w mroku krajobraz.

– Lasy Zachodniego Teksasu – mruknął. – Ileż w tym poezji... Zwłaszcza teraz, jesienią.

– Pozytywny efekt mieszkania na peryferiach miasta. – Wzruszyłem ramionami. – Jeśli ci się tu podoba, w sąsiednim budynku jest kawalerka do kupienia. Od ręki, okazyjnie, tylko szesnaście milionów dolarów.

Skrzywił się lekko, po jego twarzy przebiegł cień.

– Jeśli nie masz tyle, załatwię ci kredyt.

– Odsetki by mnie zjadły. Zresztą nie wiem, czy długo zagrzeję tu miejsce. Być może niebawem przyjdzie pora wyruszyć na misję.

Oczy zabłysły mu wewnętrznym ogniem, jak zawsze, gdy wspominał o swojej religii.

– Opowiadaj – zachęciłem.

– Włącz urządzenia antypodsłuchowe – polecił. – Pogadamy o czymś naprawdę ciekawym.

Pstryknąłem pilotem. Szyby zmętniały, ściany zaczęły delikatnie wibrować.

– Wiem, gdzie jest ropa – zaczął bez wstępów. – Wielka ropa i w doskonałym gatunku. Na lata, może nawet dziesięciolecia eksploatacji.

Spojrzałem na niego spod oka. Stał, nadal patrząc przez okno. Wreszcie odwrócił twarz w moją stronę. Nie żartował. Nigdy nie żartował.

– Czy to pewne? – zapytałem.

Jak do tej pory nie pomylił się ani razu, choć w kilku przypadkach zdobyte dane okazały się niekompletne. Nie jego wina, bałaganiarscy byli nasi przodkowie i tyle.

– *Venture capital*. Złoża, o których myślę, nie zostały zbombardowane akerogenem, ale zawsze istnieje ryzyko infekcji. Trzeba pojechać i zrobić kilka odwiertów.

– Daleko?

– Jak cholera. – Wyszczerzył zęby. – Jednak powinno się kalkulować. Zresztą od liczenia ty tu jesteś.

– Głęboko?

– Tysiąc osiemset metrów mniej więcej.

Bywało lepiej, bywało gorzej. Uruchomiłem hologlobus. Przed nami przesuwała się plastyczna mapa Bliskiego Wschodu. Arabia Saudyjska, Kuwejt, Irak... Ich złoża zostały zainfekowane jeszcze w dwa tysiące trzydziestym czwartym akerogenem – bakteriami wyhodowanymi w amerykańskich laboratoriach, rozkładającymi cenny surowiec na dwutlenek węgla i temu podobne bezużyteczne związki. W Kazachstanie niezwykle rzadko trafiały się czyste miejsca, ale tam siedziała nasza konkurencja.

– Źle szukasz – powiedział, biorąc pilota do ręki.

Dolałem Peterowi wina.

– Wschodnia Eurabia, południowo-wschodnie pogranicza szejkanatu Lechistan – podpowiedział, przesuwając holo. – Ziemie dawniej określane jako Małopolska.

– Aha... – Popatrzyłem na obraz regionu. – Dużo tam tego wydobywano?

– Nieszczególnie. Ważne jest co innego. Po zbombardowaniu pól naftowych na Bliskim Wschodzie złoża na interesującym nas terenie zostały zbadane, jednak do eksploatacji nie doszło, bo już w dwa tysiące trzydziestym siódmym powstała tam Islamska Republika Ludowa. Przez co najmniej sto lat pies z kulawą nogą się tym nie interesował.

– Czekaj... – Nigdy nie byłem zbyt mocny z historii. – Ta Republika Ludowa to byli talibowie?

– Ortokoraniści.

Milczałem, trawiąc informacje. Ortokoraniści, muzułmańscy fundamentaliści. Tacy jak ci dziś zastrzeleni w Arizonie. Ci najgorsi, najbardziej fanatyczni, stanowiący obecnie nie więcej niż jedną trzecią wszystkich muzułmanów.

– Żadnej elektryczności, żadnych silników spalinowych, żadnych wczepów biocybernetycznych – mówił

Peter, patrząc na mapę. – W porównaniu z nimi nasi amisze to dalece zaawansowana cywilizacja techniczna.

– Hmm... – Zadumałem się głęboko.

– Mamy więc kraj, który na dziesięć lat pogrążył się w chaosie straszliwej wojny domowej, a potem został wraz z resztą Europy podporządkowany ich prawom. Aż do dzisiaj. Kraj cofnięty w rozwoju do średniowiecza. Kraj, który nie potrzebuje większości surowców notowanych na międzynarodowych giełdach i który nie uznaje żadnych kontaktów handlowych z resztą świata tymi surowcami zainteresowaną.

– Ale obecnie...

– Nowy kalif dwanaście lat temu ogłosił zakończenie polityki izolacji Eurabii. Stosunki dyplomatyczno-handlowe zostały nawiązane dopiero przed sześciu laty. Można już robić z nimi interesy. Szejkanat Lechistan to główny dostawca węgla kamiennego dla naszego przemysłu farmaceutycznego – wyjaśnił. – Nasi biznesmeni już tam buszują, lecz jeśli w to wejdziemy, będziemy pierwsi w kolejce do ropy.

– Węgiel łatwiej wydobyć niż ropę.

Rzeczywiście, *venture capital.* Ale kto wie.

– Na razie przynajmniej nie mamy żadnej konkurencji – dodał. – Bardzo niewiele firm gotowych jest podjąć ryzyko. No i jest jeden problem, ci zakichani ortokoraniści nie potrzebują większości naszych towarów. Z procesorów mogą zrobić biżuterię dla żon, leczenie chorych jest zabronione, bo cierpienie Allach zsyła jako karę za grzechy.

– Więc i naszych leków nie wezmą... To czym im zapłacimy? Kosmetykami?

– Złotem. Tym z kanadyjskich kopalni. Tu masz dane dotyczące wydobycia surowców w dawnej Polsce i zeskanowany pamiętnik inżyniera, który pracował przy badaniach, a potem uciekł do USA. – Podał mi kryształ pamięci. – Przejrzyj sobie w wolnej chwili. Będę leciał, nadchodzi godzina modlitwy wieczornej.

Pożegnałem go mocnym uściskiem dłoni. Gdy tylko zamknęły się za nim drzwi windy, uruchomiłem komputer. Małopolska... Obecnie szejkanat Lechistan. Hołościana rozjarzyła się blokami informacji. Najbardziej izolowana, najbardziej konserwatywna część Eurabii. Pierwsze inwestycje amerykańskie przed rokiem. Główne produkty eksportowe: węgiel kamienny, len, drewno. Cła wywozowe, lista firm, dokumenty wymagane, koncesje.

Władze szejkanatu, jak się okazało, wydawały zezwolenia na poszukiwania kopalin. Kilkanaście miesięcy temu spółka Radium z Kalifornii badała tam resztki złóż uranu, konsorcjum Cuprum Mines z Kanady nawet posiadało tam świeżo uruchomioną małą kopalnię azurytu. Ropa...

Załóżmy, że jest tam ropa w ilościach pozwalających na kilkuletnią eksploatację. Czy da się ją wywieźć? Rurociągi? Kiedyś może i były. Po dwustu latach można o nich zapomnieć. Cysterny? Odpada. W krajach ortokoranistycznych używanie silników spalinowych jest zakazane. Z drugiej strony jakoś muszą transportować węgiel ze Śląska do terminali okrętowych w Al-Gedanija. Wozami zaprzężonymi w woły? Mało prawdopodobne.

Znów wywołałem hologlobus. Powiększyłem mapę. Eureka! Kraj przecinały na krzyż dwie linie kolejowe.

Jedna wiodła z Nowego Kairu w Zjednoczonej Republice Germańskiej do El-Moskwija. Druga przecinała szejkanat z północy na południe. Zapewne nią transportowano węgiel i inne surowce w stronę morza. Sczytałem kryształ pamięci.

Surowiec wydobywano kiedyś w miejscowości o nazwie Ropienka. Duże, niewyeksploatowane złoża namierzono na południowy wschód od osady. Do Al-Krakau i linii kolejowej około sześćdziesiąt kilometrów. Taki odcinek da się od biedy pokonać wozami zaprzężonymi w konie. Chyba żeby złoże okazało się naprawdę bogate, wtedy można by się pokusić o budowę rurociągu przesyłowego, rozmarzyłem się.

Opłacalność inwestycji? Nie znałem cennika frachtu kolejowego w Eurabii ani w szejkanacie, ale skoro kalkuluje się wywóz węgla, to tym bardziej opłaci się przewóz dziesięciokrotnie droższej ropy.

Tak czy inaczej, można pomyśleć o tym na poważnie. Przerzucić na miejsce świdry, małą stację diagnostyczną, radar geologiczny... Diabli nadali. Cztery, może pięć ton sprzętu. Jak go dostarczyć na miejsce? Wrzuciłem zapytanie do Sieci. No proszę, była firma lotnicza, która od czasu do czasu realizowała loty z Islandii do Eurabii. Sprawdziłem cennik i włosy lekko stanęły mi na głowie.

Drogą morską? Uuuu... Wyłączne prawo wpływania na Morze Fatimy miały okręty należące do Carboenergetic. No to kicha. Nasze korporacje przed kilkudziesięciu laty stoczyły małą wojenkę. Choć oficjalnie panował pokój, nie lubili nas chyba jeszcze bardziej niż my ich. Czyli trzeba samolotem. Skontaktowałem się z magazynierem i złożyłem zamówienie na sprzęt. Najbliżej Islandii była ekspozytura firmy w Ottawie. Skompletowanie wyposażenia mogło potrwać najwyżej trzy dni.

Dochodziła jedenasta wieczorem, kiedy zadzwoniłem do Petera. Jeszcze nie spał.

– Wchodzę w to – powiedziałem, gdy tylko zobaczyłem go na ekranie. – Pojedziesz ze mną?

– Tak. Kiedy?

– Kończę załatwiać transport. Myślę, że najwcześniej w przyszłą środę. Muszę jeszcze wpaść na kurs załadować sobie pod elektrohipnozą arabski. Ze trzy, może cztery seanse będzie trzeba poświęcić. I ty też powinieneś.

– Jasne. Będę gotów na czas. – Na jego twarzy odmalowała się niespodziewana ulga, jakby jakiś ciężar spadł mu z serca. – Załatwię tylko jutro kilka spraw...

Wiał ostry północny wiatr, zacinał śnieg. Podkręciłem ogrzewanie w kurtce i schowałem się za ciężki betonowy blok. Wzdłuż lotniska ciągnął się długi rząd fundamentów wyrzutni. Ktoś pojawił się obok mnie. Peter.

– Robi wrażenie, no nie? – Uśmiechnął się, klepiąc ścianę zasłaniającą nas od wiatru.

– Robi. To pozostałości bazy rakietowej? – upewniłem się. – W tym gruzowisku ciągle są setki ton żelaznych zbrojeń. I to z naprawdę niezłego...

– Pomyśl o tym raczej jak o zabytku, a nie o surowcu do recyklingu – ofuknął mnie. – Przed dwustu laty między innymi tu trzymano rakiety z głowicami atomowymi gotowymi do odpalenia, gdyby talibowie coś kombinowali.

– Część systemu obronnego „Północny Pierścień". – Gdzieś mi się kołatały wiadomości z lekcji historii. – Ile czasu to trwało? To znaczy jak długo tu stacjonowali?

– Prawie pięćdziesiąt lat. Nasi przodkowie przez dwa pokolenia żyli w strachu przed rakietami ze Wschodu. Mieliśmy ogromne szczęście, że ortokoraniści wyrżnęli wreszcie talibów. Gdyby nie to, cholera wie co by się mogło stać.

Popatrzyłem na złomy betonu z dużo większym szacunkiem.

– Jutro znajdziemy się w średniowieczu – powiedział Peter. – Jesteś gotów?

Wzruszyłem ramionami.

– Gdy byłem w twoim wieku, pracowałem już przy odwiertach w Afryce i na Antarktydzie. Bywało, że miesiącami siedzieliśmy w namiotach, gotując sobie na kostkach paliwa zupy z koncentratu. Trudne warunki to dla mnie nic nowego. Martw się raczej o siebie. Nieczęsto opuszczałeś archiwa.

– Martwię się. Ale Bóg jest po naszej stronie.

– Jeśli interesuje się wydobyciem ropy – zażartowałem.

– Helikopter wyląduje za kilka minut – zmienił temat, ale w spojrzeniu kuzyna wyczytałem naganę.

Rzeczywiście, chwilę potem na resztki pasa startowego usiadła ciężko wiekowa wojskowa maszyna. Popatrzyłem na pociemniałe ze starości burty, porysowane szybki iluminatorów i zaślepione strzelnice. Kojarzyłem ten model. Mój ojciec latał na takich w czasie wojny z Meksykiem.

Widocznie dwadzieścia, może trzydzieści lat temu wojsko spisało helikopter ze stanu i od tego czasu służył prywatnej firmie. Ciekawe, jaki został mu resurs przebiegu reaktora? Pracownicy lotniska uruchomili automatyczne wózki. Tylny właz otworzył się i nasze kontenery jeden po drugim zaczęły znikać we wnętrzu luku bagażowego. Spojrzałem na zegarek.

– Mamy jeszcze jakieś dwadzieścia minut – uspokoił mnie Peter. – Zresztą nie odlecą bez ciebie.

Co fakt, to fakt.

Poszedłem do kantyny i kupiłem jeszcze trochę rzeczy na drogę. Gdy wróciłem, Peter rozmawiał z jakimś staruszkiem, ciężko wspartym na lasce. Mężczyzna miał ze sto dwadzieścia lat. Na spłowiałym kombinezonie widniało kilka baretek. Jedną rękę zastępowała mu cybernetyczna proteza.

– Pan Anzelm? – Ścisnął mi prawicę. – Mam na imię Otto, jestem głównym pilotem.

– Miło mi. – Przywitałem się z uśmiechem, mimo że poczułem ukłucie niepokoju.

Człowiek w tym wieku, nawet przy neurowspomaganiu, nie powinien chyba siadać za sterami? Z drugiej strony, jeśli latał od lat, musiał mieć ogromne doświadczenie.

– Ile czasu potrwa lot do El-Gammel? – zapytałem głównie po to, by przerwać kłopotliwe milczenie.

– Kilkanaście godzin – wyjaśnił. – Muszę trzymać się korytarza wyznaczonego przez punkty namiarowe. Kalif wydał bardzo surowe przepisy ruchu.

– A mają nas czym zestrzelić, gdybyśmy zboczyli z trasy? – zażartowałem.

– Kto ich tam wie.

Najwyraźniej wziął moje pytanie serio.

– Kilka załóg przepadło w Eurabii. Brudasy – nawet się nie zająknął, używając tak rasistowskiego określenia – może i udają zacofanych, ale widywałem w czasie służby rzeczy, które temu przeczą. Najprostszy przykład: niby nie wolno im używać elektryczności, jednak zagłuszają sygnały radiowe tak skutecznie, że nawet łącza satelitarne nie chcą działać. W każdym razie lepiej nie ryzykować.

Wsiedliśmy do kabiny. Drugi pilot okazał się niemal stuprocentowym cyborgiem. Z dawnego ciała została mu tylko głowa. Ciekawe, czemu nie wybrał eutanazji.

Stary uruchomił reaktor i silniki zagrały. Startowaliśmy tradycyjnie, na sprężonym powietrzu, dopiero kilometr nad lądowiskiem odpalił silniki plazmowe. Sądząc po migających kontrolkach, reaktor był na ostatnich nogach...

Wystartowaliśmy późnym popołudniem. Teraz była noc. Mknęliśmy nad rozległą powierzchnią wysrebrzoną światłem księżyca. Morze Fatimy, kiedyś nazywane Bałtykiem. Przed nami ciemną kreską rysował się ląd. Tam w dole nie widać było żadnego światła. Elektryczność to dla tych wariatów jeden z przejawów istnienia Złego.

Bywałem w dżunglach Ameryki Południowej, robiłem odwierty na lodowcach. Parokrotnie w życiu znalazłem się w miejscach, z których do Webnetu musiałem logować się przez przekaźniki stratosferyczne. Ale w tak dzikim miejscu jak Lechistan jeszcze nigdy.

Śmigłowiec podchodził do lądowania w gęstej mgle. Gdzieś tam w dole było lotnisko, piloci odnaleźli je jedynie dzięki namiarowi archaicznej radioboi. Zapewne mieli w kabinie kamery termowizyjne. My siedzieliśmy, patrząc w okno, za którym przetaczały się kłęby mlecznobiałych oparów. Dopiero jęk amortyzatorów oznajmił nam, że zetknęliśmy się z ziemią.

Opodal miejsca lądowania wznosiły się stare budynki. Pokryte liszajem ściany, kompletnie zmętniałe szyby, dziura po wyrwanych w zamierzchłej przeszłości drzwiach, na dachu wyrosła trawa. Właśnie od strony budynków nadciągnęło kilku wynędzniałych mężczyzn w strojach, które uznałem za kombinezony robocze. Ciągnęli za sobą na linach sporą platformę opartą na dużych drewnianych kołach.

Pilot otworzył tylny luk. Wchodzili do wnętrza helikoptera po czterech i używając szerokich skórzanych pasów, z trudem, ale ostrożnie wyciągali kolejne kontenery.

– To niewolnicy? – zapytał Peter.

– Takie tu parszywe zwyczaje panują. – Stary pilot wzruszył ramionami.

Zeskoczyłem na straszliwie zerodowaną betonową płytę lotniska. W zamierzchłej przeszłości namalowano tu wielki czerwony okrąg. Wokół stały metalowe żerdki, między którymi rozciągnięto linki, a na nich powiewały szmatki pokryte robaczkami arabskiego pisma.

– Technika to w ich mniemaniu sprawka diabła – odezwał się pilot z kabiny. – To jedyne miejsce, gdzie wolno nam wylądować, miejsce nieczyste i skażone. Napisy na „fladrach" to sury Koranu mające odegnać złego ducha. Są bardzo skuteczne, za każdym razem udaje nam się wystartować. – Zaśmiał się cicho.

Wzdrygnąłem się mimowolnie.

– Pora na mnie – powiedział. – Uważajcie na siebie. Bywało, że ludzie stąd nie wracali...

Podziękowałem i po chwili helikopter odleciał. Niewolnicy ciągnęli gdzieś platformę; ja i mój kuzyn staliśmy otoczeni powiewającymi szmatkami.

– Czekamy? Idziemy? – zapytałem.

– Nie wiem. Może zastrzelą nas, jeśli samowolnie przekroczymy ten krąg?

Przed budynek wyszedł jakiś człowiek w turbanie na głowie. Pomachał do nas zachęcająco. A więc jednak trzeba było iść. Przez wyrwę po drzwiach weszliśmy do sporej hali.

Mężczyzna czekał przy szerokim, obitym blachą stole. Powyżej na ścianie wymalowano w kilku językach „kontrola celna". Położyliśmy walizki.

– Nazywam się Omar – powiedział po angielsku. – Czy mówią panowie po arabsku?

– Owszem – potwierdziłem w fusha.

Tę najbardziej powszechną, literacką wersję języka miałem nieźle opanowaną. Niestety, nauka metodą elektrohipnozy nie obejmowała dialektów. Obawiałem się, co będzie, kiedy znajdziemy się na prowincji.

Wymieniliśmy nasze imiona. Poprosił o wyłożenie zawartości walizek na blat. Spod stołu wyjął tekturowe pudło. Szybko przejrzał wszystko, dzieląc przedmioty na dwa stosiki.

– Wwóz kamer i aparatów fotograficznych jest zakazany. Możecie je odebrać przy odlocie. – Urzędnik obojętnie przełożył je do kartonu. – Za używanie zminiaturyzowanego sprzętu tego typu grozi u nas kara śmierci.

– Mamy zezwolenie na użycie elektroniki... – zacząłem.

Wzruszył ramionami.

– Tylko do celów poszukiwań geologicznych i tylko za zgodą lokalnego imama – uzupełnił.

– Dokumentacja fotograficzna jest absolutnie niezbędna – zaprotestował Peter.

– I po co się ciskać? – zapytał Omar spokojnie. – Kupcie sobie w sklepie nasze aparaty, normalne, na kliszę.

– Na co?

– Wiem, o czym mówi – wtrącił się mój kuzyn. – U nas w dwudziestym wieku też takich używano. W muzeach jest tego cała kupa. Zapisują obraz chemicznie na takiej fikuśnej światłoczułej błonie.

– O, w mordę. – Jasne, teraz sobie przypomniałem. *Shit*! Przez jakiś głupi przepis mam używać urządzeń sprzed dwustu lat?! Choć z drugiej strony... To może być na swój sposób zabawne.

– Nie wolno fotografować ludzi ani zwierząt – dodał urzędnik. – To, co ożywił Allach, nie może znaleźć się na obrazie. Oczywiście szkicować też nie wolno.

– Coś podobnego... – zdumiałem się.

– Tu nie Taliban, my podchodzimy do słów Proroka poważnie – pouczył mnie surowo.

Zamknął karton, zakleił taśmą i opieczętował lakiem, odbijając w nim swój sygnet.

– Możecie to odebrać, wracając – powtórzył. – U nas nic nie ginie.

Wyciągnął formularze. Przepisał do nich dane z naszych paszportów.

– Mamy tu kilka rubryk, których wypełnienie wymaga współpracy panów – oznajmił. – Wyznanie?

– Jestem katolikiem – odparł Peter.

Urzędnik drgnął.

– Na podstawie umów między naszymi krajami nie możemy zabronić panu przebywania na naszym terytorium, jednak przypominam, że jakiekolwiek próby publicznego wyznawania tego kultu oznaczają karę śmierci wykonywaną w miejscu schwytania. Ma pan zakaz wwożenia jakiejkolwiek literatury religijnej. Proszę też uważać na prowokacje – dodał już łagodniej. – A pan?

– Nie wiem. – Wzruszyłem ramionami.

Uniósł grube brwi w niemym zapytaniu.

– W naszym kraju zakazana jest indoktrynacja religijna dzieci – wyjaśniłem. – Po ukończeniu dwudziestego pierwszego roku życia każdy ma prawo podjąć poszukiwania własnej drogi rozwoju religijnego i dopiero gdy będzie przekonany, że znalazł, deklaruje, do jakiego kościoła lub sekty chce się przyłączyć.

Arab wyglądał na głęboko wstrząśniętego.

– *Inszallah*, uczyli mnie o tym, ale nie sądziłem, że to naprawdę... – szepnął.

Wypytał nas jeszcze o przebyte choroby, pouczył o zakazie odbywania praktyk homoseksualnych i picia alkoholu. Potem musieliśmy podpisać oświadczenie, że zapoznaliśmy się z przepisami i przyjęliśmy ich treść do wiadomości.

– Co jeszcze mogę dla panów zrobić? – zapytał, składając papiery do tekturowej teczki.

– Musimy jakoś przetransportować nasze wyposażenie na dworzec kolejowy – zgłosiłem.

– To nie u mnie. Tym zajmuje się departament frachtu. Zapiszę panom na kartce adres. Na razie kontenery zostaną u nas w magazynie – gdy załatwicie zezwolenie, departament sam przewiezie je ciężarówkami i załaduje do pociągu.

– Macie ciężarówki? – zdziwił się Peter. – Bez elektryczności, lekkich reaktorów zimnej syntezy, silników spalinowych... Na czym one pracują?!

– Mamy silniki na skroplone powietrze. Trzeba je tankować co pięćdziesiąt kilometrów. Pracują w mieście i jego okolicach. Planujemy dopiero budowę sieci stacji gazowych, które umożliwią transport kołowy po terytorium całego szejkanatu – dodał z dumą. – Za kilka lat nawet kolej nie będzie panom potrzebna.

– No właśnie – podchwyciłem. – Jak to jest? Nie wolno wam używać prądu, a macie kolej? To jak utrzymujecie poduszki magnetyczne?

– Co? – zdziwił się Arab. – A, wiem, te wasze nie dotykają ziemi – przypomniał sobie. – U nas to zakazane. Gdyby Allach chciał, żeby pociąg latał, dałby mu skrzydła. – Znowu wzniósł oczy ku sufitowi. – Mamy normalne wagony.

– Nie rób z siebie głupka – warknął mój kuzyn. – To taka kolej jak u nas w czasach podbijania Dzikiego Zachodu. Wiesz, żelazne tory, lokomotywy na węgiel...

– Na drewno – sprostował urzędnik. – Węgiel w całości niemal idzie na eksport. Możemy wysłać wasz sprzęt koleją do Al-Krakau, tam zapakujecie go na wielbłądy i tak pokonacie ostatnie kilkadziesiąt kilometrów.

Załatwianie dokumentów zezwalających na podróż trwało dziesięć dni i wiązało się z wniesieniem licznych opłat, które urzędnicy nazwali bakszyszem, a które jako żywo kojarzą się ze znaną z literatury historyczno-przygodowej łapówką. Przez cały ten czas siedzieliśmy w zasadzie pod kluczem, zabroniono nam opuszczać karawanseraj. Ale teraz jedziemy. O, w mordę! Jedziemy tą ich koleją. Rozklekotane, zardzewiałe wagony, które pamiętają jeszcze czasy niesławnej pamięci Unii Europejskiej, ozdobione gwiazdkami na tabliczkach znamionowych. Lokomotywy są chyba nowsze, bo nie sądzę, żeby przechowali gdzieś sprawne maszyny liczące sobie na przykład cztery stulecia. Choć w tym dziwacznym kraju i to nie jest wykluczone. Drewno jest mało kaloryczne: co jakieś trzydzieści kilometrów pociąg staje, by uzupełnić zapas opału i wody potrzebnej do kotłów. Szybkość też rozwijamy oszałamiającą, może dziesięć kilometrów na godzinę... – naskrobałem w kajecie.

Rozbolała mnie ręka, nienawykła do stawiania liter. Poruszyłem palcami, wygiąłem nadgarstek.

– Ma się to szczęście – mruknąłem.

– Co masz na myśli? – zapytał Peter, wygodnie rozparty w swoim hamaku.

– Szkolny klub miłośników tradycji – wyjaśniłem. – Tam nauczyłem się pisać długopisem.

– Raport dla korporacji?

– Raczej luźne wrażenia z podróży – sprecyzowałem i zabrałem się znowu do dzieła:

To już trzeci dzień w drodze. Przeceniłem szybkość składu. Zresztą długie postoje w każdej, najmniejszej nawet wiosce dodatkowo spowalniają podróż. Tym ludziom nigdzie się nie spieszy.

Architektura mijanych miejscowości przypomina tę ze starych sztychów. Domy otoczone są wysokimi murami, zapewne posiadają wewnętrzne podwórka. W ścianach widać otwory strzelnic. Szykowali się tu do wojny czy to tylko tak, przeciw sąsiadom? Nie wiadomo. Większość budynków nie jest otynkowana. Gdy na nie patrzę, odgaduję, że wzniesiono je głównie z materiałów pochodzących z rozbiórki starych budowli. Najczęściej używanym spoiwem łączącym cegły, kawałki drewnianych podkładów, bloczki betonu, wiązki słomy i kamienie jest glina. Wszystko wokół nas to prowizorka. Slumsy zbudowane z odpadów, przypominające gniazdo myszy wykonane z pociętego zębami papieru starych ksiąg. To, co cenne, stare, piękne, zostało zniszczone i przetworzone na brzydkie, ale użyteczne.

Nasz wagon jest ostatni w składzie. Na zardzewiałych burtach umieszczono napisy po arabsku. Nie wiem, co tam nasmarowali, ale domyślam się. Na każdej stacji i stacyjce kłębi się tłum sprzedawców. Mężczyźni, cza-

sem kobiety ze szczelnie zasłoniętymi twarzami, słysząc zbliżający się pociąg, wylegają na perony, dźwigając wiklinowe kosze pełne wszelakich wiktuałów. Zanim obsługa lokomotywy załaduje świeżą porcję drewna, odchodzi tu handel wszystkim, czym się da. Pasażerowie sprzedają bele wzorzystych tkanin, tubylcy oferują głównie żywność. Tylko do naszego wagonu nikt nie podchodzi. Może dlatego, że jesteśmy niewierni, może napisy ostrzegają, że wieziemy urządzenia wykorzystujące elektryczność.

Budzimy lęk, ale i zaciekawienie. Nieczęsto pojawiają się tu przybysze z daleka. Tubylcy patrzą na nas, ale gdy odwzajemnimy spojrzenie, zasłaniają twarze i cofają się. Niektórzy wyciągają w naszą stronę amulety na sznurkach i łańcuszkach, jakby kamyki czy blaszki miały moc odbicia naszego nieczystego wzroku.

Zgniłymi kartoflami i kamieniami rzucają, gdy pociąg rusza w dalszą drogę – w takich chwilach lepiej siedzieć grzecznie w środku i słuchać, jak zaimprowizowane pociski biją w blachę.

Pociąg dojechał do końcowej stacji. Tłum podróżnych objuczonych workami i tobołkami wyległ na zewnątrz. Czekający przyjaciele oraz krewni rzucili się witać przybyłych.

Dwie fale ludzi zderzyły się i wymieszały. Zgiełk, harmider, gdaczące kury, meczące kozy, ktoś wystrzelił na wiwat w powietrze.

– O, w mordę – szepnął mój kuzyn. – Ale dzikusy...

Przez zbiegowisko przepchnął się ku nam wysoki Afroeuropejczyk w mundurze.

– Ibrahim ibn Salach, służba dworcowa – przedstawił się, wykonując ceremonialny ukłon, choć zauważyłem, że jego oczy błyszczą ironicznie.

Wymieniliśmy nasze imiona i nazwiska. Okazaliśmy komplet dokumentów.

– Dostaliśmy depeszę, że przybywacie z niebezpiecznym i przeklętym ładunkiem.

– Depeszę? Znaczy wiadomość... Jak, u licha? Bez elektryczności? – zdziwił się Peter. – Użyliście gołębi pocztowych czy konnych posłańców?

– Nie przesadzajmy – ofuknął go urzędnik, wydymając wargi. – Nie jesteśmy aż tak zacofani. Mamy telegraf optyczny.

Telegraf optyczny? Jak to, u licha, miało działać? Mieli lustra na wieżach i zajączki sobie puszczali?

– Macie przedmioty zawierające elektryczność. – Zmarszczył brwi. – Aby uniknąć zgorszenia, do czasu gdy otrzymacie zezwolenie na dalszą podróż, zostaną zdeponowane w naszym magazynie. Kontenery oplombujemy, oczyścimy wonnym dymem i zabezpieczymy najlepszymi amuletami.

– Rozumiem. – Kiwnąłem głową. – Proszę zatem je przetransportować.

– Tragarze będą za chwilę. Musieliśmy sprowadzić niewolników z miasta, żaden wolny muzułmanin nie dotknie tego świństwa.

– Rozumiem – powtórzyłem.

– Zarezerwowaliśmy dla panów pokój w hotelu – poinformował nas Arab. – Tu są przepustki zezwalające na poruszanie się po mieście. Doradzałbym kupienie miejscowych strojów. Ludzie tu są dość spokojni, ale mieliśmy ostatnio kilka bardzo paskudnych incydentów i cudzoziemcy generalnie powinni na siebie uważać. Czy mają panowie broń?

Pokręciłem głową.

– Sugeruję zatem zakup rewolwerów.

– Jak zdobyć pozwolenia na broń? – zapytał Peter.

– Jesteście dorosłymi mężczyznami. To nie Ameryka, tu nie potrzeba zezwoleń. – Uśmiechnął się z wyższością. – Unikamy zbędnej biurokracji. Pożegnam panów; ładunkiem proszę się nie martwić, będzie dobrze chroniony.

Jak spod ziemi wyrosło kilkunastu Arabów uzbrojonych w jednostrzałowe flinty. Sprawnie rozstawili się wokół wagonu. Sądząc po dziwnych naszywkach na turbanach, stanowili jakąś formację policyjną, a może nawet paramilitarną.

Wzięliśmy nasze walizki i ruszyliśmy przez miasto. Wśród pozostałych podróżnych kłębił się tłum tragarzy głośno oferujących swoje usługi, ale nas nikt nie zaczepiał. Zbita masa ludzka cofała się jakby odruchowo, robiąc nam przejście.

Plan, który dał nam mężczyzna z dworca, był dość niechlujnie narysowany, jednak doprowadził nas gdzie trzeba.

Hotel przeznaczony dla cudzoziemców znajdował się w sporym i mocno zapuszczonym budynku. Na dole umieszczono recepcję oraz dwie restauracje, na dwu piętrach było łącznie dwadzieścia pokoi. Okna zaopatrzono w solidne okiennice z wyciętymi strzelnicami, drzwi wejściowe zrobiono ze stali. Do framug przybito znajome paski materiału z wypisanymi modlitwami.

Na korytarzu omal nie wpadliśmy na wysokiego, muskularnego mężczyznę, który z plecakiem na ramionach maszerował w stronę schodów. Przeprosiłem, ale on spojrzał tylko na moją odznakę z czasów, gdy służyłem w wojskowej jednostce geologicznej, i uśmiechnął się. Przy kołnierzu miał identyczną.

– Max Dowson – przedstawił się. – Auruminwest.

Znałem tę korporację, zajmowała się głównie poszukiwaniami złota na szelfach w pobliżu Australii. Nigdy nie wchodzili nam w drogę.

– Jesteście tu pierwszy raz – raczej stwierdził, niż zapytał. – Dam wam kilka rad. Każdy uczy się na błędach, ale lepiej uczyć się na cudzych niż własnych, zwłaszcza w tym dzikim kraju, gdzie pomyłka może kosztować życie...

– Będziemy wdzięczni – odparłem.

– Uważajcie na prowokacje – powiedział. – Mogą proponować naprawdę niezłe sumy za ogniwa elektryczne. Uważajcie też, żeby nie rąbnęli wam żadnego minireaktora, bo jakby któregoś brakowało przy wyjeździe... – Pociągnął kantem dłoni po gardle.

– Co jeszcze powinniśmy wiedzieć?

– Ten kraj w rzeczywistości wygląda trochę inaczej – powiedział cicho. – Udają zdrowo zacofanych, jednak starannie dopilnują, żebyście zbyt dużo nie zobaczyli. Jeśli ruszycie się poza miasto, każdy wasz krok będzie śledzony. Starajcie się jak najszybciej dotrzeć do miejsca przeznaczenia i podróżujcie możliwie jak najkrótszą drogą. Jeśli pozwolą wam gdzieś jechać, to jedźcie, ale jeśli nie pozwolą, to odpuśćcie sobie od razu. W ciągu ostatniego roku zaginęło tu kilkudziesięciu cudzoziemców.

– Widział pan coś niepokojącego? – zapytałem ostrożnie.

– Owszem. – Kiwnął głową. – Dziwne, ciemne kształty nisko nad horyzontem. Wygląda na to, że ortokoraniści zmodyfikowali swoją doktrynę, jeśli chodzi o podbój przestworzy.

– Budują samoloty z silnikami na skroplone powietrze? – Spojrzałem na niego zaskoczony.

– Nie samoloty. Sterowce – szepnął. – Coś tu się kroi. Coś bardzo niedobrego. Powinniście mieć oczy dookoła głowy, lecz jednocześnie udawać, że nic nie widzicie.

– Rozumiem.

– Jadę w Góry Proroka, dawniej nazywali je Swie-to-krys-kije – wymówił z trudem – ale za jakieś dwa tygodnie wracam. Może się jeszcze zobaczymy.

Pożegnaliśmy się. Rzuciliśmy walizki w przydzielonych nam pokojach.

– Skoro już tu jesteśmy, to może warto się trochę rozejrzeć? – zaproponował mój kuzyn. – Trzeba sprawdzić, gdzie tu są urzędy, i wydębić zezwolenia na dalszą podróż.

– Masz rację. Nie ma się co zasiadywać. Czas to pieniądz, choć tubylcy, zdaje się, sądzą inaczej...

Wyszliśmy z hotelu. Pobocza ulicy wyłożono kiedyś chodnikiem z betonowych płytek. Obecnie większości brakowało, ale i tak szło się po tym dużo lepiej niż środkiem jezdni, gdzie poniewierały się odchody wielbłądów i rozmaite inne paskudztwa.

Peter wyjął z kieszeni przewodnik po mieście i otworzył na niewielkim planie.

– Jeśli pójdziemy prosto, wyjdziemy na rynek – powiedział. – Tam powinny być jakieś sklepy.

Ruszyliśmy. Mijane budynki były w opłakanym stanie, pod ścianami leżały potrzaskane dachówki, z elewacji płatami odpadał tynk. Tu i ówdzie w zwartej zabudowie ziała luka. Niektóre kamienice runęły i teraz wzdłuż ulicy stały tylko resztki ich ścian frontowych.

– Zaludnienie musiało im bardzo spaść – mruknął.

– Czemu tak sądzisz? – Spojrzałem na dzikie tłumy ludzi i zwierząt przewalających się ulicą.

– Zobacz, ile budynków stoi pustych. A to przecież centrum miasta. Nie kalkuluje im się odbudowa, widać nie ma chętnych, by tu zamieszkać.

– To ortokoraniści, nie wolno im stosować środków antykoncepcyjnych – zaprotestowałem. – Rozmnażają się jak króliki.

– Teoretycznie tak. Ale popatrz sam, jak niewiele widać tu dzieci. Albo rasa się degeneruje, albo mają bardzo wysoką śmiertelność. Zresztą przy braku nowoczesnych leków byle choroba może powalić.

– Masz rację.

Wyszliśmy na dawny rynek. Na chwilę przystanąłem zdumiony. Przed nami rozciągał się ogromny bazar. Stragany i budy tworzyły istny labirynt.

– Nie pchałbym się w to zbyt głęboko – mruknąłem.

– Ubrania i broń – przypomniał mi. – Za bardzo rzucamy się w oczy.

Kramiki z odzieżą znaleźliśmy zaraz z brzegu. Peter zagadał ze sprzedawcą i po chwili byliśmy odmienieni prawie nie do poznania. Długie szare galabije i chusty na głowach dobrze zamaskowały nasze amerykańskie ubrania. Tylko brak bród mógł nas zdradzić. Z niejakim zdziwieniem zauważyłem, że nie dostaliśmy faktury ani paragonu. Rozejrzałem się kompletnie zdezorientowany i zamarłem ze zdumienia. Potrząsnąłem głową.

– Co się stało? – zaniepokoił się Peter. – Źle się czujesz?

– Na żadnym ze stoisk nie ma kasy fiskalnej! – wyjąkałem. – Jak oni obliczają podatek VAT?!

– Może tu go nie ma?

– Nie gadaj bzdur! To niemożliwe.

– Czekaj.

Ciekawe, skąd mój kuzyn znał tutejszy dialekt? Porozmawiał przez chwilę ze sprzedawcą. Ten coś mu opowiadał, potem wybuchnął śmiechem. Zbiegli się inni. Po chwili Petera otaczał gęsty, rozbawiony tłum. Chłopak starał się coś tłumaczyć, ale jego słowa budziły tylko rosnącą wesołość.

Ktoś pociągnął nas pod daszek, tu dwaj brodacze poczęstowali wszystkich kawą. Atmosfera stała się nieoczekiwanie serdeczna, choć zdawałem sobie sprawę, że jesteśmy dla mieszkańców atrakcją jak egzotyczne zwierzątka.

Wreszcie Arabowie zaczęli się rozchodzić. Dopiliśmy upiornie słodki napój, podziękowaliśmy fundatorom i spiesznie zanurkowaliśmy w alejkę między straganami.

– Co im powiedziałeś? – zapytałem. – Z czego tak rżeli?

– Opowiedziałem im o systemie podatkowym w USA – wyjaśnił. – Zaledwie parę zdań.

– I to ich do tego stopnia rozbawiło!?

– Wiesz, jakie tu są podatki?

– Nie...

– Tylko jeden. Pogłówny.

– Co ty pieprzysz? To jest handel. Muszą płacić dochodowy, obrotowy, cła międzystanowe, akcyzę, VAT, stoiskowe, postojowe, fundusz ekologiczny, podatek estetyczny, solidarnościowy, poprawnościowy i tak dalej...

– Pogłówny. Plac jest miejski – jeśli nie naśmiecą, nie muszą w ogóle płacić za to, że tu stoją.

– Ale tak się nie da!

– Widocznie tu jest to możliwe. Nie zapominaj, że to kraj cofnięty do poziomu nieomal średniowiecza. O wielu naszych wynalazkach nawet nie słyszeli. Tu ciągle panuje feudalizm...

Głęboko zszokowani ruszyliśmy dalej. Stoisk z bronią było tu co niemiara – mój kuzyn wybrał dla nas dwie krótkie szable, ja kupiłem potwornie archaiczny z wyglądu rewolwer, a także woreczek spłonek, kule lane z ołowiu i proch. Sprzedawca był na tyle miły, że pokazał mi, jak się to draństwo nabija.

Poczułem się nieco pewniej, choć zdawałem sobie sprawę, że jedna spluwa w kaburze pod pachą w razie starcia z rozfanatyzowanym tłumem co najwyżej pogorszy naszą sytuację.

W następnym kramie handlowano ludźmi. Pod ścianą siedziało kilku mężczyzn. Nogi skuto im ciężkimi żelaznymi łańcuchami. Garbili umięśnione ramiona, a ich spojrzenia były apatyczne i nieobecne. Moją uwagę zwróciło jednak co innego. W głębi na drewnianym stołku siedziała młodziutka, może trzynastoletnia Chinka. Jak tu trafiła? Urodziła się jako niewolnica w szejkanacie, czy może Tatarzy porwali ją gdzieś na terenie Zachodniej Syberii? Sprzedawca, widząc moje zainteresowanie, pociągnął ją za ramię, a potem jednym szarpnięciem zerwał tunikę. Dziewczynka miała niewielkie, dopiero zaokrąglające się piersi, grube, dziecinne kolana i delikatny meszek na łonie. Spuściłem wzrok i przyspieszyłem kroku.

– Dobry Boże – szepnął Peter.

Niewolnictwo... Książki, filmy, nawet przelotny obraz tragarzy mocujących się z kontenerami transportowymi nie oddaje istoty problemu. Poczułem mdłości.

Peter parł w głąb bazaru, rozglądając się, jakby czegoś szukał. Wreszcie przystanął przed dużym stoiskiem z rozmaitymi antykami. Obejrzał srebrną solniczkę, potem sztylet, wreszcie zaśniedziały świecznik. Zapytał sprzedawcę o coś w dziwnym, śpiewnym języku. Ten położył palec na wargach i kiwnął głową. Peter podniósł świecznik i wręczył sprzedawcy zapłatę.

– Po jakiemu z nim gadałeś? – zdziwiłem się.

– Po polsku – wyjaśnił niechętnie. – Trzeba iść do departamentu transportu, wystarczy tego marnowania czasu, musimy jechać dalej – zmienił temat.

Przez chwilę oglądał mapkę, a potem ruszył zdecydowanym krokiem. Powędrowałem za nim zamyślony. Nie wiedzieć czemu, wydawało mi się, że rozmowa ze sprzedawcą antyków nie była przypadkowa. Znali się wcześniej? Nie, to niemożliwe. A jednak odniosłem wrażenie, że osiągnęli jakieś milczące porozumienie. Co, u diabła, kombinował Peter?

W hotelowej restauracji zbierają się ludzie, którzy przyjechali tu w interesach. Siedzą po kilku przy stolikach, oglądają pożółkłe mapy, przyciszonym głosem konwersują z Arabami. Niektórzy z nich przybyli zapewne w tym samym celu co my. Inni to łowcy antyków. Z rąk do rąk przechodzą porcelanowe filiżanki, srebrne cukiernice, drobna biżuteria. W powietrzu unosi się nieustannie cichy brzęk złotych monet rzucanych na blaty stolików. Tylko garstka osób przychodzi tutaj, by jeść.

Niewielu miejscowych ma prawo wstępu do restauracji. Z tego, co się dowiedzieliśmy, żeby oferować towar cudzoziemcom, trzeba mieć specjalny firman podpisany przez lokalnego szejka. Zezwoleń udziela praktycznie wyłącznie członkom swojego rodu. Inni Amerykanie, z którymi rozmawiałem, twierdzą, że chodząc do departamentu, nic nie zdziałamy. Jeśli chcemy uzyskać pozwolenie na transport naszego wyposażenia, musimy zagadać z kuzynem namiestnika tych ziem. I, oczywiście, sowicie wynagrodzić go za usługę.

Miałem rację, podejrzewając, że w tak nisko cywilizowanym miejscu nadal używa się łapówek. Nie sądziłem jednak, że istnieje oficjalny cennik tych „usług". Pogadałem też z człowiekiem, który przymierzał się do

eksploatacji siarki. Twierdził, że w tym kraju opłaca się nawet wydobycie gipsu. Teraz najważniejsze to zlokalizować nasze złoża ropy i zaklepać koncesję na ich eksploatację.

Odłożyłem długopis i tępo wpatrzyłem się w ścianę. Nie byłem w stanie się skupić. Aż mnie trzęsło z tłumionej wściekłości.

– Co się z tobą dzieje? – zapytał mój kuzyn. – Jesteś chory?

– Przydałoby mi się kilka głębszych – westchnąłem. – Na uspokojenie nerwów.

– Alkoholu tu nie dostaniemy. Zakazany pod karą śmierci jako jeszcze jeden z licznych objawów istnienia szatana.

– Jak na cywilizację opierającą się na tak zezwierzęconym okrucieństwie, zaskakująco silnie boją się diabła – mruknąłem. – Z tego, co zauważyłem, przy rynku jest palarnia opium?

– Zgłupiałeś, człowieku?! – Peter potrząsnął mnie za ramiona. – Wiesz, co to za gówno?

– Tylko z literatury – przyznałem. – Ale pozwala ponoć zapomnieć.

– A co konkretnie chcesz zapomnieć?

– Ta dziewczynka na targu... – westchnąłem. – Po prostu mnie nosi! Gdzie myśmy przyjechali? Wiem, że nie da się pomóc każdemu, ale przecież, do cholery, mamy pieniądze. – Zerwałem się z miejsca i zacząłem chodzić od ściany do ściany. – Kupę pieniędzy, wystarczy na łapówki, życie tu jest bajecznie tanie. Dlaczego nie mielibyśmy ich użyć? Przecież służąca nam się przyda, może gotować, pastować buty, czyścić sprzęt do wierceń. Co ją tutaj czeka? Za tydzień przeleci ją jakiś sprośny, gruby pedofil, a potem zgnije w haremie, urodziwszy kilkanaścioro dzieci.

Popatrzył na mnie z błyskiem w oku.

– Siedź na tyłku. Zobaczę, co da się zrobić – nakazał i wyszedł z pokoju.

Wrócił po półtorej godzinie.

– Załatwiłeś coś? – Spojrzałem na niego.

– Łap. – Rzucił mi płaską szklaną butelkę. – To miejscowy bimber z daktyli. Surowo zakazany, można za to iść do piachu. Wypij, butelkę wypłucz i schowaj.

Odkorkowałem i pociągnąłem łyk. Smakowało gorzej niż płyn konserwujący do świdrów rdzeniowych, który kiedyś pijaliśmy w czasie wierceń na lodowcach, a śmierdziało tak, że nie da się opisać. Moc miało straszliwą. Poczułem, jakby ktoś wrzucił mi do żołądka iskrzącą świecę zapłonową.

– Dziewczynką się nie martw. Kupił ją ten człowiek, który handluje antykami. To porządny gość, nie zrobi jej krzywdy. My, jako niewierni, i tak nie mielibyśmy prawa nabyć niewolnika.

Pociągnąłem jeszcze jeden łyk i oddałem mu flaszkę. Też trochę wypił. Alkohol, choć podły, szybko uderzał do głowy. Nim skończyliśmy butelkę, obaj byliśmy zalani w pestkę. Od czasów studenckich nie byłem tak urżnięty. Położyłem się na łóżku, starając się przeczekać nadciągający sztorm. Mózg jednak, choć zamroczony, nie przestał pracować. Coś mi tu potwornie śmierdziało.

Mój kuzyn najwyraźniej znał skądś handlarza antyków. Gdzie mogli się spotkać? Przecież nie w USA! Nie nawiązali ze sobą korespondencji, przesyłając gołębie pocztowe nad Atlantykiem! A jednak sprawiali wrażenie, jakby coś ich łączyło. Przymknąłem oczy. Jak to było? Kuzyn pochylił się i obejrzał po kolei trzy przedmioty, zanim zapytał o cenę świecznika. Umówiony szyfr? Rozmawiał ze sprzedawcą po polsku. Podejrzewałem, że teraz po prostu dał pieniądze, żeby tamten kupił tę małą.

A może... Może pracując w archiwum, Peter poznał kogoś, kto bywał i robił interesy w Lechistanie. Ktoś mu podpowiedział, że warto się tu wybrać, że eksploatacja surowców jest opłacalna. Ten ktoś mógł mu też powiedzieć coś w rodzaju: jakbyś miał kłopoty, poszukaj na bazarze handlarza antyków, to mój kumpel. Z jakiegoś powodu Peter załadował sobie jeszcze w USA nie tylko fusha, ale i uchodzący za dawno wymarły polski.

Wymarły? A może nie, skoro zdołał się w tym języku porozumieć...

Obudziłem się na straszliwym kacu. Bolała mnie głowa, w gardle miałem kompletnie sucho, straszliwy bimber wypalił mi chyba dziury w żołądku. W każdym razie czułem się jak wtedy, kiedy aborygeni usiłowali mnie otruć... W dodatku co chwila odbijało mi się siarką. Czyżby ortokoraniści mieli rację i alkohol to dzieło szatana?

Petera nie było. Widocznie wstał wcześnie rano i poleciał załatwiać sprawy urzędowe. Zmusiłem się do przełknięcia kilku sucharów. Kuzyn pojawił się dopiero koło południa. Widać było po nim pewne rozczarowanie.

– Co się stało?

– Próbowałem załatwić u imama zezwolenie na poszukiwania. Niestety, kategorycznie odmówił zgody na użycie reaktora do zimnej syntezy. Z reszty sprzętu możemy sobie oczywiście korzystać – zakpił gorzko.

– Bez zasilania? – parsknąłem. – To przecież...

Przeszedłem się po pokoju.

– Da się – warknąłem. – Niech sobie zakazują, głupie pastuchy. Nas nie tak łatwo spławić.

– Co masz na myśli?

– Odpalimy radar geologiczny z ogniw rezerwowych. Energii wystarczy na jakieś pięćdziesiąt minut pracy. Namierzymy odwiert. Zapewne szyb jest drożny i zabezpieczony. Wylot nie powinien być głęboko, dokopiemy się w kilka dni łopatami.

– Potem zrzucimy sondę diagnostyczną też zasilaną z awaryjnego. – Spojrzał na mnie z błyskiem w oku. – Powinno się udać... Ty to masz łeb!

– Załatwiłeś zezwolenie na wyjazd?

– Tak. Ruszymy jutro.

Po południu zeszliśmy do restauracji. Na tablicy ogłoszeń zawiesiłem kartkę:

Szukamy transportu do Ar-Rappija, dwaj ludzie i sprzęt geologiczny.

Usiedliśmy przy stoliku i zamówiliśmy kawę.

– Do Ar-Rappija? – Podszedł do nas młody człowiek w burnusie i turbanie. – Moja firma może was zawieźć. Dwa do trzech dni jazdy. Duży macie ładunek?

– Ćwierć tony sprzętu – wyjaśniłem. – W jednym standardowym kontenerze.

Przymknął na sekundę oczy, jakby w pamięci przeliczał to na tutejsze jednostki.

– W takim razie woły odpadają – zafrasował się na chwilę. – Koń i arba. Jesteście cudzoziemcami. Wasze urządzenia pracują na elektryczność?

– Tak. Zasilanie z ogniw litowych. Żadnego atomu. – Sądząc po wyrazie jego twarzy, nie zrozumiał z tego wiele.

– Muszę uzyskać zgodę imama – zasępił się.

– Mamy zgodę. – Peter pokazał mu papier.

– Nie, to wasza zgoda na używanie, a ja potrzebuję zgody na przewiezienie tego draństwa. No i będzie kosztowało ekstra, bo wozy, które miały kontakt z szatańską mocą, trzeba będzie potem spalić. Zapłacicie czterokrotną stawkę. Trzysta dwadzieścia dinarów – zakończył uroczyście.

Choć dla korporacji taki wydatek był niezauważalny, poczułem w głębi duszy oburzenie.

– Urządzenia, gdy są wyłączone, nie emitują prądu – spróbowałem się potargować. – Sto możemy zapłacić, no, ewentualnie sto dwadzieścia.

– Dotknął ich ifrit, są skażone. – Uniósł dłoń, jakby ucinając dyskusję. – Spotkajmy się tu o drugiej po południu.

Wyjął z kieszeni niewielki przedmiot złożony z dwu pierścieni i blaszki, obrócił go w stronę słońca, a następnie złożył i schował. A potem poszedł.

– Czyste zdzierstwo – mruknął Peter. – To nie powinno kosztować więcej niż pięćdziesiąt. Widziałeś, co miał?

– Pojęcia nie mam. Jakiś amulet?

– Pierścieniowy zegarek słoneczny. Sprawdzał czas. To może oznaczać, że należy do najbardziej zaciekłych ortokoranistów - takich, którzy odrzucają nie tylko elektryczność, ale i wszelkie urządzenia mechaniczne.

- Gdyby tak było, chyba nie zgodziłby się nas zawieźć - zaoponowałem.

- Możliwe, ale nie podoba mi się ten typek. Przejdę się. - Wstał od stołu. - Może znajdę coś tańszego.

Znowu poszedł gdzieś samotnie.

Krążę po pokoju cały w nerwach. Czuję, że coś kombinuje. Z kimś się spotyka, coś załatwia... Podejmuje masę działań za moimi plecami. Z drugiej strony - najwyraźniej czuje się tu jak ryba w wodzie. I jest w stanie zdobyć każdy głupi świstek potrzebny nam do wypełnienia zadania.

Wszedł bez pukania.

- Mamy dwadzieścia minut, pakuj się - polecił. - Załatwiłem transport do Ropienki.

- A tamten facet?

- Współpracownik miejscowej policji religijnej. Nawiasem mówiąc, ten znaleziony przeze mnie też, ale bierze cztery razy taniej.

- Ekstra!

Wrzucałem swoje graty do walizki, a kuzyn pakował swoje. Moje podejrzenia okazały się zatem słuszne. Miał tu kontakty, i to całkiem niezłe, skoro tak szybko zidentyfikowali mu naszego niedoszłego przewoźnika. Z drugiej strony czy to źle? Jak do tej pory dzięki jego zaradności, a być może i przyjaciołom, podróż szła jak z płatka... Byle tylko w nic się nie wkopał.

Arba czekała przy dworcu. Dwaj wozacy w czarnych turbanach przypinali właśnie nasz kontener szerokimi skórzanymi pasami. Obok było akurat tyle miejsca, żeby usiąść. Dwa konie zaprzężone do pojazdu leniwie machały ogonami.

– Jestem Selim, a to mój brat Ahmed – przedstawił ich wyższy. – Konie zmienimy po drodze dwa razy i koło wieczora powinniśmy być na miejscu.

A tamten Arab mówił, że potrzebuje dwóch do trzech dni... Podziękowaliśmy za informację i usadowiliśmy się koło naszego sprzętu.

Postój. Arabowie zmieniają zmęczone konie na wypoczęte. Jak nazwać to miejsce? Stacja przeprzęgowa. Rzucili nazwę, ale w miejscowym dialekcie. Moja znajomość fusha czasem zawodzi. W każdym razie mamy kilka minut, by coś przekąsić. Mija nas chłopak na rowerze. Widziałem kiedyś coś takiego w muzeum. Ponoć zanim rozpowszechnił się segway, także u nas często ich używano. Fascynująca konstrukcja. Rama z kilku metalowych rurek, do niej przymocowane dwa drewniane koła i prosty mechanizm napędowy z dwu kół zębatych połączonych łańcuchem transmisyjnym. Coś jak bardzo uproszczona wersja motocykla, tylko bez silnika.

Zapadał już zmrok, gdy dotarliśmy na miejsce.

– Ar-Rappija – westchnął Peter. – Na starych mapach figuruje jako Ropienka.

– Ropa. – Przypomniałem sobie wykute przed podróżą polskie nazwy związane z przemysłem. – Sądzisz, że to tutaj? Że gdzieś w ziemi są jeszcze złoża warte eksploatacji?

– Jestem pewien.

Staliśmy w milczeniu, patrząc na karawanę wołów ciągnących wozy załadowane kartoflami. Stąd, z przełęczy, widać było wioskę, kilkadziesiąt domów otoczonych wysokimi, pobielonymi murami, przy centralnym placyku meczet z wysokim minaretem, za wsią na stoku – cmentarz. Niewielkie spłachetki pól uprawnych i sadów tworzyły barwną szachownicę. Pod lasem na łąkach pasły się liczne stada kóz i owiec.

Karawanseraj był całkiem spory. Budynki ustawiono w kwadrat. Na parterach mieściły się składy i warsztaty, na piętrze – pokoje mieszkalne. Całość przypominała trochę fort z czasów wojen z Indianami, tylko zamiast palisady otaczały go solidne mury z cegły rozbiórkowej.

Stary Arab wyszedł przed bramę i obejrzawszy nasze dokumenty podróży, zasypał nas mieszaniną słów angielskich i miejscowego dialektu. Z tej paplaniny dowiedzieliśmy się, że możemy dostać dwa pokoje z łazienkami, kolacja będzie po zmroku, a gdybyśmy jeszcze czegoś potrzebowali, to każdy towar za wyjątkiem alkoholu może w kilka dni sprowadzić z miasta.

Zaraz też przyszła dziewczyna, na oko sądząc, kilkunastoletnia, ubrana w piękną białą galabiję. Miała bardzo ładne oczy, natomiast czy reszta jej twarzy była równie piękna, trudno ocenić, bo nosiła czarczaf. Pokazała nam pokoik z wąskimi oknami wychodzącymi na maleńki dziedziniec, po czym oddaliła się. Kontener ze sprzętem złożono w magazynie, na drzwiach zaczepiono znajome wstążki ostrzegawcze.

– No i jesteśmy – mruknąłem. – Co on się tak ucieszył? Będzie gościł pod swoim dachem dwóch niewiernych, którzy w dodatku przywlekli ze sobą wielką skrzynię, w której mieszkają elektryczne diabły...

– Może nigdy nie widział takich jak my i po prostu jest ciekaw, a może tylko przyjaźnie nastawiony do świata.

Kierując się zapachem jadła, ruszyliśmy na poszukiwanie kolacji. W jadalni królował ogromny stół pociemniały ze starości. Otaczały go krzesła, każde inne. Pomieszczenie oświetlało tylko kilka świec wetkniętych w mosiężne lichtarze. Na kolację przyszedł właściciel zajazdu i trzech młodzieńców bardzo do niego podobnych, mniej więcej w wieku Petera.

Gości nie było wielu. Dwaj starsi Arabowie wyglądający na wędrownych kupców i Murzyn w jasnym burnusie. Wszyscy starali się siedzieć jak najdalej od nas i tylko czasem łapaliśmy ukradkowe spojrzenia, którymi nas taksowali.

Talerze z dymiącą potrawą przyrządzoną z baraniny, soczewicy, soi, papryki i jakichś nieznanych nam warzyw podała starsza kobieta o wyglądzie czarownicy z bajki, ale o bardzo miłym uśmiechu. Zaskoczyło mnie, że nie zakrywała twarzy. Po chwili przyszła też dziewczyna, która pokazywała nam pokoje. Byłem ciekaw, jak będzie jadła, mając czarczaf, lecz ona tylko rozłożyła pieczywo i znikła.

Kolacja okazała się bardzo smaczna. Po chwili na stole pojawiła się też kawa w małych filiżankach. Była bardzo mocna i bardzo gorzka. Zjedliśmy i kobieta pozbierała talerze, po czym przyniosła jeszcze placek wielkości koła od wozu, hojnie posypany kruszonką. Sądząc po smaku, był nadziewany daktylami. Ukroiła nam gigantyczne porcje i powiedziała po arabsku coś, co zabrzmiało zachęcająco. Miała bardzo dziwny akcent, ale zrozumieliśmy po intonacji.

Kończyliśmy już jeść, gdy pojawił się kolejny gość. Był mniej więcej w moim wieku, na głowie nosił żółty turban. Na czole i policzkach wytatuowane miał jakieś napisy, zapewne wersety z Koranu.

– Jestem szejkiem tej doliny – przedstawił się.

Przejrzał nasze dokumenty i najwyraźniej zadowolony zaczął nabijać fajkę.

– Macie szczęście, że przyjechaliście właśnie teraz – powiedział przyjaźnie. – Teraz jest tutaj pusto. Raz w miesiącu mamy we wsi jarmark, wtedy szpilki tu nie wbijesz. Najbliższy przypada za trzy tygodnie. Będziecie używać elektryczności?

– Tylko przez godzinę albo dwie – wyjaśniłem.

– Prosiłbym, żebyście zrobili to na osobności, tak aby nie siać zgorszenia i nie straszyć ludzi. Ze wszystkimi problemami zwracajcie się do mnie, mieszkam w dużym budynku koło meczetu.

Wracaliśmy przez zaciemniony dziedziniec, przyświecając sobie świeczkami umieszczonymi w niedużych lampionach. Zrobiło się chłodno, ale w pokoju było ciepło i przytulnie. Łazienka, choć mała, okazała się bardzo wygodnie urządzona. Ściany wyłożono poobtłukiwanymi błękitnymi kafelkami, pamiętającymi chyba jeszcze czasy przed utworzeniem na tych ziemiach republiki islamskiej. Nie było ciepłej wody, więc wziąłem zimny prysznic, a potem, zawinięty w ciepłą kołdrę z wielbłądziej wełny, zapadłem w sen. Zasypiając, usłyszałem, jak Peter wstaje i cicho wychodzi na zewnątrz. Z dziedzińca doleciał mnie szmer rozmowy prowadzonej chyba po polsku. Wreszcie kuzyn wrócił i uwaliwszy się na łóżku, szybko zapadł w sen.

– Czyś ty, człowieku, zgłupiał?!

– To bardzo proste. – Zakręcił pedałami i zrobił zręcznie ósemkę na dziedzińcu. – Kiedyś miliony Amerykanów jeździły na rowerach. Zamiast psioczyć, sam spróbuj.

– Skoro już nasi przodkowie przestali tego używać, zapewne było to niewygodne i niebezpieczne!

Zagryzłem wargi. Wsiadłem na oparty o mur rower, położyłem stopy na pedały i oczywiście wywaliłem się jak długi.

– O rany! Odepchnij się od ziemi, nogami kręć mocno, przy odpowiedniej szybkości nic ci się nie stanie.

Zaciskając zęby, podniosłem się z ziemi, postawiłem wehikuł do pionu i przejechałem kawałek.

– Widzisz, jakie to łatwe i przyjemne?

– Aha – rzuciłem bez przekonania.

Po kilkunastominutowym treningu postanowiłem zaryzykować i wybrałem się z Peterem na rowerowy rekonesans.

– Myślę, że instalacje naftowe nawet po dwustu latach powinny być łatwe do zlokalizowania w terenie – powiedział mój kuzyn. – Fundamenty wież wiertniczych i inne takie.

Ruszyliśmy przez miasteczko. Z góry wyglądało znacznie lepiej, teraz mogliśmy obejrzeć je w pełnej krasie. Błotniste uliczki, tu i ówdzie brukowane pokruszoną cegłą, krzywe mury, niegdyś pobielone wapnem, do wysokości półtora mera pochlapane błotem. Zwierzęce odchody zmiecione pod ściany.

– Straszny syf – mruknąłem.

Minął nas chłopak dźwigający dwa wiadra wody zawieszone na drągu opartym o jego kark. Mężczyźni stali w bramach prowadzących na podwórza i paląc fajki, wymieniali półgłosem uwagi. Kobiet w ogóle nie było widać, tylko od czasu do czasu kątem oka widziałem przemykającą chyłkiem postać w burce, ze szczelnie zasłoniętą twarzą. Budziliśmy powszechne zainteresowanie. Nawet umorusane dzieci na nasz widok przerywały lepienie placków z błota.

Szejk dogonił nas po kilku minutach. Siedział na wychudzonej chabecie.

– Nie przejmujcie się, że tak na was ślepia wywalają – powiedział. – To normalne. Od ponad dwudziestu lat nie było w tych stronach żadnego cudzoziemca.

– A dawniej tu bywali? – zdumiałem się. – Jakim cudem? Przecież granica była zamknięta.

– Niewolnicy wzięci w wojnie uralskiej – wyjaśnił ochoczo. – Tacy mali, żółci i skośnoocy. W kilkanaście lat poumierali co do jednego. Jak się nałoży wielką pieczęć, infekcje i śmierć od zapalenia nerek są prawie pewne.

– Wielką pieczęć? – nie zrozumiałem.

– Ma na myśli kastrację. – Peter zrobił się nieco zielony na twarzy.

Szejk kiwnął głową, potwierdzając jego przypuszczenia.

– To właśnie zrobiliśmy. Zawsze kastrujemy niewolników. Dzięki temu są spokojniejsi. A może w czymś pomogę? – zapytał.

– Szukamy miejsca, gdzie kiedyś wydobywano ropę – powiedział mój kuzyn.

– A to nie wiem. – Reakcja szejka była dziwna, jakby się trochę spłoszył. – A dawnych map nie macie? – W jego oczach błysnęło coś niedobrego.

– Niestety, tylko bardzo ogólną – westchnął Peter. – Niech pan pomyśli, fundamenty z betonowych bloków, głębokie dziury w ziemi, elementy kratownic z żelaza...

– Nie, nie ma tu chyba nic takiego. Zresztą żelazo jest bardzo drogie, więc dawno zostałoby pocięte i przekute. U nas nic się nie marnuje.

Oddalił się, bijąc bosymi piętami w boki swojego dychawicznego wierzchowca.

– Dziwne – mruknąłem. – Tak jakby coś ukrywał.

– Też odniosłem takie wrażenie, on coś wie. No trudno, sami znajdziemy...

Objechaliśmy miasteczko i przez mostek wydostaliśmy się na drogę prowadzącą ku wzgórzom.

– Ech, gdyby tak mieć dobre zdjęcie satelitarne – westchnął. – Takie, jak kiedyś robili.

– Ale nie mamy. I przez najbliższe czterdzieści lat nie ma co liczyć. Zasrani Chińczycy...

Spojrzałem w niebo. Mimo upływu prawie wieku gdzieś tam nad nami ciągle wisiały chińskie glity. Póki nie trafi ich szlag, można tylko marzyć o odzyskaniu dawnych możliwości.

Pojechaliśmy drogą, rozglądając się pilnie na boki. Odwiert miał być na południowy wschód od osady.

– Zwróć uwagę – kuzyn machnął ręką w stronę zaoranego pola – na tamte czerwonawe plamy.

– Okruchy cegły w bruzdach. – Odruchowo uniosłem dłoń, by przełączyć okulary na zoom, ale zaraz przypomniałem sobie, że mam na nosie zwyczajne, bez wspomagania.

Zsiedliśmy z rowerów i podeszliśmy do interesującego nas miejsca. Rzeczywiście, na sporym obszarze rozwłóczone były drobne fragmenty wypalonej gliny.

– Stare fundamenty, rozorane przez stulecia – powiedział Peter cicho, potwierdzając moje domysły. – Nie tego szukamy, wieże wiertnicze miały betonowe podstawy.

Spenetrowaliśmy sporą część pól, jednak natrafiliśmy tylko na usypiska cegieł.

– Poszukajmy w lesie – podsunąłem. – Te drzewa mogą mieć ze sto pięćdziesiąt lat.

– Dwieście lat to szmat czasu, najstarsi ludzie mogli już nie słyszeć, że kiedyś prowadzono tu poszukiwania – westchnął.

– Niewykluczone, ale myślę, że trzeba znaleźć jakiegoś znawcę lokalnej historii. Może mieć dokumenty, stare plany... Szejk powinien o tym wiedzieć i być może wie.

Kiwnąłem głową, przyznając mu rację.

Mieszkańcy tej części kraju zasadniczo różnią się od nas fenotypem. Są przeważnie około trzydziestu centymetrów niżsi. Ja i Peter przy naszym wzroście, przeciętnym jak na USA, sprawiamy wrażenie bardzo wysokich. Moglibyśmy zrobić karierę w miejscowych drużynach koszykówki, gdyby ten sport (podobnie jak zdecydowana większość innych) nie był tu zakazany. Większość ludzi ma ciemne włosy i oczy, jednak trafiają się też niebieskoocy blondyni. Rudych brak zupełnie – ponoć są zabijani jako wcielone demony. Część mieszkańców ma rysy lekko negroidalne, to potomkowie osadników z Sudanu i krajów Maghrebu. Czasem mignie gdzieś twarz o lekko skośnych oczach i wystających kościach policzkowych – słyszałem, że przed utworzeniem republiki islamskiej żyło tu kilkadziesiąt tysięcy Azjatów, a później wielu pozostało w charakterze niewolników. Mężczyzn prawie bez wyjątku wykastrowano, ale kobiety rozprzedano do haremów.

Nie widać tu większych napięć i konfliktów międzyrasowych. Czas zaciera różnice, przybysze mieszali się przez dobre kilka pokoleń z miejscowymi. Mężczyźni są niezwykle silni i wytrzymali. Wędrowni rzemieślnicy czy handlarze potrafią przejść pieszo nawet osiemdziesiąt kilometrów w ciągu doby. To zapewne efekt zacofania cywilizacyjnego. Osły, muły, woły używane są prawie wyłącznie do transportu, koni dosiadać wolno tylko dobrze urodzonym. Urzędnicy i kurierzy mają lekkie, szybkie motocykle napędzane silnikami na sprężone powietrze. Jest ich niewiele i mimo że osada leży na szlaku, przez wieś przejeżdżają tylko dwa, czasem trzy dziennie.

Odpoczywaliśmy na mostku. Wieś i otaczające ją wzgórza zostały nieco z tyłu, przed nami ostatnie pola ustępowały lasom.

– Piękny kraj – powiedział Peter. – Żyzne ziemie, nie najgorszy klimat, mimo ostatnich zmian...

– Z samego rolnictwa nie sposób stworzyć dobrobytu – odparłem. – Ta gospodarka ciągle przetwarza resztki dawnych zasobów. Z gęstej sieci linii kolejowych zostały dwie. Żelazo z torów poszło do przekucia.

– Trochę podobnie jak u nas. Wyciskanie resztek ropy z dawnych odwiertów, recykling żelbetu, syntezowanie węgla z torfu. Płytkie złoża wyczerpane, głębokie zachowuje się jako rezerwę...

Zagłębiliśmy się w las i już po przejechaniu kilkudziesięciu metrów ścieżki trafiliśmy na stosunkowo szeroki pas zarośnięty jedynie małymi, usychającymi drzewkami.

– Sądzisz, że to może być na przykład dawna szosa? – zapytałem niepewnie.

– Kto wie? Beton, może asfalt. Nie wiem, z czego tu robili nawierzchnię w tamtych czasach, bo spieki węglowo-ceramiczne pojawiły się później. Jeśli ta warstwa jest dość płytko, to korzenie drzew nie mogą sięgnąć do warstwy wodonośnej i roślinność usycha. W każdym razie warto sprawdzić, bo kierunek się zgadza, a do odwiertu pewnie biegła dobra droga.

– A nad czym się tu zastanawiać. – Wzruszyłem ramionami i ująwszy łopatkę ogrodniczą, zacząłem kopać.

Dwadzieścia centymetrów próchnicy i pojawiła się zbita, szarosina, gładka powierzchnia.

– Smoła czy jakiś bitumit. Pewnie faktycznie ten asfalt. I co dalej?

Popatrzył w notatki.

– Prosto?

Dawna szosa skończyła się wielką wyrwą. Woda deszczowa spływająca ze skarpy wyżłobiła w glinie niezły wąwóz. Miał dobre dwa metry szerokości i co najmniej metr głębokości. Przecinał las jak długa, szarpana rana. Tu i ówdzie drzewa przechyliły się lub wywróciły. Zostawiliśmy rowery, zeskoczyliśmy na dno i ruszyliśmy naprzód.

– Oho – mruknął Peter. – Jesteśmy na dobrej drodze.

W zastygłym na kamień błocie pojawiało się coraz więcej kawałków czerwonej cegły. Tu i ówdzie błysnął tęczowo kawałek spatynowanego szkła.

– Baza geologów?

– W każdym razie miejsce, gdzie żyli ludzie.

Pierwszy fundament minęliśmy z lewej strony. Setki cegieł spojonych zaprawą nadal tworzyły mur. Woda podmyła go paskudnie, część runęła. Po chwili przeskakiwaliśmy przez resztki podmurówki biegnącej w poprzek rowu. Strumień przepływał między pozostałościami domów, żłobiąc sobie kilka koryt.

– Wypatruj grubych bloków betonu – zaczął i naraz umilkł.

Stercząca z błota kość była ludzka. Kawałek dalej widać było kolejną, a za zakrętem całe dno wyżłobienia okazało się być nimi usłane.

– Woda rozmyła stary cmentarz – mruknął, ale ja pokręciłem przecząco głową.

– Nie podoba mi się to...

Stanęliśmy przed sporym polem gęsto zawalonym kompletnymi szkieletami. Dziesiątki czaszek, kręgów szyjnych, kości miednicy, gdzieniegdzie żeber. Woda odsłoniła je, wyrwała to i owo z podłoża, jednak większość nadal spoczywała w miejscu, gdzie złożono je pierwotnie. Złożono?

– Wszyscy leżą twarzą do ziemi – szepnął Peter.

Pochyliłem się i podniosłem jedną z czaszek. W potylicy ział okrągły otwór. W sąsiedniej też, i w jeszcze następnej...

– Zbiorowy mord – powiedziałem przez ściśnięte gardło. – Kilkudziesięciu, może kilkuset ludzi...

– To łuski karabinowe. – Podniósł garść zardzewiałych tulejek. – Kazali im uklęknąć, a potem walili z bliska. Części w kark, innym w tył czaszki.

– Niemożliwe, przecież ludzie stawialiby opór...

– Nie mogli. – Pokazał mi poniewierające się tu i ówdzie kawałki skorodowanego żelaznego drutu. Niektóre ciągle jeszcze trzymały razem kości rąk.

– Związali im nadgarstki – domyśliłem się.

Peter był blady jak ściana. Obracałem jedną z łusek w dłoni. Kiedyś w muzeum widziałem coś podobnego. Spostrzegłem ślad jakiegoś napisu. Pośliniłem palec i potarłem. Błysnęły dwie liczby: oznaczenie zakładu zbrojeniowego i data. Trzydzieści jeden. Rok dwa tysiące trzydziesty pierwszy.

– Kilka lat później powstała republika islamska – mruknąłem. – A to są zapewne ci, którzy spróbowali stawiać opór.

– Tak. – Podniósł się znad jednego ze szkieletów. W dłoni trzymał małą złotą blaszkę. – To medalik – wyjaśnił, widząc mój pytający wzrok. – W tamtych czasach niektórzy katolicy nosili krzyżyki, a inni takie blaszki z wizerunkami Chrystusa lub świętych.

Stanął na krawędzi skarpy, przeżegnał się, a potem zaczął półgłosem odmawiać po łacinie jakąś modlitwę.

– Ciekawe, jak się nazywała ta wieś – odezwałem się, gdy skończył.

– Ropienka.

– Przyjechaliśmy z Ropienki.

– Nie. Sądzę, że było tak: wymordowali ludzi, spalili wieś, potem wznieśli nową po drugiej stronie wzgórz. Zwróć uwagę, że w Ar-Rappija nie ma w ogóle starych budynków. Mam na myśli takie, które miałyby, powiedzmy, dwieście, trzysta lat.

– Możliwe, że masz rację – przyznałem.

Postanowiliśmy pójść dalej. Patrzyłem na Petera spod oka. Już się uspokoił. Wiedział, z pewnością wiedział o tym wcześniej. Co jeszcze ukrywał?

Za rozległym zagajnikiem brzóz naszym oczom ukazały się kolejne ruiny. Budowla była straszliwie zniszczona. Ogromne bryły ceglanego muru tworzyły rozległą hałdę. Tu i ówdzie sterczały z niej resztki strzaskanych filarów lub fragmenty ścian. Na gruzowisku zapuściły korzenie rachityczne sosenki.

– Kościół – szepnął Peter.

– Przyszli muzułmanie i zniszczyli – powiedziałem spokojnie. – Nie pierwszy raz w historii i pewnie nie ostatni...

– Nie sądzisz, że coś tu nie gra? W innych regionach chrześcijaństwo przetrwało jeszcze dobre dwadzieścia lat po rewolucji islamskiej. A tu zniszczyli kościół, wystrzelali mieszkańców wsi. Wreszcie spalili wszystkie domy i zasadzili tu las pod sznurek, jakby chcieli zatrzeć wszelki ślad...

– Może gdzie indziej też to wyglądało podobnie, a ich bredzenie, że wszyscy przeszli dobrowolnie na islam, to tylko propagandowy kit? Może gdyby się dobrze rozejrzeć po tym kraju, znajdziemy setki podobnych mogił?

Milczał zadumany.

Ruszyliśmy wzdłuż muru ledwo widoczną ścieżką. Nieoczekiwanie spostrzegłem okienko prowadzące zapewne do podziemi budynku. Pochyliłem się i zajrzałem do środka.

– Włazimy?

– Coś może się zawalić – ostrzegł mnie.

– Wygląda nieźle.

Światło padające z zewnątrz wyłowiło z ciemności jakieś dziwne kształty.

– Chyba naustawiali tam jakichś rzeźb – powiedziałem. – Chcę to zobaczyć.

Wsunąłem się w ciasny otwór, Peter podał mi świeczkę. Mdłe światło wydobyło z mroku niewielkie pomieszczenie. Sufit runął przed wielu laty, ale solidne betonowe bryły zaklinowały się wzajemnie, tworząc coś na kształt groty. Pod samą ścianą umieszczono dwie stare drewniane figury obłażące z resztek farby. Na murze powieszono zniszczony przez wilgoć obraz, na szarym, zetlałym płótnie widać było tylko zarys jakiegoś wizerunku. Powyżej wisiał groteskowy krzyż wykonany z ludzkich kości okręconych zaśniedziałym, chyba miedzianym drutem. Na podłodze znajdowały się plamy wosku, a sufit w tym miejscu był solidnie okopcony.

– Tajne miejsce kultu – powiedział Peter. – Być może przez całe dziesięciolecia po wprowadzeniu islamu ludzie przychodzili się tu w tajemnicy modlić...

– Nie przez dziesięciolecia. – Pokręciłem głową. – Oni robią to nadal.

Nie odpowiedział.

Spojrzałem na stare rzeźby świętych, a może aniołów. Drewno zjedzone było przez korniki, ale ktoś starannie natarł je woskiem. Posadzka, a raczej jej resztki zostały niedawno dokładnie zamiecione. Kościół, zbór, dom modlitw... Tu żyją katolicy i on jest katolikiem. Tu nie będzie kłamał.

– Ty coś wiesz – powiedziałem, patrząc mu prosto w oczy. – Szliśmy tak, żeby trafić na to miejsce. Wiedziałeś, że tu będzie kościół, wiedziałeś o tej piwnicy. Chciałeś to zobaczyć, ale jednocześnie nie chciałeś, żebym ja to zobaczył, prawda?

– Tak. – Kiwnął głową.

– Powiesz mi?

– W sumie czemu nie. Nie sypniesz mnie przecież...

– Jeśli twoje działania zaszkodzą korporacji, nie zawaham się – ostrzegłem.

Wykonał gest braterstwa.

– To, co robię, nie stoi w sprzeczności z interesem korporacji. W dalszej perspektywie będzie dla niej nawet niezwykle korzystne.

Zamyślił się na chwilę.

– Tamten geolog miał rację – powiedział. – Pewne rzeczy tutaj ulegają zmianie. Proces rekonkwisty zajmie być może wiele pokoleń, ale...

– Rekonkwisty. Jesteś katolikiem, więc ten człowiek z Arizony i jego idea...

– Papież Paweł VII to wielki wizjoner. A od nas zażądał tego, co prawie niemożliwe.

– Więc przybywacie tu i pracujecie nad tym, by w sercu szejkanatu, w sercu Eurabii, powstało katolickie podziemie religijne – szepnąłem porażony nagłym domysłem.

– Nawet nie. Ono istniało tu zawsze. Teraz po prostu nadajemy walce bardziej zdecydowany charakter. Otwarcie granic umożliwiło nam realizację celu podstawowego. Wspólnoty, które tu przetrwały, obywały się przez kilka pokoleń bez duchownych. W naszym Kościele tylko biskup może wyświęcić księży, tylko księża mogą odprawiać msze, udzielać sakramentów, spowiadać...

– Czyżbyś został katolickim księdzem? – Spojrzałem na niego z niedowierzaniem.

– Jestem biskupem.

– Co?! – Wytrzeszczyłem oczy. – Jak to?

– Zostałem wyświęcony przez papieża. Trafiłem tu z konkretną misją. Ten teren to moja przyszła diecezja. O ile uda mi się ją stworzyć.

Milczałem.

– A więc tu nie ma ropy? – warknąłem. – Cała ta wyprawa była tylko...

– Nie. – Pokręcił głową. – Jest ropa. Stoimy nie dalej niż dwieście metrów od miejsca, gdzie dokonali odwiertu. Wydaje mi się, że dzięki mapom zdołam go precyzyjnie zlokalizować. Zresztą zaraz tam pójdziemy i sprawdzimy. Jeśli tylko rury są zabezpieczone, to po południu odkopiemy koniec i spuścimy sondę diagnostyczną. Jeśli je zasypano, namierzymy radarem geologicznym.

– Czegoś jeszcze nie rozumiem. Przyjechałeś i chcesz tu zapewne zostać na stałe, dopisując się dobrowolnie do listy zaginionych.

– Jak kilkunastu innych. Kilkunastu innych biskupów, jeśli chcesz wiedzieć. I paru doradców wojskowych, którzy szkolą oddziały partyzancko-dywersyjne.

– I kilka helikopterów, które wyszły z korytarzy powietrznych i wyparowały, zapewne wraz z ładunkiem, który przyprawiłby o palpitacje serca ortokoranistów...

– Zgadłeś. Przede wszystkim przeszmuglowaliśmy tutaj kilkadziesiąt urządzeń do nauki pod hipnozą. Policja religijna regularnie urządza rewizje u wszystkich podejrzanych. Za posiadanie Biblii idzie się do piachu. Dzięki nowoczesnej technice omijamy ten problem. Każdy katolik będzie znał Pismo Święte na pamięć.

– Po co byłem ci potrzebny?

– Nie potrafię obsługiwać radaru geologicznego – powiedział spokojnie. – A muszę coś odszukać.

– Co takiego?

– Widzisz, moja wiara potrzebuje pewnych materialnych śladów Bożej Opatrzności. Relikwii.

– Kawałki kości świętych – westchnąłem.

Tak, ta jego religia była zdecydowanie średniowieczna. Choć z drugiej strony pasowała jakoś do tej krainy cofniętej w rozwoju o setki lat.

– Albo błogosławionych – uzupełnił. – Lub męczenników, ale na tej ziemi można je znaleźć co krok. Kilka kilometrów od Ropienki w dniach rewolty muzułmańskiej zginął człowiek, którego ciało pragnę uczynić najważniejszą relikwią mojej diecezji.

Patrzyłem na niego uważnie.

– Z opisu świadków wynika, że trafiły tam dwa pociski rakietowe. Jeden uderzył w samochód, z którego nadawał przez radio audycje zagrzewające ludzi do walki. Drugi chwilę później uderzył w wysoką skarpę, u której podnóża stał pojazd. Wszystko przysypane jest metrami sześciennymi ziemi i kamieni.

– Ja pomogę tobie, a ty mnie – mruknąłem. – I co, naprawdę tu zostajesz?

Milcząc, skinął głową.

– Jeśli zrobicie tu powstanie, to nie ma żadnych szans na eksploatację ropy – powiedziałem. – Przynajmniej przez kilka lat, póki nie przegracie.

– Nasza sprawa jest słuszna. Zwyciężymy.

Katolicki fanatyzm, pomyślałem z dziwnym uniesieniem. Samotrzeć na setkę wrogów, jak w średniowieczu podczas wypraw krzyżowych.

– Zaufaj swojemu biskupowi. – Wyszczerzył zęby w uśmiechu. – Z głodu przez ten czas nie umrzesz.

– Tyle to ja wiem, ale oberwie mi się od Rady za tę wyprawę.

– Korporacja ci wybaczy, jeśli będziesz miał dobre wyniki finansowe nowych przedsięwzięć.

– Jak mogą być dobre, skoro mój najlepszy specjalista od grzebania w archiwach zostaje w krainie, gdzie diabeł mówi dobranoc, by nawracać najbardziej fanatycznych muzułmańców na równie szaleńczą...

– Po powrocie do domu zalogujesz się do systemu jako ja i podasz hasło „Tristan" – przerwał. – Uzyskasz dostęp do stworzonego przeze mnie katalogu zawierającego dane o ośmiuset punktach tajnych rezerw paliwowych.

– Co to było? – zdumiałem się.

– Zbiorniki zbudowane jeszcze za czasów prezydentury Reagana. Wiesz, tego faceta, którego podobizna figuruje na irydowych tysiącdolarówkach.

– Kojarzę.

– Wojna z Ruskimi wisiała na włosku, przygotowano zapasy. Te zbiorniki były bardzo szczelne i obliczone na co najmniej kilkaset lat istnienia. Pojemność każdego to dwadzieścia tysięcy galonów. I to nie jakiejś tam ropy, tylko wysokooktanowej benzyny lotniczej.

Szczęka mi opadła. Próbowałem oszacować wartość tego skarbu, ale cyfry poplątały mi się równo.

– Co mam zrobić z twoim udziałem? – wykrztusiłem. – Przechować na twoich kontach czy przywieźć osobiście?

– Przekażesz papieżowi.

Zatrzymaliśmy się. Pośród zagajnika leżały cztery wielkie bryły żelbetu. Fundament wieży wiertniczej. Wylot zaczopowanego szybu nakrywała wystająca częściowo spod ściółki betonowa płyta.

Za wzgórzami wstawał świt. Miejsce rzeczywiście pasowało do opisu. Olbrzymia skarpa, u jej podnóża rozległe plateau porośnięte krzakami. Po lewej i po prawej ślady drogi, która znikała przysypana wielometrową warstwą ziemi. Wśród krzaków ziały dziesiątki dołów, głębszych i płytszych, jakby przez całe pokolenia usiłowano tu czegoś szukać metodą prób i błędów.

Peter przyprowadził ze sobą właściciela zajazdu i jego trzech synów. Był też facet handlujący antykami. Czekali cierpliwie, ściskając trzonki łopat. Odpaliłem radar geologiczny. Założyłem gogle do VR. Odczekałem chwilę, aż wiązki fal zbadają strukturę ziemi, a potem poruszyłem głową.

Powierzchnia doliny przypominała teraz wodę w basenie, wykopane dziury oraz ślady dawno zerodowanych wkopów znaczyły ją w setkach miejsc. Tu i ówdzie przeszkadzały cienie, szczególnie grubych korzeni drzew, ale szybko zlokalizowałem resztki półciężarówki rozrzucone eksplozją w promieniu kilku metrów.

Szkielet leżał opodal wraku, lecz by go odnaleźć, musieliśmy przewalić jeszcze sporo ziemi. Odsłanialiśmy go powoli. Najpierw zobaczyliśmy pozostałości podeszew wykonanych z jakiegoś zetlałego tworzywa sztucznego. Potem ujrzeliśmy potrzaskane kości nóg, zgruchotaną miednicę i kręgosłup, wreszcie czaszkę, na której ciągle jeszcze tkwiły kompletnie skorodowane słuchawki. W zaciśniętej dłoni zmarły nadal ściskał zardzewiały mikrofon.

Chrześcijanie pospiesznie fotografowali znalezisko tymi śmiesznymi, archaicznymi urządzeniami na kliszę. Z ogromnym szacunkiem pozbierali szczątki. Wypełniły akurat niedużą drewnianą skrzyneczkę.

– Na nas czas – rzekł Peter poważnie. – Bywaj, może kiedyś jeszcze się zobaczymy. Jeśli mogę prosić, przekaż papieżowi, że wykonałem pierwszą część zadania. Poślę mu informację przez naszych, ale środki łączności, którymi tu dysponujemy, są, niestety, dość zawodne.

Patrzyłem, jak prowadzeni przez mojego kuzyna znikają w lesie ze swoim łupem, i nagle poczułem żal, że tak niewiele zrozumiałem. Jeszcze kilka minut temu mogłem się dowiedzieć więcej o człowieku, na którego kościach tak bardzo im zależało.

Składałem sprzęt automatycznymi, wyuczonymi ruchami. Koło obiadu spuszczę sondę do odwiertu, po południu zawiadomię szejka o zniknięciu mojego kuzyna. Za tydzień, jeśli dobrze pójdzie, będę w Ameryce. Zamaskowałem z grubsza ślady kopania.

Na powierzchni świeżo poruszonej ziemi coś błysnęło. W pierwszej chwili sądziłem, że to jakiś kawałek zniszczonej karoserii wozu transmisyjnego, jednak gdy go podniosłem, spostrzegłem, że to medalik.

Złoty krzyżyk przylutowany do zaśniedziałej blaszki w kształcie serca, pod nim kilka ledwo czytelnych literek. Krzyż, symbol religii, która zmusiła mego kuzyna, by porzucił wygodne życie korporacyjnego archiwisty i wyruszył na drugi koniec świata podjąć trud wskrzeszenia czegoś, co dawno temu zostało starte z powierzchni ziemi.

Po tajemniczym nieboszczyku został tylko podłużny dół w ziemi i szczątki zardzewiałej karoserii wozu transmisyjnego. I ten kawałek blaszki ozdobiony zagadkowymi słowami.

– S-i-e-j-c-i-e z-i-a-r-n-o – z trudem odczytałem litery.

Ciekawe, co to znaczy.

PIÓRKO W ŻYWOPŁOCIE

Piórko w żywopłocie

Szef siedział za biurkiem. Wielki blat zawalony był notatkami i dokumentami.

– Mamy problem – powiedział bez wstępów.

Nie zdziwiło mnie to. Za każdym razem, gdy wzywał mojego ojca, okazywało się, że mają problemy. W końcu CIA powołano właśnie do rozwiązywania problemów. Taka służba...

I tylko jedno się zmieniło. Dziś na tym miejscu siedziałem ja. Wiedziałem, że moje pierwsze samodzielne zadanie nie będzie trudne, a kto wie czy w ogóle prawdziwe. Z pewnością zechcą mnie parę razy sprawdzić, nim dopuszczą do poważnej roboty.

– Jestem do dyspozycji.

– Łap. – Rzucił mi monetę.

Chwyciłem ją w locie i obejrzałem. Złota dwudziestodolarówka zamknięta w plastikowym kapslu. Obróciłem w palcach.

– Fałszywa? – wolałem się upewnić.

Skoro mi pokazał monetę, musiało być z nią coś nie tak.

– Oczywiście. Podrobiona niemal perfekcyjnie, ale nie trzyma parametrów. Ciut za ciężka, ale minimalnie. Do tego ma kompletnie nietypowy skład izotopowy.

– To znaczy? – Na szkoleniu wbito mi do głowy, by nigdy nie udawać mądrali, gdy się czegoś nie wie.

– Złoto ma tylko jeden naturalny izotop, Au-197. Pozostałe otrzymuje się sztucznie. W tej monecie stanowią ponad siedemdziesiąt procent.

– Skąd pochodzi ten egzemplarz?

– Z Polski. Dostaliśmy ją od pewnego człowieka, który czasem dla nas pracuje. Zasugerował, by zbadać właśnie te parametry metalu.

– Może gdzieś w Rosji czy w Polsce jest takie nietypowe złoże. Czy to aż takie ważne?

– Ważniejsze, niż ci się wydaje. – Popatrzył na mnie takim wzrokiem jak wtedy, kilka tygodni temu, gdy okazało się, że Ruscy gwizdnęli nam najnowszą głowicę wodorową.

– Wiadomo, skąd dokładnie pochodzi ta dwudziestka?

– Podał miasto i nazwę ulicy. To w Warszawie, blisko miejsca, gdzie kiedyś mieszkałeś. Myśleliśmy, żeby sprawdzić to przez naszą agenturę, ale potem przyszedłeś mi do głowy ty. Znasz kraj i język. I jesteś stamtąd.

– Gdy wyjechałem, miałem dziewięć lat. Kiedy mam lecieć?

– Odpowiednia legenda jest już prawie gotowa. Przerzucimy cię do Polski na początku przyszłego tygodnia. Do tego czasu masz się zapoznać z tymi materiałami. –

Podał mi kartkę z sygnaturą archiwalną. – Ta sprawa to ostatni etap szkolenia wstępnego. Gdy wrócisz, podejmiesz decyzję, czy chcesz dla nas pracować, czy nie.

– Tak jest.

Zapadał łagodny, ciepły zmierzch. Zachodzące słońce wybarwiło niebo na karminowo. Jesień na Manhattanie też czasem bywa piękna. Z półki zdjąłem pudełko z fotografiami. Pora przypomnieć sobie to i owo, pora wrócić na chwilę tam, do domu... Położyłem przed sobą pierwszą fotografię i odpłynąłem.

Te części Pragi niewiele się zmieniły od czasów przedwojennych. Długie, wąskie uliczki, przy nich niekończące się rzędy czynszówek, z których płatami schodził tynk. Na początku jesieni, podskakując na kocich łbach, przyjeżdżały rozklekotane ciężarówki lub ostatnie wozy zaprzężone w wychudłe, brudne konie. Ciecie łopatami wrzucali węgiel do piwnic, klnąc przy tym niemiłosiernie. Z brudnych, cuchnących uryną bram wchodziło się na równie brudne podwórka, czasem wylane asfaltem, częściej pokryte paskudnym, lepkim błotem. Za nimi stały kolejne kamienice, środkowy rząd ukryty przed spojrzeniami przechodniów. Niekiedy zamiast podwórka między domami rozciągał się zdziczały sad lub ogródek, skrzętnie ogrodzony płotkiem zrobionym ze starych rurek wodociągowych, drutów, sznurka i innych materiałów wyszperanych ze skupu złomu. Zdarzało się też, że po drugiej stronie podwórza zamiast rzędu kamienic ciągnął się szereg komórek murowanych z cegieł. Stare drewniane drzwi i pozapadane dachy przybrały srebrnoszarą barwę. Łatwo było odgadnąć pierwotne przeznaczenie tych pomieszczeń: zanim założono kanalizację, mieściły się tu wychodki.

Czasem wśród domów ziała wyrwa – rana z dawno minionej wojny. O tym, że kiedyś i tu ktoś mieszkał, świadczyły barwne plamy tynku na murach, nadal noszące ślady szlaczków malowanych z wałka. Dawni właściciele nieistniejących już mieszkań używali mocnych, kontrastowych zestawień kolorów. Dziś wyblakłe, pozwalały sobie wyobrazić, jak wyglądały kiedyś tamte pomieszczenia. Obok czerwieniały barwą starej cegły klatki schodowe. Od czasu do czasu w częściowo zatartym wzorze pojawiał się symbol drzewa życia, sugerujący, jakiej byli narodowości ci, którzy umarli już dawno temu. Ludzie, którzy zamieszkali tu po wojnie, byli szarzy i nieciekawi. Tak wyglądał świat mojego dzieciństwa, przestrzeń, w jakiej przyszło mi żyć od urodzenia do chwili, gdy za wieloletnią pracę dla Amerykanów zostaliśmy ewakuowani za wielką wodę.

Otworzyłem szarą teczkę. Wewnątrz była druga, mniejsza, opatrzona paskami papierowych pieczęci. *Ściśle tajne, specjalnego znaczenia* – głosiły nadruki na okładce. Wpisałem datę w odpowiednim miejscu, przeciąłem nożem pieczęcie i otworzyłem. Kilkanaście kartek, przeważnie zapisanych ręcznie w obcych językach. Do każdej przypięte tłumaczenie na angielski.

Ująłem kilkustronicowy maszynopis leżący na samym wierzchu. „Operacja »Fenix«. Zagadnienia dotyczące obserwacji enklaw" – głosił tytuł.

Pamiętam tamten dzień, zwykły, szary... Typowy jesienny dzień w połowie listopada. Było zimno, ale wtedy, na początku lat osiemdziesiątych, zimy przychodziły wcześniej i śnieg na świętego Marcina nie był taką rzadkością jak dziś. Pamiętam stalowoszare zimowe warszawskie niebo nad głową; szary, popękany, przyprószony miałem węglowym chodnik pod nogami; szarożółte ściany starych czynszówek po obu stronach szarej ulicy...

I jeden element jakby z innego świata – lśniąca oślepiającą żółcią skórka od banana leżąca na zdeptanym trawniku. Stałem długą chwilę, patrząc na nią w zachwycie i z wściekłością jednocześnie. Ślina mimowolnie napłynęła mi do ust, gdzieś z zakamarków umysłu wypłynęło wspomnienie smaku. Ile to już lat nie widziałem bananów? Nawet w Peweksie ich nie sprzedawali. Chciałem się schylić, by choć pochwycić jej zapach, ale czułem, że zbliża się ósma. By zdążyć przed dzwonkiem, musiałem zdrowo przyspieszyć kroku.

– Referuj, co zapamiętałeś – polecił szef.

– Archiwum sprawy „Fenix" zawiera informacje o pojawieniu się na naszej planecie enklaw. Nie znamy podstaw fizycznych tego zjawiska. Wygląda, jakby część terenu znalazła się w bąblu będącym efektem nałożenia się naszej rzeczywistości i czegoś, co może być innym wymiarem, fragmentem obcej planety albo jeszcze czymś innym. Zewnętrzna forma budynków nie ulega zmianie, ale po zamknięciu strefy ścianki działowe i stropy noszą ślady dziwnych odkształceń. Tynki przekręcone farbą do ściany, kable, w których zmiażdżona izolacja znajduje się wewnątrz miedzianych rurek i tym podobne. Nigdy nie odnaleziono żadnych śladów poprzednich mieszkańców zaatakowanych miejsc. Są eksterminowani lub porywani. Przybysze dokonują mniej lub bardziej starannej legalizacji pobytu i wtapiają się między zwykłych ludzi. Być może prowadzą na nas eksperymenty, może tylko obserwują.

– Prawdopodobnie w czasie trwania misji nie mają kontaktu z hipotetyczną centralą – przerwał mi. – Dlatego nawiązują kontakty handlowe z tubylcami, sprzedając im najbardziej deficytowe towary. Przypuszczalnie wytwarzają je w enklawach w oparciu o zapasy surowców. Kupują w zamian to, co jest im potrzebne do życia lub innych, nieznanych nam celów.

Milczeliśmy przez chwilę.

– Nigdy jeszcze nie udało nam się wtargnąć do takiego bąbla – powiedział wreszcie. – W raportach opisano tylko ślady, jakie zdołano zabezpieczyć po jego zniknięciu. Nigdy nie zdołano pochwycić nikogo z wewnątrz. Zostały po nich pojedyncze włosy, fragmenty paznokci i złuszczony naskórek. Posiadają DNA podobne do podstawowego wzorca gatunku *homo sapiens*.

– Są ludźmi?

– Nie wiemy.

Nauczyciel sprawdzał nasze prace, kreśląc je bezlitośnie długopisem. Pogrążony w stercie zeszytów, zazwyczaj nie zwracał uwagi na to, co dzieje się w klasie.

– Skórka od banana? – Marek wytrzeszczył oczy. – Jesteś pewien?

– A co to ja, banana nie widziałem? – zaperzyłem się.

– Ale skąd?

– Podobno na Okęciu koło lotniska jest tajna rządowa plantacja daktyli – powiedział Piotrek, siedzący w ławce za nami.

Znowu szuja podsłuchiwał.

– Daktyle rosną na palmach. – Wzruszyłem ramionami. – Jak to sobie wyobrażasz zimą? W naszym klimacie?

– Podgrzewa się je gorącym powietrzem. Znałem gościa, który łaził tam wzdłuż płotu i jak jakiś leżał niedaleko drutów, to go kijkiem wyciągał – rozbuchana fantazja szukała ujścia.

– Możliwości nie ma wiele – powiedział półgłosem Marek. – Albo przysłano go w paczce z Ameryki, albo ktoś przyjechał i przywiózł z Niemiec czy Szwecji. A może jest ze specjalnego sklepu dla partyjniaków?

– Nie ma takiego sklepu w okolicy – zaprotestowałem.

– Akurat rozpoznasz – nasz kolega irytująco wcinał nam się do dyskusji. – Na drzwiach nie ma napisane. Tylko wtajemniczeni wiedzą, gdzie jest.

– Fakt – przyznał Marek. – Może tak być. Sklep udający biuro na przykład. Zakupy pakują do papierowej torby, żeby nikt nie widział, co to...

Cóż, nie brzmiało to tak głupio. Nauczyciel zatrzasnął z zadowoleniem ostatni zeszyt. Musieliśmy przerwać rozmowę. Przynajmniej do dzwonka. Na przerwie nasza dyskusja rozgorzała na nowo.

– I co z tego, że znajdziemy w okolicy sklep, w którym uprzywilejowani – słowo to Marek wypowiedział ze sztucznym patosem – kupują banany?

– No, nie wiem. – Moje plany nie sięgały aż tak daleko. – Pewnie nam nie sprzedadzą. Legitymację trzeba pokazać czy coś. A może mają specjalne kartki, bo jakby tak każdy z nich kupował, to i w specjalnym sklepie by zabrakło.

– Wrzucimy granat. Ekspedientki uciekną, a my cap za banany i w nogi – zaproponował Piotrek.

Znowu drań kręcił się koło nas.

– A masz granat? – jednym celnym pytaniem zgasiłem głupka.

– Wejdziemy, to milicja nas wyprowadzi. Albo i pałą przyleją, a potem może nawet ze szkoły wyrzucą. – Marek kręcił nosem. – Nie dlatego to jest tajne, żeby byle trzecioklasista tam buszował. Zresztą pewnie nawet drzwi nam nie otworzą.

– Jak to? Do sklepu każdy może wejść! – zaperzył się nasz niechciany wspólnik.

– Ale nie do takiego – odparowałem. – Tam się pewnie puka, patrzą na człowieka przez wizjer i oceniają, czy w ogóle go wpuścić. Ale gdybyśmy jednak znaleźli się w środku – wróciłem do pomysłu – może by ich zaszantażować? Oni nam dadzą po bananie, a my nie sypniemy, gdzie siedzą?

– Już się rozpędzili banany rozdawać – rzekł z politowaniem mój przyjaciel. – Nic nie zdziałamy, tylko sobie napytamy biedy. Choć z drugiej strony... Jadłem kiedyś mango z puszki – westchnął. – Zagadać, może coś po cichu na lewo sprzedadzą?

– To brzmi niegłupio – zapaliłem się. – Trzeba tylko dowiedzieć się, gdzie to jest. Poobserwować. Albo zagadać z kimś, kto będzie wychodził...

– Ja kumpli popytam – obiecał Piotrek i wreszcie poszedł w cholerę.

Wracając do domu, postanowiłem jeszcze raz przyjrzeć się skórce. Sądziłem, że będzie tam nadal leżeć. W naszej dzielnicy ulice sprzątano wyjątkowo rzadko i jakby niechętnie.

Byłem już niedaleko, gdy spostrzegłem dwóch facetów. Niższy ubrał się po naszemu, to znaczy w szaro-bure ciuchy, drugi miał na sobie kolorową zagraniczną kurtkę. Stali koło trawnika. W skupieniu oglądali skórkę. Wybiegłem na ulicę i kryjąc się za samochodami, podszedłem jak najbliżej.

– Diabli nadali – mówił ten ubrany na kolorowo. – Sądzisz, że to z naszego ogrodu?

– A skąd niby by to wzięli? – niższy miał dziwny akcent, jakby mówił przez nos. – Idę o zakład, że ktoś nam podprowadził. Może ten cygański szczeniak, który się kręcił pod bramą?

– Cholera! Wlazł, zerwał jednego i dał drapaka, zeżarł na ulicy i rzucił skórkę... Teraz rozgada wszystkim kumplom i będziemy mieli kłopoty.

– Niekoniecznie. Jeśli to Cygan, to pół biedy. Oni ciągle jeszcze wierzą w magię. To, co ujrzał, musiało nim wstrząsnąć. Będzie się bał. Szkoda, że nie wiemy który, ich starszyzna zrobiłaby z tym porządek. A tak rozgada innym gówniarzom, mogą złamać zakaz. Bariera jest słaba. Można ją przejść bez problemu.

Ruszyli w stronę głównej ulicy. Głosy cichły.

– A może niepotrzebnie się martwimy? Może ktoś z naszych zgubił banana, idąc na zwiad?

– Z dupy nogi powyrywam.

Oddalili się na tyle, że już ich prawie nie słyszałem. Dłuższą chwilę kucałem zszokowany za samochodem. O czym oni, u licha, gadali?! Mają tu gdzieś ogród, w którym rosną banany?! Brednie Piotrka o tajnym sadzie daktylowym na Okęciu wróciły nagle z całą wyrazistością. Wylazłem z kryjówki i spojrzałem w ślad za facetami. Odeszli już niezły kawał. Iść za nimi? Ryzyko. Gdy człowiek jest synem szpiega, to siłą rzeczy uczy się unikać wszelkich niebezpiecznych sytuacji. Ojciec wiele razy mi powtarzał, że najważniejsze to nie zwracać na siebie niczyjej uwagi. Po chwili wahania ruszyłem.

Najpierw z nieba pokropiła mżawka, potem rozpadało się na dobre. Przyspieszyłem kroku, ale już po chwili zwolniłem. Zgubiłem ich. Może skręcili do któregoś sklepiku, może weszli w bramę albo wsiedli do samochodu? Zakląłem pod nosem.

Do ósmej pozostało kilka minut. Piotrek stał podekscytowany przed klasą. Na mój widok zaczął wręcz podskakiwać ze zniecierpliwienia. Z trudem stłumiłem niechęć.

– Nie uwierzysz, czego się dowiedziałem – szeptał gorączkowo. – Wyobraź sobie, pogadałem z Kajtkiem.

Kojarzyłem tego łebka. Cyganiak, ze trzy lata młodszy od nas. Nawet sympatyczny.

– I co ciekawego powiedział? – westchnąłem.

– Ponoć w jednej z tych starych kamienic mieszkają dziwni ludzie. Mają ogród otoczony murem. Starszyzna zabroniła chłopakom się tam kręcić. To pewnie tam rosną banany!

– W którym miejscu? – zainteresował się Marek.

– No, to jest któryś z tych środkowych domów – zaplątał się. – Ci ludzie handlują różnymi towarami, mają złoto i brylanty...

Puściłem tę część jego wypowiedzi mimo uszu. Ale może wśród plew ukryte było jakieś ziarno prawdy? Ogród otoczony murem, pilnowany przez Cyganów żyjących w okolicznych czynszówkach. Jak to sprawdzić?

Dopadłem Marka na kolejnej przerwie.

– Twój stary ma lornetkę? – zagadnąłem.

– No ba. – Uśmiechnął się z wyższością.

– A mógłbyś wynieść ją na dwadzieścia minut?

– Coś ty, nigdy się nie zgodzi.

– Nie pytałem, czy się zgodzi, tylko czy dasz radę ją wynieść. Muszę popatrzeć sobie na jedno miejsce.

– Dwadzieścia. Cholera, kumplu... No dobra. Dzisiaj?

– Tak.

– Wierzysz temu idiocie?

– Nie do końca – mruknąłem. – Ale, jak to mówią w książkach, „coś może być na rzeczy". Pomyśl sam. Podwórka, gdzie nikt obcy się nie zapuszcza, labirynty murków i komórek... Można tam schować prom kosmiczny.

– To by się wydało.

– Niby jak?

– Z okna byłoby widać te palmy. W kamienicach są setki mieszkań. Nie utrzymaliby tego w sekrecie. Za dużo osób musieliby wtajemniczyć.

– Może masz rację. Ale i tak chcę to sprawdzić.

Wjechaliśmy windą na dziesiąte piętro. Marek przyniósł wojskową lornetkę swojego ojca. Nowy blok na skraju starej zabudowy wydawał się stanowić idealny punkt obserwacyjny. I nie pomyliliśmy się. Z okna klatki schodowej widać było wyraźnie dwa rzędy czynszówek ciągnących się wzdłuż ulic oraz nieregularny, pełen ubytków trzeci rząd pomiędzy nimi. Kwartał zabudowy zamykał wyniosły, sześciopiętrowy gmach, mieszczący w jednym skrzydle naszą szkołę, a w drugim liceum ekonomiczne i jakieś inne instytucje.

– Muszę ją zaraz odnieść. – Przyjaciel podał mi lornetkę. – Przełóż pasek wokół szyi, żeby nie upadła.

Posłusznie wykonałem jego polecenie. Marek otworzył skrzypiące okno. Podmuch chłodnego listopadowego wiatru uderzył mnie w twarz. Wraz z nim napłynął zapach dymu, gdzieś palono zagrabione liście, nad kominami kamienic też snuły się szare obłoczki.

Spojrzałem przez lornetkę. Przybliżała znakomicie wszelkie szczegóły. Oderwałem wzrok od szarych dachów pokrytych pociemniałą dachówką. Pomiędzy budynkami rosło sporo drzew, ale o tej porze roku, niemal pozbawione liści, nie stanowiły poważnej przeszkody. Widzieliśmy mozaikę ogródków, zapyziałe podwórka, słupy i druty z suszącym się praniem, szopy, mury. Cyganie siedzieli przy ognisku i gadali, pichcąc sobie coś w kociołku.

– Widzisz gdzieś może palmy obwieszone bananami? – zakpił Marek łagodnie.

– Szukam szklarni. Przecież klimat mamy nieodpowiedni.

– Szklarni. – Popatrzył na mnie z nagłym błyskiem w oku. – Ty to masz łeb. Tak... Teraz to ma sens – dodał i zadumał się głęboko.

Nawet gołym okiem widziałem, że nic podobnego tam nie ma. Jedno miejsce wydało mi się potencjalnie interesujące. Przy kamienicy w środkowym rzędzie znajdował się ogród otoczony z dwu stron murem, a od naszej strony gęstym, wysokim żywopłotem. Ale i tam stały zwykłe owocowe drzewka.

Oddałem mu lornetkę. Teraz on lustrował okolicę.

– Guuucio – stwierdził. – Może coś źle zrozumiałeś?

– Ci dwaj wspomnieli o ogrodzie, jakby to była jakaś plantacja. – Usiłowałem odtworzyć w pamięci dziwną rozmowę. – I coś o Cyganie, którego podejrzewali, bo kręcił się pod bramą.

– Może to gdzie indziej. – Zmarszczył czoło, chowając lornetkę do futerału. – Choć z drugiej strony skórka tutaj, faceci tutaj, a i Cyganie tu mieszkają... Wszystko jakby się zgadza. Może ta palma z bananami jest u kogoś w mieszkaniu?

– E, chyba za duża by była. – Zamyśliłem się.

– Możliwe – zgodził się. – Widziałem kiedyś przez szybę w oranżerii w Łazienkach. Jak tam wasz wyjazd do Szwecji? – zmienił temat.

– Nijak. – Wzruszyłem ramionami. – A co?

– Jak już będziesz tam, mógłbyś z kilogramik bananów przywieźć – rozmarzył się.

Uśmiechnąłem się smutno.

– Zapytam ojca... – Zacisnąłem pięści. – Wracamy.

Kiwnął głową i schował lornetkę pod kurtkę.

Następnego dnia Piotrek nie pojawił się w szkole. W czwartek też go nie było. Koło południa, akurat gdy mieliśmy matematykę, pojawił się nasz wychowawca w towarzystwie milicjanta.

– Dzieci – zaczął – wasz kolega Piotrek zaginął. Pan dzielnicowy ma do was kilka pytań.

Przesłuchiwał nas po kolei w gabinecie dyra. Proste pytania. Z kim się kumplował, czy nie planował ucieczki z domu, czy nie wspominał o jakimś niezwykłym wydarzeniu.

Jestem wnukiem szpiega, synem szpiega, a gdy dorosnę, sam pewnie zostanę szpiegiem. Tata tłumaczył mi, że z gliniarzami trzeba rozmawiać szczerze. Oni to lubią, zyskuje się ich zaufanie i przestają człowieka podejrzewać. Oczywiście szczerość nie obejmuje spraw naprawdę ważnych.

Odpowiedziałem zgodnie z prawdą, że kumplował się z Cyganami, że ponoć mają między czynszówkami ogród, gdzie rosną banany, że planował dostać się do sklepu dla partyjniaków i że wierzył w tajną plantację daktyli na Okęciu.

Dzielnicowy skrzętnie to wszystko zanotował.

– Czemu pan to zapisuje? – Wytrzeszczyłem oczy. – Przecież to bzdury.

Uśmiechnął się lekko.

– Bzdury, ale skoro w to wierzył, mógł na przykład wsiąść do tramwaju na Okęcie, a tam zabłądzić i spotkać złych ludzi – wyjaśnił. – Dziękuję za informacje, następny...

Pranie zwisało prawie do ziemi. I bardzo dobrze, przynajmniej nikt nie zobaczy mnie z okna. Wślizgnąłem się za wzorzyste cygańskie powłoczki, zanurkowałem w krzaki bzu i wreszcie dotknąłem dłonią muru tajemniczego ogrodu. Mur jak mur. Stare czerwone cegły, zaprawa pociemniała ze starości, dwa i pół metra wysokości, akurat tyle, by trudno było zajrzeć, co jest po drugiej stronie.

Trudno? A figę! Przyczepiłem lusterko, rozsunąłem teleskopową wędkę pożyczoną od sąsiada i tak zaimprowizowany peryskop wysunąłem nad koronę zagadkowej ściany. Spojrzałem. Nic ciekawego. Zrudziała trawa, jakieś krzaki, z grubsza to, co zaobserwowaliśmy z klatki bloku. Poczułem ciężkie rozczarowanie, jakby coś we mnie pękło. Zdemontowałem „aparaturę". A czego, u licha, się spodziewałem? Szklarni z ananasami? Już miałem odejść, gdy nieoczekiwanie spostrzegłem w chłodnym powietrzu obłoczek pary. Biła z otworu w ścianie. Pochyliłem się. W przeszłości ktoś wywiercił tu dziurkę o średnicy może centymetra, obecnie zatkaną niedużym kamyczkiem. Nie był szczelnie dopasowany, ciepłe powietrze przenikało obok bez trudu. Podważyłem go scyzorykiem. Moją dłoń owiał delikatny ciepły podmuch. Pochyliłem się i spojrzałem przez dziurę. Tylko raz. Wystarczyło.

W ciężkim szoku pognałem między słupkami z suszącymi się poszwami, wybiegłem przez bramę i zatrzymałem się dopiero kilka uliczek dalej. Dyszałem. Na szczęście mimo paniki nie zapomniałem o wędce. Poczułem silny zawrót głowy. To niemożliwe...

Gdy patrzyło się nad murem, widać było obrazek całkowicie przewidywalny. Chyba to zjawisko mężczyźni spotkani wtedy na ulicy nazwali „barierą". Przesłona, magiczna kotara maskująca prawdziwy obraz ogrodu. Gdy spojrzałem przez dziurkę, ujrzałem, jak ten kawałek ziemi wygląda naprawdę. Drzewa bananowca o liściach wyzłoconych słońcem. Drzewka obsypane mandarynkami i cytrynami. Zobaczyłem kamienną rzeźbę pośrodku i stylową ławeczkę niczym z zagranicznego katalogu. A do tego wszystkiego kwiaty, tysiące kwiatów mieniących się barwami...

– Inny świat – szepnąłem w zachwycie.

Długo szwendałem się po dzielnicy, po pierwsze, żeby się uspokoić, po drugie, aby upewnić się, że nikt za mną nie chodzi. Kupiłem w kiosku zeszyt, długopis i paczkę kopert. Ostrożnie, przez rękawiczkę, wyrwałem ze środka zeszytu jedną kartkę. Drukowanymi literami napisałem informację o tym, że Piotrek zniknął, bo interesował się przejściem do innego świata. Podałem numer kamienicy z ogrodem. Dopisałem adres naszego posterunku.

Nagle zawahałem się. Ojciec nie rozmawiał ze mną o swojej prawdziwej pracy, ale ogólnie rozumiałem, że trwa wielki wyścig między Ruskimi a Amerykańcami i ta strona, która zdobędzie przewagę, wygra. Wejście do innego świata... A jeśli nasi dogadają się z przybyszami i kupią od nich broń, którą przechytrzą zleceniodawców ojca?

Podarłem list i wyrzuciłem. Wróciłem do domu późno.

– Pojedziemy w środę na wycieczkę do Szwecji – powiedział mi tata w progu. – Na jakieś trzy, cztery dni, pozwiedzać muzea Sztokholmu. Spakuj się. Pamiętasz?

– Tak.

Wbijał mi to do głowy przez ostatni rok. Nie bierzemy nic, co mogłoby wskazywać, że zamierzamy uciec. Żadnych pamiątek, zdjęć rodzinnych, kosztowności. Aparat fotograficzny, filmy, przewodnik po Szwecji. Jedna ulubiona książka nie wzbudzi podejrzeń, resztę musimy po prostu porzucić.

Nie żegnam się z kolegami, później wyślę im kartki. Adresy muszę zapamiętać, nie powinienem mieć przy sobie żadnego świstka z notatkami...

Cztery dni do odlotu... Czas zamknięcia – jak powiedziała mama. Trzeba załatwić swoje ostatnie sprawy, te, które można załatwić bez wzbudzania podejrzeń. Marek... Wahałem się, czy powiedzieć mu o odkryciu, czy nie. I zdecydowałem się milczeć. Sprawdziliśmy, szklarni nie ma. Nie będzie jej szukał, nic mu nie grozi.

A ja? Piotrek... Głupek, irytujący podglądacz i podsłuchiwacz, skarżypyta i plotkarz, ale jednak swojak. Wpadł jak śliwka w gówno. Zapewne go zabili, ale może tylko uwięzili? Czułem, że nie mogę go tak zostawić. Nawet za cenę potwornego ryzyka.

Przeczołgałem się pod zardzewiałą siatką. Cygański ogródek. Jak mnie tu złapią, pewnie dostanę kosą pod żebro. Przypadając do ziemi, przekradałem się między krzakami porzeczek. Prawie pozbawione liści, dawały kiepską osłonę. Spojrzałem z niepokojem na okna kamienic rozjarzone błękitną łuną od telewizorów. No cóż, miejmy nadzieję, że nikt nie wyjrzy. Wreszcie dotarłem do celu. Z jednej strony ściana kamienicy, z dwu – wysoki ceglany mur. Przede mną parkan z gęstej siatki zamykał czwarty bok ogrodu. Z tej strony wyglądał zupełnie zwyczajnie. Siatka, gęsty żywopłot, dalej krzaki porzeczek, jakieś drzewka...

A może obraz, który widziałem przez dziurę w murze, był tylko złudzeniem? Leżąc na mokrej, lodowato zimnej ziemi, byłem coraz bardziej o tym przekonany. Jednak przeszedłem zbyt długą drogę, musiałem to sprawdzić... W jednym miejscu ktoś kiedyś rozciął ogrodzenie. Zesztukowano je, przeplatając oczka kablem. W żywopłocie ziała dziura, przez którą od biedy mógłbym się przecisnąć.

Wyjąłem z kieszeni nożyce do blachy, przeciąłem drut i wyciągnąłem go. Rozejrzałem się, czy przypadkiem nie nadchodzą Cyganie, a potem wczołgałem w otwór. Żywopłot miał może z pół metra grubości. Rozchyliłem sztywne, kolczaste gałązki. Najpierw zobaczyłem piórko. Miało może ze trzy centymetry. Z wierzchu granatowoniebieskie, od spodu żółte. Papugi? Podczołgałem się jeszcze kawałek. Obraz, który miałem przed oczyma – bezlistne krzewy i pożółkłe trawy – nagle zamigotał i rozpłynął się. Twarz owiał mi ciepły wiatr. Teraz widziałem dokładnie to, co wtedy przez dziurkę w murze.

Krótko przycięta trawa, świeżo zroszona wodą. Jej krople skrzyły się w promieniach ostrego południowego słońca. U nas był już wieczór, tam słońce najwyraźniej stało jeszcze dość wysoko. Banany i mandarynki dojrzewały na drzewach, na ścieżce papuga dziobała soczysty owoc, chyba mango. Ananasy, jeszcze zielone, rosły na grządce. Pośrodku wznosiła się marmurowa statua kobiety grającej na skrzypcach. Przełknąłem ślinę. Za posągiem w rogu ktoś niedawno rozkopał trawnik. Widziałem prostokąt czarnej, starannie zagrabionej ziemi.

Poczołgałem się z powrotem. Wizja znikła jak zdmuchnięta. Uporządkowałem jako tako gałązki, zaplotłem dziurę resztkami drutu. Długo kręciłem się po ulicach, rozglądając się, czy nikt mnie nie śledzi.

Tydzień później zobaczyłem Nowy Jork.

Wylądowałem na Okęciu jako Jonathan Simpson, drobny przedsiębiorca budowlany z Seattle. Zapewne była to niepotrzebna ostrożność – nie sądziłem, by nadal nas poszukiwano. Tym razem spędzę w kraju tylko kilka dni, ale już obiecywałem sobie, że kiedyś przyjadę tu na dłużej.

Nogi same zaniosły mnie na Pragę. Wysiadłem z tramwaju na pętli koło kościoła. Moja dawna szkoła wyglądała równie odpychająco co dawniej. Dzielnica zmieniła się niewiele. Przybyło parę nowych sklepów, stare zmieniły asortyment. Jednak dziurawy asfalt nadal odsłaniał kocie łby, a popękany chodnik i poszarzałe z brudu elewacje kamienic pozostały dokładnie takie, jak zapamiętałem. Tylko auta parkujące na trawnikach były lepsze, a i Cyganów widziałem jakby więcej. Jak kiedyś snuli się bez celu lub popatrując na boki, półgłosem wymieniali uwagi w swoim śpiewnym języku.

Podwórka też nie zmieniły się specjalnie, tylko teraz ponoć łatwiej było tu oberwać... Skręciłem w znajomą bramę. Na asfalcie parkowało kilka nowych samochodów, za nimi jak wtedy suszyło się pranie. Zagadkowa kamienica stała, strasząc wyrwanymi oknami. Najwyraźniej przeznaczono ją do rozbiórki. Muru otaczającego ogród też już nie było.

Stałem długą chwilę, patrząc na pozostałości podmurówki i walające się po ziemi resztki cegieł. Spóźniliśmy się. Enklawa przestała istnieć. Będę musiał przeszukać kamienicę. Napiszę szczegółowy raport. Potem czeka mnie uruchomienie paru kontaktów. Mieszkańcy kamienicy, ci prawdziwi, zniknęli bez śladu. Ciekawe, jakie teorie na ten temat wysnuły komunistyczne specsłużby. Ale najpierw sprawdzę jeszcze coś...

Wyjąłem z teczki saperkę.

Gdzieś tu, w rogu ogrodu, widziałem wtedy prostokąt świeżo poruszonej ziemi. Nie musiałem długo kopać, by pojawiła się resztka kurtki na sztucznym misiu... Pod nią rysowały się cienkie kości żeber. Nie kopałem głębiej.

– Skurwysyny... – warknąłem.

Odpowiedziało mi milczenie i tylko wiatr gwizdał między konarami drzew. Mieszkańcy enklawy, kimkolwiek byli, odeszli. Tylko na żywopłocie wisiało zaplątane w gałązki, zszarzałe od deszczu piórko papugi.

Zacisnąłem zęby. Nie cierpiałem tego dupka, ale jednak był to mój kumpel z klasy. I z całą pewnością nie zasłużył na taki koniec. Honor nakazuje pomścić krzywdę kolegi. Wrócę do Ameryki. Od czterech pokoleń członkowie mojej rodziny są agentami CIA. Złożę przysięgę. A potem... Potem przyjdą lata służby. Sprawa „Fenix" pozostanie otwarta. Któregoś dnia trafimy na działającą enklawę. A wtedy jej mieszkańcy słono zapłacą mi za tę śmierć...

OPERACJA „SZYNKA”

Operacja „Szynka”

Z pamiętnika tow. Malinowskiego:

Nad Warszawą świeci księżyc. Mroźna grudniowa noc. W domu też jest chłodno; swoją drogą, to skandal, żeby dla fachowca mojej klasy zabrakło talonów na węgiel. Solidarnościowa ekstrema, przyduszona falą aresztowań, spacyfikowana i przerażona, siedzi jak mysz pod miotłą. Najlepsi synowie narodu, tacy jak ja, mogą spać spokojnie w swoich willach. Prawie spokojnie – nie wszystkich bydlaków udało się złapać. Pistolet pod poduszką, czterech żołnierzy u wylotu ulicy... Tylko czy to pomoże? Czy wojsko obroni nas przed tymi zezwierzęconymi sługusami światowego imperializmu? Jednostka czy kolektyw, co liczy się bardziej? Na studiach wieczorowych podkreślano rolę kolektywu, jednak moje ostatnie doświadczenia każą zweryfikować te teorie. Jasne, że kolektyw jest istotny, ale w gruncie rzeczy stanowi bezwładną masę. Dlatego na czele kolektywu musi zawsze stać nadkolektyw, który będzie za pomocą odpowiednich posunięć kierować resztą.

Wreszcie na czele nadkolektywu też nie może zabraknąć przywódcy. A zatem wszystko układa się w logiczną całość. Moja droga wiedzie tam, na szczyty władzy, najpierw jednak muszę wejść do nomenklatury, do nadkolektywu rządzącego Partią. Ciekawe, czy moje zasługi okażą się wystarczające? Nakarmienie szynką miliona głodnych gąb niewątpliwie pozwoli na znaczne uspokojenie społecznego wrzenia, jednak czy Partia doceni moje pomysły? Za trzy tygodnie Gwiazdka. W ciągu kilkunastu dni szynka musi trafić na sklepowe lady. I trafi!

Od strony okna ciągnęło chłodem. Nic dziwnego, na zewnątrz prawie piętnaście stopni mrozu. Nie pomagało upychanie w szpary deficytowej waty ani położenie zrolowanego koca na parapecie. Kaloryfer za biurkiem był ledwo letni. Widać znowu coś szwankuje w kopalniach. Stanąłem koło okna i przez chwilę chuchałem na pokryte kwiatami mrozu szyby. Wreszcie starłem szron dłonią. Ulicą wolno przetoczył się transporter opancerzony. Osiedle stało ciche i ciemne, zupełnie jak martwe. Cóż, druga w nocy. Normalni ludzie śpią, tylko nieliczni straceńcy jeszcze pracują. Latarnie zgaszone. Oszczędności.

Zabuczał stabilizator napięcia. Spojrzałem z niepokojem na ekran, ale tylko zamigotał. Radziecki telewizor Rubin fatalnie się sprawował jako monitor.

– Znowu oszczędzają, bydlaki – mruknąłem.

Zasiadłem w starym fotelu i pochyliłem się nad garścią kości. Słabiutka żarówka zabłysła nieoczekiwanie nieco jaśniej, a potem pociemniała. Stabilizator zabuczał i przełączył na rezerwę. Patrzyłem za zegarek. Jeśli w ciągu dwu minut zasilanie nie wróci do normy, trzeba będzie wyłączyć komputer. Nie wróciło. Pospiesznie zapisałem wyniki i zakończyłem pracę. Z westchnieniem wyjąłem plik kartek z wyrysowanymi rubrykami.

Ogarnęła mnie złość. Odłożyłem szkło powiększające. Co za sens badać uszkodzenia, które na kościach mamutów pozostawiły narzędzia paleolitycznych myśliwych? Na Zachodzie zrobiono to dwadzieścia lat temu. A my dublujemy ich pracę tylko dlatego, że nie możemy ściągnąć publikacji przez Internet. Poza tym komu przydadzą się te wyniki? I do czego? Teraz, przed świętami, ludziom potrzebna jest szynka, karpie, choinki, a nie kolejna broszurka wydrukowana w nakładzie stu egzemplarzy na papierze gazetowym.

Poszedłem do kuchni. Z szafki wyjąłem talerzyk z dwoma plackami ziemniaczanymi. To już ostatnie. Rano trzeba będzie iść na bazar i poszukać kartofli. Może dowiozą. Szkoda tracić czas na stanie w kolejkach, ale przecież jeść trzeba, a skoro moja praca i tak nie ma sensu... Zagotowałem w czajniku pół szklanki wody i wsypałem do kubka ćwierć łyżeczki gruzińskiej herbaty.

– I to ma być ten wymarzony dwudziesty pierwszy wiek? – warknąłem w przestrzeń. – Używane komputery z darów Amerykańskiego Czerwonego Krzyża, siano zamiast herbaty, kartofle na kartki...

– I na co się tak denerwować? – z kratki wentylacyjnej dobiegł głos blokowego. – Wszystkim ciężko, a tylko wy, inteligenci, narzekacie.

Poczłapałem z powrotem do pokoju. Co za czasy parszywe, jeszcze dziesięć lat temu kolesie od podsłuchów udawali, że ich tam nie ma, a teraz nie dość, że się nie kryją, to jeszcze wchodzą w polemiki.

Gorąca herbata rozgrzała zziębnięte palce, ale nie przywróciła mi ochoty do pracy. Ze złością walnąłem się na kozetkę i nakryłem zjedzonym przez mole kożuchem po dziadku. Zgasiłem światło. Pora spać.

Szarzy zjadacze chleba znają sejm głównie z telewizyjnych migawek. Tylko nieliczni zdają sobie sprawę, że za centralnym gmachem rozciągają się całe hektary ściśle strzeżonego terenu. Stoją na nich rozmaite budynki mieszczące biura, zaplecze logistyczne oraz inne przydatne instytucje. Pracujący tam urzędnicy nie wiedzą, że to, co widać na powierzchni ziemi, to jedynie wierzchołek góry lodowej, bowiem pod kompleksem w skarpę wryto na dwadzieścia metrów w głąb setki bunkrów i schronów. Specjalne korytarze łączą ów kompleks z podziemiami niedalekiego Domu Partii i gmachem Radiokomitetu, a on sam wypuszcza wokoło macki w postaci kabli telefonicznych i telewizyjnych oraz magistrali energetycznych. Nawet bezpośrednie uderzenie jądrowe nie zagrozi wybrańcom narodu, którzy nie szczędząc sił, prowadzą społeczeństwo do coraz bliższego komunizmu.

Na najniższym poziomie schronów znajduje się niewielka sala narad. Na górze, w sejmie, obradują ci, którzy stanowią prawa i przepisy. Tu natomiast zbierają się faktyczni władcy kraju, by omawiać kwestie naprawdę ważne.

– Towarzysze – zagaił generał – zebraliśmy się tu, aby przedyskutować bieżącą sytuację.

Zgromadzeni z godnością kiwnęli głowami.

– Meteorolodzy przewidują, że zima tego roku będzie ciężka i potrwa długo. Zoolodzy potwierdzają tę prognozę, opierając się na obserwacjach zachowań różnych zwierząt. Dlatego też, towarzysze, nasuwa się kilka nader istotnych problemów.

– Z opałem powinniśmy się wyrobić – stwierdził minister od węgla. – Kopalnie miały nieco przestojów spowodowanych strajkami, ale wszystko jest już pod kontrolą. Zresztą towarzysze z ZSRR nie tylko obniżyli nam kontyngent, ale nawet zawrócili z granicy parę tysięcy ton. W razie czego trochę nam pożyczą... Na procent.

– Tylko że ten ich węgiel się nie pali – mruknął ktoś.

Generał poderwał głowę – niestety, za późno. Wszyscy siedzieli z kamiennymi twarzami.

Starzeję się, pomyślał. Refleks już nie ten...

– W razie czego niedobory węgla uzupełnimy drewnem – zauważył dyrektor lasów państwowych.

Pierwszy sekretarz popatrzył na nich ponuro.

– O węgiel i drewno się nie martwię – powiedział spokojnie, choć złowieszczo. – Naród przywykł już do przejściowych trudności. Gorzej, towarzysze, ma się sprawa z mięsem.

Minister odpowiedzialny za mięso zrobił się lekko zielony na twarzy.

– Sytuacja jest w zasadzie pod kontrolą, towarzyszu generale. Niedobory oczywiście wystąpią, ale będą one minimalne. To znaczy tak małe, jak się dało... W zasadzie niezauważalne.

– Doprawdy? – Szkła ciemnych okularów błysnęły złowrogo. – A ile konkretnie zabraknie?

– Mniej więcej... no, z tysiąc ton szynki. Pozostały asortyment... Tu braki są nieco większe, ale biorąc pod uwagę...

– Gówno – syknął generał. – Mówcie po ludzku, że zabraknie szynki dla miliona polskich rodzin. Wiecie, jaka jest sytuacja. Ekstrema z Solidarności tylko czeka, by nam skoczyć do gardeł, a taki niedobór wywoła natychmiastowy bunt.

– Solidarność poskromimy – mruknął minister spraw wewnętrznych. – Koperty z instrukcjami mam już gotowe w sejfie.

– Wiem – przerwał mu pierwszy sekretarz. – Tylko niewiele nam to da, jeśli dojdzie do buntu mas... A dojdzie do niego przez tego człowieka! – Wskazał ministra.

– Ja...

– Wy, towarzyszu, ukrywaliście faktyczny stan rzeczy!!! – ryknął generał. – To jest zdrada!

Minister wziął głęboki oddech.

– Nieprawda. Składałem raporty na bieżąco w sekretariacie i w zeszłym tygodniu zaproponowałem rozwiązanie...

– Ten stek bzdur nazywacie rozwiązaniem!?

– Jeśli pozwolicie, towarzyszu generale, towarzysz Malinowski byłby w stanie zreferować to dokładniej... Czeka obok.

Dygnitarz zawahał się chwilę.

– Wezwijcie – zezwolił łaskawie.

Towarzysz Malinowski miał może dwadzieścia pięć lat. Generałowi spodobał się na pierwszy rzut oka. Widać było, że bystry i ideowy chłopak.

– Mówcie – rozkazał.

– Towarzysze, rozwiązaniem naszych problemów jest mielona szynka.

Minister od propagandy poskrobał się po głowie.

– Nie da rady – powiedział. – Rozumiem, że można dać papieru toaletowego do kiełbasy, ale nie więcej niż trzydzieści pięć procent, potem następuje skokowe pogorszenie walorów smakowych. Poza tym żeby robić szynkę, trzeba mieć szynkę. A my jej nie mamy...

– A ty skąd wiesz, ile papieru można dodać? – oburzył się minister gospodarki. – To przecież ściśle strzeżona tajemnica państwowa!

– Mam własny pion badawczy, przecież muszę wiedzieć, czemu ludzie narzekają na wędliny – odgryzł się dygnitarz.

– Masz pion badawczy? To go sobie zlikwiduj. Kiełbasą zajmuję się ja!

– Dosyć! – warknął generał. – Kontynuujcie – zwrócił się do gościa.

– Jak zrobić mieloną szynkę? Skorzystajmy z doświadczeń radzieckich.

– A skąd wiecie, jak się to robi u nich?

– Studiowałem w Moskwie technologię żywności – wyjaśnił Malinowski. – A że miałem oczy szeroko otwarte, to podczas praktyk w ich tajnych zakładach co nieco proszków do kieszeni odsypałem...

– Proszków? – podchwycił generał.

Tak, zdecydowanie łebski chłopak. Gdyby było więcej takich...

– Tak. Bierzemy mięso. Może być właściwie dowolne, byle nie zaśmiardło. Wrzucamy na wirówkę i rozbijamy na włókna. Potem trafia do kadzi z barwnikiem, kadzi ze środkiem zapachowym i ekstraktem smakowym, potem jeszcze odrobina soli i żelatyny i po sprasowaniu szynka trafia do puszek.

– Radziecka mielona szynka jest gówno warta – zauważył minister poczty. – Próbowałem tej wyjmowanej z paczek.

– Owszem – uśmiechnął się Malinowski. – Dlatego przez ostatnie pół roku ulepszałem ich technologię. Jeśli pozwolicie...

– Pozwolimy – mruknął generał.

Po chwili kelner wniósł półmisek z wędliną i widelce.

– Wy pierwsi. – Dygnitarz wbił wzrok w wynalazcę.

Ten skosztował dwa plastry. Przekonawszy się, że szynka nie jest zatruta, pozostali zgromadzeni sięgnęli po sztućce.

– Smaku nie udało się precyzyjnie podrobić – mruknął minister spraw wewnętrznych.

– Ale zwykli ludzie od tak dawna nie mieli prawdziwej w ustach, że nie powinni się skapnąć – odparował Malinowski. – Oczywiście przydałby się jeszcze z rok na ulepszenie technologii, ale nie mamy czasu...

– Tak czy siak, żeby robić szynkę, trzeba mieć mięso – upierał się minister od propagandy.

– Oczywiście. Zebrałem kompletne dane. Towarzysze z ZSRR nie mogą nam tym razem pomóc. Sami przeżywają naturalne dla tego etapu rozwoju społeczeństwa przejściowe problemy z zaopatrzeniem. Towarzysze z innych bratnich krajów też nie bardzo. U nas sytuacja jest katastrofalna. W pegeerach poszło pod nóż wszystko, co się rusza, nawet stada zarodowe uszczupliliśmy. Chłopi mają oczywiście zapasy zwierząt, lecz jak im je skonfiskować?

– To da się zrobić – mruknął minister spraw wewnętrznych i z zadowoleniem zatarł owłosione kułaki.

– Nie da rady – warknął generał. – Wieś mimo ekscesów Solidarności ciągle jeszcze choć trochę nam sprzyja. Nie możemy stracić ostatniego bastionu społecznego poparcia. A zwierzyna w parkach narodowych?

– Przetrzebiona poniżej granicy odnawialności stad – wyjaśnił dyrektor od parków. – Zresztą pozyskanie dziczyzny na taką skalę jest niemożliwe.

– I co na to powiecie, towarzyszu Malinowski? – Generał zerknął na eksperta.

Odpowiedziało mu spojrzenie jasnych oczu, twarde i nieomal zuchwałe.

– Ten problem został już rozwiązany.

Stukanie do drzwi wyrwało mnie z płytkiej drzemki. Spojrzałem na zegarek. Siódma trzydzieści. Zakląłem w duchu. Zaspałem. O tej porze nie warto już iść na bazar, o sklepach nie wspominając.

Stukanie się powtórzyło. Powlokłem się do drzwi i nieufnie spojrzałem przez wizjer. Listonosz. A może... Może przyszła paczka od brata ze Szwecji? Prawdziwa kawa, prawdziwa herbata, prawdziwe papierosy, które na bazarze można wymienić na tuszonkę w puszce! Otworzyłem i przyozdobiłem twarz radosnym uśmiechem. Niestety, listonosz trzymał w dłoni tylko kopertę.

– Pan Olszakowski? Dowodzik proszę, telegram za pokwitowaniem do rąk własnych.

Pokazałem dokument i podpisałem machinalnie. Zaraz też zatrzasnąłem drzwi, z klatki schodowej wiało arktycznym chłodem. Rozerwałem kopertę.

Prosze zglosic sie dzis STOP o dziesiatej w ministerstwie gospodarki STOP wydzial zaopatrzenia strategicznego STOP tow STOP Malinowski STOP

– O kurde – mruknąłem wkurzony.

Z Malinowskim chodziłem do liceum. Szuja, lizus, kujon i donosiciel. Jako szesnastolatek wstąpił do Partii, potem studiował w Moskwie technologię żywności. Pokazywali go czasem w telewizji, był rządowym ekspertem od czegoś tam. Po prawdzie komputer to on mi załatwił. Nie ma rady, trzeba iść...

Mróz nieco zelżał, ale i tak do przystanku autobusowego musiałem iść przekopem przez zaspy. Nasze osiedle dostało szóstą kategorię odśnieżania, a właściwie zostało zdegradowane do szóstej, bo w zeszłym roku mieliśmy czwartą. Widać wyprowadził się ktoś ważny. Do centrum miasta dojechałem bez większych przygód. Budynek ministerstwa, otoczony bunkrami i zasiekami, znałem nieźle – to tutaj załatwiałem przydział łopat na letnie wykopaliska. Pokazałem telegram strażnikowi, zaraz też wydano mi przepustkę i skierowano na drugie piętro.

Malinowski przyjął mnie w swoim gabinecie. Nieźle się tu urządził. Gruby dywan, tylko trochę zeżarty przez mole, biurko skonfiskowane w jakimś muzeum, na półce obowiązkowy komplet dzieł klasyków od Marksa po Jaruzelskiego.

– Tomasz Olszakowski. – Przywitał się ze mną serdecznie. – Kopę lat.

Obyś sczezł, szujo, pomyślałem, podając mu rękę.

– Siadaj. Czego się napijesz? Kawy, herbaty, czegoś mocniejszego? – Otworzył barek.

W jego wnętrzu wypatrzyłem kubański rum, butlę „Stolicznej” i armeński koniak.

– Koniaku – poprosiłem.

Nalał mi kieliszek i chytrze spojrzał w oczy, gdy sączyłem pierwszy łyk.

– Podróba?

Jego szczurzy pysk rozciągnął się w uśmiechu.

– Skąd wiesz?

– A skąd byś wytrzasnął prawdziwy?

– No dobra, zgadłeś. To moje dzieło. Za tydzień idzie do produkcji. Nasza wódka, z kartofli oczywiście, wzbogacona radzieckim ekstraktem i wyleżakowana w dębinie przez dwa tygodnie. Nawet minister dał się nabrać.

– Po co mnie wezwałeś? – zapytałem. – Bo chyba nie po to, aby testować na mnie swoje wynalazki? Od tego macie całe obozy więźniów politycznych.

Obraził się tylko na moment.

– Mamy pewien problem natury zaopatrzeniowej.

Ze złośliwą satysfakcją zauważyłem, że od czasów liceum jego polszczyzna wcale się nie poprawiła.

– Macie chyba same problemy – zauważyłem.

– Wiesz, co to jest szynka? – przeszedł do konkretów.

– Jasne. Szynka to, mówiąc obrazowo, dupa świni. W ogólnym handlu nie występuje, nawet w Peweksie trudno ją dostać.

– A kulturowe aspekty jej spożycia? – naprowadzał mnie.

– Ludzie mają zakodowane, że na święta trzeba mieć szynkę. – Uśmiechnąłem się kpiąco. – Co roku dochodzi do awantur na tym tle. Plotki mówią, że w tym roku będzie jej o połowę mniej niż w ubiegłym. Ponoć nawet na speckartki dla partyjnych nie wystarczy.

– A szynka mielona?

– Owszem, jadłem nie tak dawno... Cholera was wie, z czego ją robicie. W smaku nawet trochę przypomina prawdziwą.

– No to skosztuj.

Z lodówki w kącie gabinetu wyjął puszkę oznaczoną kodem, zerwał wieczko i postawił przede mną. Obok położył nóż i widelec.

Posmakowałem.

– Niezła – oceniłem. – Prawie tak dobra jak amerykańska mielonka. Z tego, co słyszałem, w zeszłym miesiącu wydano decyzję o likwidacji wszystkich schronisk dla bezdomnych psów?

– E! – Machnął ręką. – Gucio to dało. Raptem dwieście ton mięsa. Kropla w morzu potrzeb. Poza tym szynka z psa jest trochę zbyt słodka i nie trzyma parametrów. Chcesz spróbować? – Znowu ruszył w stronę lodówki.

Grzecznie odmówiłem.

– Po co mnie ściągnąłeś? – wróciłem do pytania.

– Widzisz, czytałem twoje prace.

O, skurczybyk nauczył się czytać? W sumie chyba musiał – Partia co prawda załatwiła mu maturę, ale z tego, co wiedziałem, nie tolerowała analfabetyzmu w swoich szeregach.

– I co ciekawego się z nich dowiedziałeś? – zakpiłem.

– Jesteś najlepszym specem od mamutów. Nawet ci z Instytutu Ewolucji skierowali mnie do ciebie. A ja potrzebuję nieco konsultacji. Na przykład jak to draństwo zabić?

– Bardzo prosto. – Wzruszyłem ramionami. – Nasi bracia neandertalczycy używali do tego celu specjalnych ostrzy krzemiennych. Zwano je tylczakami, miały kształt w przekroju podobny do scyzoryka, z jednej strony grubsze, z drugiej cieńsze.

– I podłazili blisko z takimi dzidami i kłuli słonie w brzuch?

– Nie, mieli takie krótkie kijki z pętlami. W to wtykali włócznie i naparzali mamuty z bezpiecznej odległości.

– To było skuteczne?

– Jak cholera. Robiliśmy eksperymenty: taka włócznia zaopatrzona w zrekonstruowane ostrze przechodziła przez dwie warstwy wojłokowych materacy.

– Dobra, w takim razie jeszcze jedno pytanie. Przyjmijmy, że chcemy wykończyć mamuta. Mamy do dyspozycji wszystko, co można znaleźć w arsenale armii Układu Warszawskiego. Jak byś się do tego zabrał?

– No cóż, karabin snajperski i pocisk eksplodujący zakazany konwencjami.

– Nie mówmy o tym, czego imperialiści zakazali, tylko o tym, czym dysponujemy. I gdzie walić? W serce?

– Można i w serce. – Poskrobałem się po głowie. – Ale lepiej kropnąć w łeb.

– A kaliber? Chodzi o to, żeby możliwie zaoszczędzić amunicji.

– Co wy, do cholery, chcecie zrobić? – Spojrzałem na niego zaskoczony. – No cóż, zakładając hipotetycznie, że musiałbym zabić mamuta, użyłbym karabinu „Tor", kaliber dwanaście i siedem dziesiątych milimetra. I waliłbym z bezpiecznej odległości między oczy.

Milczał dłuższą chwilę.

– Mogę zaproponować ci rządowy kontrakt na dwa tygodnie – powiedział wreszcie. – Będziesz naszym konsultantem. Instytut potraktuje ten okres jako urlop bezpłatny, my oferujemy wynagrodzenie wedle stawek dla zagranicznych ekspertów.

– I zapłacicie rublami? – zainteresowałem się.

Zawsze dobrze zarobić w twardej walucie...

– Nie, zapłacimy złotówkami. Takie są przepisy. Gdybyś należał do Partii, można by popróbować, a tak sam jesteś sobie winien.

– A może dałoby się załatwić, żebym mógł pojechać w lecie do Kijowa na kongres? – Targowanie się z tym typkiem wywoływało we mnie obrzydzenie, ale z drugiej strony, jeśli mógł mi pomóc...

– To nie ode mnie zależy. Ale spróbuję – obiecał. – Sam wiesz, jak to teraz jest. Kupa Polaków usiłuje uzyskać azyl w ZSRR.

– Specjalnie im się nie dziwię – mruknąłem. – Od kiedy wprowadziliście kartki na chleb i kartofle...

– Proszę bez agitacji antypaństwowej w mojej obecności – warknął.

Położyłem uszy po sobie.

– To, co teraz powiem, stanowi jedną z najściślej strzeżonych tajemnic państwowych – oznajmił. – Najpierw jednak podpiszesz ten dokumencik.

Podsunął mi papierek.

– Kara śmierci w razie naruszenia tajemnicy? – zdziwiłem się.

– A coś ty myślał? Musimy bronić naszych sekretów przed szpiegami imperialistów.

– Dobra. – Złożyłem swój podpis. – Cóż to za tajemnice?

– Znalazłem sposób na rozwiązanie kryzysu mięsnego. Żarcia zrobimy tyle, że będzie można znieść kartki na mięso.

Popatrzyłem na niego podejrzliwie. Upił się własnym koniakiem? E, chyba nie.

– Przerobicie na szynkę staruszków czy więźniów politycznych?

– Teoretycznie by się dało. Tej solidarnościowej ekstremy siedzi w łagrach ze sto dwadzieścia tysięcy. Po trzydzieści kilo z każdego. Ale sam rozumiesz, jeżeliby się rypło... Już i tak imperialiści wrzeszczą, że zbudowaliśmy ustrój ludożerczy, jakby te kilka przypadków kanibalizmu miesięcznie... – Wzruszył ramionami. – Zresztą co ja będę gadał. Przygotowuję wyprawę.

– Do bratniego Sudanu polować na słonie?

– Do Polski. Tyle tylko, że tej sprzed czterdziestu tysięcy lat.

– Co?! – Spojrzałem na niego zdezorientowany.

Wyglądało na to, że mówi poważnie.

– Mamy wehikuł czasu – zniżył głos. – A właściwie nie my go mamy, tylko Rosjanie. Ale obiecali udostępnić. Skoczymy sobie, trzaśniemy ze dwa tysiące mamutów i problem zaopatrzenia na święta rozwiązany. Potrzebujemy tylko fachowca, żeby nam doradzał. Gdzie walić, jakby coś poszło nie tak.

– Zmienicie historię – szepnąłem przerażony.

– A gdzie tam. – Wzruszył ramionami. – Historia jest niezmienialna. A nawet jeśli, i tak wszystko skończy się komunizmem.

– I co, przerzucicie to mięcho do teraźniejszości...

– Dokładnie tak.

– Przecież zgnije!

– A nie. Przodująca radziecka nauka rozwiązała i ten problem.

– To kiedy mamy lecieć?

– Jutro.

Z pamiętnika tow. Malinowskiego:

W zasadzie nie wiem, jakie procesy fizyczne pozwalają materii przemieszczać się w czasie. Uczeni radzieccy niechętnie dzielą się swoją wiedzą. Grunt, że urządzenie działa, tyle tylko, że kiepsko. Można skoczyć sto pięćdziesiąt milionów lat do tyłu i popatrzeć, jak wymierają dinozaury, albo sprawdzić, gdzie tworzą się złoża węgla kamiennego, natomiast im bliżej, tym trudniej. Bliżej niż czterdzieści tysięcy lat nikomu nie udało się skoczyć – choć oczywiście próby trwają...

Skok w przeszłość odbyć się miał na terenie poligonu. Wysokie nasypy ziemne chroniły całe przedsięwzięcie przed okiem niepowołanych.

Nigdy wcześniej nie widziałem wehikułu czasu. Jak wyglądał? W sumie nijak. Brezentowy namiot, jakimi w NRD nakrywa się zimą baseny. Wewnątrz kratownica, na niej zawieszony generator. Poniżej na szarej, zmarzniętej glebie krąg zaznaczony czerwonymi chorągiewkami. I tyle. Kilkunastu mówiących po rosyjsku techników programowało urządzenie.

W kręgu było wystarczająco dużo miejsca, by postawić helikopter. Urządzenie wyśle w przeszłość dwie maszyny i sześciu ludzi. Potem jeszcze odpowiednią ilość plastikowych beczek z benzyną lotniczą. Broń i amunicja w zaplombowanych kontenerach znalazły się już na pokładach. Dopiąłem szczelniej kurtkę z tureckiego dżinsu na sztucznym misiu.

– Wylądujemy w lecie – mruknął Malinowski, wychodząc zza namiotu.

Piloci wyprężyli się jak struny na jego widok.

– Latem mamuty pasą się w tundrze... – zauważyłem.

– Właśnie. Miejmy nadzieję, że dorwiemy je gdzieś niedaleko.

Przyszedł jeszcze jeden człowiek, ponury, o zaciętej twarzy. Na mundurze miał dystynkcje majora SB. Po plecach przeszły mi ciarki. A zatem Malinowski nie cieszył się pełnym zaufaniem Partii.

– Towarzysze, dziś stworzymy podwaliny ekonomii jutra! – powiedział z patosem dowódca wyprawy. – Historia powierzyła nam los tysięcy głodujących polskich dzieci!

Miałem na końcu języka stwierdzenie, że w Szwecji jakoś dzieci nie głodują, ale powstrzymałem się.

Pierwsza maszyna już sunęła do wnętrza kręgu. Pilot zatrzasnął kabinę i podniósł kciuk do góry. Odsunęliśmy się. Rosjanie włączyli generator i helikopter z głośnym cmoknięciem odleciał w przeszłość. Druga maszyna wtoczyła się do namiotu.

Musieliśmy odczekać kilkanaście minut – taki był rozrzut u celu. Z ciężarowych biełazów wypakowywano właśnie butle z ciekłym azotem.

Człowiek z teczką pilnujący wyładunku uśmiechnął się na mój widok. Poznałem go, choć do tej pory widywałem jego twarz tylko na zdjęciach.

– Akademik Kołczygin – przedstawił się, potwierdzając moje przypuszczenia. – Dobrze, że was widzę, towarzyszu Olszakowski. Czytałem pańskie prace o mamutach. Mam dla was drobny *souvenir.* – Podał mi ciężką teczkę.

Podziękowałem. Niestety, musiałem się pożegnać, bo zbliżała się pora mojego startu. Dopiero zamknięty w ciepłym wnętrzu maszyny mogłem przejrzeć upominki. Przewidujący akademik zapakował mi dwie flaszki „Stolicznej” oraz pięknie wydane książki: „Mamuty ZSRR” swojego autorstwa oraz „Mamuty bułgarskie – młodsi bracia mamutów radzieckich”. Zdążyłem je pobieżnie przekartkować, nim wykonaliśmy skok.

Przestrzeń wokoło helikoptera rozbłysła niczym zielony flesz i kabinę zalało słoneczne światło. W sekundę później zgasło, ustępując wielkim kłębom ognia. Ogłuszający huk, wstrząs, zapach płonącej benzyny... Pilot zapuścił rotor. Wznieśliśmy się, zostawiając poniżej wrak drugiej maszyny. Malinowski kopnięciem otworzył drzwi i zaczął polewać burty pianą z gaśnicy. Bez wahania zrobiłem to samo od swojej strony. Usiedliśmy ciężko na stoku wydmy.

– Rozrzut musiał być bardzo mały – wysunął teorię Malinowski.

– Wylądowaliśmy prosto na nich? – domyśliłem się.

– Na to wygląda. Obsobaczą nas, taki helikopter jest wart z pół miliona rubli...

– A ludzie?

– Szkoda ich, oczywiście. – Zrobił sztucznie zasmuconą minę. – Ale w walce o szczęście ludzkości ofiary się zdarzają. To nieuniknione.

Pilot obejrzał uszkodzenia naszej maszyny.

– Sprawna – ocenił.

Malinowski wyskoczył na ziemię. Wyjął z tubusu sztandar i zaczepiwszy go do drzewca, wbił w prehistoryczną wydmę. Pilot puścił z magnetofonu hymn.

– W imieniu Polskiej Rzeczpospolitej Ludowej i Polskiej Zjednoczonej Partii Robotniczej obejmujemy w wieczyste władanie tę ziemię i wszystkie jej zasoby – ekspert wygłosił formułkę specjalnie przygotowaną przez generała.

Zaraz musieliśmy zrobić dokrętkę, bo kamera nie zastartowała.

Lecieliśmy nad tundrą. Wiatr z północy był bardzo zimny, lodowiec zaczynał się gdzieś w okolicach Płocka.

– Będziemy mieli grube nieprzyjemności z powodu tamtych – powiedział Malinowski. – Pal diabli helikopter, ale ten koleś...

– W mundurze, ten ponury? – upewniłem się.

– Właśnie, major SB... Cholera. Chyba muszę ci, kumplu, zaufać, jedziemy na jednym wózku.

– A co konkretnie miałbym zrobić?

– Czy stado mamutów może zniszczyć helikopter?

– Teoretycznie, jakby tak zaszarżowały... – Poskrobałem się po głowie. – Nie jest to wykluczone.

– Spiszemy protokół – ściszył głos. – Wylądowali między mamutami. Spłoszyły się i zniszczyły maszynę. Wszyscy zginęli. Pomściliśmy ich, wybijając stado.

– Naciągane – mruknąłem. – Mamuty w takim przypadku raczej by uciekły. Są płochliwe.

– Potwierdzisz przebieg zdarzenia jako ten, no... autorytet naukowy. Żadna komisja tego nie sprawdzi, kilka tysięcy lat leżenia pod gołym niebem i z helikoptera zostanie tylko warstwa tlenków metali.

Skrzywiłem się, lecz kiwnąłem głową na zgodę. Co miałem robić?

Leżeliśmy na zboczu góry, obserwując przez lornetki, jak kudłate słonie skubią sobie trawę.

– Można by wystrzelać je w jakieś dwadzieścia minut – mruknąłem, ściskając kolbę karabinu.

Malinowski kiwnął niechętnie głową.

– Można by. Ale nie mamy jeszcze miejsca na zdeponowanie mięsa. Mamuty trzeba będzie zwalić na jeden stos.

– Przyślą nam dźwigi, koparki i spychacze? – Pilot zaciągnął się „sportem". – Czy paciorki na zapłatę dla neandertalskich tragarzy?

– Z tymi neandertalczykami to nie taki głupi pomysł – stwierdziłem. – Tylko jak się z nimi dogadać?

– Przestańcie mleć ozorami. Partia myśli za was. – Aparatczyk poklepał się po kieszeni, w której miał legitymację.

Malinowski nie był taki głupi, jak mi się zdawało. Polataliśmy ładne kilka godzin i znaleźliśmy niezłą skarpę nad pradoliną Wisły.

– Trzeba spłoszyć stado, żeby zwierzaki pospadały. – Ekspert zatarł łapska. – Tu jest z piętnaście metrów urwiska. I amunicji zaoszczędzimy, i na kupie będą leżeć... Potem się skarpę odstrzeli, żeby je zasypała, i wio do dwudziestego pierwszego wieku.

– Po co zasypywać? – zdziwiłem się.

– A wiesz, co by się działo, gdyby tak na skraju Warszawy wyrosła kupa mięsa? – Spojrzał na mnie z politowaniem. – Ani tego ukryć, ani upilnować. Doszłoby do gorszej masakry niż ta sprzed pół roku w supersamie!

Zapadał wieczór. Wyciągnąłem dwie butelki „Stolicznej" otrzymane od akademika. Malinowski wychlał półtorej i uwalił się spać zadowolony jak świnia. Siedziałem z pilotem przy dogasającym ognisku.

– Coś mi tu śmierdzi – powiedział wreszcie.

– Na przykład?

– Mam na myśli to gówno, w które się wplątaliśmy. Znasz tego dupka?

Popiłem łyk wódki.

– Chodziłem z nim do jednej klasy. Bydlę było z niego nieprzeciętne...

– Sądzisz, że wrócimy stąd żywi? Wiemy o wiele za dużo. Pal diabli tę szynkę, ale wehikuł czasu...

Zapadło długie milczenie.

Z wysokości dwustu metrów scena wyglądała wręcz nierealnie. Mamuty, wielkie stado liczące kilkaset sztuk pędziło poganiane ścianą ognia. Malinowski nie pożałował benzyny. Dwa płonące rowy uniemożliwiały zwierzętom ucieczkę na boki. Z przeraźliwym kwikiem mamuty waliły się prosto z urwiska. Część ginęła na miejscu, inne, ranne, ryczały przeraźliwie. Przechyliłem się przez burtę helikoptera i zwymiotowałem.

Nasz dowódca był wyraźnie w dobrym humorze.

– Nie łam się – powiedział. – Lepiej ubić trochę bydła, niż dopuścić do tego, by ludzie zdychali z głodu.

– Trzeba je dobić – zauważył pilot. – Nie można tak, przecież się męczą.

– No to do roboty! – Odbezpieczył karabin.

Walił raz za razem. Jego szczurzą mordę ozdobił uśmiech. Lubił drań zabijać... Jeszcze przez chwilę coś się w dole ruszało, a potem zapadła martwa cisza i bezruch. Ostatni mamut stał na krawędzi skarpy, patrzył z przerażeniem w dół. Malinowski sięgnął po karabin. Wycelował, lecz pozycja nie gwarantowała trafienia. Wychylił się więc dalej i przyłożył lunetę do oka.

Nigdy dotąd nikogo nie zabiłem. Sięgnąłem dłonią, by odpiąć karabińczyk jego uprzęży, ale nie zdołałem się przełamać...

Płynęły dni podobne do siebie jak krople wody. Przetaczałem beczki z paliwem, wykładałem rowy aluminiową folią, podpalałem i patrzyłem, jak przerażone włochate słonie walą się brunatnym potokiem na wielki stos. Rozpuszczałem w wodzie sproszkowany konserwant, którym polewaliśmy padłe zwierzęta. W wolnych chwilach piekłem na rożnie wielkie kawały mamuciny. W bagażach Malinowskiego znalazło się sporo herbaty – twierdził, że angielska, ale przypuszczam, że gruzińska, tylko czymś doprawiona. Obżerałem się mięchem, wetując sobie wszystkie głodne lata. Mamuty uciekały na południe, krótkie arktyczne lato dobiegało końca. Góra mamuciny miała dobre dziesięć metrów wysokości i zajmowała chyba z hektar. Codziennie rano helikopter odlatywał na poszukiwanie nowych stad. Zaganianie ich nie sprawiało problemu. Przerażone widokiem maszyny zwierzęta próbowały uciekać i trafiały prosto w pułapkę.

Zazwyczaj w porze obiadu moi towarzysze byli z powrotem. Tego dnia nie wrócili. Radio milczało jak zaklęte. Czekałem do wieczora, mając nadzieję, że przeżyli i dojdą na piechotę. Niestety, nie dotarli.

Robota, którą przyszło mi wykonać, była pierońsko trudna, prawie niewykonalna dla jednego człowieka. Ale skoro tyle nas to kosztowało, musiałem dokończyć zadanie. Założyłem lekkie ładunki trotylowe i zdetonowałem. Skarpa runęła, pokrywając zbiorową mogiłę zwierząt piaszczystym całunem.

Skoczyłem do przyszłości, sądząc, że znajdę się w szczerym polu opodal miasta. Tymczasem materializacja w naszej epoce nastąpiła w ogródku jakiejś willi. Przelazłem przez mur. Niedaleko znalazłem przystanek autobusowy. Już wtedy zrozumiałem, że jednak historia uległa zmianie. Nieznane nazwy ulic, wysokościowce jak z kapitalistycznych filmów. A te sklepy...

Zastanawiałem się pół dnia, co z tym fantem zrobić. A potem doszedłem do wniosku, że sam sobie nie poradzę. Zgłosiłem się na policję – bo, jak się okazało, tu była policja, a nie milicja – i tłumacząc się lukami w pamięci, poprosiłem, żeby ustalili moją tożsamość. Poszło to bardzo sprawnie, w trzy dni się uwinęli. W tej rzeczywistości też byłem Tomaszem Olszakowskim, archeologiem, tylko że od średniowiecza, a nie od paleolitu. Miałem też willę, żonę i trójkę dzieci. Z tą willą trochę mnie zaskoczyli, nie rozgryzłem jeszcze problemu, skąd się wzięła. Wygrałem w totolotka czy narobiłem jakichś przekrętów?

Malinowski też się odnalazł. Jakiś tydzień później, włączywszy telewizor, zobaczyłem tę gnidę, jak z lizusowskim uśmieszkiem wyjaśniał stanowisko swojej partii. Oczywiście była to jedna z partii rządzącej koalicji, ma facet instynkt. W pierwszej chwili nawet się ucieszyłem, ale posłuchawszy steku bredni, które z siebie w natchnieniu wyrzucał, z obrzydzeniem wyłączyłem odbiornik. Kij mu w oko.

Zaraz po Nowym Roku poszedłem do instytutu. Stary, znajomy barak, nawet gabinet miałem nadal w tym samym miejscu. Popatrzyłem na kafle, garnki, kule armatnie... Trzeba będzie coś na ten temat doczytać – zdaje się, że prowadzę zajęcia dydaktyczne. Posiedziałem pół godzinki, a potem – natura ciągnie wilka do lasu – poszedłem do sekcji archeozoologii. Tak, nasz instytut nadal badał mamuty, ale zajmował się nimi jakiś brodaty typek.

– Nad czym pracujemy? – zagadnąłem, stając w drzwiach.

– Witam, panie doktorze. Obliczam przypuszczalną dzienną dawkę pożywienia tego bydełka – wyjaśnił, nie odwracając wzroku od komputera. – Musiały mieć niezły przyrost masy w ciągu lata.

– Niech pan skoczy do ZOO i zapyta – zasugerowałem.

– Słonie mają inną fizjologię i przemianę materii – odpowiedział.

Naraz w moim mózgu zakiełkowało straszliwe podejrzenie. Rzuciłem się do swojego gabinetu i pogrzebawszy w książce telefonicznej, wykręciłem numer działu dydaktycznego warszawskiego ZOO.

– W czym możemy pomóc? – usłyszałem miły głosik.

– Chciałem zapytać, ile w tej chwili macie mamutów – wysapałem.

– Czego?!

– Mamutów – powtórzyłem.

– A idź pan w cholerę! – Kobieta trzasnęła słuchawką.

Zrozumiałem. Mamutów już nie ma. Ani jednego. Usiadłem w fotelu i z teczki wyjąłem pięknie wydany album „Mamuty ZSRR". Znajoma okładka z reprodukcją obrazu Jana Matejki „Bitwa pod Grunwaldem". Szarżujący mamut wielkiego księcia Witolda, słoń Wielkiego Mistrza wali mu się pod kopyta, w ręku księcia ankus, szalony zamęt, nasze mamuty, krzyżackie słonie, wszystko splecione w jeden gordyjski węzeł bitwy...

W głębokim bunkrze dwadzieścia metrów poniżej budynku sejmu prezydent rozpoczął naradę.

– Panowie – zagaił – zebraliśmy się tu, aby przedyskutować bieżącą sytuację.

Zgromadzeni z godnością kiwnęli głowami.

– Meteorolodzy przewidują, że zima tego roku będzie lekka i nie potrwa długo. Zoolodzy potwierdzają tę prognozę, opierając się na obserwacjach zachowań różnych zwierząt. Dlatego też, panowie, nasuwa się kilka nader istotnych problemów.

– Węgla mamy nadprodukcję, w dodatku górnicy ciągle robią strajki i musimy dopłacać do nierentownych kopalń miliard miesięcznie – powiedział minister od węgla. – Kopalnie miały nieco przestojów spowodowanych strajkami, ale nie udało się zahamować wydobycia. Ponadto towarzysze z WNP nie tylko obniżyli nam kontyngent, ale nawet zawrócili z granicy parę tysięcy ton. Zachód w ogóle już tego nie bierze, nawet za pół ceny...

– Sytuacja finansowa to totalna katastrofa – odezwał się prezes NBP. – Oficjalnie deficyt budżetowy sięgnął pięćdziesięciu pięciu procent!

– W rzeczywistości jest dwa razy większy – przerwał mu minister edukacji. – W dodatku po tym, jak dodrukowaliście trzydzieści miliardów złotych...

– A ty skąd wiesz, ile dodrukowaliśmy? – oburzył się prezes. – To przecież ściśle strzeżona tajemnica państwowa!

– Mam własny pion badawczy, przecież muszę dać robotę nauczycielom matematyki zwalnianym ze szkół – odgryzł się dygnitarz.

– Masz pion badawczy? To go sobie zlikwiduj. Forsą w tym kraju zajmuję się ja!

– Panowie... – przywołał ich do porządku prezydent. – Sytuacja jest taka, że trzeba kogoś rzucić na żer motłochowi. – Spojrzał znacząco na jednego ze współpracowników.

Minister odpowiedzialny za gospodarkę zrobił się lekko zielony na twarzy.

– Sytuacja jest w zasadzie pod kontrolą, panie prezydencie. Nadwyżki oczywiście wystąpią, ale będą one minimalne. To znaczy tak małe, jak się dało... W zasadzie niezauważalne.

– Doprawdy? – Szkła okularów błysnęły złowrogo. – A ile to konkretnie będzie?

– Mniej więcej... No, przydałoby się z osiemset milionów złotych. Na skup interwencyjny i może jeszcze drugie tyle na budowę nowych chłodni i silosów. W pozostałych sektorach... Tu nadwyżki są nieco większe, ale biorąc pod uwagę...

– Gówno – syknął prezydent. – Niech pan mówi po ludzku, że zabraknie forsy na należności za skup żywca dla miliona sympatyków Samoobrony! Wie pan, jaka jest sytuacja. Lepper tylko czeka, by nam skoczyć do gardeł, a taki niedobór forsy wywoła natychmiastowy bunt.

– Samoobronę poskromimy – mruknął minister spraw wewnętrznych. – Koperty z instrukcjami mam już gotowe w sejfie.

– Wiem – przerwał mu prezydent. – Tylko gówno nam to da, jeśli dojdzie do buntu mas... A dojdzie do niego przez tego palanta. – Wskazał ministra.

– Ja...

– Ukrywał pan przed nami faktyczny stan rzeczy! – ryknął. – To jest zdrada!

Minister wziął głęboki oddech.

– Nieprawda. Składałem raporty na bieżąco w sekretariacie i w zeszłym tygodniu zaproponowałem rozwiązanie...

– Ten stek bzdur nazywa pan rozwiązaniem!?

– Jeśli pozwoli pan, panie prezydencie, pan Malinowski byłby w stanie zreferować to dokładniej... Czeka obok.

– Prosić.

Pan Malinowski miał może dwadzieścia pięć lat. Prezydentowi spodobał się na pierwszy rzut oka. Widać było, że bystry i chciwy sukcesu chłopak.

– Proszę mówić – rozkazał.

– Panowie, rozwiązaniem naszych problemów jest mamucina. Z moich badań wynika, że opodal Warszawy na głębokości dwudziestu metrów spoczywa przeszło dwa tysiące tych zwierząt. Nie wiem jeszcze, jakim cudem zachowały się w stanie prawie świeżym – zbada to specjalna komisja pod moim kierownictwem. Z każdego mamuta można pozyskać dobre cztery tony mięsa. Sprzedamy je Zachodowi. Głównym odbiorcą będą luksusowe delikatesy i restauracje dla snobów. Cenę, oczywiście, wyśrubujemy do minimum tysiąca euro za kilogram. Za uzyskane środki będziemy skupywali wieprzowinę. W dodatku – zmrużył chytrze oczy – mam pomysł, jak pozbyć się szynki. Wystarczy, że mamucinę będziemy sprzedawać w postaci mielonej i prasowanej. Do każdej tony mamuta dorzucimy po cichu trzysta kilo świńskich pośladków i...

SAMOLOT VON RIBBENTROPA

Samolot von Ribbentropa

Wielka Brytania, 7/8 września 1939

Głuche dudnienie artylerii przeciwlotniczej to nasilało się, to słabło. Nad Londynem co chwila rozbłyskało flarami oraz światłami reflektorów przeciwlotniczych. Na szczęście gęste chmury i bezksiężycowa noc zapewniały niezłą ochronę. Za oknami samolotu kłębiła się szara mgła.

– Zaraz powinniśmy być na miejscu. – Dowódca był spokojny. – Daj znać do centrali. Niech nadadzą komunikat ostrzegawczy, czekamy dwadzieścia minut, żeby cywile zdążyli ukryć się w schronach. Zrzucamy bombę i lądujemy na północny wschód od miasta.

– Diabli nadali – zaklął porucznik. – To ostrzeżenie, może i honorowo, ale...

– Już i tak wiedzą, że tu jesteśmy.

– Jak nas Angole na widły wezmą, cieniutko zaśpiewamy. Czuję, że tym razem przyjdzie położyć głowę.

– Nawet jeśli zginiemy, to nienadaremnie – uspokoił go dowódca. – Ten stary pijak Churchill czuje się silny, więc trzeba mu pokazać, jaki jest malutki. W każdym razie na długo odechce mu się sojuszy ze Szwabami i desantów.

– Jeżeli ta bomba rzeczywiście jest taka mocna, to powinno się ją zrzucić w punkty koncentracji wojsk, a nie na miasto – sarkał porucznik. – Albo zatopić im flotę, jak będzie płynąć przez kanał La Manche!

– Nie my o tym decydujemy. Rozkaz to rozkaz.

Odezwało się radio. Porucznik założył słuchawki.

– Londyn pod nami. Dali też ostrzeżenie.

– Przejmij ster.

Dowódca ruszył na tył maszyny. Podniósł ciężki ołowiany pokrowiec nakrywający korpus bomby. Wykręcił dwie śrubki, otworzył klapkę. Wyciągnął po kolei trzy zawleczki i przesunął przełączniki w dół. Założył dekiel na miejsce.

– Uzbrojona – rzucił.

– Zostało jedenaście minut.

Dowódca usiadł w fotelu.

– Zginiemy – powiedział porucznik z goryczą. – Czuję to. Ta bomba... Widziałem zdjęcia lotnicze Berlina. Wyrwało gigantyczny lej, obróciło w gruzy całą dzielnicę. Moc wybuchu trzeba liczyć w tysiącach ton trotylu... Fala uderzeniowa strąci nas jak nic. A jak nie, to kupa ich maszyn tylko czeka, aż wychylimy nos zza chmur.

– Sądzisz, że wystawili nas na odstrzał?

– Tak przypuszczam. Jesteśmy ostatnimi, którzy brali udział w pościgu za samolotem von Ribbentropa.

– Może masz rację. Ale rozkaz wykonamy.

– Tak. Mimo wszystko chciałbym wiedzieć dlaczego.

Z daleka znowu dobiegł huk eksplodujących pocisków. Artyleria przeciwlotnicza ciągle usiłowała ich namierzyć. Zaterkotał brzęczyk. Porucznik przeżegnał się i pociągnął wajchę luku bombowego. Sekundy wlokły się niemiłosiernie.

– Czas minął. – Dowódca potrząsnął zegarkiem. – Już nie wybuchnie.

– Diabli nadali! Dlaczego?

– Nie wiem! – Uderzył pięścią w oparcie fotela.

Nieoczekiwanie samolot zadrżał. I kolejny wstrząs, we wnętrzu zawirowały odłamki poszycia.

– Dostaliśmy!

– Spokój! – rozkazał dowódca. – To...

Kolejna seria trzasków zagłuszyła jego słowa. Trafiony silnik umilkł, porucznik ściągnął ster i zablokował. Bez słowa złapali spadochrony.

– Wezmą nas na widły, ciekawe, od siana czy od gnoju? – mruknął porucznik.

– Jesteśmy jeszcze nad miastem, tu nie mają wideł. Co najwyżej nadziejemy się na jakieś ogrodzenie. Nie rób takiej miny – zgromił go dowódca. – Trzymaj się mnie, a gdybyśmy się rozdzielili, spotkamy się za kilka tygodni. Gdy ten tłusty, kurzący cygara wieprz posra się ze strachu i wywiesi białą flagę, będziemy mogli wrócić do domu.

Dociągnął uprząż spadochronu.

– Bywaj.

– Powodzenia, kapitanie.

Czasy współczesne

Po raz pierwszy zobaczyłem go, gdy miałem może osiem lat. Poszliśmy na wycieczkę szkolną do Muzeum Wojska Polskiego w Warszawie. Najpierw dwie godziny snuliśmy się po budynku, słuchając paplaniny przewodnika. Oglądaliśmy zardzewiałe miecze wydobyte z pól bitewnych i grobowców rycerzy. Długie rzędy lśniących luf karabinowych przypominały piszczałki organów. Wreszcie wypuszczono nas na zewnątrz.

Budynek stoi na plateau, jego dziedziniec, zastawiony pojazdami, kończy się stromą skarpą. Na dole w rozległym parku umieszczono kolejne eksponaty. Obejrzeliśmy rozmaite działa na placu, a potem ruszyliśmy ku schodom. Pod wiatami stał sprzęt pochodzący z różnych stron świata: zdobyczne czołgi hitlerowskie i radzieckie, trochę francuskich tankietek, jak ta z filmu *Vier Panzerkameraden*.

Zdobycznego niemieckiego U-Boota można było obejrzeć także od środka. Kumple skorzystali natychmiast z okazji, pobiegli w stronę kadłuba, a potem, łomocząc butami po blaszanych schodkach, zaczęli wspinać się do kiosku i włazu. Moja pamięć przechowała okruch myśli z tamtego popołudnia: stałem na krawędzi skarpy i patrzyłem na okręt z góry. Przypominał wielkiego zdechłego, wyciągniętego na ląd wieloryba. Potem następuje luka.

Wydaje mi się, że poprosiłem nauczyciela o pozwolenie oddalenia się. A może samowolnie ruszyłem na wycieczkę? W każdym razie powędrowałem brzegiem skarpy w stronę hal ekspozycyjnych. Chciałem obejrzeć samoloty. Zgromadzono je w wielkim hangarze. Dalej pamięć pracuje bez szwanku: stanąłem w drzwiach, zaskoczony rozległością pomieszczenia, ale po chwili wahania poszedłem śmiało przed siebie. Spędziłem dobre kilka minut, podziwiając kolejne maszyny. Ustawiono je z grubsza chronologicznie. Od pierwszych konstrukcji z metalowych rurek obciągniętych brezentem przez myśliwce z pierwszej wojny światowej...

Na końcu stało kilka modeli naszych najnowszych samolotów. Bombowiec strategiczny Halny, myśliwce Irbis i Żbik. Była nawet makieta bomby atomowej, identycznej jak ta, którą zrzuciliśmy na Londyn. Dotarłem do tylnej ściany hangaru. Już miałem wracać, gdy nieoczekiwanie spostrzegłem niedomknięte drzwi. Wyglądały niepozornie i wydało mi się, że to przejście służbowe, wiodące gdzieś, gdzie zwiedzających się nie wpuszcza. Z drugiej strony były tak gościnnie uchylone... Przestąpiłem próg. Kolejne pomieszczenie tonęło w mroku; sądząc po tym, jakie echo wzbudziły moje kroki, musiało być równie wielkie. Nieoczekiwanie zabłysły halogenowe reflektory pod sufitem. Widocznie zadziałała fotokomórka. Przede mną stał samolot. Największy i najwspanialszy z dotychczas obejrzanych. Ogromna czterosilnikowa maszyna. I jednocześnie był to najbardziej zniszczony eksponat w całej kolekcji. Ustawiono go, opierając na kilkunastu betonowych wspornikach. Bez tego strzaskana konstrukcja rozsypałaby się chyba na kawałki. Śmigła były pogięte i połamane, przód silnie zgnieciony, szyby w okienkach porysowane siatką pęknięć. Obszedłem go, aby popatrzeć z boku. Kadłub od spodu był solidnie pokiereszowany. I wtedy zrozumiałem – bombowiec po prostu uderzył w ziemię. Dziury po kulach w skrzydłach i poszyciu nie pozostawiały raczej wątpliwości. Został zestrzelony.

– Hej, chłopcze, tu nie wolno wchodzić! – Człowiek w szarym kombinezonie roboczym pojawił się jakby znikąd. Towarzyszył mu wysoki mężczyzna w garniturze i okularach.

Musiałem wyglądać na zdrowo przestraszonego, bo wyraźnie złagodniał.

– Ta część ekspozycji jest dopiero przygotowywana – dodał z uśmiechem. – Jeszcze nie wpuszczamy zwiedzających.

Przeprosiłem i wróciłem do pierwszej hali. Tu znowu następuje luka we wspomnieniach: nie pamiętam, jak odnalazłem moją klasę.

Zawód dziennikarza ma to do siebie, że od czasu do czasu można pomóc jakiemuś kumplowi i zrobić kryptoreklamę jego dokonań.

Witka poznałem jeszcze w podstawówce. Już wtedy miał hopla na punkcie modelarstwa. W liceum to hobby zamieniło się w niebezpieczną manię. Po tym jak relegowano go za brak postępów w nauce, założył sklepik dla podobnych sobie pasjonatów, a potem małą wytwórnię precyzyjnych mikrosilników. Nasze kontakty urwały się na kilka lat, aż wreszcie nadarzyła się okazja, by je odnowić.

Swoje laboratorium urządził w piwnicy żoliborskiej willi odziedziczonej po dziadku oficerze. Na spotkanie wyszedł ubrany w śnieżnobiały fartuch. Na nosie miał druciane okulary, które sprawiały, że wyglądał niemal jak profesor.

– Witaj, Pawle. – Ścisnął moją dłoń. – Kopę lat.

– Oj, prawda, prawda...

– Zapraszam do mojego królestwa.

Rzuciłem okiem na pomieszczenie i uśmiechnąłem się w duchu. Przewidział, że będę chciał zrobić kilka fotografii, dlatego poustawiał rozmaite eksponaty tak, aby tworzyły niezwykle widowiskową kompozycję. Nie wierzyłem, że na co dzień byłby w stanie pracować w takim bałaganie.

Wyjąłem z kieszeni aparat i strzeliłem parę zdjęć. Modele kilku samolotów wiszące pod sufitem; wypreparowane kości skrzydła łabędzia; obok podobne, tylko zbudowane z cienkich duraluminiowych rurek.

– Naśladowanie naturalnego ruchu skrzydła ptaka jest dość trudne – bez wstępów, uprzedzając moje pytanie, przeszedł do meritum. – Wykorzystałem cybermięśnie używane w protezach. – Pokazał mi kolejny model. Do sztucznych kości przymocowane były gładkie sztuczne muskuły oplecione siecią kabelków. – Jeśli teraz podłączymy je do modułu sterującego – wetknął końcówkę do portu w komputerze – możemy uzyskać ruch bardzo podobny do naturalnego.

Sztuczne skrzydło zaczęło wiosłować powietrze.

– A jak z zasilaniem? – zainteresowałem się. – Cybermięśnie żrą, zdaje się, strasznie dużo prądu.

– Tak, ale na całego łabędzia – przeszliśmy dalej, z dumą pokazał mi gotowy model ptaka – zużywa się go mniej więcej tyle, co na protezę jednej ręki. Cały model napędzają dwie baterie litowo-krzemowe. Po jednym doładowaniu urządzenie jest w stanie przelecieć około sześćdziesięciu kilometrów i przenieść użyteczny ładunek o masie do dwu kilogramów. Łabędź jest przy tym czterokrotnie lżejszy od prawdziwego.

– Rozumiem. – Zanotowałem jego słowa.

– To oczywiście tylko zabawka. Moja firma myśli przede wszystkim o komercyjnym zastosowaniu modeli. – Odsłonił nieduże pudełko. – Oto nietoperz Z-128c – powiedział z namaszczeniem.

– Opowiedz coś bliżej – poprosiłem.

– Myślę, że podstawowe zastosowanie znajdzie w badaniach i diagnostyce instalacji przemysłowych – wyjaśnił. – Testowaliśmy go w elektrowni atomowej Siekierki. Został wyposażony w dwie kamery działające też na podczerwień. Jest w stanie wlecieć do rury o średnicy dziesięciu centymetrów, dokonać pomiarów radiacji, sfilmować korozję na ściankach, pobrać próbki powietrza i pyłu.

– Jak ze sterowaniem? Stalowa rura ekranuje przecież fale radiowe? – zaciekawiłem się.

– W dodatku w pobliżu pracujących reaktorów elektronika szybko wysiada – uzupełnił. – Zastosowaliśmy specjalną osłonę. Mikrokomputer sterujący aparatem jest w stanie wykonywać dość złożone zadania. Jeśli orientacyjnie określi się cel badań, zrealizuje je również wtedy, gdy napotka nieprzewidziane trudności. Urządzenie dysponuje też systemem umożliwiającym powrót do bazy, nawet kiedy zostanie utracona łączność.

– Nie boisz się, że to cacko może wpaść w ręce terrorystów?

– Nietoperz nie jest w stanie przenieść ładunku większego niż kilkadziesiąt gramów – odpowiedź padła natychmiast, Witek musiał już wcześniej rozważać ten problem. – Ewentualnie dałoby się go zastosować do celów szpiegowskich, ale nasze wojsko nie było zainteresowane. Widać mają coś lepszego – westchnął.

Pogadaliśmy jeszcze chwilę. Starał się wyjaśnić mi, czym różni się lot ptaka od lotu nietoperza, potem rozwodził się nad początkami swoich badań. Wysuszyliśmy przy okazji butelkę mołdawskiego wina. Wreszcie przyszło się pożegnać.

Naczelny westchnął i odłożył mój artykuł na biurko. Przez chwilę patrzył w okno. Zrozumiałem, że tekst nie przypadł mu z jakiegoś powodu do gustu. Zrobiłem szybki rachunek sumienia i spokojnie oczekiwałem na reprymendę.

– Widzisz, Pawle – odezwał się wreszcie szef – niezupełnie o to mi chodziło. Moja wina, powinienem dokładniej wyjaśnić. To, co napisałeś, nie jest złe, ale nie odbiega znacząco od tego, co z okazji rocznicy zamieści nasza konkurencja. Nie odbiega też od tego, co ukazuje się rok po roku... Za każdym razem to samo: dwudziesty siódmy sierpnia, wypowiadamy wojnę Rzeszy, największe zwycięstwo polskiego oręża od czasów Grunwaldu i reszta tej propagandowej sieczki. I co roku te same zdjęcia, maszerujący niemieccy jeńcy, nasi przemalowują zdobyczne czołgi... A ja bym chciał – strzelił palcami – czegoś więcej.

– Sam pan mówił, że to poważna gazeta – bąknąłem. – Nie możemy pisać dyrdymałków jak „Turboekspres".

– Zdaje się, w zeszłym roku puścili tekst o tym, jak to Hitler, udając rabina, zbiegł do Brazylii. – Szef poweselał na samo wspomnienie. – Nie, na nich faktycznie nie ma sensu się wzorować. – Spojrzał na mnie znad okularów. – Spróbuj rozgryźć jakąś tajemnicę tamtych dni. Przecież nie wiemy wszystkiego.

– Pomyślę – obiecałem. – Niebawem przedstawię wstępną koncepcję.

– No, to do roboty.

– A drugi tekst? – Zatrzymałem się w drzwiach.

– Artykuł o tym świrze od sztucznych ptaszków? Idzie do działu nauki, bez skreśleń.

Dobre i to.

Pyknąłem klawisz pilota. Telesciana rozjarzyła się blaskiem. Dziennik. Przed budynkiem sztabu tłum reporterów oblega generała Kowalskiego. Ucieszyłem się – ten mężczyzna znany był zarówno z szaleńczych pomysłów, jak i niewyparzonego języka. Wszystkie jego wystąpienia oglądałem z prawdziwą przyjemnością.

– Proszę powiedzieć, czy nie boi się pan reakcji Ligi Narodów? – Tlenioną blondynkę, reporterkę programu trzeciego, znałem nawet osobiście.

– Droga pani – głos generała był spokojny i głęboki – gdy polska armia broni polskiej racji stanu, Liga Narodów może co najwyżej wsadzić mordy w nocniki i zabulgotać. Paragraf pierwszy naszej konstytucji mówi wyraźnie: „Każdy obywatel Rzeczypospolitej posiada prawo do ochrony życia, wolności, własności i godności osobistej, niezależnie od miejsca swojego pobytu. Dla zagwarantowania tych praw Ojczyzna nasza udzieli mu wszelkiej możliwej pomocy na miarę swoich możliwości technicznych, dyplomatycznych i militarnych. Każda krzywda, jakiej dozna, zostanie pomszczona natychmiast, bez litości i bez względu na koszty" – zacytował. – Nasza misja archeologiczna pracująca w Boliwii została ostrzelana przez bojówkę przybyłą z Brazylii. Owszem, w pościgu za sprawcami naruszyliśmy nieco granicę tego państwa...

– Władze w Rio de Janeiro mówią o rajdzie i wdarciu się na głębokość czterystu kilometrów, spaleniu ośmiu tysięcy hektarów dżungli oraz o wysadzeniu w powietrze tamy. – Ciemnowłosy chłopak był z „Lwowskiego Słowa".

– Żeby usmażyć tych terrorystów, rzeczywiście użyliśmy bomb napalmowych, ale wysadzenie tamy miało na celu już wyłącznie ugaszenie pożaru. Może jestem żołnierzem, jednak idee ochrony przyrody nie są mi obce. Lubię drzewka, a także ptaszki, zwierzątka i resztę tego rojącego się po lasach gówna. – Generał uśmiechnął się szeroko. – Resztę informacji przekaże państwu rzecznik prasowy korpusu.

Wiadomości zagraniczne oglądałem, parząc sobie herbatę. Car Włodzimierz Kiryłowicz odznaczył orderami swoich współpracowników, w okręgu wojskowym Daleka Rubież żydowscy terroryści znowu wysadzili most, polska spółka naftowa „Bizon" uruchamia nowe pola wydobywcze w Kuwejcie, Liga Morska i Kolonialna obchodzi rocznicę osadnictwa polskiego w Rodezji, delegacja USA skamla o zniesienie wiz, szef gruzińskiej misji wojskowej przyjęty przez prezydenta... Nudy.

Spuściłem żaluzje. Neon na sąsiednim wieżowcu, reklamujący polskie ogniwa fotoelektryczne, strasznie działał mi na nerwy. Wrzuciłem kryształ do czytnika i pociągnąłem trochę ormiańskiego koniaku z rżniętej kryształowej szklaneczki.

Ruszył film. Znałem go niemal na pamięć. Patrzyłem przez kilka minut, a potem zacząłem przeglądać wybrane sceny. Samolot von Ribbentropa staje w płomieniach. Dygnitarz skacze ze spadochronem, samolot uderza w ziemię. Miejscowy rolnik, doskonale grany przez Kobuszewskiego, zbliża się do wraku z siekierą w ręce, już grzebie w środku, szukając czegoś cennego. Znajduje pancerną kasetę z traktatem... Nie miałem ochoty oglądać, jak pruje stalową walizę w stodole ani jak z sołtysem czytają znalezione papiery. Przeskoczyłem do sceny finałowej.

– Co to jest?! – Aktor grający Hitlera mimo doskonałej charakteryzacji wypadł odrobinę nienaturalnie.

– To akt wypowiedzenia wojny między naszymi krajami. – Linda w roli ambasadora wystąpił jak zwykle perfekcyjnie. – Uspokój się, człowieku. Chcieliście międzynarodowej zadymy, to ją macie...

Führer, czerwony z wściekłości, złożył podpis na formularzu.

– Problem mam jeszcze jeden. Limuzyna mi się zepsuła – aktor wygłaszał historyczną kwestię wspaniale nonszalanckim tonem. – Więc ją na podwórzu zostawiłem i taksówką do ambasady wrócę, a po samochód mechanik zaraz przyjdzie...

Pstryknąłem pilotem. Scena finałowa. Stojący na poboczu wiejskiej drogi samochód naszego dyplomaty. Na horyzoncie nad Berlinem rośnie grzyb atomowy. Boguś wysiadł z wozu i podziwia widowisko.

– Wyrwaliśmy chwasta – mruczy.

Pociągnąłem jeszcze łyk i przeskoczyłem do początku filmu.

Od strony zatoki ciągnął zimny wiatr. Więzień minął słup wyznaczający granicę obozu. Nikt nie zwracał na niego uwagi. Powlókł się noga za nogą w kierunku pobliskich wzgórz, wreszcie stanął na szczycie. Pośród kęp wrzosów leżało kilkaset kamieni. Z poziomu ziemi wydawało się, że walają się tu kompletnie przypadkowo – dopiero z lotu ptaka dostrzec można było ułożony przed laty wzór. Starzec, opierając się na sękatym kosturze, popatrzył w niebo. Gdzieś tam wysoko w kosmosie wiszą satelity – oczy i uszy polskiego wywiadu. Któregoś dnia czyjś wzrok spocznie na tym miejscu i karta się odwróci.

Ponownie w Muzeum Wojska Polskiego znalazłem się po dłuższej przerwie. Miałem wtedy trzynaście lat. Polska sonda Vitelon 8 wróciła właśnie z Marsa, przywożąc próbki gleby i skał. Jak wszystkie dzieciaki, zachłysnąłem się wtedy kosmosem. W parku muzealnym kłębiły się dzikie tłumy, przy wejściu do hali trzeba było odstać swoje w gigantycznym ogonku.

Pierwszy raz w życiu widziałem coś podobnego. Sądziłem, że tak długachne kolejki możliwe są tylko w Niemczech czy Anglii. Wreszcie po godzinie stania udało mi się znaleźć w środku. Pierwszy hangar się nie zmienił – te same samoloty stojące w dwu długich rzędach. Myślałem, że wystarczy wejść do środka, tymczasem ogonek wił się przez całe pomieszczenie.

Kolejne dwie godziny z głowy. Wreszcie dotarłem do tylnej ściany hangaru. Nie było w niej tamtych szarych drzwi, zamiast tego wybito szerokie przejście. Strażnicy wpuszczali trzydziestoosobowe grupy. Zziajany i wykończony dotarłem wreszcie na miejsce. Ta druga hala zmieniła się. Całą ścianę poświęcono na stworzenie wielkiej dioramy przedstawiającej marsjański krajobraz. Jedynymi autentycznymi elementami była nasza sonda oraz nieduży robot do pobierania i analizy próbek. Po przeciwnej stronie w pancernych gablotach leżały kamienie i szary marsjański pył.

Na dużych, kolorowych planszach widać było powiększenia bakterii i glonów z sąsiedniej planety oraz szczątki większego organizmu, który przypominał owada. Samych Marsjan jeszcze nie znaleziono, ale kilkanaście zdjęć satelitarnych prezentowało coś wyglądającego jak ruiny miast i pięciościenne piramidy zniszczone przez trwającą tysiące lat erozję. Ich badaniem miała zająć się kolejna ekspedycja, tym razem załogowa. Trzy minuty minęły, strażnicy grzecznie, acz stanowczo spychali zwiedzających do wyjścia – trzeba było zrobić miejsce dla następnej grupy.

Pamiętam, że mimo wielkiego podekscytowania, wychodząc z hangaru, zastanawiałem się przez chwilę, gdzie przeniesiono tamten wrak. Park muzealny był duży, ale ostatecznie samolot to nie szpilka...

– Oto wstępna koncepcja. – Położyłem na biurku szefa kartkę papieru. Nawet nie spojrzał.

– Referuj – polecił.

– Niewyjaśnionych spraw z tamtego okresu jest kilka. Wybrałem trzy, które wydają mi się najciekawsze. Po pierwsze, kto latem trzydziestego dziewiątego roku zbudował nam te trzy radowe atomówki? Po drugie, sprawa niewypału z Londynu i eksplozji gazu w hotelu, w której zginęli wszyscy fizycy budujący bombę dla Ligi Narodów. Po trzecie, sprawa samolotu von Ribbentropa.

– Co byś wybrał?

– Sprawa pierwsza jest do dzisiaj ściśle tajna i grzebanie przy niej może ściągnąć na nas poważne kłopoty. Druga jest bardzo ciekawa, ale może lepiej zamieścić ten artykuł w rocznicę wybuchu?

– Mhm... – przytaknął. – To też trochę śmierdzące jajo – westchnął. – Niby każde dziecko wie, że hotel wyleciał w powietrze nie przypadkiem, podobnie jak mało kto wierzy, że Einstein się utopił w basenie... Zbierz materiały i pomyślimy, co z tym zrobić.

– Sprawa trzecia będzie chyba najlepsza. Przechwycenie kopii traktatu Ribbentrop-Mołotow. Wydarzenie to doprowadziło bezpośrednio do wybuchu wojny.

– Ale też nieco śmierdzi – zauważył.

– Czytał pan niemiecką bibułę? Te wszystkie pomysły, że samolot ministra został nad Polską zestrzelony?

– Słyszałem o tej teorii.

– Wydaje mi się, że jestem w stanie to udowodnić – powiedziałem z dumą. – O ile wrak samolotu, który kiedyś widziałem, to ten...

Milczał chwilę zamyślony.

– Jeśli to prawda, nastąpiło złamanie konwencji wiedeńskiej z 1815 roku – powiedział wreszcie. – Zaatakowaliśmy obcego dyplomatę. Taki artykuł może być wodą na młyn mniejszości niemieckiej, werwolfowców, opozycji. Kundelki z Ligi Narodów też będą ujadać.

– Niekoniecznie. – Pokręciłem głową. – Z tego, co udało mi się ustalić, nie miał pozwolenia na przelot nad naszym krajem.

– Co? – Szef poderwał głowę i spojrzał na mnie roziskrzonym wzrokiem.

– Przeglądałem dziś rano w bibliotece katalog dokumentów archiwum MSW i MSZ z lipca i sierpnia tysiąc dziewięćset trzydziestego dziewiątego roku. Dyplomata lecący wojskowym samolotem nad terytorium obcego kraju musiałby ten fakt co najmniej zgłosić, a właściwie to poprosić o pozwolenie.

– To znaczy...

– Nasi nie wiedzieli o rozmowach w Moskwie. Sowieckie gazety poinformowały o nich dwudziestego czwartego sierpnia rano; sądzili, że hitlerowski dygnitarz jest już bezpieczny u siebie.

– Czyli po prostu nasi piloci, jeśli przypadkiem natknęli się na samolot von Ribbentropa...

– Mogli zmusić go do poddania się, a gdy nie usłuchał, otworzyć ogień. Idąc dalej tym rozumowaniem, gdyby wiedzieli, kto leci i jaki traktat wiezie...

– A wiedzieli? – Zmrużył oczy.

– To będzie bardzo trudno ustalić – westchnąłem. – Ale spróbuję. Dostępu do archiwów wojskowych nie dostanę, a jedyna szansa to dorwać żyjącego jeszcze uczestnika albo świadka...

– A nie pomyślałeś, że ktoś po wojnie, obawiając się śledztwa ze strony Ligi Narodów, mógł usunąć z zasobów archiwalnych MSZ prośbę Niemców i nasze pozwolenie na przelot?

– Przyszło mi to do głowy. Jednak skoro go nie ma, to jak udowodnią, że było? Poza tym cenzorzy musieliby zmienić numerację ciągłą kilku tysięcy różnych dokumentów. To mało prawdopodobne.

Szef uśmiechnął się szeroko.

– Prawdziwa dziennikarska hiena z ciebie – pochwalił. – Zatwierdzam tematy drugi i trzeci, trzeci priorytetowo. Za kilka dni zamelduj się z materiałami.

Istnieją dwa rodzaje cenzury. W krajach totalitarnych, takich jak dawny Związek Sowiecki, Brazylia czy USA, stosuje się cenzurę permanentną. Każdy materiał, który ukazuje się w prasie, przechodzi najpierw przez odpowiedni urząd zatwierdzający. W krajach demokratycznych cenzura działa dyskretniej. Ot, niespodziewanie z zasobów bibliotecznych zniknie kilka książek albo numerów czasopism. Oczywiście, choćby smutni panowie stawali na rzęsach, nie wszystko są w stanie wyczyścić.

Wszedłem do Sieci i zacząłem grzebać po wirtualnych archiwach. Na pierwszy ogień wziąłem „Kuriera Warszawskiego". Ostatecznie samolot von Ribbentropa rozbić się miał gdzieś w okolicach Otwocka. Wydanie poranne z 26 sierpnia 1939 roku podało krótką, lakoniczną notatkę:

Na pole pana Zenona Skibińskiego spadł dziś w nocy sowiecki samolot. Gdy właściciel pola dotarł na miejsce, maszyna była pusta. Znalezisko zabezpieczyli żołnierze i policja, trwa pościg za pasażerami.

– Sowiecki? – zdumiałem się. – Jak to sowiecki!?

Wydanie popołudniowe przyniosło nowe informacje:

Koło południa w lesie opodal znaleziono porzucony spadochron. Po krótkotrwałym pościgu z użyciem psów tropiących pochwycono lotnika. Podczas próby zatrzymania uciekinier stawiał zaciekły opór, raniąc z pistoletu trzech policjantów. Obezwładniony został przewieziony na posterunek w Otwocku. Tam w wyniku rewizji osobistej znaleziono dokumenty, na podstawie których zidentyfikowano zagadkowego skoczka. Okazał się nim... minister spraw zagranicznych Rzeszy Joachim von Ribbentrop! Kłopotliwy gość zostanie wydalony z Polski.

Niecałą godzinę później wypuszczono wydanie specjalne, prezentujące dokumenty pochodzące z wraku samolotu. Wydanie wieczorne zawierało informacje o wielotysięcznych tłumach gromadzących się przed Sejmem i Belwederem. Wojsko zmuszone było otoczyć kordonem niemiecką ambasadę, bo demonstranci dwukrotnie usiłowali podpalić budynek.

W gazecie z następnego dnia, pośród informacji o wiecach protestacyjnych i zwołanej w nocy nadzwyczajnej sesji parlamentu, znalazłem krótką notatkę o pochwyceniu drugiego spadochroniarza. Okazał się nim jakiś Rosjanin o nazwisku Gołowanow.

Wyłączyłem ekran i długo w milczeniu patrzyłem w rozjarzoną neonami warszawską noc. Potem podszedłem do półki z książkami i wyciągnąłem encyklopedię. Kartkowałem ją przez chwilę, aż zatrzymałem się na znajomym zdjęciu. Dornier Do 17E-1 von Ribbentropa, z okopconym silnikiem, spoczywający na świeżo zaoranym polu. Na skrzydłach miał hitlerowskie oznaczenia.

– Co tu jest grane? – mruknąłem.

Redaktorzy z „Kuriera" się pomylili? A może jednak nie? „Tygodnik Ilustrowany"...? Otworzyłem kolejny plik. Obszerny artykuł, obok dwa zdjęcia: hitlerowski samolot na zaoranym polu. Powiększyłem obraz. Rozpikselował się. Zmniejszyłem rozdzielczość i powtórzyłem operację, a potem aż gwizdnąłem cicho. Ktoś skanujący kilkadziesiąt lat temu archiwalne numery zastąpił oryginalne fotografie nowymi. Zważywszy, że przy powiększeniu nie pojawił się raster, prawdopodobnie nakleił zwykłe zdjęcia na oryginalne strony, a potem rzucił na maszynę...

Zgrzytnąłem zębami. Z całą pewnością istniały w naszym kraju setki egzemplarzy tego numeru – w domowych bibliotekach, w kolekcjach, na antykwariaty specjalnie nie liczyłem. Może mała osiedlowa biblioteka, gdzie udostępnia się stare czasopisma w postaci papierowej? Pamiętałem takie jeszcze z dzieciństwa, ale teraz... Spojrzałem na zegarek. Dochodziła dziewiąta wieczorem.

Jules mieszkał w akademiku dla cudzoziemców na Powiślu. Poznałem go kiedyś przypadkiem, gdy robiłem reportaż o obcokrajowcach studiujących w Polsce.

W holu zajeżdżało tandetnymi francuskimi perfumami. Ściany pomazano sprayem. Wjechałem rozklekotaną windą na siódme piętro i zapukałem do odrapanych drzwi. Odpowiedział mi dobiegający ze środka rumor, brzęk butelek, odgłosy przesuwania jakichś sprzętów. Wreszcie Jules otworzył. Na mój widok odetchnął z ulgą.

– A, to ty...

Mówił po polsku jak każdy Francuz: poprawnie, ale z dziwacznym, miękkim akcentem, który sprawiał, że czasem trudno było go zrozumieć.

Wszedłem do środka. Chyba przerwałem jakąś imprezę, bowiem w pokoju na kanapie siedziały trzy dziewczyny. Wszystkie były ubrane, lecz rozmazane makijaże świadczyły, że jeszcze przed chwilą obśliniały się szczodrze. Pomyślałem, że obyczajówka miałaby tu sporo roboty.

– Musimy pogadać – powiedziałem.

Gestem wyprosił koleżanki.

Usiedliśmy na chybotliwych krzesłach przy stole. Jules wykombinował skądś dwa czyste kieliszki i nalał koniaku. Pociągnąłem łyk. W porównaniu z gruzińskim czy mołdawskim były to zwykłe szczyny, ale przemogłem się. Gospodarz otworzył lodówkę stojącą w kącie. O nie, znowu te spleśniałe sery.

– W Polsce po pierwszym się nie zakąsza – mruknąłem. – Schowaj te stare skarpetki. Siadaj i posłuchaj, jest robota.

– Aha. Ciężka? – Perspektywa zarobku nie wzbudziła w nim szczególnego entuzjazmu.

– Nieszczególnie – odparłem i znów łyknąłem świństwa, którym mnie częstował. – Ale zarobisz więcej, niż sprzedając ten wasz zajzajer...

Koc nakrywający jakiś stos w kącie zsunął się, odsłaniając kilka skrzynek alkoholu.

– To na własny użytek. – Przestraszony poprawił maskowanie.

– Nie wątpię, nawet nasi menele wolą lepsze trunki – burknąłem. – Do rzeczy, potrzebuję ksero albo skan z pewnego czasopisma.

– Hm. – Teraz się zaniepokoił. – Trefne?

– A czy gdybym mógł dostać to u nas w bibliotece, prosiłbym ciebie?

– Się zrobi. – Zmrużył chytrze oczy. – Za dwieście złotych.

– Za piętnaście. I chcę to mieć przed jedenastą rano.

– Dwadzieścia pięć? – od razu spuścił z tonu.

Szef czekał na mnie w gabinecie. Ranek miałem pracowity. Jules wywiązał się wzorowo, ale musiałem zdobyty materiał pokazać Witkowi.

– I co masz ciekawego? – zapytał.

– Stalin wysłał po von Ribbentropa samolot. – Położyłem przed szefem skan gazety. – Mój przyjaciel zidentyfikował ten konkretny egzemplarz – uściśliłem.

– Napis na burcie. – Postukał w zdjęcie. – *Stalinskij put'*. „Droga Stalina”?

– „Stalinowski szlak" lepiej odda sens. To jego osobisty samolot, pilotowany przez wielokrotnego mistrza lotniczego. Stalin wysyłał go, gdy pilnie potrzebował się z kimś rozmówić...

– Kontynuuj.

– Bardzo ciekawy model. TB-3, potężna maszyna mogąca przelecieć ponad tysiąc kilometrów i zanieść na tę odległość nawet kilka ton bomb, operująca na pułapie nieosiągalnym dla innych ówczesnych samolotów.

– Jesteś pewien? – Zmrużył oczy.

– Tak – odpowiedziałem stanowczo.

Dłuższą chwilę porównywał dwa wydruki: ten przysłany z Francji i ten wykonany z „oficjalnej wersji".

– Niech pan zwróci uwagę – powiedziałem – że na prawdziwej fotografii samolot stoi na ściernisku, a na podróbce...

– Na kartoflisku, jeśli to, co się wala wokoło, to łęty – zorientował się natychmiast. – Czyli dorniera sfotografowano we wrześniu! I twierdzisz, że ten radziecki bombowiec zmagazynowano?

– Widziałem go na własne oczy w Muzeum Wojska Polskiego, gdy byłem jeszcze w podstawówce – powiedziałem. – Przypadkiem wlazłem do pomieszczenia, które nie było udostępniane zwiedzającym.

– A jak zamierzasz to udowodnić?

– Spróbuję zdobyć fotografie. Na razie mam tylko te archiwalne, ale jeśli mi się uda, porównamy je i...

– Wystosujemy oficjalne zapytanie do muzeum – obiecał. – Jeszcze jedno: po co to, u diabła, zrobiono?

– Mam kilka teorii. W tysiąc dziewięćset trzydziestym dziewiątym mogli myśleć tak: Gołowanow, osobisty pilot Stalina, poleciał do Berlina po ministra Rzeszy, wrócił z nim do Moskwy, potem miał go odwieźć... Dwa razy przeleciał niewykryty nad Polską – jak to się wyda, polecą głowy odpowiedzialnych za bezpieczeństwo kraju.

– A potem? Czasopisma w postaci elektronicznej utrwalano od lat pięćdziesiątych. W tym momencie nie miało już większego znaczenia, kto piętnaście lat wcześniej czegoś nie dopilnował.

– Może dezinformacja? Może bali się Ligi Narodów? A może ten, który nie dopilnował, poszedł w górę i bał się, że będą mieli na niego haka?

– Do roboty! – pobłogosławił mnie.

Przyjmijmy, że samolot został zestrzelony, zastanawiałem się, wędrując po mieście. Ktoś musiał tego dokonać. Są dwa warianty. Pierwszy wygląda tak: przypadkowe spotkanie wrogiej maszyny w polskiej przestrzeni powietrznej – próba zmuszenia do lądowania – ostrzelanie – strącenie. Drugi to zaplanowana akcja. Przechwycenie wroga, o którym wiadomo, skąd i dokąd leci. I zapewne co wiezie... Akcja, jeśli była ściśle zaplanowana, wymagała udziału paru, może nawet parędziesięciu ludzi. Zważywszy na wysokość stawki, w próbie przechwycenia i pościgu za samolotem ministra musiało brać udział co najmniej kilka, a może i kilkanaście polskich maszyn...

Co stało się z pilotami? Wojna z Niemcami, potem kampania we Francji kosztowały życie kilkudziesięciu naszych pilotów. A jeśli któryś z nich ocalał?

Przekroczyłem bramę muzeum. Park był rozległy. Obszedłem go parę razy.

– Nie eksponują – mruczałem pod nosem – ale gdzieś, do licha ciężkiego, musieli go zmagazynować!

Budynek główny odpadał. Wiaty, pod którymi ustawiono czołgi, były płytko fundamentowane. Za to hangar... Wszedłem i ruszyłem pomiędzy rzędami samolotów. Zewnętrzne kratki wentylacyjne na ścianach? Są. Przeszedłem do sali poświęconej podbojowi kosmosu. Tu też. A zatem budynek ekspozycyjny jest podpiwniczony. Podziemne magazyny? Bardzo prawdopodobne. Wyszedłem na zewnątrz. Od zachodu do hangaru przylegał rozległy trawnik. Nie był równy, odniosłem wrażenie, że lekko się zapadł.

Usiadłem na trawie kilka metrów od opalającej się blondynki. Z teczki wyjąłem teleskopowy szpikulec i ostrożnie wbiłem go w ziemię. Metr poniżej trafił na coś twardego. Spróbowałem kawałek dalej. Metr dwadzieścia...

– Zasypana pochylnia – wydedukowałem.

Kilka prostych obliczeń... Nachylenie około piętnastu stopni, utwardzona prawdopodobnie betonem. Mogli wyciągnąć którejś nocy samolot z hali, spuścić po rampie i wtoczyć do piwnic pod hangarem... Uśmiechnąłem się leciutko. Teraz trzeba tylko pomyśleć, jak się tam dostać. Choć sposób nasuwał się niejako sam...

Siedzieliśmy w laboratorium Witka. Butelka najlepszego armeńskiego koniaku stała na stole nieotwarta. Fikuśny wentylator, poskładany z ptasich skrzydeł, szumiał pod sufitem. Modele samolotów kołysały się lekko.

– Do diaska – mruknął Witek. – Co ty sobie wyobrażasz? Jeśli moje urządzenie gdzieś tam utknie i zostanie przechwycone...

– To co? Wolno robić zdjęcia eksponatów. – Wzruszyłem ramionami.

– W salach ekspozycyjnych tak. Ale ty byś chciał, żebym wpuścił mojego nietoperza szybikiem wentylacyjnym do magazynu w piwnicy!

Westchnął ciężko. Przeszedł się po laboratorium. Oczy błyszczały mu niezdrowo – widać pomysł mu się jednak spodobał.

– A, pal diabli – mruknął. – Pewnie i tak się nie uda...

Wyjął model z pudełka, wymienił zręcznie baterie na świeżo naładowane.

– Pojedziemy pod muzeum? – zaproponowałem.

Witek uśmiechnął się i uchyliwszy lufcik, wypuścił urządzenie. Uruchomił teleścianę i zasiadł przy sterowniku.

– Da radę dolecieć tam i wrócić? – zdziwiłem się.

Kiwnął głową.

– Miniogniwo na czerwoną rtęć – wyjaśnił. – Tylko nikomu ani słowa.

– Jasne.

Aparat dotarł nad muzeum niespełna pół godziny później.

– Który to budynek?

Wskazałem hangar, potem wyjaśniłem, który przewód wentylacyjny może prowadzić do magazynu. Nietoperz wylądował, wczepił się pazurkami w kratkę i przeciął ją laserem. Kilkanaście metrów lotu w dół, podobna kratka... Nietoperz wleciał do hali. Witek uruchomił kamery termowizyjne i program przetwarzający ich obraz.

– Jakość będzie prawie taka, jakbyśmy oglądali w normalnym oświetleniu – pochwalił się.

Samolot wyglądał tak, jak zapamiętałem. Wielka czterosilnikowa maszyna, TB-3. Na burcie napis. W obudowie silnika ziała dziura wielkości lisiej nory. Na drugim – identyczna. Trzecia perforowała kadłub pośrodku.

– I co o tym powiesz? – zapytałem Witka.

– Przyładowali czymś naprawdę grubym. – Kazał nietoperzowi zatoczyć kilka kółek. – W każdym razie najpierw trafili go pewnie od spodu. – Pokazał mi dziurę w pokryciu.

– Czemu tak sądzisz?

– Tam jest piąty silnik, pompujący powietrze do pozostałych. To dzięki niemu to bydlę mogło wznosić się na taką wysokość. W rejony, gdzie atmosfera jest już bardzo rozrzedzona.

– Nie wiedziałem...

– W każdym razie dziabnęli go, że się tak wyrażę, w serce. Gdy ustał dopływ powietrza, zaczął spadać, a pozostałe silniki już nie wyrabiały, opadł gdzieś na sześć, może pięć tysięcy metrów. Tam już na niego czekali. Oberwał jeszcze dwa strzały po silnikach, potem lecieli i rąbali z karabinów po skrzydłach. Może żeby stracił paliwo i nie wybuchł? Ech, to musiała być piękna walka... Tylko jak go dorwali? Nasze maszyny mogły operować na takiej wysokości, tyle że nie były wystarczająco szybkie!

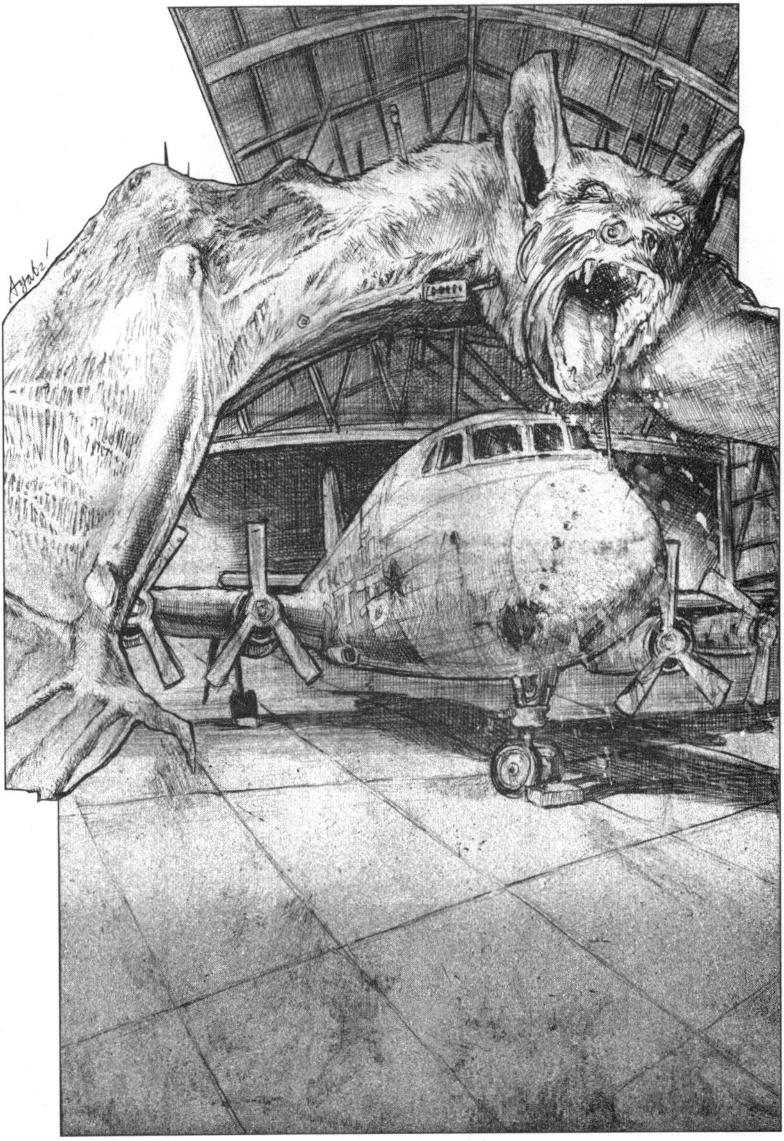

– Czegoś tu nie rozumiem – mruknąłem. – Przecież Ribbentrop, w chwili gdy zaczęli na niego polować, powinien natychmiast zniszczyć tekst traktatu.

– Może spanikował, ale bardziej prawdopodobne jest, że wierzył, iż immunitet chroniący jego oraz kasetę z traktatem będzie jednak przez Polaków respektowany.

– Może...

Nietoperz obleciał wrak kilka razy. Teraz dokładnie mogliśmy ocenić zniszczenia.

– Pod ścianą stoją jakieś gabloty – zwróciłem uwagę.

Po chwili mieliśmy obraz.

– Butle z tlenem – zidentyfikował. – Widocznie nasi użyli czystego tlenu albo sprężonego powietrza, żeby na kilkanaście minut wspomóc pracę silników.

– Żeby móc się do niego zbliżyć?

– Właśnie.

Urządzenie zawróciło i znowu mieliśmy na ekranie obraz kokpitu samolotu.

– Czekaj. Co to jest, u licha?!

Na metalu burty czerniały jakieś napisy.

– Da się powiększyć?

– O, w mordę – sapnął Witek.

Na górze była data 23 VIII 1939. Poniżej widniały nazwiska. Tylko dwa najwyższe, namalowane w miarę dużymi literami, kamera zdołała odczytać:

– Marian Pisarek i Stanisław Skalski – odcyfrowałem zdumiony.

– Skalski – mruknął Witek. – A niech mnie...

Uruchomiłem komputer i dostukałem kilka zdań do prawie gotowego już artykułu:

Imiona innych uczestników pościgu za samolotem von Ribbentropa powinny przez najbliższe lata pozostawać ściśle strzeżoną tajemnicą państwową. Jak wszyscy wiemy, ujawnienie udziału generała Mariana Pisarka w rajdzie na Londyn doprowadziło do jego śmierci z rąk, prawdopodobnie, agentów amerykańskiego wywiadu. Nie możemy pozwolić, aby pozostałych bohaterów spotkał podobny los. Dopiero gdy umrze ostatni, przyjdzie pora ujawnić światu kompletną listę nazwisk tych, którym zawdzięczamy naszą wolność i pokój.

Przeczytałem i skrzywiłem się. Wyjaśnienie było tak potwornie naciągane...

Położyłem na biurku szefa materiały. Gotowy niemal artykuł opisujący powietrzną walkę i strącenie samolotu von Ribbentropa, zeskanowane strony z „Tygodnika Ilustrowanego" oraz fałszywki, kilka kadrów przedstawiających wrak samolotu w podziemnym hangarze. Szef czytał powoli i dokładnie. Wreszcie kiwnął głową.

– Koronkowa robota – ocenił. – Będą z ciebie ludzie. Staż masz zaliczony.

Przemogłem się.

– Czy mógłbym prosić o trzy albo cztery dni bezpłatnego urlopu? – zapytałem.

Spojrzał na mnie znad okularów.

– Sprawa Pisarka. – Spuściłem wzrok. – Chciałbym przy niej pogrzebać.

– Coś cię zaniepokoiło?

– Wszyscy wiedzieli, że to on poleciał ze Skalskim na Londyn. Czemu więc amerykańscy agenci czekali tyle lat? Zamordowano go dopiero w tysiąc dziewięćset osiemdziesiątym siódmym...

– Nie tacy sobie nad tym zęby łamali. Masz jakiś ciekawy trop?

– Pracował nad obróbką zdjęć satelitarnych w ramach przygotowań do wydania atlasu geograficznego Ameryki Północnej – powiedziałem. – Przypuszczano, że zauważył na którymś coś ściśle tajnego albo Amerykanie przestraszyli się takiej ewentualności. W każdym razie powszechnie sądzono, iż podzielił się swoimi przypuszczeniami z bibliotekarzem.

– Nie bardzo już pamiętam. – Zmarszczył czoło.

– Pracownik archiwum Instytutu Kartografii zniknął bez śladu następnego dnia. Mógł być amerykańskim agentem.

– Jeśli intuicja podpowiada ci, że warto dłubać dalej, to masz wolną rękę. I tydzień płatnego, narobiłeś się zdrowo.

Podziękowałem i wyszedłem.

Wysiadłem z pociągu Lux-Torpeda relacji Warszawa – Wilno. Nad miastem wisiał sierpniowy upał. Otarłem pot z czoła i zanurkowałem do metra. Dwadzieścia minut później byłem już w Instytucie Kartografii.

Tu przez wiele lat pracował generał Marian Pisarek, jeden z największych bohaterów narodowych Rzeczypospolitej. Pamiętałem z lekcji historii... Polska armia uwikłała się na południu Francji w długotrwałe walki z guderianowcami, na froncie wschodnim na kilka tygodni nasz pochód zatrzymała rubież obronna Kijowskiego Rejonu Umocnionego. I wtedy właśnie ten drań Churchill zaczął szykować desant... Najpierw nie dotrzymał własnych obietnic, a gdy za złamanie umów sojuszniczych wypowiedzieliśmy wojnę Anglii, zgadał się z hitlerowcami. Pisarka i Skalskiego wysłano w ostatniej chwili. Bomba atomowa zrzucona na Londyn wprawdzie nie wybuchła, ale efekt propagandowy był wystarczający.

Poszedłem do biblioteki. Przedstawiłem się i pokazałem dziennikarską legitymację.

– Chciałbym skorzystać z waszego zbioru zdjęć satelitarnych – powiedziałem.

Dziewczyna w mundurze państwowej służby kartograficznej zafrasowała się.

– To głównie materiały tajne i ściśle tajne. Udostępniamy tylko niewielką część, i to bardzo starych – mruknęła. – A o jakie konkretnie zdjęcia panu chodzi?

– Fragment Kanady, fotografia sprzed osiemnastu lat – wyjaśniłem. – Chciałbym zobaczyć, nad czym pracował generał Marian Pisarek bezpośrednio przed śmiercią.

– Żaden problem, od dawna są odtajnione. W zasadzie w grę wchodzi jedno. Zajmował się nim blisko dwa tygodnie. – Widocznie znała szczegóły sprawy. – Ale prowadzący śledztwo obejrzeli je już na wszystkie strony.

– Mimo wszystko. – Uśmiechnąłem się.

Wystukała zamówienie. Po chwili poczta pneumatyczna wypluła pojemnik z odpowiednim kryształem pamięci.

– Stanowisko piąte. – Wskazała mi komputer.

Usiadłem i umieściłem nośnik w czytniku. Niezłe zdjęcie, prawie osiem gigabajtów... Obejrzałem je – nic nadzwyczajnego, brzegi Zatoki Hudsona.

Podszedłem do kobiety.

– Przepraszam, czy generał oglądał je w tej postaci? Czy może wydruk?

Zamyśliła się na chwilę.

– Wydruk – powiedziała. – W tamtym okresie jeszcze ich używano. I to wydruk po zeskanowaniu znalazł się na krysztale.

Raz jeszcze obejrzałem zdjęcie. Powiększyłem tak, aby dokładnie widzieć wszystkie uszkodzenia powierzchni fotografii. Nieduże kółko zrobione długopisem, kilka strzałek, ślady dawnych kartografów, a może wojskowych, którzy coś sobie zaznaczali. Wyobraziłem sobie Pisarka siedzącego nad tą mapą. Stary człowiek w mundurze... Czego szukał tak usilnie przez dwa tygodnie? Znowu poszedłem się naprzykrzać.

– Ile czasu zazwyczaj pracuje się nad jednym zdjęciem? – zapytałem.

– Niedługo, od tego są komputery.

Chyba od razu zgadła, o co mi chodzi, bo jej palce zatańczyły na klawiaturze.

– Nad pozostałymi zdjęciami pracował po dwa, trzy dni – wyjaśniła. – To znaczy brał partiami po dziesięć sztuk i po dwu, trzech dniach oddawał hurtem. Chyba właśnie czas, jaki poświęcił na badanie tego konkretnego zdjęcia, zaintrygował prowadzących tamto dochodzenie.

Wróciłem na stanowisko. Z pewnością detektywi sprawdzili wszystkie te strzałki i kropki... A może nie? Poszedłem kolejny raz do lady i zacząłem wykłócać się o oryginał.

Dostałem. Rzeczywiście, płachta była ogromna: półtora metra na trzy, zwinięta w rulon. W pakamerze obok czytelni mieli starą jak świat przeglądarkę do takich zdjęć – dziewczyna nie wiedziała nawet, jak jej używać. Wkręciłem rolkę zdjęcia w górny uchwyt, naciągnąłem i zaczepiłem na dolnym walcu. Włączyłem lampy i pokręciłem korbą. Przesuwało się ładnie. Poczekałem, aż archiwistka wróci do czytelni, po czym odczepiłem zdjęcie i założyłem je odwrotnie. Teraz, kręcąc wajchą, miałem przed sobą jego spodnią stronę – metry kwadratowe lekko pożółkłego, cienkiego papieru.

Każdy ślad zostawiony przez ołówek czy długopis po tamtej stronie tu pojawiał się jako minimalna wypukłość. Ustawiłem lampę tak, aby światło padało z boku, i zacząłem przesuwać.

Pisarek był ostrożny. Miejsce, które znalazł, zaznaczył ołówkiem, a potem starł jego ślad gumką. Patrzyłem dłuższą chwilę na kółko, a obok niego mały wykrzyknik. Generał był jednocześnie bardzo nieostrożny, bo powiedział o swoim odkryciu archiwiście. Kto starł kółko? W sumie nie było to ważne.

Zaznaczyłem miejsce i popatrzyłem, co znajduje się po drugiej stronie. Jakaś osada? Nie miałem lupy. Zapisałem współrzędne – jednak na komputerze pracowało się wygodniej...

Uruchomiłem program szukający. Wpisałem dane z kartki: stopień, minuta, sekunda szerokości i długości geograficznej. I wreszcie miałem to miejsce. Wioska? Nie. Długie, dziwne budynki. Wyostrzyłem. Baraki?

Kolonia karna albo obóz pracy w kanadyjskiej tundrze... Powiększyłem maksymalnie, przeczesałem kawałek po kawałku otoczenie obozu. I wreszcie znalazłem. Mniej więcej kilometr od bramy na niedużej łączce leżały białe kamienie. Wapień, może piaskowiec, nie miało to w tej chwili znaczenia. Ułożono z nich stylizowany wizerunek lecącej gęsi albo kaczki i cyfrę 66. Co to, u diabła, mogło znaczyć? Na wszelki wypadek skopiowałem obraz na dysk zewnętrzny.

Po drodze na dworzec kupiłem dwie ilustrowane monografie dotyczące drugiej wojny światowej. Nim dojechałem do Warszawy, wiedziałem już wszystko. I wiedziałem, kto mi pomoże.

Adiutant wprowadził mnie do gabinetu. Generał Kowalski półleżał rozwalony w wygodnym fotelu. Stopy obute w lśniące oficerki oparł o krawędź biurka. Dyktował wspomnienia:

– Powiedział, że w Australii nie ma w więzieniach żadnych obywateli Rzeczypospolitej. A ja mu na to – otwórz cudzysłów, kochanieńka – słuchaj, gnido, dobrze wiesz, co mówi nasza konstytucja. Każdy przedstawiciel narodu polskiego lub człowiek polskiego pochodzenia kultywujący język i kulturę swoich polskich przodków ma niezbywalne prawo otrzymania obywatelstwa Rzeczypospolitej z chwilą, gdy wyrazi takie życzenie. Gryps z więzienia w Canberze wymienia nazwiska osiemdziesięciu przetrzymywanych tam Polaków. Macie godzinę, aby odstawić ich na lotnisko. I wszystko ma się co do joty zgadzać z naszą listą. Za każdego brakującego zestrzelimy wam jednego satelitę. Zamknij cudzysłów, na dziś dziękuję.

Sekretarka wyłączyła komputer i wymknęła się z gabinetu. Kowalski wstał i zmiażdżył mi dłoń w potężnym uścisku.

– Czym mogę służyć?

– Mam do pana bardzo nietypową prośbę. W dodatku, jeśli się mylę... Czy kojarzy pan ten znak?

Narysowałem na kartce lecącą kaczkę i dopisałem numer 66. Milczał dłuższą chwilę.

– Gdzie pan to widział?

– Problem w tym, że daleko. Bardzo daleko stąd... – Wręczyłem mu wydruk zdjęcia satelitarnego z zanotowanymi na marginesie długością i szerokością geograficzną. – W dawnej Kanadzie.

– O szlag! – syknął.

Przeszedł się po gabinecie tam i z powrotem. Niemal słyszałem, jak w mózgu kotłują mu się myśli. Adiutant podniósł z biurka porzucony wydruk i usiadł przy komputerze. Sprawdzał moją informację. Generał spojrzał mu przez ramię. Jego rysy stwardniały, oczy zabłysły ponuro. Zrozumiałem, jaką podjął decyzję.

– Dawno nie graliśmy na nosie Jankesom, ale jak trzeba, to trzeba... Przekaż prezydentowi, że nie będzie mnie kilka dni. – Zza biurka wyciągnął szablę i przypasał zręcznie. – I dodaj, że tym razem naprawdę możemy nie wrócić. Zadzwoń, niech natychmiast podstawiają helikopter. Nie ma czasu do stracenia. Zawiadom bazy wojskowe „Północna Tarcza" i „Skała". Będziemy operować w ich rejonie.

– Tak jest!

Grenlandia i Wyspy Owcze... Gwizdnąłem w duchu. Czyżby chciał zrobić demonstrację siły gdzieś u wybrzeży Ameryki?

– A jeśli się mylę? Jeśli to prowokacja?

– No to będziemy się razem Amerykańcom tłumaczyć. – Wyszczerzył zęby w koszmarnym uśmiechu, a potem ujął mnie za ramię gestem wykluczającym jakikolwiek protest i ruszyliśmy na dach.

Zaraz, zaraz, co on powiedział? Że tym razem możemy nie wrócić?!

Czterdzieści helikopterów bojowych mknęło nad kanadyjską tajgą. Maszyny najnowszej generacji, zasilane reaktorami na czerwoną rtęć, ciche, szybkie i, co najważniejsze, zdolne przelecieć nawet osiem tysięcy kilometrów po jednym zatankowaniu. W ładowniach, ubici jak śledzie w beczce, tkwili jeńcy. Nasi komandosi wyłapali wszystkich strażników oraz komendanturę obozu. Więzili polskiego obywatela, złamali prawa Rzeczypospolitej. Czekał ich proces przed sądem w Warszawie i nieunikniony w tym przypadku stryczek.

Patrzyłem przez okienko, choć po prawdzie niewiele było widać. Czułem, że wpakowaliśmy się prosto w paszczę lwa. Może starego i wyliniałego, ale jednak lwa... Generał Kowalski zwariował. Stany Zjednoczone, imperium sięgające od kanadyjskiej tundry po Kanał Panamski, zamieszkane przez pięćset milionów ludzi, dysponujące drugą pod względem wielkości armią świata. Nasz rajd był szpilką, która głęboko weszła w lwi zadek, a żaden lew takich pieszczot nie lubi. Czy zdążymy się stąd zmyć, zanim paszcza się zatrzaśnie?

– I w sumie tyle – powiedział kapitan Skalski. – Żaden wielki wyczyn, przećwiczyliśmy kilka razy manewr, znaliśmy dokładnie czas i koordynaty lotu. O określonej godzinie wsiedliśmy do samolotów, polecieliśmy na punkt spotkania, podziurawiliśmy mu kadłub i silniki, a gdy wytracił wysokość, dobiliśmy...

– Tylko czemu to ukrywają? – westchnąłem. – Po co to wszystko, mylne tropy i podrobione zdjęcia, skoro nie bardzo jest co ukrywać?!

– Też się nad tym zastanawiam – odparł. – Jeśli ktoś będzie podejrzewał jakiś szwindel i zacznie przy tym dłubać, dokopie się drugiego dna, tak jak ty. Większości to wystarczy. Będą sądzili, że odkryli wielką tajemnicę. A mało kto się domyśli, że pod drugim dnem jest jeszcze trzecie, a może i czwarte.

– Hm... – Zamyśliłem się. – W takim razie i ja chyba nie powinienem przy tym dłubać... Co zrobimy, jak nas namierzą? – zapytałem generała Kowalskiego.

– A coś ty taki spietrany? – zdziwił się. – Lecimy nisko, mamy powłokę antyradarową. Te buce nawet nie wiedzą, że tu jesteśmy.

Nieoczekiwanie odezwało się radio.

– Mówi generał Jonathan Woodbine, dowódca sił powietrznych Stanów Zjednoczonych Ameryki Północnej. Kim jesteście i czego, u diabła, tu szukacie?

Generał mówił po polsku z fatalnym akcentem, typowym dla Amerykańców, którzy uczyli się tego języka, pracując na czarno w Europie Środkowej. Fakt, że gadał po naszemu, wskazywał, iż nie tylko nas namierzyli, ale i zidentyfikowali. Polski dowódca ujął mikrofon.

– Tu generał Jakub Kowalski – warknął. – Nie dzieje się tu nic zdrożnego. Mój korpus ekspedycyjny wykonywał misję poszukiwania międzynarodowych przestępców. Schwytaliśmy ich i wieziemy w miejsce, gdzie staną przed sądem. Zapewnijcie nam pełną swobodę działania, to będziemy zachowywać się grzecznie i kulturalnie.

– To pogwałcenie wszelkich międzynarodowych traktatów. Powiedzcie, kogo chcecie osądzić i za co, to sami ich pojmiemy i wam wydamy – rzucił Amerykanin polubownym tonem.

– Spadaj, kmiocie, sami sobie poradziliśmy. – Wkurzony generał wyłączył mikrofon. – O czym to mówiliśmy?

– Nieważne – mruknąłem.

– Dwie maszyny wroga – zameldował pilot.

– Oddać strzały ostrzegawcze, jeśli się nie odczepią, strącić – rozkazał.

– Tak jest!

– Naruszyliście przestrzeń powietrzną naszego kraju, porwaliście czterdziestu obywateli! – dowódca sił powietrznych USA znowu był na linii. Wiedział już najwidoczniej, że schwytaliśmy całą obsługę obozu, łącznie z emerytami żyjącymi w sąsiednim miasteczku. – Zawracajcie i lądujcie na lotnisku w Montrealu. Tam złożycie broń i zostaniecie internowani. W przeciwnym razie każę was zestrzelić.

– Zamknij się, bo oberwiesz atomówą po łbie!

– Posłusznie melduję, jest nowe rozpoznanie satelitarne. – Adiutant podał Kowalskiemu wydruk.

– Fiu, fiu – gwizdnął generał. – Wystawili wszystko, co mają... Czeka nas gorąca przeprawa. Daj znać bazom na Grenlandii, niech wylecą nam na spotkanie. A właśnie, mamy kontakt z pułkownikiem Sawczenką?

– Tak. „Karaś" jest na peryskopowej, zajął stanowisko zgodnie z rozkazem.

– Niech uzbroi ze cztery konwencjonalne głowice i czeka. Jeśli zginiemy, niech coś rozwali... Tak, żeby naprawdę ich zabolało.

– Jest gotów. Oto jego propozycje celów. – Podał przesłane faksem zdjęcie Nowego Jorku.

– Metropolitan Museum of Art – rozpoznał generał. – Niech będzie, tylko ma precyzyjnie walnąć. Tak aby rozwalić wyłącznie budynek poświęcony sztuce nowoczesnej. Szanujmy dorobek poprzednich pokoleń. Cel numer dwa... Co to są te dwa wysokie obok siebie? – Puknął palcem w fotkę.

– World Trade Center. Centrum handlu światowego czy coś takiego. Kto by tam znał ten ich prostacki język.

– Obiekt cywilny, odpada. A szkoda. Piąta Aleja... Co się tam mieści?

– Najdroższe sklepy Ameryki – wyjaśniłem. – To taki pasaż handlowy jak ulica Złota w Warszawie, tylko oczywiście dużo bardziej dziadowski. Pułkownik Sawczenko chce użyć napalmu?

– To państwowe sklepy?

– Jakichś firm, trustów i innych takich. – Wzruszyłem ramionami.

– Co on, pogłupiał? Nasza armia nie dewastuje własności prywatnej. No, chyba że trzeba. A tym razem nie trzeba. Może zamiast tego Pentagon? Tylko wytłumaczcie temu świrowi, żeby czekał na potwierdzenie naszej śmierci lub rozkaz, a nie tak jak poprzednim razem. I ma użyć kon-wen-cjo-nal-nych głowic, nie atomowych. Powtórzcie mu to po ukraińsku, jak po polsku nie zrozumie.

– Tak jest.

– Mówi William Wimsey, prezydent Stanów Zjednoczonych Ameryki Północnej – odezwało się radio. – Jesteście otoczeni. Nie macie żadnych szans ucieczki. Poddajcie się, zwolnijcie zakładników.

– Polska armia nie bierze zakładników, wbij to sobie do łba, debilu! To kryminaliści przeznaczeni do osądzenia i likwidacji! – Kowalskiemu oczy nabiegły krwią, dopiero teraz naprawdę się wkurzył.

– Jeśli spokojnie złożycie broń, gwarantujemy wam uczciwy proces z udziałem obserwatorów Ligi Narodów.

– Spierdalaj, pachołku, najpierw nas złap, potem będziesz mógł sądzić! – Generał przełączył zakres. – Malinowski? Jak tamci?

– Strażnicy grzecznie siedzą w ładowni. Komendant trochę podskakiwał, ale zarobił po facjacie i się uspokoił – zameldował major.

– Jeśli zrobi się gorąco, przeczytasz im wyrok. Koniecznie po amerykańsku, żeby sukinsyny zrozumieli, i wywalaj po kolei za burtę. Aha, każdemu doczep stalowy tubus z kopią wyroku. Jak ich pozbierają, to będą przynajmniej wiedzieli za co. Komendanta na razie zostaw – jeśli się przedrzemy, trza by mu zrobić publiczny proces w Warszawie, pokazówka zawsze się przyda.

– Tak jest! Mam sugestię...

– Wal.

– Może lepiej wylądować w jakimś mieście i tradycyjnie powiesić na latarniach? Od strony propagandowej lepiej by to wyglądało. Zdjęcia dla gazet się niezłe zrobi. A i śmierć bardziej hańbiąca, adekwatna do popełnionych przestępstw.

– Pomysł dobry, ale nie mamy tyle czasu.

– Tak jest. Wyroki zaraz wydrukuję. Paragraf dwieście siedemdziesiąty szósty? – wolał się upewnić.

– Tak. Nauczymy Amerykańców raz na zawsze, że każdy, kto podniesie rękę na naszego obywatela, może być pewien, że mu Rzeczpospolita tę rękę odrąbie przy samych jajach. I dorzuć jeszcze coś o pogwałceniu konwencji genewskiej, kapitan Skalski był przecież jeńcem wojennym.

– Tak jest!

– Myśliwce na wprost. Z osiemdziesiąt ich tam wisi – zameldował nawigator, patrząc w ekran naprowadzania satelitarnego. – Obrona przeciwlotnicza odpaliła rakiety.

– Włączyć pola siłowe!

– Tak jest.

– Więc jednak będzie trzecia wojna światowa. – Szef korpusu z radością zatarł ręce. – Najwyższy czas...

– Warto było po mnie jednego całą armię wysyłać? – zafrasował się Skalski. – Jeszcze ludzie poginą.

– Od tego jest wojna, żebyśmy poginęli – perspektywa śmierci nie zmartwiła specjalnie generała. – A zanim nas dostaną, to zrobimy tu taki rozpierdol, że dwieście lat będą nas pamiętali.

– Nie prościej było wysłać kilku ludzi i wykraść mnie po cichu? – stary żołnierz nadal miał wątpliwości.

– Może i prościej, ale trzeba sukinsynom przypomnieć, że łamanie praw Rzeczypospolitej nikomu i nigdy nie ujdzie na sucho. A że nie rozumieją po polsku, to musimy co jakiś czas wbijać im to do pustych łbów nahajami.

Wszedłem do gabinetu naczelnego z kopertą w ręce. Szef akurat konferował z ożywieniem przez słuchawkę.

– Mów jaśniej, do cholery! – ryknął, aż szyby zadrżały. – Już wiem, że zerwaliśmy rozmowy z delegacją USA! Tak, wiem, że wszyscy ich dyplomaci otrzymali status *persona non grata*, ale dowiedzcie się, do cholery, dlaczego! Tak, wiem, była operacja w kanadyjskiej części USA, ustalcie szczegóły. Po co nasi tam polecieli? A co mnie obchodzi, że oświadczenie rzecznika rządu będzie wieczorem! Wszyscy się wtedy dowiedzą, a ja chcę, żeby dowiedzieli się z popołudniowego wydania naszej gazety!

Trzasnął słuchawką i dopiero teraz mnie zobaczył.

– Co tak zęby szczerzysz? – Spojrzał podejrzliwie.

– Mam suplement do artykułu rocznicowego.

– Numer już w składzie. Trzeba było dać trzy dni temu.

– Puści się na przemiał.

– Jaaaasne... I czterdzieści tysięcy złotych z własnej kieszeni za druk nowego wyłożę...

– I tak się kalkuluje.

– Co to za suplement? – jednak go zaintrygowałem.

– Wywiad z kapitanem Stanisławem Skalskim, człowiekiem, który zestrzelił samolot von Ribbentropa. – Uśmiechnąłem się skromnie.

– Gdzieś ty to wygrzebał? Włamałeś się do wojskowego archiwum?

– Sam mi opowiedział. Co więcej, zaklepałem dla naszej gazety wyłączność na relację z akcji jego uwolnienia...

– Co?

– Latałem do USA z korpusem ekspedycyjnym generała Kowalskiego. Przebiliśmy się z tysiąc kilometrów w głąb ich terytorium, strąciliśmy chyba połowę wszystkich samolotów, które mają na stanie...

Szef wybałuszył gały.

– Co ty bredzisz?! Naćpałeś się?

– Skalski żyje, Amerykańce trzymali go od wojny w obozie pracy. Spryciula, ułożył w stepie rysunek lecącej kaczki, oznaczenie z burty swojego samolotu i numer taktyczny z czasów służby – wyjaśniłem. – Właśnie wracam z akcji jego uwolnienia. Gdyby nie śmierć generała Mariana Pisarka, odbilibyśmy go już osiemnaście lat temu. A tak przy okazji – znów się uśmiechnąłem – jeśli chce pan wrzucić informacje do popołudniowego wydania, to ich delegację handlową i dyplomatów wydaliliśmy właśnie za przetrzymywanie Skalskiego.

Książki Andrzeja Pilipiuka wydane nakładem Fabryki Słów

Kroniki Jakuba Wędrowycza (także w wersji do słuchania)
Czarownik Iwanow
Weźmisz czarno kure...
Zagadka Kuby Rozpruwacza
Wieszać każdy może
Homo bimbrownikus
Trucizna

Kuzynki
Księżniczka
Dziedziczki

2586 kroków
Czerwona gorączka
Rzeźnik drzew
Aparatus
Szewc z Lichtenrade

Norweski dziennik – tom 1. Ucieczka
Norweski dziennik – tom 2. Obce ścieżki
Norweski dziennik – tom 3. Północne wiatry

Operacja Dzień Wskrzeszenia

Wampir z M-3
Wampir z MO

Dobić dziada – komiks

Oko Jelenia. Droga do Nidaros
Oko Jelenia. Srebrna Łania z Visby
Oko Jelenia. Drewniana Twierdza
Oko Jelenia. Pan Wilków
Oko Jelenia. Triumf lisa Reinicke
Oko Jelenia. Sfera Armilarna

SPIS TREŚCI

WYDANIE IV

ISBN 978-83-7574-762-1

PROJEKT I ADIUSTACJA AUTORSKA WYDANIA Eryk Górski, Robert Łakuta

FOTOGRAFIA NA OKŁADCE © istockphoto.com /Lebazele / Ekely

PROJEKT OKŁADKI Paweł Zaręba

ILUSTRACJE Grzegorz i Krzysztof Domaradzcy

REDAKCJA Katarzyna Pilipiuk, Karolina Wiśniewska

KOREKTA Krzysztof Wójcikiewicz, Bogusław Byrski

SPRZEDAŻ INTERNETOWA

fabryka.pl ponad normę

ZAMÓWIENIA HURTOWE

Firma Księgarska Olesiejuk sp. z o.o. S.K.A.
05-850 Ożarów Mazowiecki, ul. Poznańska 91
tel./faks: 22 721 30 00
www.olesiejuk.pl, e-mail: hurt@olesiejuk.pl

WYDAWCA

Fabryka Słów sp. z o.o.
20-834 Lublin, ul. Irysowa 25a
tel.: 81 524 08 88, faks: 81 524 08 91
www.fabrykaslow.com.pl
e-mail: biuro@fabrykaslow.com.pl

DRUK I OPRAWA CPI MORAVIA BOOKS www.cpi-moravia.com